往昔携手泛舟，如今驶向何处烟波，
纵然你去攀更高耸的山，
溯更秀丽的河，
你是我永世的缪斯，我的好兄弟——

我启航，我启航向着那辽远的海岸，
在辽远的亚速尔，一座孤寂的岛边，
那儿啊，那儿有我追寻的宝藏，
在荒凉的溪流旁，一片贫瘠的沙滩上。

我乘风溯河而上，
去发现新的陆地，新的民众，新的思想；
多少河光山色映入眼帘，
多少艰难险阻惊心动魄；
可我追忆途经之处，
那些历历在目的旖旎风光，
你仿佛是我唯一永恒的海岸，
是我不曾绕过、不曾游荡的海岬。

他用倾斜的山坡将河流拘禁，
在不同河段，河水或被吸进土壤，
或奔流到海，平原接纳的河水，
更加肆意地流淌，惊涛拍打着堤岸。

——选自奥维德《变形记》

A WEEK
on the
CONCORD
and
MERRIMACK RIVERS

河上一周
博 物 图 鉴 版

[美] 亨利·戴维·梭罗———著
韩辰景———译

中国·武汉

图书在版编目（CIP）数据

河上一周：博物图鉴版 /（美）亨利·戴维·梭罗 著；韩辰景 译. —— 武汉：华中科技大学出版社，2021.11
（蓝知了）
ISBN 978-7-5680-7363-9

Ⅰ.①河… Ⅱ.①亨…②韩… Ⅲ.①散文集—美国—近代 Ⅳ.① I712.64

中国版本图书馆 CIP 数据核字（2021）第 162332 号

河上一周：博物图鉴版　　　　　　　　　　　　[美] 亨利·戴维·梭罗 著
He shang yi zhou：Bowu Tujianban　　　　　　　　　　韩辰景 译

策划编辑：刘晓成
责任编辑：林凤瑶
责任校对：李　弋
责任监印：朱　玢
插图整理：刘晓成
装帧设计：璞茜设计

出版发行：华中科技大学出版社（中国·武汉）　　电话：（027）81321913
　　　　　武汉市东湖新技术开发区华工科技园　　邮编：430223
印　　刷：武汉精一佳印刷有限公司
开　　本：710mm × 1000mm　1/16
印　　张：27
字　　数：393 千字
版　　次：2021 年 11 月第 1 版第 1 次印刷
定　　价：89.80 元

本书若有印装质量问题，请向出版社营销中心调换
全国免费服务热线：400-6679-118 竭诚为您服务
版权所有 侵权必究

译者序：河川对灵魂的盛情之邀

梭罗其人

亨利·戴维·梭罗（Henry David Thoreau，1817–1862），美国著名作家、超验主义思想的代表人、诗人。他在生前只出版过自己的两本重要著作，《河上一周》（1849）和《瓦尔登湖》（1854）。他一生对大自然无比向往，借助着一个博物学家敏锐的目光，对当地的河川风貌及野生动植物观察细致入微，对事物的描述堪称其时其地隽永的写照，达到了常人难以企及的境界，犹如神话中的牧畜之神，与自然合而为一了。

梭罗生于美国马萨诸塞州的康科德小镇，在哈佛大学就读期间并不显得出类拔萃，但博览群书。他终身未娶，后来一直居住在康科德镇附近。1845–1847年，他在瓦尔登湖畔的一块林间空地上搭盖了一间小木屋，离群索居，读着书写着日记，集测量员、农夫、木匠的技艺于一身,过着他崇尚的"简朴生活"，实践着他的超验主义哲学思想。第一年他撰写了散文杰作《河上一周》，接着续写了其姊妹篇《瓦尔登湖》。

超验主义哲思

要想更深切地领悟到本书中梭罗自然观的精髓所在，就不得不提到超验主义（transcendentalism）对其创作思想的主要影响。超验主义思潮，兴起于十九世纪三十年代的美国新英格兰地区，其目的是"为了在文学、哲学、宗教上建立某种信念"，挣脱盛行于世的教条主义的束缚，寻求一种积极向上的思想来引领美国人前进。其主要代表人物是爱默生（Ralph Waldo Emerson）和梭罗。超验主义宣称存在一种理想的精神实体，超越经验和科学之外，通过直觉得以把握，认为人类世界的一切都是宇宙的一个缩影，即爱默生所言的"世界将其自身缩小成为一滴露水"，自然界万物由此具有象征意义，外部世界成为精神世界的体现。作为超验主义思潮的旗手，爱默生在他的一本小册子《论自然》中声称"人与世界之间存在着完美的和谐，只有无视正统、传统和历史，才有利于自身直觉的探索"，他鼓励神学院的学生"摒弃一切俗尚，直接与神灵交往"，"今天的林间有缪斯女神，在微风中可以倾听到她的呢喃"。作为爱默生的同道中人，梭罗的自然观受到超验主义思想的深刻影响，他因此从亲近大自然的远足中撷取着灵感素材、体味着生命的真谛，梭罗在本书中说道："有时，一个凡人感受到内心的大自然，这大自然不是他的圣父，而是他的圣母，激发了他内心的情感，而他随着她的不朽声名而获得永生。有时，她宣称与我们血脉相连，一些血液从她的静脉中暗自流入了我们自己的血管。"

来自儒道思想的光芒

除了深谙西方哲学，梭罗还饱读东方哲学典籍，包括印度的《吠陀经》和中国的儒家经典。在本书中对东西方哲学进行比较时，梭罗认为"东方哲学从容地探讨的主题，较现代哲学所热衷探讨的主题更为崇高"，"或许'来自东方的光芒'（Exoriente lux）仍是众多学者的座右铭，只因西方世界未曾从东方获取它注定要从那里接收的全部光辉"。他与超验主义的其他同道中人一样，努力从东方文化中"寻找着灵感"。爱默生在其主编的《日晷》（The Dial）上，曾开辟专栏由梭罗负责摘录孔子语录刊出，在本书中梭罗几次引用孔孟语录，其后在本书的姊妹篇《瓦尔登湖》中也十多次引用孔子在《论语》《中庸》等中的语录，显示了梭罗对中国儒家文化的接受与推崇。同样需要强调的是，梭罗的自然观与中国的传统道家思想存在着神似之处，庄子说"天地与我并生，而万物与我为一"，而两千多年后，梭罗面对新兴工业文明与大自然之间的矛盾时说"我更愿将人看成是自然界的栖息者，或自然的一部分，而不愿意把他看成社会的一分子"，此时"天人合一"这个中国古代哲学的基本精神跟梭罗强烈的与自然合为一体的意识跨越时空而契合神交。显而易见，梭罗的哲思深受中国儒道思想的熏陶与影响，这哲思赋予他灵感，成了他超验主义哲学的一个组成部分，这也无疑令我们在阅读本书时易产生一种天然的共鸣与由衷的亲近感。

自然与灵魂之旅

1839年8月底的那天，梭罗与他的兄长约翰相携登上了自制的小木船，在康科德河和梅里马克河上泛舟两周，做了一次自然之旅。1842年约翰病逝，为悼念亡兄，梭罗写下这本《河上一周》，书中将两周的泛舟旅程浓缩为一周。梭罗在开篇深情吟唱：往昔携手泛舟，／如今驶向何处烟波，／纵然你去攀更高耸的山，／溯更秀丽的河，／你是我永世的缪斯，／我的好兄弟——

让我们的思绪随着梭罗驾一叶小舟在河上漂流，如他一般"投身于一项非凡的事业"，随他去近观那些他如数家珍的河中鱼类家族、花容直面艳阳的河生植物、堤岸上身着大自然时装且分外妖娆的秋日花卉；随他去独登山巅俯瞰山谷中的村庄美景，那儿是他"心灵的小村落"；随他去夜泊沙洲，倾听禽鸟鸣唱的小夜曲、野狐踏足枯枝的落叶声、家犬警觉的狂吠声；随他途经小镇见到土著居民的墓地时，感慨"大地在此处裸露出伤疤，而时光之轮正缓缓地碾碎一个种族白花花的遗骨"；

随他畅游时也一路畅想，精辟地评析东西方哲学的异同，纵论他心目中"完美"的友谊，仰慕并激赏诗人乔叟是"英国诗人中的荷马"……

河川之邀

河上漂流的一叶独舟，本身就具有极强的象征意味，它象征着梭罗的卓尔不群，"古来圣贤多寂寞"，也象征着梭罗将东方超然物外的精神与美国意气风发的个人主义的完美融合。"然而就在这康科德河的水流之上，我们始终投身其中的大自然，她高于所有的风尚、高于所有的时代，就在此刻，正满脸沉郁地写着她的秋日之诗，人类的任何杰作都无法与之媲美"，对梭罗而言，"流风应是他的气息，四季应是他的情绪，而且他该将自己的祥和宁静回传给大自然本身"。"河川想必担任过向导，引领最初的旅人跋涉前行"，河川向梭罗的灵魂发出了盛情的邀约，而悬河之上，灵魂是唯一的归途。

Contents
目 录

001 | Chapter 1　康科德河

003 | 河畔沧桑
006 | 河上景致
011 | 故纸重温

015 | Chapter 2　星期六

017 | 鱼鸟合体
024 | 河上群芳
028 | 归隐渔夫
031 | 河中鱼情
032 | 淡水太阳鱼

034	普通河鲈
034	小眼须雅罗鱼
036	银色小鱼
037	暗色狗鱼
037	云斑鮰
039	亚口鱼
039	鳗鱼与七鳃鳗
041	鲑鱼
041	渔夫轶事
043	漫游人间
044	洄游的西鲱
046	夜泊沙洲
048	天赐号角

051	Chapter 3 星期日
053	晨光即景
057	吟诵萍踪
062	拓荒小镇
067	神圣故事
072	古老运河
074	神皆永生
081	《新约》评析
089	初入梅河
093	河流如歌
100	史诗畅想
104	宝书精选
114	朴素之美
119	移民轶事
121	异乡酣眠

127	Chapter 4　星期一
130	浴血开拓
135	贤人哲思
146	圣典评析
155	正午遐想
169	温顺之河
182	静夜鼓声

191	Chapter 5　星期二
193	山巅晨曦
204	舟行晨河
217	河谷访客
223	逐流商舟
232	舒适港湾
240	船歌回荡

253	Chapter 6　星期三
255	石岸之灵
264	飒飒古风
273	缅怀英烈
280	友谊之脉
287	友谊之爱
292	友谊之诚
302	友谊之仁
311	心灵之晨

| 321 | Chapter 7　星期四 |

324	逍遥雨景
330	挚爱旅途
334	神圣诗篇
338	内陆纪行
343	午后游思
346	复仇传奇
350	论述歌德

| 359 | Chapter 8　星期五 |

361	迎秋别夏
366	诗思游吟
377	心灵图景
384	归途生翼
389	科学鉴赏
393	仰慕乔叟
400	秋日之诗
405	激荡人生
414	午夜蛰音

Chapter 1

康科德河

美洲凤头山雀
tufted titmouse

北美乔松
eastern white pine

在连绵的低矮山丘之下，

我们的印第安溪流肆意穿过

宽阔的滩地，蜿蜒流淌，

它对印第安男女仍魂牵梦绕，

他们的旱烟筒和箭头常被犁耙翻起，

就在这里，新伐的树木搭建起座座松木屋，

将印第安部落取而代之，农夫们落户安家。

——爱默生

河畔沧桑

马斯基塔奎河（Musketaquid），或别称为草地河（Grass-ground River），或许与尼罗河或者幼发拉底河同样源远流长，但直到1635年，它才凭着萋萋的草地及种类繁多的鱼类而闻名遐迩，直到英格兰的移民纷至沓来，方在世界文明史上占有一席之地。当时，这条河又被人起了个"康科德"的名字，康科德这个名字原本是在河畔创建的第一个庄园的名字，仿佛这座庄园是在一种宁静祥和的氛围中开创的。只要这儿芳草如茵，流水潺潺，它就是草地河；只有当人们在河岸上和和美美地生活时，它才配称为康科德河。对一个早已灭绝的种族而言，这儿曾是供他们狩猎、捕鱼的一片草地；如今对康科德的农夫而言，这儿依然是常年绿草青青的草地，他们享用这片大草地，年复一年地从大草地上获取干草。

我喜好引用一位康科德史学专家的权威论断，按他的结论，此河的一条支流源头在霍普金顿（Hopkinton）南部，而另一条支流的源头在威斯特巴勒（Westborough）的一个湖泊和一大片雪松沼泽地（cedar-swamp）。这条河从霍普金顿流经索斯巴勒，穿过弗雷明汉姆，从萨德伯里流至威兰德的这段河流有时被称为萨德伯里河。它从康科德镇的南边流向镇内，而后与阿萨贝斯河交汇，阿萨贝斯河发源于西北部稍远之处，接着从康科德镇的东北角流出，流经贝德福德和卡莱尔，穿过比勒里卡，在洛厄尔流入梅里马克河。每至盛夏，流经康科德镇的河水深 4 至 15 英尺，宽 100 至 300 英尺，但逢春季河水暴涨成灾，肆虐两岸，有些河段几乎宽达 1 英里。萨德伯里与威兰德之间的草地最为宽阔，若是被水淹没，便会形成一连串浅浅的春湖，无数的鸥鸟和野鸭仿佛受了召唤似的成群而至。

恰在谢尔曼桥的上游，几个乡镇之间，河面最为宽广，阴雨连绵的三月天，若逢某一日风儿稍劲，河面便会翻滚起深色的浪涛，一眼望向天边，河水与桤木沼泽地（alder-swamp）连成一线，槭树梦然如烟，此时的河面恰似一个不大的休伦湖，从未乘船出海的人在其上泛舟嬉水，自然兴奋不已。萨德伯里河岸是一道缓坡，有相当的高度，此季节站在沿岸筑建的农舍可以俯瞰一河春水，秀美的水景可尽收眼底。在威兰德一带，河岸较为平坦，泛滥的洪水给该镇造成的损失最大。镇上的农夫对我说，他记得以前这里是白车轴草生长的地方，在夏天可以穿鞋行走而不会湿脚，现在自从这地方筑起水坝之后，有数千英亩土地遭水淹没。如今那地方只剩下加拿大拂子茅、莎草和假稻终年立于水中。长久以来，他们一直趁最干燥的时节收获干草，大家绕着因冰冻而形成的

白车轴草
white clover

一堆堆小圆丘劳作,在薄暮中挥舞着大镰刀不知疲倦地割取,有时要一直干到晚上 9 点为止。现如今,即便到了他们可以动手割草的时节,这湿漉漉的水中草也不值得去收割了。他们环顾四周不禁黯然神伤,只能将自己栽种的小林地和高地视为最后的干草资源。

要是你的行程仅限于萨德伯里,那么你沿河逆流而上,定会不虚此行,途中经过的广袤地域出乎人的意料,巍峨连绵的荒山野岭、多达百条奔腾的溪流、一座座农舍、谷仓畜棚,还有一堆堆干草,都是你从未见识过的,并且人烟无处不在,萨德伯里人,也就是索斯巴勒人,还有威兰德人、莱艾克科纳人、邦德洛克人。就在邦德洛克,河流中的一块岩石将林肯、威兰德、萨德伯里和康科德四镇联系在了一起。

河上景致

  风儿在河面刮过，激起滔滔浪花，令空气清新怡人，水花会飞溅到你的脸上，芦苇与灯心草摇曳生姿；拍岸河涛令数以百计的野鸭惶惶不安，展翅欲飞，这会儿它们如同一群索具装配工，发出一阵骚动和口哨声，正要动身径直赶往拉布拉多。在它们飞离原地之前会先侦察一番，或者收缩双翅顶着猛烈的大风飞翔，或者轻快地扇动双翅掠过浪花；鸥鸟在头上盘旋，麝鼠为了逃命而钻进水中，水中又湿又冻，无火暖身，不像你道听途说的那样，但麝鼠费了好大气力筑起的窝巢好似一堆堆干草垛，四处散落。数不胜数的老鼠、鼹鼠、飞舞的凤头山雀在艳阳高照、和风习习的河岸生息。大果越橘在浪涛里飘荡，在河岸上则堆成了小山，这些红果"小船"在桤木丛中俯拾即得；凡此种种，大自然生机勃勃的喧哗足以证明，尘世的末日仍是遥不可及的。桤木林、桦树林、栎树林、槭木林全都欣欣向荣，在草地四周肆意生长，它们不待河水退落便已新枝吐蕾。或许有一天你在克兰伯里岛搁浅了，只有去年留下的长出水面的几片幼叶在向

麝鼠
muskrat

鱼鹰
osprey

你警示那儿有危险，而你会觉得那里如同在西北海岸的任意一处一样寒冷。我今生尚未航行得如此遥远。你会同你素昧平生的人相遇，你不知道他们姓甚名谁，你眼见他们携带着打野鸭的长枪穿行草地，脚蹬防水靴费力地涉过野禽栖息的草地，踏上远处荒寂、酷寒的河岸，扣动手中枪的扳机使其处于半击发状态。这些狩猎者会在暮色四合之前，看见水鸭（蓝翅鸭、绿翅鸭）、秋沙鸭、鹊鸭、黑鸭、鱼鹰，以及其他千姿百态的原始而壮观的景象，如此景象是坐在客厅里的悠闲自在者做梦也想象不到的。你还会遇见粗犷健壮、饱经风霜、聪明能干之人，他们或护卫着自己的城堡，或将几头牲口拴连起来拖运夏季砍伐的树木，或者独自一人在林中伐木。若是说一颗栗子坚硬的果皮内饱含着果肉，那么这些久经日晒雨淋、风餐露宿的人，更是满腹的奇闻轶事和惊心动魄的历险经历；这些人并不仅仅经历过 1775 年以及 1812 年的战争，终其一生，他们天天在野外劳碌；这些人比起荷马、乔叟、莎士比亚来要更伟大，只是从未获得挥毫泼墨、著书立说的机会，他们从未尝试写作。看看他们阡陌纵横的田地吧，试想若是他们提起笔，将会书写出何等的杰作啊！他们垦荒、焚烧、耙地、犁田、翻耕，经年累月，日复一日，一遍又一遍，反反复复地抹掉因羊皮纸缺乏而在田野上挥就的行文，他们在这地表上还有什么传世之作未曾写就？！

既然昨日以及上溯的所有历史年代已经流逝，既然今天的活计就摆在眼前，那么在永无止息的风风雨雨中，某些昙花一现的愿景和率性人生的部分阅历，终归是属于未来的，或者是超越时间，永恒的，青春而神圣。

那些可敬的人啊——
他们在哪儿露宿？
他们在栎树林中喃喃低语，
在干草垛里垂头叹息。
春夏秋冬，日日夜夜，
他们在牧草地上露宿。

Chapter 1　康科德河

鹊鸭
common goldeneye

蓝翅鸭
blue-winged teal

他们长生不老，既不抽泣，也不哀号，
热泪盈眶，也不会乞求我们的怜悯。
他们将种植园修葺一新，
对每位求助者慷慨解囊；
赋予海洋资源，
赋予牧场兴旺，
赋予时间恒久，
赋予岩石力量，
赋予群星光芒，
赋予困乏者夜晚，
赋予忙碌者白昼，
赋予逍遥者玩乐；
故而他们总是兴致勃勃，
只因万物向他们借贷，与他们皆为友人。

康科德河以水流平缓闻名于世，它的水流几近难以觉察。康科德的居民在美国独立战争中以及之后的种种情形下显现出众所周知的温吞般的态度，某些人认为是受到了康科德河的影响。有人曾提议，康科德镇应将青葱田野上康科德河九曲回肠的图形作为它的盾形纹章，我从书上得知，在1英里之内水位只要有1/8英寸的落差便足以产生水流。我们的这条康科德河的水位落差，可能与这一最低允许值极其近似。虽说我认为严谨的历史典籍不会证实该传闻的真实性，但无论怎样如下传闻是相当流行的：该镇范围内的康科德河主流上唯一一座被洪水冲垮的桥，竟然被风刮到了上游。但是河水在急转弯处水流总是较为清浅，也较为湍急的，称其为河可谓名副其实。

与梅里马克河的另外几条支流相比，康科德河被印第安人称为马斯基塔奎德河或者草地河，倒是恰如其分的。皆因它的大部分河段河水徐徐流淌过宽阔的草地，草地上点缀着栎树，越橘丰厚得像一层青苔覆盖着地面。在河岸的一边或两边，沿岸生长着一排浸没在水中的矮小柳树，距离河水较远处的草地边沿生长着椴树、桤木以及其他的河生树木（fluviatile trees），葡萄藤蔓攀缘其上，在挂果时节，藤上垂吊着累累的紫葡萄、红葡萄、白葡萄以及其他品种的葡萄。距离河水更远处的田地周边，可以望见一间间灰色和白色的民居。依据1831年的评估，康科德计有2111英亩草地，大约占整个土地面积的1/7，仅次于牧场和未开垦的荒地面积，而且从前几年的统计报表来看，在草地上垦荒的速度不及林地那样快。

故纸重温

让我们在此处重新读一读老约翰逊（Edward Johnson）的《创造奇迹的主》（Wonder-working Providence）一文，在该文中他对1628—1652年间新英格兰的这片草地进行了描述，来瞧瞧他当时眼中的这片草地是何等的模样。他谈到在康科德聚集的第十二基督教会时说道："该镇坐落在一条风景优美的淡水河上，河的每一条溪流遍布在淡水沼泽地里，溪流里鱼类丰富。该河乃是宽阔的梅里马克河的一条支流。时令一到，灰西鲱和美洲西鲱便会成群结队地游到镇上，但鲑鱼和小眼须雅罗鱼却游不过来，因为岩石形成的瀑布挡住

美洲西鲱
American shad

了它们的来路,这些瀑布也将周围的草地全都淹没在水里。镇上的居民与邻镇的居民已做过不少尝试,试图在草地上另辟蹊径,却未能如愿,但看起来用上100磅炸药兴许能让水流改道。"至于镇上居民的农事,他说道:"他们在养牛的行当上投资,每头牛要花上5到20镑的费用,他们春夏秋三季用内陆干草喂养牛群,但到了冬季,就要改喂从未收割过的野金缕梅。这样牛群往往熬不过整个冬季,一般情形之下,一处新种植园里初来乍到的牛群会在一两年内大量死掉。"下面这段文字也引自老约翰逊的《关于在马萨诸塞行政管理区建立名为萨德伯里的第十九教会》(*Of the Planting of the 19th Church in the Mattachusets' Government, called Sudbury*)一文:

今年(他指的是1654年),萨德伯里镇及其基督教会开始奠定最初的基石,在内陆地区打下根基,如同她的姐姐康科德镇以往做过的那样。萨德伯里镇位于同一条河流的上游地段,境内密布大量的淡水沼泽,虽然该镇地势很低,却不太会遭受洪水的侵害,只有在潮湿的夏季,当地居民才会损失少部分的干草;而到了寒冬,他们的物资竟然十分充足,以至于能资助其他镇上的畜群安然过冬。

康科德草地上的这条流水悠缓的动脉,如此这般悄然无声地穿过,大致从西南方延伸至东北方,约有50英里长。该河水量丰沛,一路上不知停歇地流泻过平原与河谷的肥田沃土,犹如一个印第安勇士脚蹬鹿皮靴行走,从地势较高处匆匆忙忙地汇入它年代久远的水库。大地的另一面,许多名声显赫的河流发出的低沉的涛声甚至能传到我们这儿,也传到了这条河的两岸更远处居民的耳中;众多热血诗人的绵长诗行令多少英雄豪杰的头盔和盾牌在这条河流的胸怀中漂泊。桑索斯河或斯卡门德河并非只是一条干涸的河道,并非只是山洪冲积而成的河床,且看一股股美名远扬的源泉浩浩荡荡地注入其中——

> 而你西伊莫斯啊，好似一支飞矢
> 穿过特洛伊，奔流到海。[1]

[1] 出自乔叟《特洛伊罗斯与克瑞西达》（Troilus and Criseyde）。

而我深信，我能获准将我们这条常遭唾骂的浊流康科德河与历史上鼎鼎大名的河流关联起来。

> 没错，不少诗人从未
> 在帕那萨斯山上做梦，也从未畅饮过
> 缪斯的赫利孔灵泉；因而我们能够猜想
> 它们没有创造诗人，而是诗人创造了它们。

在世界编年史上，密西西比河、恒河、尼罗河，那些从落基山脉、从喜马拉雅山和月亮山上流泻而下的每一粒水分子都各自具有重要的意味。在它们的源泉之上，天堂的元气尚未耗尽，而月亮山仍然年复一年地向帕夏（Pasha）进贡，正如古代向法老进贡一样，只是帕夏须得手持刀剑去敛取他的其余岁收。

河川想必担任过向导，引领最初的旅人跋涉前行。当河水流经我们的家门时，它总会诱惑我们远离故土，去成就一番事业，冒险一搏。何况河畔居民出于本能的冲动，最终会随水流来到大地上的低洼地，或者应河川之邀去探查大陆的腹地。

河流是每个国度浑然天成的公路，不单为旅人铺平道路、清除路障、供水止渴、载舟行船，而且引领旅人穿过大地上最富有情趣的景色、穿过人口最为稠密的地域，那里的动物王国及植物王国全都生机蓬勃，尽善尽美。

我从前常常伫立于康科德河岸，眼望河水，逝者如斯。它是所有进步发展的象征，与宇宙、时间和世间万物遵循着同一准则。

河岸低洼地的草叶向着河水微微弯曲，在润湿的风中摇摆，它们依旧生长于种子落地生根处，但过不了多久便会死掉，归于尘土。安之若素的光灿灿的卵石、叶片和杂草，以及偶尔随水漂流、命运已定的原木和树干，这些物体都是我特别的兴趣所在，终于我决意投入这条河的怀抱，任它载我漂向何方。

Chapter 2

星期六

香睡莲
American white waterlily

来吧，来吧，

我可爱的美人，

让我们品尝这些乡间的美味佳肴。

——夸尔斯《基督对灵魂的邀请》

鱼鸟合体

终于，在星期六，也就是 1839 年 8 月的最后一天，我们兄弟俩，我们这两个康科德的土著居民，在这河港起锚了；康科德镇在白日下，是供人们的肉体进出的港口，也是供人们的灵魂进出的港口，至少有一处河岸被免除了所有职责，但一个本分的男人乐意解脱的那份职责却不在此列。

清晨空气湿润，烟雨蒙蒙，险些延误了我们的起航，但最终草木干爽了，随之一个风和日丽的下午出现了，仿佛大自然正运筹着某个更宏伟的计划。在浑身的每个毛细孔经过长时间的滴水和渗出之后，她开始较以往更健康地吐故纳新。于是，我们将小木船从岸上猛然推入河中，鸢尾和莎草摇枝摆叶祝我们一帆风顺，我们顺流直下，默然无语。

小木船是我们在春季费了一星期的工夫打造出来的，它的样子极像渔夫的平底船，有 15 英尺长，最宽处达 3.5 英尺，船身下部被漆成了草绿色，并用蓝色镶边，这两种颜色标明了此船将在两种自然环境中生存。前天傍晚，我们在距河边半英里远的家门前将我们从自家小块耕地里采摘的土豆、甜瓜，还有几件用具装上船。船上还配备了几副轮子，好着地滚动小船绕过瀑布，还备有两套划桨、几根在浅水处能派上用场的细长撑杆，以及两根桅杆，其中一根是用来在夜间支撑帐篷的，我们将用野牛皮当床，棉布帐篷当房。这条船造得很坚固，也很笨重，并不比常见的平底船要好。要是打造无误，一条小船当是一种两栖动物，有两种动物的体形结构，它的结构半似一条行动快捷、线条流畅的游鱼，半似一只双翅强劲、形体雅致的水鸟。仿照游鱼可知船身哪儿应该最宽，船舱应深几许；根据鱼背鳍的位置可知在哪儿搁桨，而鱼尾则暗示了尾舵的形状和部位。仿照水鸟可知该怎样装配和调节船帆，船头该造成何种形状，好使它在平衡船体、分割空气和水流方面到达最佳。这些意见我们只是部分地遵循了。虽说我们不是水手，但我们却从未对任何船型点头赞许，无论这船型如何的流行，我们都不会觉得满意，而哪一种船型都无法满足众口难调的艺术要求。不过，既然艺术关乎一只木船而非木材，况且单用木材便可大致满足打造一只木船的目的，所以我们的木制小船痛快地利用了较重的物体能浮载较轻物体的古老定律。尽管它是一只呆头呆脑的水鸟，倒也足以充当一个甚合吾意的浮标。

要是合乎天意，一根柳枝也能作舟，
足以沉稳地在海上劈波斩浪。

几个同村好友站在河下方的一个岬角上，同我们挥手作别；当我们带着含蓄的、大义凛然的神情——它适合那些投身于非凡事业、眼观六路而沉默寡言的人——履行了那些离岸的礼仪之后，便平稳地划桨，缄默地穿过康科德坚实的土地，途经人烟稠密的岬角和寂寥的夏日草地。然而，当我们最终一掠而过划出人们的视线时,我们并未轻浮到鸣枪示意的地步,只是听任林间复又传来回声,一群穿着黄褐色土布衣的顽童,匍匐在那片开阔的草地里,与隐栖在凤尾蕨丛、塔序绣线菊和柳叶绣线菊中的麻鳽、小丘鹬和秧鸡相伴,他们极有可能听闻了我们这天下午的致敬声。

随即,我们就漂流过独立战争的第一处正规战场,在"北桥"仍明晰可见的桥台之间搁桨稍作休息。1775 年的 4 月,恰是在这座桥上,独立战争初

小丘鹬
American woodcock

柳叶绣线菊
willowleaf meadowsweet

始的微弱浪潮滚滚而过,正如我们在右边的石碑上读到的那样,那场战争一直持续到"它给联邦各州带来了和平"。诚如一位康科德诗人所吟唱的那样:

横跨滔滔河水的陋桥边,
他们的旗旗在四月的风中猎猎舞动,
农夫们曾在此严阵以待,
枪吐怒火震响整个世界。

敌人早就在寂寥中长眠不醒,
胜利者同样也安息于地下,
时光已将毁损的桥梁冲走,
随着浊水缓缓流向海洋。①

① 出自爱默生《康科德赞歌》(Concord Hymn)。

我们浮想联翩,思绪早已从我们惜别的景物飞向了历史遥远的峥嵘岁月,我们自己也试着吟诗怀古:

啊,这祥和的嘈杂声
唤不醒这卑微的小镇,
勇士们并非这般赢取
一个爱国者的美誉。

这条河边有片土地,
尚未有人踏上的足迹,
可它却让我梦中牵挂,
长出的庄稼茁壮无比。

让我相信这梦是如此珍贵，
一颗心儿在那天剧烈跳动，
在这里的一小块殖民地，
也在万里之遥的大英帝国。

一位古代模样的勇士，
一支勇往直前的军队，
所向披靡，忠贞不渝，
让这块土地引以为荣。

他有心去寻求奖赏，
却并不推卸肩上重任，
谁也无法用和平的景象
收买他与生俱来的威武豪情。

勇士们镇守着远处的高地，
那日子要追忆到很久以前；
如今发号施令、树碑立传的
已不是原来的那双大手。

当时你们众志成城，
古罗马军团现代复生，
高地上的新英格兰农夫
彰显出罗马人的气宇轩昂。

我追思异国英灵纯属徒劳，
只敬仰我们的邦克山，
还有列克星敦和康科德，
它们并非位于拉科尼亚河畔。

我们抚今追昔，顺流缓缓穿过这片此时宁静的牧场，康科德河的滚滚波涛早已淹没了战争的喧嚣。

可自打我们扬帆启航，
某些事物已被搁下，
一个又一个梦想
随河水流向远方。

当时有个老牧人住在此地，
无微不至地照料他的羊群，
使劲挥动弯柄手杖，
依照《圣经》箴言牧羊；
可他后来走过无墩之桥，
孤苦伶仃地离开河畔。

年轻牧人接踵而至，
他的弯柄手杖远近闻名，
他用怜爱的目光抚慰羔羊，
以"牧师古屋的苔藓"喂养它们，
羊儿肥壮遍布牧场。
这就是我们溪谷中的霍桑，

这牧人在此向我们细说曾经。

那细小的烟囱此时已隐没在了绵绵群山的背后，我们已绕过邻近的河湾，穿过位于庞考塞塔和波普勒山之间的那座重建的北桥，驶进了大草地。大草地宛如一个宏大的鹿皮靴踏出的足印，踩平了一片天然肥沃且湿滑的土地。

在庞考塞塔，我们稍有耽搁，
沿这条静静的河流，向下游航行，
一位诗哲已经安顿好，他的光焰
恰与康科德的晚霞交相辉映。

仿佛初现的繁星，在天幕闪烁银光，
随着白日逝去，星光愈发耀眼，
起初大多数旅人难以看清，
可双眼却习惯去搜寻夜空。

天国的光亮，终于清晰可见，
欣然数着二三颗星星，欢呼雀跃；
因为渊博的学问必须深入地钻研，
从深井里方能读到星辰的诗篇。

这些繁星永不暗淡，即使远离了视线，
它们犹如太阳永远光芒万丈，
啊，它们就是太阳，虽说大地在飞奔中
得闭上自己的眼睛，方能看见灿烂星光。

谁还会忽略这降临尘世的

弱小天籁或最幽微的光线，

若是他明白终有一天将会发现

我们飞向的天鹅座有一颗明星，

它绚烂的光辉令太阳黯然失色。

河上群芳

渐渐地，村庄的嘈杂声沉寂了，而我们好像在一帘幽梦的静水深流中开始划动，静默地从往昔漂浮至未来，好似一个人在清晨或暮色中突发灵感。我们凝神屏气地顺流而下，偶尔将一条狗鱼从浮叶的遮盖下赶走，或将隐蔽处的太阳鱼吓走。小麻鳽不时迟缓地扑棱着翅膀，从岸上的隐身处飞走，大点的麻鳽在我们划近时则从长得很深的草丛中一跃而起，靠自己宝贵的双腿落到安全之处。乌龟也转眼钻进水中，因为我们的小船穿行柳树丛时，弄皱了如镜的水面，搅得树丛的倒影支离破碎。这里的河岸颇高，失掉了美的景致，一些较鲜艳的花朵的色泽已衰退，由此显示已近初秋时节了，可这沉郁的色泽令它们更平添了几分真诚，在依旧持续的暑气中宛如一眼清凉水井那苍苔如毯的井口。

狭叶柳（*Salix purshiana*[1]）的淡绿色树叶一簇簇浮在水面上，树叶中点缀着风箱树的一个个大白球。玫瑰色的蓄蓄从两边将头傲然地伸出水面，在这个时节、在这些地点花苞绽放，河边稠密的白花簇拥着它们,使得它们细微的鲜红条纹像在争奇斗艳。慈姑的纯白花朵亭亭玉立于较浅的水中，水边的两三株红花山梗菜像梭鱼草一样，虽说眼下已近凋谢了，却仍在顾影弄姿，鳖头

[1] 现学名为 *Salix nigra*，即黑柳。

Chapter 2　星期六

北美风箱树
common buttonbush

红花山梗菜
cardinal flower

皂龙胆
soapwort gentian

花（*Chelone glabra*）紧贴着河岸生长，而一种金鸡菊将它黄铜色的花容直面艳阳，花繁叶茂。一种植株修长、开暗红色花的紫苞泽兰（*Eupatorium purpureum*）为这河生植物的队列殿后。皂龙胆的鲜蓝色花星星点点地盛开在毗邻的青青草地上，仿佛冥后普罗塞耳皮娜抛洒的缤纷花朵。在草地的更远处，或堤岸的更高处，可以望见紫寻地黄、鹿丹以及俯花绶草；从更远处我们偶尔经过的路边、阳光曾驻停的河岸，正值盛花期的一簇簇菊蒿映射出暗黄的光泽。总而言之，为了我们的启航，大自然似乎是用与倒映在水中的姹紫嫣红相交织的浓密的刘海和鬓发来扮靓她自己。可是我们错过了香睡莲——河中群芳的尊贵女王，在这时节她君临众香国的好日子已完结了。或许，她会依照一座延误多时的水钟起驾巡幸，因此耽搁了时辰，姗姗来迟。

我们的康科德河盛产此类睡莲。我曾在一个夏日的拂晓之前顺流而下，在一大片仍在梦乡中的闭合的睡莲间穿行，终于，当绚丽的朝阳从堤岸射向水面时，随着我船儿的飘荡，整片的白色花朵在我眼前猛然绽放，犹如一面旗帜陡然展开。这种花对阳光是多么敏感啊！

我们正漂流过这些我们烂熟于心的草地的最后部分，硕大且绚烂的木槿花映入我们的眼帘，它们覆盖在矮小的柳树上，与葡萄的枝叶缠绕在一起，好像期望我们给留在后方的一位好乡邻捎个信，告知这种稀有的、不易到手的花儿开在何方，以免采撷不及。不过，当刚划离能望见村子最顶端的地方时，我们一下想起来了，居住在附近草地上的农夫明日要去教堂做礼拜，可以为我们捎个口信，如此一来，待到星期一我们在梅里马克河上泛舟时，我们的亲朋好友该会到康科德河边摘木槿花了。

我们在鲍尔斯山供康科德货运水手祈福的圣安教堂短暂的停留，不是祈祷我们一路顺风，而是到山间采摘了由纤细的丝梗垂吊着的些许浆果，我们重又起锚，当地的村庄立即脱离了我们的视线。当我们别离这片故土时，它似乎变得更壮丽了。在西南方的远处，午后时分孤寂的村庄掩映在榆树和一球悬铃木丛中，而连绵的山丘，虽说显露出一副超凡脱俗的蔚蓝色容颜，却似乎在对它们相识已久的玩伴投去哀愁的眼神，不过我们一下转向北方，同熟悉的山景作别，便与生疏的景色、另外的历险相逢了。苍天在上，我们面对的一切都是素昧平生的，货运水手从未在这苍穹之下经过；但有老天的庇佑，有我们对河流、林木的了解，无论是何种情形，我们均能应对自如。

归隐渔夫

就从这个地点开始，该河笔直地淙淙流过 1 英里或更长的距离，流到了卡莱尔桥下。此桥有 20 个木质桥墩。当我们回首远望时，整座桥身已如细线织就的蛛网般在阳光下熠熠闪光。沿河随处可见竿子立在水中，这标志着某个渔夫在那儿交了非比寻常的好运，而渔夫特意立此竿献祭给主宰这片浅滩的河神以示回报。现在河面较以前宽阔了足足一倍，水深而风平浪静，河床积了厚厚的一层淤泥，与柳树搭界的更远处则铺展开宽阔的环礁湖，湖上覆盖着睡莲浮叶、莎草和鸢尾。

夕阳西下，我们在行船途中瞧见一位老兄在岸上用一根长长的桦枝竿垂钓，竿上还没剥去银白色的树皮，一条狗陪伴在一旁。我们划得离他太近，以致划桨搅动了他的浮子，将他一个旺季的好运都搅黄了。当我们好似离弦之箭一般径直划行了1英里时，我们转头望向他，船的尾波激起的涟漪在平静的河面上仍清晰可辨，而那垂钓的老兄仍与他的爱犬相伴而立，似天边的两尊塑像，成了绵亘的草地上令双眼为之一亮的唯一物体。他尚站立在那儿，静候着他的好运，直到晚上携带着钓起的鱼穿过田野走回家去。大自然正是以这样或那样的诱惑，诱导着她的居民们进入她的隐秘处。这位垂钓者是我们此行途中遇到的最后一位乡亲，我们默默地托付他代我们向亲朋们作别。

在一方水土中，各种年龄和种族的人，形形色色的秉性和追求总是浓缩于某个缩影之中。我青春年少时的最初爱好被其他男子继承了下来。那个人仍是一介渔夫，正处在我曾经历过的时期。或许他并没有被五花八门的知识弄得晕头转向，尚未来得及琢磨一些奇技淫巧，但如何在太阳落山之前用他那根细长的桦枝鱼竿和亚麻绳钓到一大堆鱼，对于他而言，已堪称一项绝技了。甚至在炎炎盛夏和寒冬腊月做一个垂钓者也其乐融融。在八月天，某些人正做着法官，即便法庭全体起立，他们依旧正襟危坐；他们一年四季在一餐饭与另一餐饭之间体面地端坐在那儿听审案子，过着一种文明的政治生活，或许从正午到绯红的晚霞西沉一直都在劳神费力审理着斯鲍丁与康明斯的这桩讼案。正当其时，那渔夫则站立在3英尺深的水中，忍受着同一个太阳的炙烤，审理着蛆虫与美鳊之间的一起起官司，他的四周，睡莲、薄荷、梭鱼草香气扑鼻而来，他在距田地数杆之外的水中等闲度日，在一根钓竿的长度范围之内有大鱼游来游去。对他而言，人生酷似一条河——

奔流到海。[1]

> [1] 出自乔叟《特洛伊罗斯与克瑞西达》。

这便是他的洞见。这位老兄了不起地发现，人可以从人生的樊笼中获得保释。

我对一位身着棕褐色外套的老者记忆犹新，他就是这条河上的沃尔顿。他与儿子从英格兰的纽卡斯尔远道而来，他儿子是一个矮墩敦的壮汉，当年曾驾船航行。这位率真的老者总是一言不发地走在草地上，他这把年纪已不好出门呼朋唤友了。他那身饱经风吹雨打的棕褐色外套如黄松树皮一般又长又直地垂下。若是你站得离他够近，可见那身外套闪烁着若隐若现的阳光，它不是件艺术杰作，而是最终与自然浑然一体了。我时常不经意地看见他在睡莲浮叶与灰柳间移动身躯，采用某种乡间的老式技法捕鱼——因为在捕鱼时他衰老的躯体又焕发出青春，且脑海里尽是难以言传的思绪，或许那光景他在怀想着他的泰恩河和诺森伯兰。在晴朗的午后，常常可见他在河边流连，在莎草丛磨蹭；在一位老者的生活中，有多少煦暖的辰光花在了诱捕鱼类上啊，他几乎成了太阳的密友。已进暮年，看透了衣冠之类单薄的伪装，他还有必要穿戴什么？我见过与他相伴的命运之神是怎样以河黄鲈犒赏他的，不过我认为他的运气与他的年纪不太相称。我曾瞧见他步履蹒跚，怀着老年人的重重心思，提着鱼走进村边他那低矮的屋子里。我认为其他人都从没见过他，其他人如今也不会记得他，因为他没过多久就过世了，移居到新的泰恩河上了。他不是将捕鱼当作一种消遣，也不单是作一种谋生的手段，而是将其当作一种庄重的圣事，当作尘世的归隐，恰如老者阅读的《圣经》。

河中鱼情

　　无论我们居住在海边，居住在湖边、河边，还是居住在大草原，都会细细揣摩鱼类的天性，只因它们并非是局限于某个地区的自然现象，而是散布于五湖四海的生物形态。无以计数的鱼群年年沿欧洲和美洲海岸游弋，但研究自然界的专家们对此并不太感兴趣，更令他们感兴趣的是鱼类使自身更加丰产的本能天性——鱼类竟能将鱼卵贮存于山巅和内陆平原之上。鱼类这种本能天性，使得数量或多或少的它们能生存于天南海北的水体中。自然历史学家并非只是个仅会祈求阴天和好运道的渔夫，可既然钓鱼被称作是"一个深思默祷者的自娱自乐"，致使他忘情于森林和流水之中，如此一来这位博物学家的观察成果便不是与新的类别或种类有关，而是与新的深思默祷相关，况且科学只是一个更加深思默祷之人的消遣而已。鱼类生命的种子四处播撒，无论是风儿吹送着它们，水流浮载着它们，或是深厚的土层容纳了它们，不管何处掘出了一汪池塘，塘里便很快会游嬉起这种活泼的水族。它们拥有租借大自然的特权，租借期尚未完结，哪里有液体媒质，哪里就有鱼类，甚至在浓云迷雾和熔化的金属之中，我们亦能觉察出与它们类似的东西。

　　不妨设想，在严寒冬日你可以将一根钓线垂直穿过草地上的积雪，再穿过冰层、浸没水中，便能扯出一条亮闪闪、滑溜溜、傻呆呆的银白色或金灿灿的鱼儿！由个头最大直到个头最小的种种鱼类竟组成了一个鱼类家族，这一点真让人觉得不可思议。最小的米诺鱼（minnow）[1]平躺在冰面上用来做捕狗鱼的诱饵，看起来如同漂到海岸上的大海鱼。在康科德镇的水域里约有12种鱼，可是不谙鱼情的人指望发现更多的种类。

[1] 泛指鲤科下的一些细小鱼类。

淡水太阳鱼

本世纪仍未受到打扰的几种鱼类，它们的欢乐是夏日合乎常规的产物，观测一番它们的系统和习性，可增强我们对大自然庄重与祥和氛围的感受。驼背太阳鱼（*Pomotis vulgaris*），从某种程度而言，它既无先祖亦无后裔，却仍代表着大自然中的淡水太阳鱼。它是鱼类中最司空见惯的一种，小顽童们都爱将它拴在细绳上玩耍。这种鱼愚钝而不伤人，它的窝是靠在河沙里钻洞形成的，沿岸随处可见，夏日里驼背太阳鱼鱼鳍摆动如波，平稳地悬停在窝的上方。有时在几平方杆的范围之内就有20或30个鱼窝，每个鱼窝有2英尺宽、半英尺深，筑建起来颇费气力，得将杂草叼走，把沙子推到周边呈碗状。夏日初至，驼背太阳鱼便孜孜不倦地孵卵，它会驱赶前来骚扰鱼卵的米诺鱼以及更大点的鱼，甚至赶走自己的同类，将它们追赶出几英尺开外，又快速转弯游回鱼窝，而与此同时，米诺鱼好似幼鲨，转眼就钻进空无一鱼的鱼窝中，吞食掉附着在向阳一边的杂草及河底的鱼卵。鱼卵面对许多危险无力自保，仅有极少部分的鱼卵能孵化成鱼，因为它们不单常常成了禽类及鱼类的腹中餐，还因鱼窝筑在离岸咫尺的浅滩之中，河水水位退落之后，鱼卵不出几天就会被晒干。虽说我时常见到几种鱼类的卵漂浮于水面，我却只有幸见过驼背太阳鱼和七鳃鳗的鱼窝。驼背太阳鱼对自己的卵的照料可谓悉心，以致你可趁闲情逸致站在它们近前的水中细细端详。因而，我每次站在水中达半小时之久，随意抚摸它们而无须担心惊吓了它们，任凭它们轻咬我的手指，而当我的手指伸近鱼卵时，就会见到它们竖起背鳍发怒的模样。我甚至会轻柔地将它们托出水面，但无论你的手法如何灵巧，突然出手是万万不可的，因为鱼儿周遭的水会即刻将预兆传导给它们。当鱼儿平稳地浮在我手掌上方时，我才会将手指慢慢伸近它们，极其温和地把它们托上水面。尽管停在掌中，可它们的鱼鳍仍在不停地摆动，动作优雅至极，谦卑地表达着它们的欢愉;它们适宜的生存环境是一条必须要时常加以防范的河流,与我们人类生存的自然环境没什么相似之处。它们不时地轻咬长在河底或鱼窝上的杂草,或是狂追一只苍蝇或者软体虫。驼背太阳鱼的背鳍具有龙骨一样的功能,与肛门一起使鱼身保持平衡,因为在浅水滩鱼鳍不能被水淹没,否则鱼体便会倒向一侧。

当你就这么站着,俯视着鱼窝之中的驼背太阳鱼时,它的背鳍和尾鳍的边缘闪烁着一种奇异朦胧的金光,而它的双眼自头部外凸,晶莹剔透。在天然环境中,驼背太阳鱼看起来纤巧秀丽,各个部位都美轮美奂,好似造币厂新产的熠熠闪亮的硬币。它是该河精美绝伦的宝石,其色彩斑斓的侧边集聚了翠绿、艳红、紫铜和金黄色的光芒,仿佛是阳光透过飘荡的浮叶和繁花照射到沙质河床而反射的精美图案,与阳光照耀着的棕褐色和蛋黄色鹅卵石相互映衬,幸亏有了水体的庇护,使它远离了人生必遭的种种祸事。

在我们的这条河流中,还可遇见另一种太阳鱼,它的鳃盖骨上没有红色斑点,根据 M·阿加西斯(M. Agassiz)的说法,这一点没有提及。

驼背太阳鱼
pumpkinseed

普通河鲈

河黄鲈（*Perca flavescens*），它的学名恰到好处地描绘出它被钓出水面时，浑身的鱼鳞金光闪闪的模样[1]。在缺水时它鲜红的鱼鳃徒劳地外突，是鱼类中鱼鳃的外形最美观、最规则的一种，那一刻它的模样是在提醒我们，它急切地想回归适宜的环境，个头长得更大一点。确实，大部分被捕获的河黄鲈个头才只长到半大。在湖中，生有一种浅色且细长的河黄鲈，由数百条鱼齐聚而成的鱼群在浮光耀金的湖水里自在地游荡，平均不足六七英寸长的美鳊与之相伴，只有在湖底方能找到几条个头较大的河黄鲈，它们捕食弱小的同胞。入夜，我时常在河边用手指在水中搅起微澜，以招徕这些小鲈鱼们，有时它们游经我的两手之间时，会被我一下子逮住。这种鱼粗心，又很暴躁，从不轻轻咬啃，要么冲动地猛咬猛啃，要么自我克制，无动于衷地游过。河黄鲈颇为喜好河水清澈、河床淤沙的环境，可在这儿它没有多少挑挑拣拣的余地。河黄鲈算是名副其实的鱼类，阴凉的午后流连河边的垂钓者喜欢将它投进鱼篓或是挂在柳梢头。垂钓者清点过多少条真真切切的鱼儿，又有多少条美鳊经他清点后便被随手丢弃了呢？老乔塞林（John Josselyn）在他 1672 年出版的《新英格兰的奇珍异宝》（*New England's Rarities*）一书中就说到了河黄鲈。

[1] flavescens 在拉丁语中有金黄色之义。

小眼须雅罗鱼

小眼须雅罗鱼（*Leuciscus pulchellus*），鳟鱼的表亲，其通体或红或白，因其珍稀，任何一位垂钓者都很高兴能钓到它，

Chapter 2 星期六

河黄鲈
yellow perch

小眼须雅罗鱼
fallfish

对他而言，这可是一种令人喜出望外的奖赏。一想起小眼须雅罗鱼，就让我们联想到令渔夫沮丧的河风吹过后，他在溪流边许多次一无所获的徘徊。小眼须雅罗鱼一般都泛着银光、鱼鳞柔滑，斯文典雅的外貌颇有教授的风度，好像一本英文书中的多幅插图。它嗜好湍流的河水和沙子淤积的河床，不轻易地啃咬钓饵，它对钓饵并不感兴趣。在隆冬时节，米诺鱼被用作钓狗鱼的诱饵。在有些人看来，红小眼须雅罗鱼在同类中只是个头大些，或者说它的色泽因周身的水色较为幽暗而加深，恰似黄昏时分天边的一抹红霞。凡未钓到红小眼须雅罗鱼的人称不上是一个钓鱼髙手。依我看，其他鱼种略具两栖习性，而它则是地地道道的水族居民。钓鱼用的浮子在奔流的河中杂草和沙床间跳跃晃荡，突然间，前所未有的巧合，浮出了这另类环境中传说的居民。人们对它只是道听途说过，但尚未亲眼得见，似乎它是旋涡瞬间的造物，一种源于激流的产物。这种"亮铜色海豚（bright cupreous dolphin）"系产卵而生，已在你故乡的旷野上没足深的水中繁衍生息。与鸟雀和云霞一样，鱼类也从矿藏中获取自身的盔甲。我就听说鲭鱼会在特定的时节去铜矿的井口区造访；或许，铜矿河就是这种鱼的栖息之所吧。我曾于阿波杰克纳杰西克河中捕到过个头颇大的白小眼须雅罗鱼，它们从该河游入克塔顿山脚下的彭诺布斯科特河，但该河中没发现有红小眼须雅罗鱼。人们好像一直没有好好观察过红小眼须雅罗鱼。

学名为 *Leuciscus argenteus* 的雅罗鱼，是一种稍泛银色光泽的米诺鱼，通常可在河心寻见，那儿水流最为湍急。它屡屡被人们与方才提及的白小眼须雅罗鱼混为一谈。

银色小鱼

金体美鳊（*Leuciscus crysoleucas*），是一种鱼鳞柔滑、鱼身纤弱的小鱼，素来是更强健的邻居的腹中餐，你可在深深浅浅、清清浊浊任何水体中瞧见它。这种鱼一般会先轻咬诱饵，不过由于它的鱼嘴小巧，且性喜一点点啃咬，故而不会轻易被人捕获。这是一种泛着金光或银光的小鱼，在河水中游来荡去，在嬉戏或逃生时它那条灵便的鱼尾会在水面激起涟漪。我曾目睹过一群金体美鳊被扔进水中的物件吓得惊恐万分，数十条金体美鳊与小眼须雅罗鱼不约而同地一跃而起，又跌落到一块漂浮的木板之上。金体美鳊是河水中欢天喜地的婴幼儿，身上披挂着盔甲似的或金色或银色的鳞片，尾巴左扭右摆地在水中游弋，鱼身半没水中、半露水面，永远摆扭着鱼鳍奔向上游，奔向更为清澈透明的浪潮，但仍然与我们这些河岸上的居民保持着距离。它差不多被盛夏的热量化为无形之物了。在我们自家的一口池塘便可发现一种更为纤细灵动、色泽更为亮丽的美鳊。

暗色狗鱼

暗色狗鱼，这种鱼是鱼类中最迅捷、最谨慎、最贪得无厌的一种，在沿河两旁水浅而杂草芜生的环礁湖中极为寻常，被乔塞林称为淡水狼或河狼（Fresh-Water or River Wolf）。此鱼庄重严肃，正午时分潜藏于浮叶的荫蔽之下默默思量，警觉而又贪婪，目不转睛，宛如水中缀饰的宝石；它不时会缓缓地游弋到有利的位置，猛然冲向误入其觅食范围的倒霉的鱼、蛙或昆虫，囫囵吞下。我曾逮住过一条暗色狗鱼，它吞噬了一条个头有自己一半那么大的狗鱼小兄弟，它的嘴里仍可见到猎物的尾巴，而猎物的头已在它的肠胃中被消化掉了。一条花蛇弯弯扭扭地在河中游动，想去找寻更碧绿的草地，不料也落入了狗鱼的肠胃之中。狗鱼如此贪婪莽撞，结果屡屡是钓线一抛入水中，它便咬钩就擒。渔夫还会辨别出带纹狗鱼，这种狗鱼较暗色狗鱼要粗短一些。

云斑鮰

云斑鮰，有时被人戏称为"牧师"，因其被拽出水面时会发出怪异短促的尖叫声而得此雅号。这种鱼愚钝鲁莽，像鳗鱼一样性喜黄昏时四处觅食，且爱好淤泥。它咬住东西时显得极其沉稳，好像在煞有介事地干着活计。入夜，将许多的虫子用一根钓线串起能诱它咬钩，有时一下子可拽起三四条上来，还附带一条鳗鱼。此鱼具有异常坚韧的生命力，头被斩断后嘴巴仍可一开一

暗色狗鱼
chain pickerel

带纹狗鱼
American pickerel

云斑鮰
American pickerel

合达半小时之久。它们是世袭嗜血好战、恃强凌弱的骠骑兵一族，栖息于肥沃富饶的河底，永远枕戈待旦，时刻准备着与最靠近的邻居厮杀一场。我曾在夏日里细细观察过云斑鮰，它们周遭的其他种类的鱼的鱼背上都缺损了一块皮，有一条血红的长长的伤痕，或许这些伤痕是一场恶战的印迹吧。这种不足 1 英寸的小鱼往往大量地聚在一起，使河岸也变得阴沉下来。

康氏亚口鱼
white sucker

亚口鱼

  康氏亚口鱼（*Catostomi bostonienses*）[①]和椭圆北美吸口鱼（*Catostomi tuberculati*）[②]，或许按一般标准衡量算是鱼类中个头最为硕大的。它们常常成百条一群，在阳光的映照下逆流而上，做着不可理喻的洄游，它们有时会吞食渔夫任其漂荡在水中的诱饵。亚口鱼往往体形硕大，渔夫时常在小河中用手去抓它们，要么像捕红小眼须雅罗鱼一样，在一根枝条的一端牢牢实实地绑上一只叉钩，捅进它们的下颌，猛然把它们提拉上来。专事垂钓者对亚口鱼几乎一无所知，皆因它们很少咬食他的诱饵，不过善使鱼叉的渔夫在阳春时节总是满载而归。在我们这些山野村夫眼里，一群群的亚口鱼极富异域风情，令人一见倾心，它们真切地显现出五湖四海物产的丰饶。

[①] 现学名为 *Catostomus commersonii*，即亚口鱼科亚口鱼属。
[②] 现学名为 *Erimyzon oblongus*，即亚口鱼科亚口鱼属北美吸口鱼属。

鳗鱼与七鳃鳗

  美洲鳗鲡，系本州仅有的一种鳗鱼，是一种黏黏滑滑、不停

蠕动的水族生物,喜爱河泥,用鱼叉或钓钩捕获它们往往挺管用。依我看,待洪水退落之后,多处草地上会突现美洲鳗鲡的身影。

在河流的较清浅处,水流湍急,水底躺着许多卵石,在那儿你有时会瞧见海七鳃鳗(*Petromyzon americanus*,或者被称作"美国吸食石子者")奇特的圆形巢穴。海七鳃鳗像一个马车轮子那般圆,1英尺或2英尺长,不时跃出水面半英尺之高。由其绰号可想而知,海七鳃鳗以嘴采集如鸡蛋般大小的石子,据说它们用尾鳍将这些石子拨弄成一个个圆圈,海七鳃鳗将身子缠附在石块上,凭此法溯瀑布而上,有时拎起它的鱼尾可将石块带起。还没有人见过海七鳃鳗顺流而下,故此,渔夫们揣测它们从不折返,而是溯流上行,最终精疲力竭地死掉,死后它们的身子会缠附在石块或树桩上很长一段时间。这是河底景观中何等令人悲叹的一幕,堪与莎士比亚对海底景象的生动描绘,长存于记忆之中。只因建起了水坝,如今在我们的河中海七鳃鳗已难得一见了,但在洛厄尔的河口处它们却能被大量捕获。海七鳃鳗的巢穴极为引人注目,较河中的任何其他东西更像艺术珍品。

倘若我们今天午后得了闲暇,起了雅兴,便可掉转船头,划进一些小河,顺流寻觅典型的鳟鱼和米诺鱼。依照M.阿加西斯的说法,在康科德镇水域中发现的几种米诺鱼,人们尚未弄清它们的具体性状。或许,这几种米诺鱼的发现,会令我们康科德水域中的当代鱼类目录更臻完备。

鲑鱼

过去本地拥有丰富的鲑鱼、美洲西鲱以及灰西鲱,印第安人在河中扎起鱼梁捕捞这几种鱼,后来又将这种捕鱼方法传授给白人移民。白人将捕得的鱼作为食物,亦作为肥料,直到河上筑起了拦水大坝,比勒里卡开凿了运河,洛厄尔新建了数家工厂,这几种鱼便终止了向本地的洄游。可是仍有数条胆大的美洲西鲱偶然现身于康科德河的这个河段。据说有人对渔业遭毁的原因做出如下解释:当时代表渔夫及渔业权益的那些人,牢记着他们的习惯在某个时节去捕获成熟的美洲西鲱,便规定河坝只准在那个时节开闸泄流,结果一个月之后游来的鱼因此遇阻而大量地死掉了。另外一些人则认为,鱼的通道修建得并不适当。假若鱼类能够长久地忍耐,或许几千年之后,它们可另择别处欢度盛夏,到那时,自然的力量定会荡平比勒里卡河坝以及洛厄尔的数座工厂,而草地河的河水又将清澈如许,新兴的移栖鱼群会乐于前来嬉游探险,它们甚至可远游至霍普金顿河及威斯特伯勒沼泽。

渔夫轶事

人们一定愿意弄清那个渔夫种族更多的轶事吧,那个种族早已消亡了,他们曾使用过的捕鱼围网堆放在他们子孙后代的阁楼上渐渐地腐烂掉了。他们的后人光明正大地凭捕鱼的本事生活,甚至慷慨地向同镇人赠予食物,而不是在落雨的午后偷偷摸摸地溜过草地去找乐子。我们至今仍能从年长者讲述的一个个传说中,隐隐约约地想见当时的情景:渔夫令人惊叹地捞起一网又一网的鱼,河边的鱼堆数不胜数。我们的先辈在孩童时骑在马背上,从邻近的镇子被送到这里,他们坐在鞍囊上,照大人的话做,将一边的褡裢装满美洲西鲱,将另一边的褡裢装满灰西鲱。至少那往昔岁月的一点记忆依然萦绕在这辈人的心中,这点记忆就是康科德镇那支远近闻名的民兵连队家喻户晓的称号了。那支民兵连队——未受过正规军训的先辈们——荣耀地站立在了康科德北桥之上。他们的队长素有捕鱼的嗜好。某一天,他预先通知他的队员们集体出动。大伙儿就像听从军令的士兵,在他指定的时间集合列队。可是他们很不走运,那个5月的一天,大伙儿除了纵情地相互斗嘴打趣,没有进行任何操练,因为他们的队长将自己的命令忘到了九霄云外。他那天午后,见老天爷露出了一副好脸色,便像往常一样捕鱼去了。自此以后,人们无论是年长的、年少的、一本正经的或是嘻嘻哈哈的,全都把他的队伍称为"美洲西鲱",并且在很长一段时间内远近的年轻人都将"美洲西鲱"当作是由基督徒组成的非正规民兵队理所当然的代名词。可是,唉!有关这些渔夫们的日常生活的记录却没有留下只言片语,除了一页千真万确、不容置疑的对当时情形的简短记载。这一页记载出自本镇早已过世的一位老商人的第四本往来账簿,它相当清晰地显示出那时一个渔夫的购货明细。这页纸记载的很可能是某个渔夫在1805年捕鱼时节的往来账目。在那几个月中,这个渔夫每日前来赊购酒和糖、糖和酒、铸铁和杂货,"一根钓鳕线""一只褐色的大杯子",还有"一根用来拖拉围网用的绳索";酒和糖、糖和酒,"上等的圆锥形糖块"以及"上等的黑面包"、铸铁和杂货,以完全一样的简短账目记在此页的底部,皆是以英镑、先令和便士结算的,日期为3月25日至6月5日之间,在6月5日那一天以"现金收讫"结账,但或许并未全部完全结清。渔夫购买的这些东西乃是当时的生活必需品。对食品杂货店他倒没有依赖,因为他拥有新鲜的及腌制的鲑鱼、美洲西鲱和灰西鲱。这一点正好是渔夫生活境况的一个优势,可恰恰也是渔夫的天性。我还约莫记得在年少时曾见过这位赊购的渔夫,在许多事随流水逝去之后,他依然步履蹒跚地紧贴着河边徘徊,在草地上挥舞着大镰刀,他的烧酒瓶如蛇一般藏匿在草丛中,他自身尚未被岁月这伟大的刈草者刈倒。

漫游人间

命运之神想必总会保有一副仁慈心肠，即便自然界的法则较之任何暴君的律令更加不可更改，这些法则对于人们的日常生活倒难得显露出其苛责的一面，而是恩准他在炎炎夏日肆意自娱自乐一番。自然界并未声色俱厉地告诫他哪些事情他不能做。她对每个沾染恶习的家伙都宅心仁厚，当然不会不宽容他们；每个家伙在瞑目之前还有牧师到场祈祷送终。他们仍然保持着生命力，以免被送到冥河的彼岸去，他们总是体魄强健且坚定果敢，"珍惜生命中的每时每刻"，即便在十多年之后，他们还能从树篱后猛然起身，渴求得到只有身强力壮者才能占据的工作和享有的薪资。有谁未曾遇见过这样的——

一个正在路途的乞儿，
是否步履矫健？
……
他不惧狂风暴雨，
阅历会有多么广博？[1]

那汉子将所见的每座房舍当作己有；
把每一粒豆子权当棋子，快乐无比，
漫游人世间，好似恺撒大帝，向全世界证税。[2]

似乎持之以恒是保持身体健康的秘诀，而浅薄的、翻云覆雨的野心勃勃者却追求着一种抽象的生活，耽于妄想，自相矛盾，

[1] 节选自《罗宾汉与乞丐》(Robin Hood and the Beggar)，见托马斯·珀西《古代英国诗歌遗篇》。

[2] 出自弗朗西斯·夸尔斯的《标志》(Emblems，1635年)。

不但不能昂首挺立，反倒在羽绒卧榻上缠绵一生，憔悴而死。

不明智者好嚷嚷说，有些人好像总是没病没灾。可依我看，人们在身体健康方面的差异并未拉大到值得紧张兮兮的地步。有的人被当作患者，有的人则被看成是健康者。这样的事情时常发生：更显病态的人给更显生气的人当看护。

洄游的西鲱

如今在洛厄尔的这片康科德河的水泽湿地，人们依然在捕捉美洲西鲱，据说因水温的缘故，康科德河的美洲西鲱要比梅里马克河的美洲西鲱早一个月洄游过来。它们以勇往直前、不可理喻的本能依然故地重游，其行为坚忍可嘉，几近哀婉动人，似乎声色俱厉的命运女神会对它们发慈悲，可是它们仍会迎面碰上公司筑起的拦河大坝。不幸之至的美洲西鲱啊！给你的补偿在何方啊！既然大自然赐予了你洄游的天性，她可否也赐予了你逆来顺受的心境？你依然满身披挂着鳞片盔甲在海中游荡，临到一处处江河入海口时谦卑地打探，是否人类允许你畅通无阻地进入。尔等无以计数的鱼群无时无刻不在一道徘徊，只为了溯流而上，纵然你的盔甲寒光熠熠，在海中却仍四面受敌。你等候着新近的通知，直等到沙洲告诉你，水体告诉你，你是否获得了洄流的应允。于是，在这姗姗来迟的阳春时节，你全凭自身的本能，即你坚贞不渝的信念，一群一群地洄游，或许你对眼下哪儿人迹罕至、哪儿未开工厂茫然无知。你既无利剑护身，又不能放电退敌，尔等只是美洲西鲱，纯真无邪，胸怀正义，你那柔软而缄默无语的嘴唇只知勇往直前，你的鳞片会被轻易剥落。就我而言我与你共进退，有谁懂得如何以一根撬杠撬开那座比勒里卡大坝？在你的权利悬而未决期间，即便尔等大量地遭海妖吞噬，却仍未丧失信念，依旧英勇无畏，方寸不乱，鱼鳍在那儿轻快地摇摆，为了追求更崇高的目标而沉默寡言，这就是西鲱。

此种鱼在度过了产卵时节之后，会遭到大批屠杀，以满足人类的口腹之欲。让人类浅薄而又自私自利的博爱主义滚蛋吧！——有谁能知在低水位线下的鱼类究竟具有何等令人折服的美德，它们面对厄运毫不退缩，可并未受到同为上帝造物的人类的赞赏，唯有人类方能赏识它们的这种美德！谁人听闻了鱼类的呼声？某些人将会为你魂牵梦绕：我们曾同生共世于一个时代啊！倘若我没有弄错，你很快将逆流而上，逆大地之上每条河流而上。加把劲吧，你甚至还会实现你那水中单纯的朝思暮想。如果事与愿违，你从始至终皆被人类施以毒手，那么我会仇视他们的极乐世界。的确，我坦诚地说了这些话语，我以为自己比你更见多识广。那么，就让你的鱼鳍倔强挺立，逆一切潮流而动吧。

最终，似乎不只是为了顾及鱼类的福祉，还有威兰德、萨德伯里、康科德的居民，为了自身福祉，也吁求将那处大坝夷平。广阔的水淹草地成为干燥的土地，土生土长的野草被英国草替代。农夫们手握磨得无比锋利的大镰刀呆立着，静候着水势在地心引力或蒸发等因素的作用下减退下去。但在收割青草晒干的时节，他们的眼神有时也会茫然，他们的车轮有时完全没在颤动的草地上滚动。如此丰富的自然资源近在咫尺奈何却遥不可及。他们估算，仅威兰德一镇每年所蒙受的损失便与饲养 200 头牛的花费相当。据我所知，最近有一年农夫们预备照常赶着牛车去草地上割草，可是水位没有一点减退的迹象。苍天未露出新容，又无山洪暴发或其他显而易见的缘由，但水位仍处于史无前例的高度。每一支液体比重计都出了问题。有些人甚至为他们的英国草忧心忡忡。但是行动机敏的探子揭开了这不合常情的奥秘，这奥秘就出自一块总宽度为 1 英尺的新的承水板上，水坝的拥有者原本过高的种种垄断权中又添加了一项。而正当其时，那 200 头牛坚忍地站立着，眸子中流露出渴求的目光，它们凝视着草地，凝视着可望而不可即的草地，那一片片土生土长的草叶在风中摇曳。除了伟大的刈割者时间——它的刈割范围如此之宽阔，而且事先不吐一口气就吹响号角——本地土生的草尚未被农夫刈割过。

夜泊沙洲

我们花了很长时间，才从鲍尔斯山划到了卡莱尔桥。我们面南而坐，一阵轻风从北面吹来，河水仍在向东奔流，草叶仍在生长，此刻我们穿过卡莱尔与贝德福德之间的这座桥，目睹众人在远处的草地上刈草，他们的头与他们刈割的草叶一样不停地摇晃。放眼望去，清风似乎吹弯了远方的所有景物。

暮色悄然而至，一阵清爽的气息拂过草地，以致一片片被收割的草仿佛仍旧生机勃勃。河水中隐约倒映出紫红色的云彩，牛铃的叮当声从河堤边传来，越来越响亮了，而我们则像一只只机灵的水老鼠，悄无声息地靠近河岸划桨，好找一个宿营的地方。

终于，在航行了7英里后我们抵达了比勒里卜。我们将船泊在一块稍稍隆起的土地西边，春季时这块地在河中形成了一个沙洲。这儿的佳露果依然悬挂在灌木丛中，一颗颗黑果已渐渐成熟，特地静候我们来采撷享用。面包和糖，加上用河水泡煮的可可茶，使我们可以将就一餐。只因我们饱览了一整天的河川美景，所以此刻我们边吃晚餐边畅饮着河水，不光可讨好河神，还能欣赏更多美景。一方面是落日余晖，另一方面我们茕茕子立于孤洲的身形令暮色苍茫厚重。随着夜幕降临，天色似乎于无声处变得光亮了些许。远处一座孤零零的农舍原本隐身于月光的暗影之中，此时显露出来了。举目四望，再无其他村舍，也不见任何耕地。我们的左边与右边，一直到地平线，绵延着一条松树林带，松树的针叶在天幕的映衬下呈现出羽毛状。河对岸是一座高低起伏的小山，山上覆盖着灌木栎林，葡萄藤和常春藤的枝蔓交缠其间，灰白的岩石从四处盘根错节的树丛中探出身来。当我们望着那些悬崖峭壁时，虽说与之相距1/4英里之遥，但那儿树叶的沙沙声仍隐约入耳，那片

佳露果
black huckleberry

山地的树叶是何等浓密啊！那儿是农牧之神和森林之神治下的乐土，蝙蝠白日悬栖于岩石之上，夜间则轻快地掠过水面，而夜色中的萤火虫们在草丛和树叶间散发着点点幽光。

我们在一面山坡上搭起帐篷，这山坡距河岸仅数杆之遥。我们安坐着，撩开三角形的门帘，凝视着我们小船的桅杆在茫茫暮色中独立于岸边，它的尖顶恰好高于四周的桤木，在拍岸的河涛中不停地晃动。我们的扎营是商业对这片净土的初次侵扰。这儿是我们的港口，我们的港口之城奥斯蒂亚。以流水和天空作映衬的几何直线意味着文明生活方式残存的雅致，历史长河中的雄伟壮丽在那儿获得了象征性的诠释。

夜深人静时，人类生活的迹象在很大程度上难以显现。闻不到人的气息，只有轻风在絮语。我们一直坐着，因身临新奇境地而夜不能寐。我们不时听到野狐踏足落叶枯枝间的声音，它在靠近帐篷的带露水的草丛中一掠而过。有一阵子，一只麝鼠在我们的小船上把马铃薯和甜瓜拨拉得哗啦作响，可当我们急促地赶到河边时，只瞧见水中的涟漪弄皱了一团倒映的星辉。睡梦中，美洲鸦的啼声，抑或是猫头鹰悲怆的尖叫声，这些禽鸟吟唱的小夜曲不时入耳。柔枝的每一次断裂声，树叶的每一阵沙沙声，几近耳边，猛然打破了夜的无边寂静，可紧接着每次声响之后的，便是一次戛然而止，一次更深奥、更刻意为之的静默；仿佛冒失鬼意识到，在这午夜时分哪一种生物都不宜离家外出。

天赐号角

据我们判断，今夜洛厄尔失火了。我们遥望地平线，火光冲天，我们听见远方警钟长鸣，那警钟犹如这林间生发的微弱的叮咚乐音。不过夏夜里最经久不息、最令人念念不忘的当数看家犬的吠声了，此后我们都能夜夜不落地听到这吠声，可都不如这当口儿的频繁，如此动人心弦；从颇有耐性而又忧虑的獒犬到胆怯而警觉的猛犬，其最为响亮、最为粗哑的吠声，起初无不是声大而急促的，随后渐弱而调缓能压低嗓门来模仿了：汪——汪——汪——汪——喔——呜——呜，最终成了天底下最微弱的空气颤动。即便在一个如此隐僻且渺无人烟之地，这吠声也足以在夜间引起注意，且比任何音乐都更激荡人心。

我曾聆听过一只猎犬的吠声，时值天刚破晓，远方地平线的森林与河流之上群星熠熠生辉，那吠声闻之犹如一件乐器奏出的天籁。在地平线那端，一只猎犬正在追捕一只狐狸，或是其他什么动物，很可能最先令人联想到以呜呜的猎号声替换从那猎犬的肺腑中发出的声音。在号角尚未发明之前，狗吠这天赐的号角声便早早地在古老的林间悠悠回荡了。

这几夜，那几条家犬在农家院子里对着月亮愠怒地吠叫着，它们在我们胸间激起的英雄主义远胜过当代所有的警世恒言和战时布道。"我宁愿投胎做条狗，对着月亮吠叫"①，也不愿随大流做个我看透其秉性的罗马人。今夜同样蒙恩于公鸡发出的尖啼，这尖啼满怀着夜不能寐的希冀，它始于黄昏时分，过早地迎候着黎明的大驾光临。鸡鸣、狗吠以及午间的虫吟——凡此种种声音——无不是自然界健康或健全的明证。这是恒久如一、华美精确的语言，是人世间最完美的艺术；千百年的凿子精雕细刻地成就了它。

终于，三更半夜最令人哈欠连天的时刻到来了，任何声音我们都已充耳不闻。

> 昼伏夜行者，
> 将遇见精怪而非神灵。

① 出自莎士比亚《裘力斯·凯撒》。

Chapter 3
星期日

北美红松鼠
American red squirrel

那河水静静地流淌，
流经光耀的堤岸，穿行寂寥的幽谷，
猫头鹰在河畔尖叫，鼠说众人的喧哗
从未打搅它缄默的好梦，
可假若你涉足过那儿，你定会故地重游。

——钱宁

印第安人告诉我们，有一条美丽的河流，
伸向遥远的南方，他们称之为梅里马克。

——西厄·德蒙特《耶稣会的联系》，1604

晨光即景

清晨，河面上及河畔的田野上浓雾弥漫，我们的炊烟宛如更为轻灵的薄雾，穿透浓雾袅袅升腾。我们还未将船撑几杆远，红日便冉冉东升，雾霭随即散去了，仅剩一层薄雾幽浮在水面上。这真是个静谧的清晨，晨光中玫瑰红和白亮的色泽较金黄的色泽多，仿佛这清晨当属人类诞生之前的某个日子，还依然存留着蛮荒时代的诚实：

一位早先不信教的圣徒，
尚未沾染中午和傍晚的污尘，
蛮荒但并不觉得羞耻，
这蛮荒漫入了每个日子，
且自它诞生以来，
便在人世的边缘踏步。

可是清晨留下的印象随着它的甘露一并消失了，即便"最锲而不舍的人"也没法将它的清新记忆保留至正午。当我们逆流而上，划经形形色色的小岛或是被春水围成小岛的高地时，我们便逐一为它们命名。我们将曾夜宿的岛称作狐狸岛。还有 个岛，岛四周被深深的河水环绕，岛上林木茂盛，葡萄藤蔓延，看着好似抛落在浪涛上的一团红花碧草，我们称它为葡萄岛。

从鲍尔斯山到比勒里卡教友会聚会所的这一个河段，仍比康科德的那段宽阔一倍，水深色暗，水波不兴，它流经坡度和缓的山冈，间或流过陡峭的山崖间，流经之处无不林木葱郁、欣欣向荣。

这是一片长长的森林之湖，垂柳夹岸。我们划了很长的距离，沿岸却难觅人踪，不见房舍田地。此时，我们沿着浓密如壁的一排莎草旁的浅滩划行，灯心草整齐划一地与河水搭界，好像经过了鬼斧神工般的修剪，不禁令我们联想起书中描述过的东印度群岛土著人搭建的芦苇城堡。此处的河堤微微凸起，其上丛生着形态优雅的草叶以及不同的蕨类植物，它们毛茸茸的茎秆挺直地簇生着，毫无遮掩，宛如插在一只硕大的花瓶里，而它们的头状叶丛向两旁伸出数英尺。

柳树的枯枝缠绕装饰着小花假泽兰（*Mikania scandens*），填充了枝叶繁茂的河岸上的道道裂缝，与它附生的灰色树皮和风箱树的球形物相互映衬。黑柳，当它长得硕大且完整时，堪称各类树木中最为雅致且飘逸的一种。它的淡绿色枝叶，重重叠叠到20至30英尺之高，好似漂浮在河面，透过其枝枝叶叶的缝隙，却难见浅灰色的树干或堤岸。再没有其他树木能与之相比，如此这般与河水结下不解之缘，与宁静的河流琴瑟和谐。黑柳甚至比垂柳或其他任何一种悬垂树木生得更风姿绰约，它们不是被河水浮托起，而是枝叶径直浸没在水中。黑柳的枝叶婀娜地伸出水面，在水面上盘旋交错，仿佛亲水之至。黑柳身上看不出一点儿新英格兰的个性，却颇具东方特征，令我们联想起整齐的波斯花园，联想到哈伦·拉希德（Haroun Alraschid），还有东方的人造湖。

垂柳
weeping willow

我们就这样行舟河中，穿过一丛丛苍翠欲滴的青枝绿叶，枝叶间缠绕着葡萄藤或更纤小些的开花藤本植物的枝蔓。河面如此平静，空气与河水如此明净，致使翠鸟或旅鸫从水面飞过，它们在水中的倒影与空中的形象一样清晰可见。这些鸟儿似乎从浸入水中的枝丛中掠过，飞落在柔性的水花之上，它们的声声清啼好像来自水下。

我们无法确定，是河水浮托起陆地，还是陆地敞开胸怀拥护着河水。总而言之，此时便是这样一个时节，在这个时节，我们康科德的一位诗人，泛舟河上，吟咏着静流中的无上荣耀。

有一种声音发自这不息的河流，
将它的精气神传送到愿意聆听的耳朵，
它娴静地流淌，心满意足，
像位智者，凭着自尊受到欢迎。
它分明胸怀着所有这些美好的哲思，

旅鸫
American robin

概然接纳了枝叶婆娑的绿树，
灰白岩石在它安宁的臂弯中浅笑。①

① 出自钱宁的《河》(River)。

他的吟咏远不止这些，但过于一本正经，本页便作了删节。我们懂得，正如这些榆树和柳树一样，在山峰生长的每一株栎树和桦树都会从根部生发出一株飘逸而完美的树来，偶遇河水暴涨，大自然便会将她的镜子置于那棵树的根部，好令它对镜顾盼。

吟诵萍踪

时下寂静到了极致，这种寂静几乎是有意为之的，好像大自然的安息日到了。空气如此富有弹性，如水晶般晶莹剔透，它衬托景色的效果，与玻璃衬托一幅画的效果相当，赐予了其如愿以偿的细腻感与完美性。四周的景致笼罩在一种温和、宁静的光芒中，在这光芒中林木和篱笆以新的规则将大地切分成方格图案，而表面毛糙的田原宛如滑爽的草场一直延伸至天边，天空中浮云精美如画，恰似一幅帘幕悬垂在仙境。这尘世似乎为某个宗教祭日或者更值得炫耀的庆典而扮靓一新，丝质的幡旗迎风飘扬。在这果树繁花似锦的时节，我们的生命历程宛如一条延伸至乡间迷津的绿色小径，弯弯曲曲地显现在我们眼前。

我们的整个人生及其人生场景为什么不应当如此美丽且分明呢？我们的生活都需要一个恰如其分的场景。至少，我们的生活当如隐者的生活那样令人感触至深，就像人们惊见沙漠的活物，看见一望无际的地平线上那一根断裂的树干或一座崩塌的土丘。事物的特征总是确保着它自身的优点，因此独一无二，与相邻的凡人俗事毫不相关。

就在这段河道上，有一位妙龄少女曾搭我的小船上路，故而除了隐身的护花使者，没人关照她。她闲坐在船头，但在舵手与天际之间，她却形单影只。那时我可以与诗人一道吟诵：

> 夏日的微风甜美清爽，
> 守护着同舟少女的身心；
> 她的举止优雅大方，
> 她的性情天下难寻，
> 她处子的心儿啊坚贞不渝。①

① 出自钱宁的《船歌》(Boat Song)。

夏夜，天上闪烁的群星好似这位少女的使者，好似她萍踪的报道者。

> 东方低垂的云天之下，
> 你的眸子忽闪忽闪，
> 即使它秀雅的光焰
> 尚未撩起我的眼帘，
> 但每一颗星星在爬越
> 遥远群山的虬枝，
> 传送来你温柔的心愿。

> 请相信我明了你的心思，
> 也相信一阵轻风
> 将你的祝福捎来，
> 正如轻风为你捎去我的祝福；

唯愿一片殷勤探看的云朵，
驻停于我头顶上的
许多云朵之中
倾诉那柔情蜜意。

请相信鸫鸟欢啼，
花钟鸣响，
香草喷吐芬芳，
而野兽深知其中的意义，
林木摇曳迎客的风姿，
湖水冲刷着堤岸的边界，
你不羁的思绪
真的缠绕在我归隐的深居。

那是个夏日的黄昏，
地气轻盈升腾，
而一片低垂的云彩
遮蔽了你东方的天际；
闪电静默的光影，
将我从梦乡中惊醒，
恰似一道炽光
在你黑色的睫毛下辉映。

我会竭力平心静气，
仿佛你与我相伴相依，
不管我踏上哪条蹊径，

因为有你的缘故，
坡也平缓，路也宽阔；
因为有你与我相伴相依，
没有树根
羁绊你优雅的双足。

我也会优雅而行，
选择最无碍之处，
如履薄冰地划桨
绕避蜿蜒的河堤，
牢牢掌舵驾舟，
沿途睡莲颤浮，
红花山梗菜绽放，
伫立在她的万绿丛中。

驾一叶小舟去搅乱明镜似的水面，倒很是需要点粗野个性，河面将根根枝条、片片草叶都如实地倒映出来了，因为太逼真了，以致高超的画技也无法临摹，这下唯有大自然可以自我炫耀一番了。即使河水最清浅处，也显得无比深邃。凡林木、云天得以倒映之处，大西洋也难抵其深邃，该处也绝不会带来什么想象力搁浅的危险。我们观察到，相较于只瞥见河底，瞥见倒映在河水中的树木和天空需要别具慧眼，需要更不拘一格、更聚精会神的眼光。因而每一个物体看上去都具有多重的影像，即使最不透明的物体表面也能映射出天空。某些人的双眼天生就适合看某种物体，而另一些人的双眼则专用来看另一些物体。

一个盯着玻璃看的人，

他的目光会滞留在玻璃之上

或者，如果他乐意的话，

视线会穿透玻璃直达天庭。[1]

> [1] 出自乔治·赫伯特（George Herbert）的某首诗。

有两个人乘着一只平底小划艇在我们附近经过，小艇轻快地漂移在树木的倒影中，恰似半空中的一根鸿毛，或像一片树叶没有翻转地从枝丫上悠悠地飘落水中，他俩看上去十分在行，熟练地利用着自然法则。他们漂流河上可是自然哲学中一项美不胜收且功成名就的实验，这有助于让我们将航海术看得更加庄严崇高；这些人泛舟湖上，恰似飞鸟翱翔、锦鳞游弋。这不由得让我们联想到，人类的所有活动或许该美好得多、崇高得多，在人类的整个秩序中，我们的生活可能与艺术或大自然中最灵动的作品相媲美。

阳光照耀在河边古老的灰色峭壁上，又从每一片浮萍上反射出去。莎草和鸢尾似乎沉醉于这怡人的光芒和空气之中，草地在悠闲自得地畅饮着甘露；一只只青蛙端坐着在沉思默想，都是些安息日的念头，回顾总结这一星期来的生活状况，睁一只眼向着金灿灿的太阳，一只脚趾踏在苇叶上，观望着芦苇在其中扮演自己角色的大千世界；鱼儿好像少女去教堂做祷告一样游荡得更稳重、更节制了。一群群金色及银色的米诺鱼浮升至水面看看天空，转身又游向更加阴暗的回廊；鱼群急速运动，好似听命于同一个头脑，它们不停地相互交错游过，但队形依然保持如初，好像仍包裹着鱼卵体外那层透明的薄膜。一群幼小的鱼类兄弟姐妹正锻炼着它们新生的鱼鳍，它们一会儿转圈，一会儿猛冲。当我们将其赶向岸边，阻断其退路时，它们机灵地转向从船下游走。那一座座颓旧的木桥上没有旅人的身影，无论是河水还是鱼儿都无所顾忌地从桥墩间一穿而过。

拓荒小镇

  河岸上树林背后不远处是个名叫比勒里卡的小镇。这镇子并非很久以前建的，孩子们仍以这末期"荒凉的原野"第一批殖民者的姓氏取名。但该村里里外外与费尔内或漫图亚一样古老，是个灰蒙蒙的老镇，人们在镇上渐渐老去，在铺满苔藓的纪念碑下长眠——他们不再能派上任何用场了。这就是古代的比勒里卡，而今老态龙钟。它的镇名源于英国的比勒里凯，印第安人叫它肖夏恩。我从没听说它年轻过。瞧瞧，这儿大自然一片衰败，农庄萧瑟，教友会聚会所年久失修，镇子不正是因此而变得阴暗破败的吗？若是你想追溯它的青春年少时光，那么就请叩问这牧场上的古老的灰色岩石吧。村上有一口钟，钟声不时传到康科德的树林中；我曾聆听过那钟声，好啦，现在就听听它吧。难怪当初那口悬在树上的钟，发出的钟鸣声穿过白人种植园，从远方的森林传来，惊醒了酣睡的印第安人，吓跑了他的猎物。可是，今天我最喜欢听这山崖和林间回荡的声音。它不是虚弱的模仿，而是原来的钟声，或者好像是某位乡间的俄耳甫斯再次弹奏那动人的旋律以显示钟声该如何鸣响。

咚，铜钟在东方撞响，
似乎为了葬礼的盛宴，
可是我最欢喜听这声音，
从西方传来的震颤。

教堂的尖塔敲响了钟声，
而仙女们的银铃，
正是那大家闺秀的蜜嗓，
或是地平线上的呢喃。
它的材质并非是铜，

而是空气、水和玻璃，

它在一片浮云下摇摆，

任由长风奏鸣。

教堂鸣钟以示中午来临，

它不会响得很早，

可当它鸣报早得多的时辰，

阳光尚未触及它高高的塔身。

这条路通往森林之城卡莱尔，若是觉得它缺少文明气息，那么就去感受大自然更多的浓墨重彩吧。它将世间的陌路人聚集在了一起。因为该镇规模很小而遭人讥笑，这一点我心知肚明，然而这地方哪一天都可能诞生出伟大的人物，因为和风也罢，寒风也罢，一样吹过该镇。镇中心有一处教友会聚会所及数间马厩、一家小酒馆和一家铁匠铺，有大量的林木可供砍伐和堆放。而且：

贝德福德，顶顶高贵的贝德福德啊，

你让我难以忘怀。

历史已将你铭记在心。尤其是你老迈的种植园主们向康科德的"绅士和行政委员们"温顺谦卑的请愿，好似上帝子民的悲号，祈求建立一个单独的教区。我们难以置信，就在一个世纪之前如此哀怨的一首赞美诗竟然萦回在巴比伦的河流两岸。"在烈日当空和天寒地冻的时节"，他们说，"我们准备在安息日祈祷，上帝啊，瞧瞧，我们是多么辛苦。"——"先生们，假如我们谋求撤离是缘于对我们现任的可敬牧师心怀不满，缘于对与我们愉快磋商并携手步入教堂的基督教团体心怀不满，那你今日就别听我说，可是如果上帝愿意，我们期盼在安息日解除全身的重负，免除奔波和劳累，那么上帝的言语便会贴近我们，抵达我们的心间，而我们和我们的子孙便可敬奉上帝。我们渴望，曾激励居鲁士去创建圣殿的上帝也激励我们去做同样不懈的努力，您的谦卑的请愿者们将责无旁贷地如此祈求——"因而建造教堂的工作进展到这儿，取得了皆大欢喜的结果。而在远方的卡莱尔那边，教堂的建设被延误了好几年，倒不是由于缺少西廷木材或俄斐金子，而是缺一处方便每一个礼拜者的场地！教堂是建立在"巴特里克平原"还是建在"波普勒山"——那真是个令人棘手的问题。

在比勒里卡，一些殷实人家肯定居住过，年复一年离群索居；至少一批镇上的职员就是这样，你如果心存疑惑不妨去查阅先前的文字记载。某一年的阳春时节，那个白人初来乍到，搭盖起自己的房屋，开荒出一块空地，让这儿阳光普照，他晒干农场的土地，用老旧的灰色石块垒成围墙，伐倒屋子四周的松树，栽种下从古老的国度捎带来的果树种子，劝说文明的苹果树在野松树和刺柏近旁开花，香飘四野。当初的树干历经沧桑依旧还在。他精挑细选河边优美的榆树，扮靓他的村庄。他在河上搭建简陋的小桥，把牲畜赶入岸边的草地，除去野草，使河狸、水獭、麝鼠的窝暴露出来，而且磨刀霍霍吓跑了鹿和熊。他建造了一座小磨坊，种植英国谷物的田地出现在这片处女地。他将自己的谷物与蒲公英和野生三叶草的种子混在一块在草地上播撒，让他的英国花卉同本地野花争奇斗艳。覆满地面的牛蒡、芳香浓郁的荆芥和不起眼的蓍草沿着他的林间小道生长，各展风姿追求"崇拜上帝的自由"，他就这样建起了一个乡镇。那白人的毛蕊花很快便蔓生于印第安人的玉米地，芬芳的英国草扮绿了新的沃土。那么，何处还有印第安人的立足之地？嗡嗡的蜜蜂穿过马萨诸塞森林，吮吸印第安人棚屋四周的野花，恐怕未引人注目，突然，蜜蜂以预言家的警告叮了印第安孩子的手，它是那伙勤勉者的先驱，那伙人后来到此地把印第安种族的野花连根拔掉。

那个白人涉足伊始，肤色如黎明的天光一般苍白，满怀着千头万绪，具有星火燎原般潜藏的智力。他颇有自知之明，不作无谓的猜测而是在精打细算。他善于交际，服从权威，他属于阅历丰富的民族，他精通常识；他稳重且干练，

Chapter 3 星期日

美洲河狸
North American beaver

行动舒缓但坚持不懈,表情严肃又刚正不阿,缺乏幽默但真诚大方,他是个勤劳的汉子,对游戏和娱乐不屑一顾。他搭盖了一座坚固耐用的房子,一座木屋。他购买印第安人的鹿皮鞋和箩筐,然后买下印第安人的猎场,最终忘记印第安人埋葬在何处,犁田时将其遗骨从地里翻耕出来。在这镇子的陈旧、残破、古老、斑驳褪色的地方志中,记录在案的或许包括那印第安酋长的标志,一支箭或一只河狸,记载着他转卖掉自己猎场时使用的几个关键词。那白人随身携带来一份古萨克逊、诺曼底和凯尔特名单,将这些大名撒播在这条河的上游或下游沿岸:弗雷明汉(Framingham)、萨德伯里(Sudbury)、贝德福德(Bedford)、卡莱尔(Carlisle)、比勒里卡(Billerica)、切姆斯福德(Chelmsford)。这地方叫新盎格鲁兰德,这儿的人就叫新西撒克逊人,印第安人称他们为扬格斯（Yengeese），而非盎格鲁人或英国人，故此他们最终被称为"扬基"（Yankees）。

当我们划到比勒里卡中部的对岸，左右两边的田野显现出一派祥和的英国耕地风貌，越过沿河生长的灌木丛可见镇上耸立的塔尖。有时可见一片果园延伸到河边。总之，我们这个上午途经的是整个行程中最荒凉的沿河地带。那儿的人们好像过着一种极其祥和文明的生活。显然，居民是土地的耕种者，在一个井井有条的政府的治理下过日子。学校的房舍模样温顺，在央求着长期停战和停止野蛮生活。

每个人既从历史中，也从自己的人生历练中发现，人类种植苹果和培养种植园里悦人事物的时代同猎人和林间生活的时代有着本质的区别，而两种生活方式之间的相互取代都不可能不带来损失。我们都做过白日梦，也在夜间做过更具预见性的梦；但至于农事，我确信我的天赋源于较农耕时代更久远的时代。我用铁锹挖土时，至少会像啄木鸟将嘴插进树干那样轻松自在而又精准无误。我认为，在我的秉性里遗存着一种怪异的对所有荒野事物的向往。我对自身有何种赎罪的品德毫不在意，只看重自身对某些事物情真意切的爱恋，而当我受到责难时，我撤回到这片热土之上。我用犁去干些什么呢？我在你眼见的沟之外又犁了一条沟。那条沟不在右侧牛蹄印的远处，在更远处；它将不在牛蹄踏过的近处，而在更近处。如果玉米减产，我种的庄稼则不会，干旱和水涝又奈我何呢？那粗鲁的撒克逊拓荒者不时也会怀恋英国的高雅情调和巧夺天工之美，喜爱听这类古典动听的名字，比如彭特兰和莫尔文丘陵、多佛峭壁和特罗萨克斯山、里士满、德文特以及维南德米尔等，这些名字如今对他而言取代了卫城和帕台农神庙、巴里、建有海堤的雅典，还有阿卡迪亚和坦佩溪谷。

希腊啊，吾何人斯，犹记得你
你的马拉松和你的温泉关？
我的人生是否粗鄙，我的命运是否卑微，

它们有赖于这些黄金般的追忆?

神圣故事

我们很轻易对此类书爱不释手,例如伊夫林(John Evelyn)的《森林志》(*Sylva*)、《论沙拉》(*Acetarium*)、《园丁年鉴》(*Kalendarium Hortense*),但它们仅仅暗示读者紧张的神经得到放松。园艺是文明而又社会化的,可它亟须森林和不法之徒的活力与自由。与任何事情都会过度一样,修身养性或许也会过度,直让人对文明心生怜悯。一个具备很高文明素养的人——他也会做一个软骨头!他天生的德行仅仅是文质彬彬!年复一年,在玉米地里生长的幼松令我感到神清气爽。我们谈到教印第安人文明的问题,但"文明"并非他进步的适当名词。阴暗的森林生活、谨小慎微的独立性和冷漠使他继续跟自己土著的神灵交流,何况他一次又一次被应允与大自然进行可贵和奇异的交往。他的目光能识别群星,对他而言我们的沙龙倒显得陌生新奇。他的天赋具有永恒的光明,因辽远而黯然,正如星辰微弱而心领神会的光华,与炫耀、无用、短暂的烛焰形成鲜明的对照。这些社会群岛岛民拥有他们自己的白日神明,但这些神明不应该"与暗夜神明一样古老"。的确,乡村生活自有其无忧无虑的乐趣,有时让土地增产、在丰收时节采摘硕果是无比快乐的,但英雄的精魂不能不去憧憬更渺远的隐居之所和更崎岖的幽径。它将在大地之外的地方拥有自己的栖园和花苑,它为自己的生存顺便采摘坚果和浆果,或者与采摘浆果同样不经意地摘取果圃里的鲜美果实。我们并不会总是抚慰、征服自然,驯服牛马,有时也会在荒野策马狂奔,追猎野牛。印第安人与大自然的交往,至少是诸如此类容许双方有最大独立空间的交往。若是他对自然界而言稍稍像个陌生人,那么这园丁跟自然界就像个密友。密友同女主人的亲密有些低俗、下流,而园丁与她保持适当距离则显现了某种高洁和意趣。在文明世界中,正如在一个南方地区,人类最终堕落,并被来自更北方的部落侵犯和征服。

> 某个民族闭锁在
> 冰封的绵绵山冈。

相较我们的诗人所吟咏的大自然,自然界还有更蛮荒、更原始的一面。它们仅仅是白种人的诗歌。荷马和我相甚至绝无在伦敦或波士顿重生的良机。且看看这些城市是如何依赖单一的传统,或依靠这些野果尚未完全散发的馥气得以恢复活力的。若是我们能倾听一小会那位印第安诗人的歌吟,我们就会明了为何他不情愿用他的野蛮去与文明交换。人世间没有异想天开的民族。钢铁和毛毯具有极强的诱惑力,但印第安人照样去做他的印第安人。曾有数天我闭门不出,在自己的房间阅读诗作,在一个大雾弥漫的清晨我走出来,听见附近树林中一只猫头鹰的啼鸣,那啼声似乎发自科学和文学尚未探索的寻常自然界背后的另一个自然界。没有任何一只鸟雀懂得我年轻时对这林地方圆的概念。我曾瞧见红色的上帝选拔鸟(red Election-bird)①,那是同伴用细绳从它们的隐栖处逮回的,我遐想随着我深入这林间阴森和孤寂之中,它们的羽毛色泽将会变得更为特异、更令人目不暇接,像黄昏的烟霞。更不用说,我在任何一位诗人的细绳上看到这般强烈的荒野色彩了。

从它们对我的影响而言,这些现代精湛的科学和艺术比不上那些历来备受尊崇的打猎和捕鱼技术,它们甚至还比不上原始朴素形态的农牧业,因为与日月同辉、与清风同样古老和荣耀的行业仍长盛不衰,它们与人的才智并肩而立,与人的才智一道被创造出来。我们不认识他们的约翰·谷登堡(John Gutenberg)②或理查·阿克莱特(Richard Arkwright)③,尽管诗人们乐于让他们逐渐接

---

① 应该是猩红丽唐纳雀。

② 即约翰内斯·谷登堡(Johannes Gutenberg),欧洲第一位发明活字印刷术的欧洲人。

③ 英国第一家棉纺厂创办者。

受教育变得知书达理。根据高尔（Gower）的诗：

而且伊厄德海尔，正如书中所述，
最先编织渔网，捕捞鱼类。
他为度日也发明了打猎，
如今在许多地方老少皆知。
他用绳索和树桩，
最先成功搭起了帐篷。

利德盖特也写道：

传说中，伊阿宋最先开始航海，
驶向科尔乔斯，以取得金羊毛。
刻瑞斯女神最先发明耕种土地；
另外，阿瑞斯泰俄斯最先发现
牛奶、凝乳和蜜糖的用途，
皮里奥迪斯，他的伟大之处在于
用燧石打火，彰显英雄本色。

我们曾在书中读过，阿瑞斯泰俄斯"从朱庇特和尼普顿那儿获悉，三伏天引发瘟疫、造成大批人死亡的酷热应该用风来减轻"。此乃人类获得的永不过时的一大福利，在我们的世俗时代它们不被记载，尽管我们从自己的梦乡仍能寻到某种相似的东西，在梦乡我们差不多挣脱了习惯、不受某种尺度的约束，而且扬弃了我们谓之为历史的追忆，更开诚布公、更不偏不倚地理解事物了。

根据传说，埃伊纳岛因流行疾病而造成人口灭绝，依照埃阿科斯的献计，朱庇特将蚂蚁变成人，亦如某些人所想的那样，他令人成为如蚁族般卑贱生活的原住民。这或许是远古惠存至今的最完整的历史记载。

该传说编织得自然贴切，不待人们将它的寓意理解透彻，就已满足了人们的想象，恰如一朵奇美怒放的野花；对于智者它不啻一则箴言，允许他做最慷慨大度的诠释。当我们读到酒神巴克斯（Bacchus）令第勒尼安（Tyrrhenian）的船夫们神智癫狂，将大海误当作鲜花绽放的草地而争先恐后地跳下海去变成海豚时，我们关注的不是其历史的真实性，而是颇高的诗意的真实性。我们仿佛听到了思辨的乐音，不看重对其的理解是否正确。至于对美的寻求，那么想想那喀索斯（Narcissus）、翁底弥昂（Endymion）、晨之子门农（Memnon son of Morning）的传说，他们代表一切英年早逝的青年，对他们的追忆如优美的旋律延续至最近的清晨；想想法厄同，还有塞壬的动人传说，她们的岛上还未入土的尸骨闪烁着惨白的光；想想潘、普罗米修斯和斯芬克斯意味深长的传说；想想那一系列已作为文明人类通用语的一部分名字吧，它们正从专有名字或专有名词嬗变为普通名字或普通名词——西比尔（Sibyls）、欧墨尼得斯（Eumenides）、帕耳卡（Parcae）、美惠三女神（The Graces）、缪斯（Muses）、涅墨西斯（Nemesis），等等。

观察到这一现象是非常有趣的：相距最遥远的国家、相隔最遥远的世代竟不谋而合地赋予一个古老的传说以完美意味，他们模糊不清地赏析这传说的美丽或传神。尽管只是通过一个科学机构的投票，最愚钝的子孙后代用一种微不足道的、如梦般的努力渐渐给这些神话添枝。恰如天文学家将新近发现的行星命名为尼普顿，或是那星状的正义女神阿斯特里阿；在黄金时代完结时从人世间被赶入天国的圣母玛利亚，或许在更明显地分配给她的天堂有自己的一席之地——由于对诗歌价值最细致入微的理解都是意义深长的，神话从最开始就是靠这样的琐细累积而成长起来的。当代人的童话即是远古人类的童话。它们从东方传到西方，又从西方传到东方，时而扩充为游吟诗人的"神圣故事"，时而浓缩为一首流行的民谣。这便是人们挖空心思去探寻的世界通用语的捷径。当代人，他们满足于对古老素材做些稍带宗教意义的润色，由此证实喜好反复讲述真理最古老的表达是一种人类的共性。

不管是犹太人、基督徒还是穆斯林，都喜爱同样的笑话及故事，将它们翻译出来，便能满足所有人的心愿。人人都是孩童，而且属于同一个家庭。同一个传说送他们入眠，清晨又将他们唤醒。传教士约瑟夫·沃尔夫向阿拉伯人散发译成阿拉伯语的《鲁滨孙漂流记》一书，该译本引起极大的反响。他说："在萨那、赫得耶达和罗希雅的集市上，穆斯林们一边读书一边惊叹这个鲁滨孙必定是位了不起的先知！"

就某种程度而言，神话仅是最古老的历史和传记。依常识判断，神话与谬误或虚构相去甚远，它只包含了永恒的真理的精髓，把你与我、这里与那里、此时与彼时都一一省略了。要么是时间写就，要么是世间罕见的才智写就了神话。在印刷术发明之前，一个世纪就相当于一千年。如今，所谓诗人是指无须假借后人之手就能写出纯粹神话之人。譬如，希腊人讲述起阿伯拉尔和埃罗伊兹的故事，会使用寥寥数语，仅以一句话替代我们权威的词典，随后可能贴上他们自己的名字，使其在苍穹的某个角落熠熠闪亮。我们现代人，只收集传记和历史的素材，为一段历史"作个回忆录"，其本身仅仅是服务于一个神话的素材。在廉价印刷的年代，若是《普罗米修斯的生平与劳作》（Life and Labors of Prometheus）像它最初那样面世，它将印出多少册对开本啊？有谁知道，显然哥伦布故事的素材最终将与伊阿宋的传说和阿尔戈英雄[1]的远征混为一谈。还有富兰克林，在将来的经典词典中或许有涉及他的条目，载入这个备受推崇的人物的一言一行，将他归类于某一新的家族——"某人和某人的儿子。他助美国人赢得独立，是人类经济事务上的指引者，并且从云端将电导引到地面"。

人们有时认为，已被探察的蕴含于这些传说中的意味，它们或

① 阿尔戈英雄：希腊神话中跟随伊阿宋乘坐快船"阿尔戈"号取金羊毛的50位英雄。

许随时会用于表达各种真理，而与诗歌和历史并驾齐驱的伦理观，却不如这一点受人关注。似乎传说是一些真理的骨架，这些真理与暂且显得骨肉丰盈的真理相比，更经得起时间的磨砺。这就如同我们竭力让太阳、风、沧海成为某种象征，仅仅用以表现我们时代独特的思潮。可是以什么来象征我们的时代呢？一种超越人类的智慧，在神话中将人们下意识的所思所想和南柯一梦当作它的象形文字，以向来世的人们展现。在人类的思想史上，这些光芒四射、鲜活生动的传说超前于人类当时如日中天的思潮，犹如奥罗拉的黎明曙光。永恒超前于哲学光芒的诗人，其清晨的智慧一直处于这种破晓的氛围之中。

古老运河

综上所述，康科德河是条宁静的河流，可它的景致对沉思默想的航行者更具启发性，况且今口的河水甚至比我们的篇章更富于思考。就在该河临到比勒里卡的瀑布之前，它收窄了，水流变得得更急、更浅，卵石铺盖着河底，色泽泛黄，难容一艘运河船通行。上游较宽阔、流速滞缓的那一河段仿佛绵绵群山中的一池湖水。我们一路穿越康科德、贝德福德和比勒里卡的草地，都未曾听见河水的淙淙声，唯有这窄小的支流波浪翻滚，水声喧哗：

> 某条喧闹的溪流，
> 潺潺流过它厚积的砾石，
> 叮咚弹奏出同样的曲调，
> 从九月直至翌年六月，
> 天干地旱也无法减弱水声。
>
> 主流在静静流淌，

若是岩礁暗藏水中，

窒息涛声也平息波澜，

好像那是少年的罪过，

水如此平静，如此舒缓。

于是，我们最终听见了这条沉稳朴实的河流像溪流一样奔流而下。我们在此处——就在比勒里卡瀑布上方——离开河道驶入运河。

运河奔腾向前，或者更准确地说是被引导了 6 英里，穿越林带汇入位于米德尔塞克斯的梅里马克河。

只因我们不愿在这段旅程上耗费时间，所以便一人沿着纤路用绳索拉着船跑，另一人用长篙撑船以防撞上河岸，如此一来我们仅花了 1 个小时便走完了 6 英里。

这条美国最早开凿的运河在更现代的铁道边显得非常古朴。它的河水来自康科德河，故而我们依然漂流在熟谙的水流之上。运河的水流量取决于康科德河为了其商业利益而愿分流出多少水。运河的景观缺乏某种和谐，因为运河与它所穿越的森林和草地分属各自的年代，而我们怀念时间对陆地和河水的安抚性影响；可随着岁月的流逝，大自然将重新康复，进行自我补偿，沿河逐渐生长起适宜的灌木及花卉。翠鸟已栖息于俯瞰河水的松枝上，太阳鱼和狗鱼在水中游弋。故而所有的建筑工程径直从工程师手上转由大自然掌控并加以完善。

这一段路途僻静怡人，不见房舍和旅人，仅有几个小伙子在切姆斯福德的一座桥上闲逛，他们倚着桥栏肆意地打量着我们，于是我们便盯住站在最前面的那个家伙，直盯得他面红耳赤。倒不是我们的目光有什么特异功能，而是他心中尚存着羞耻感，不敢造次。

这一句话入木三分、含义隽永："他对我怒目如匕。"因为所有匕首当初的样子和原型必定是源自目光。最先是朱庇特的目光，然后是他烈焰般的闪电，然后材质渐变坚硬，造出了三叉戟、长矛、标枪，后为方便私人便携，发明了匕首、短剑等。这一点真是无比奇妙：我们在大街上走来走去竟不会被这些精巧闪亮的武器刺伤皮肉，一个人竟能如此灵活地抽出他的短剑，或是携带未入刀鞘的短剑而又不引人注目。不过一个人被人死死盯住，倒是件不常发生的事儿。

我们在抵达梅里马克河之前，划过运河上的最后一座桥，从教堂里出来的一干人等停下步子在桥上看我们，而且对我们指指点点，议论纷纷；然而，我们才是这艳阳天里最忠诚可靠的观察家。

神皆永生

根据赫西奥德（Hesiod）的说法：

第七日是一个神圣的日子，
只因那时拉托那生出金光灿烂的阿波罗。

而依我们推断，这指的是一星期的第七天，而不是第一天。在康科德镇一位老治安法官和执事的书信文件中，我找到了这份奇异的备忘录，它值得作为古老风俗的遗物保存下来。我们对这段备忘录的文字拼写和语法稍加修改之后摘录如下："1803年12月18日安息日，与畜群一道迁移的有杰里迈亚·理查森和乔纳斯·帕克，两个人都来自雪利。他们的畜群配备有用来运载圆桶的索具，他们正往西行。尊敬的艾福瑞姆·伍德先生过来盘问理查森，理查森说乔纳斯·帕克是他的旅伴，他又说有位朗利先生是他的雇主，朗利许诺为他证明身份。"我们则于1839年9月1日这天跟随平静的畜群北上，未装备最便于运载圆桶的索具，未受任何治安法官或教堂执事的盘问，而且假如需要，可随时证明自己的身份。17世纪后半叶，按照邓斯特布尔的说法："各乡镇奉命在礼拜会所近旁立起'一个囚笼'，将胆敢触犯安息日圣洁的人统统拘捕到里面去。"有人会说，社会已由原本的严苛变得宽松一点了。可在我看来，如今的教规并不比以前少。若是发觉某处捆绑得松爽一点，那只是在另一处捆得更紧绷罢了。

你几乎不能在一生中说服某人意识到某个错误，但你必须心存这个念头，即科学是缓慢进步的。如果他没被说服，他的子孙后代则会被说服。地质学家告诉我们，证明化石为有机物就花了一百年的时间，证明化石并非起源于挪亚①时代的大洪水又花了一百五十余年的时间。我能确定，在极端状况下，我宁可去求助希腊开明的众神而并非我自己国家的上帝。对我们而言，耶和华即便已具备诸多新的品德，但相较朱庇特，他更独断、更拒人于千里之外，倒并不是更神圣。他不那么和蔼可亲，不那么风度翩翩、包罗万象，他不像诸多希腊神主一般对自然界施予如许亲密平和的影响。我该惧怕这万能的人他固有的力量和正义，至今他几乎没被奉若神明，浑身充斥暴戾之气，朱诺女神、阿波罗、维纳斯或密涅瓦不会为我求情，"她心中满怀敬爱"。希腊诸神是青春年少、误入歧途、贬谪凡间之神，带有人类的罪孽，可在诸多重要方面带有根本上属于神祇的罪孽。环视我的万神殿，潘神依旧君临，荣耀不减当年，红光满面，髯发飘逸，毛发粗乱，手持排箫和弯柄杖，他向仙女厄科求爱，他挑选的女儿是艾安姆比；因为伟大的潘神并非如往昔的谣传所说已辞世。神皆永生。在新英格兰和古希腊的所有神灵之中，可能我去他的神殿礼拜最勤。

对我而言，人们平素崇拜的那个神灵在文明国家中徒有虚名，一丁点儿也不神圣，但君临天下的权威和人类的尊严却汇聚在他身上，人们彼此尊重，却对上帝不敬。若是我认为我可以站在不偏不倚的立场上，凭借基督教世界各民族的辨别力坦言，我应当赞许这些民族，但这任务对我而言实在太繁重。希腊诸神似乎最文明、最

① 挪亚，即诺亚，《圣经》中的人物，建造了诺亚方舟，躲避大洪水。

人道，但或许是我的观点有误。每个国家的人民都有与其国情相适合的神灵，社会群岛的岛民敬一个叫托阿希图（Toahitu）的神，"身形似狗，他援救那些从岩石和树上差点坠落的人"。我看我们没有他也无关紧要，因为我们很少登高。在社会群岛的岛民中，一个人可以在几分钟内把一块木头刻成自己敬拜的神灵，这个神灵会将他吓得手足无措。

我想象，某个十分有幸地诞生于"考验人们灵魂的日子"的老处女，守旧而又精力旺盛的她一听到我的言论，或许会对另一个守旧派说："但是看在他年轻的份上。"那时，我交结的人比你认识的人更棒。我未曾见过，也绝不会遇见这般人，例如皮瑞苏斯（Perithous）、德律阿得斯（Dryas）和"ποιμενα λαων"，或许指华盛顿，唯一的"人民牧羊人"。当阿波罗已六次朝西滚动时，或似乎滚动时，此刻在东方第七次露出他的容颜时，你的眼神几乎变得模糊不清，原本仅在羊毛和毛线之间扫视的目光呆滞良久，孜孜不倦地研读某本开卷有益的训诫书。在第六天，你辛勤劳作，编织毛线，当然在第七天进行阅读。这温暖的九月艳阳，我们能沐浴其中，其乐融融。太阳照耀一切生物，它们会不会怀着感恩之情休憩或劳作。不管我们的生活受到怎样的责难，它在上帝的日曜日和月曜日都不应受到同样的责难。

人世间有五花八门的信仰，有的信仰甚至稀奇古怪，为何我们要因为其中任何一种信仰而惊恐万状呢？人信什么，上帝就信什么。尽管我活了这么久，亵渎神明的所见所闻为数不少，我却从未耳闻目睹任何直接和蓄意的对神明的亵渎或不敬，间接和惯常的亵渎和不敬倒是司空见惯。哪里有这等罪人呢：胆敢对造出他自身的上帝径直表露出他个人的桀骜不驯？

基督教故事，作为对古老神话的一个值得纪念的补充，要归功于这个时代。多少世纪以来，人们呕心沥血、殚思竭虑才编织了基督教故事，将其添加进人类的神话。新的普罗米修斯，由于其中的忍辱负重和坚韧不拔受到人们奇迹般的一致赞扬，这个神话得以烙印在民族的记忆中。看上去好像是我们的神话发展一步步地废黜了耶和华，让耶稣取而代之。

倘若说我们过的并非是一种悲剧性的生活，那么我不知该称它为何种生活。有关耶稣基督这样的故事，比如说耶路撒冷的历史，已然成为整个世界历史的一部分。想想吧，在荒山野岭环绕中的耶路撒冷，那些一丝不挂、以香油涂尸、野地横尸的死亡。我相信有些东西被安稳地葬在塔索的诗句中了。试想他们仍热切且倔强地传播基督教。对基督教而言，时间和空间意味着什么，1800年，还有一个新世界吗？一个犹太农民清苦的人生竟有能力使一位纽约主教如此执迷不悟。如今，帝王们的礼物44盏灯仍在被称作圣墓的地方久久不熄；一口教堂的钟在敲响；在耶稣受难的地方，一周内每个朝圣者都情不自禁地泪洒圣地。

*耶路撒冷啊，我若忘记你，唯愿我的右手忘记技巧。*①

① 出自《圣经》中《诗篇》137: 5。

*我们曾在巴比伦的河边坐下，一追想锡安就哭了。*②

② 出自《圣经》中《诗篇》137: 1。

我期望某些人对佛陀或基督或斯维登堡同样亲近，跳出他们教派的樊篱。若有必要，不做基督教徒，以便更好地领略基督人生之美和它的奥义。我深知，某些人一旦听到有人将他们的基督与我的佛陀相提并论，定会对我心存芥蒂，但我相信我的心愿是他们爱基督胜过爱我的佛陀，因为这种热爱才是关键的，何况我也热爱基督。"上帝是Ku字同样也是Khu字。"③为何基督徒非要狭隘、痴心不改呢？那些头脑简单的水手们不肯应约拿本人的恳求将他从船上扔下大海。

③ 出自拉姆·莫汉·罗伊《吠陀本集中若干主要书籍、段落和文本的翻译》。

这爱情在继注的时代去到何方？
唉！它随永无止境的朝圣之旅逝去，

所以，我怀疑它离去便永不复返，
直至革命把那些时代调转方向。①

有个人说：

世间最流行的疾病，主宰了
不健全的可怜人
那刚愎自用的心和异想天开的头脑。②

另一个人说：

整个世界是座舞台，
一切男人和女人只是演员③

这世界竟让一座剧场建在其中，真是个怪异的地方。老德雷顿觉得，一个在这里生活而且行将成为——比方说是诗人的人身上，应具备某些"英勇的、超越月球的素质"，一种"精致的狂热"理应主宰他的头脑。当然，他也可能应对自如。当约翰逊博士对托马斯·布朗作如下断言时，表达出过多的惊讶："他的一生是传奇般的30年，说来这30年并非历史，而是一首诗，而且听起来仿佛是个传说。"真正令人诧异的却是，并非所有的人都如此断言。如果确有这么一句致弗朗西斯·博蒙特（Francis Beaumont）的赞语，那么实属罕见："观众加入你的一出出悲剧。"④

想想看，这人世间是多么卑微凄婉的地方啊，一半的人生时光我们得点亮一盏灯好去看清事物，这便占据了我们一生的一半。若是它占据了全部时光，谁人还敢在这人世间苟活？还有，请问：白

① 出自弗朗西斯·夸尔斯《乔纳》。

② 出自弗朗西斯·夸尔斯《标志》。

③ 出自莎士比亚的《皆大欢喜》。原文为All the world's a stage, And all the men and women merely players.

④ 《纪念无与伦比的一对作家博蒙特和弗莱彻》，载于亚历山大·查尔默斯编《英诗集》。

昼还可以提供给人们什么？一盏灯使用更纯净的燃油，比方说在冬季滤过的燃油，灯光更明亮，这样我们可以少些不便之处，更好地安度休闲时光。我们受惠于一丁点儿阳光和几种颜色的光芒，于是我们赞美自己的上帝，用赞美诗躲避他的惩罚。

> 我给你们提个建议，
> 众神哟，倾听这个玩世不恭之人，
> 这念头对你们毫发无损
> 若是你们发现良善，我会找到贞洁。
> 毋说我是你们的造物，
> 是你们的自然之子，
> 我仍拥有不屈的自傲，
> 我的血脉并非祖传，
> 我有自由独立的精神
> 我有自己传种的后裔，
> 我不能盲目地辛劳。
> 尽管你们慈悲为怀，
> 而我对着十字架发誓，
> 我将不做任何上帝的仆从。
> 倘若你们襟怀坦荡，
> 我将发愤图强，
> 倘若你们终将发现
> 为你们爱侣描绘的锦绣前程，
> 那么赐予他一个天堂，
> 比眼前的这个稍稍要宽敞一些。

"对极了,我的天使!我为自个儿的仆人感到愧疚,因为他眼里只有我没有上帝,所以我宽恕了他。"——《萨迪的古利斯坦》(*The Gulistan of Sadi*)

我与之侃侃而谈的大多数人,甚至具有一定创意和天赋的男士和女士,都将他们的宇宙架构割下晒干了——十分干燥,我跟你们保证,干得梆梆作响,干得几近冒烟,干枯成齑粉了,我心想——他们在最短暂的交流中将这宇宙架构在你们与他们之间,搭建稳妥了;那是个古朴的、摇摇欲坠的框架,每一块木板都被狂风吹落了。他们总是携带床出行。有些事物和关系,对我而言似乎不足挂齿、一无是处,已被诸君一劳永逸地安顿妥当了——譬如圣父、圣子和圣灵等。对于诸位,这些如同永垂不朽的群山。可是我在周游中却从没碰见并可充当这些圣物的些许遗迹。我壁炉的煤块上遗留的远古地质学年代的痕迹比它们遗留的痕迹还要清晰可辨,那可是远古娇嫩的花朵啊。最睿智者闭口不谈任何教义,他没有任何框架;他仰天看不见支撑天堂的椽子,甚至看不到一张蜘蛛网。那只是万里长空。如果我一次比一次看得更明白,那是由于我借助观看事物的媒介看得更清晰了。从大地一直望到天空,只见天上巍然屹立着古老的犹太框架。你们凭什么利用这个拦路虎来阻碍我对你们的理解,阻碍你们对我的理解!你们并未创造它,它是强加于你我的。反思一下你们的权威。我们担心甚至基督也有他的一套框架,也有他对传统的敬奉,我多少亵渎了他的教义。他并没有撤销所有清规戒律。他传播一些纯粹的教义,对我来说,如今亚伯拉罕、以撒和雅各仅是最玄妙、可想而知的精髓,它们不会弄脏清晨的天空。你们的框架必定是宇宙的框架,一切其他的框架将马上沦为断壁残垣。那十全十美的上帝在他自身的启示中从未达到诸位——他的预言家所提议的那种深度。你学过天堂的字母表,能从 1 数到 3 吗?你清楚上帝家有几口人吗?你可以用文字表达奥义吗?你敢将必须避讳的难言之隐编成神话传说吗?敢问,你是什么来路的地理学家,竟敢论述天堂的地形地貌? 你是何人的密友,竟敢谈论上帝的品性?迈尔斯·霍华德,你以为上帝已将你视作心腹之人了吗?假如你告知我月球上山岭有多高或宇宙空间有多宽，我可能会信服你；假如你告知我上帝的宫闱秘史，我将宣布你疯癫了。不过我们却有一本我们上帝的家谱，塔希提岛人一样也有他们上帝的家谱，况且某位老诗人将他的奇思妙想作为坚不可摧的永恒真理、作为上帝的旨意强加于我们身上！毕达哥拉斯说得极其正确："一个真正的崇尚上帝的见解，就是上帝主张的见解。"但是我们尽可疑心在文学中是否存有类似的事例。

《新约》评析

《新约》属于书中的无价之宝，尽管我不否认孩提时教会和主日学校令我对该书产生了些许偏见，导致我在捧读该书之前，觉得它好像是书目中最为低劣的一本书。可是我早早地就挣脱了教会和主日学校的摆布。将那些非议清出一个人的头脑，再去领略书中的奥义，这绝非易事。我认为《天路历程》是依据《新约》文本宣讲的布道词中最出色的，我听过的其他所有布道词仅仅是对它的拙劣模仿罢了。因为该书是由一些基督徒编撰的，所以不会有一个乏味的故事去损害基督的生平形象。其实我是珍爱这本书的，即便它对我而言极像我被应允梦见的空中城堡。因我最近才拜读过该书，它更深深地吸引了我，致使我无法找到任何志趣相投者来畅谈一番。我绝不读小说，小说中货真价实的生活和思想少之又少。我最喜欢阅读的是这几个民族的经文，然而凑巧的是，相较我最后涉猎的希伯来人的经文，我更通晓印度人、中国人和波斯人的经文一些。拿其中的一部经文给我看，你就能让我安静一会儿。倘若我重启唇舌，时常会因新奇的言语让邻居一头雾水；可是他们一般看不出这些言语里有什么箴言。这便是我读《新约》的心得体会。我尚且未提耶稣在十字架上受难而死，这则故事我已读了多遍。 我殷切地期望为我的朋友们诵读这则故事，他们中的一些人生性严谨。这故事是多么动人心弦，而我肯定他们从没听过，它恰好与他们当前的处境相吻合；本来我以为我们必定能共享阅读的快意，但我发自内心地绝望，他们不愿聆听我的朗读，他们很快便以明确无误的迹象表示，这故事令他们厌烦之至。我无意暗示自己比邻居高明，因为，唉！尽管我比他们更爱读更好的书籍，但我明白我跟他们都是向善之人。

令人不解的是，虽说表面上《新约》获得广泛好评，甚至有人固执一词地为其辩护，可对该书所论述的真理秩序人们并不逢迎、并不啧啧称奇。我不知道还有哪一本书的读者数量如此之少。没有哪一本书如此不可思议，宣传异教，如此不受欢迎。无论是对希腊人、犹太人还是对基督教徒，该书都微不足道，是个绊脚石。书中真的有几处任何人朗读一遍之后就不该再读。——"首先找寻天国。"——"不要为你们自己在世上累积财富。"——"如果你想成为完美之人，去卖掉你所拥有，施予穷人，那么你将在天堂拥有财富。"——"倘若一个人赢得世界的所有，却失去了自己的灵魂，这对他又有何用？或者说，一个人应拿什么来换取他的灵魂？"——想想吧，新英格兰人！——"毋庸置疑，我对你讲，如果你满怀信仰如同落在沃土上的种子，你会命令这高山从此处移到远处去，而大山将移走，你将无所不能。"——试想一下，向一大群新英格兰听众重复这些言辞！第三，第四，第五……直到有了3大桶布道！毫不掩饰地说，有谁能高声诵读出这些言辞？毫不掩饰地说，有谁能听到这些言辞而又不离开这教堂？它们以前何曾被人读过，何曾被人听过。只要有人在这土地的任意一个布道坛上一字不差地读出这些言辞中的一句，那座教堂将即刻化为一堆瓦砾。

可是《新约》特别论述了人类和人类的所谓精神事宜，而且从头至尾地涉及道德和个人问题，而我不单对人类的宗教或道德本质，还对人类自身深感兴趣，以致我对此书青睐有加。对未来我没有最确切的设想。很肯定地说，"你善待他人，他人才会善待你"绝非金玉良言，而是当前退而求其次的待人法则中的最佳者。一个真诚的人几乎无须理会它。在此种情形之下最好完全没有什么法则，彻头彻尾被人叫好的书至今尚未写就。基督乃世界舞台上一位演技超群的演员。"天和地都将消逝,而我的谕言与世长存。"他说这话的时候知道自己在想什么。此时我觉得跟他拉近了距离。然而基督教导人们的生存之道并不完美,他的教义都是针对来世而言的。除了基督的成功,还有另一种成功胜过他的成功。就算在这儿我们也可以度过一种人生,虽然还得艰苦奋斗更长一段时间,还有许多棘手的难题有待解决,在精神与物质之间,我们还得尽心尽力地度过这样的人生。

  一个身体健康、安居乐业之人,比如在森林里宿营的伐木者,砍倒的原木以50美分一堆的价格卖出,这种人就不是基督教的忠实信徒。《新约》在某些时段可能是他偏爱的书,但在所有或大多数日子里绝对不是。他在休闲时光宁愿去钓鱼。虽然耶稣的门徒也做渔夫,但却正正经经地在捕着神圣的海鱼,从不遛弯到内陆的溪水边去钓狗鱼。

  人们都心生一种做个无所事事的好人的想法,或许是由于他们含糊地觉得,这种行为终将对他们大有裨益。牧师们不厌其烦地向教徒灌输道德观念是个非常精妙的对策,比政治家们精妙得多,而这人世间由如同警察的牧师们有效地统治着。不值得总让我们的瑕疵扰乱我们自己,良心同情感、头脑一样理应不会也不该主宰我们的一生。良心同身体其他器官一样容易染病。我曾见到一些人,他们无疑因从前的放荡不羁而使其良心变得像备受溺爱的孩子一般喜怒无常,最后弄得自身鸡犬不宁。他们不懂何时应吞咽下反刍的食物,他们的生命历程自然挤不出奶。

良心是在暗室中孕育的本能,
通过违背自然规律的近亲繁殖
感情和思索繁衍这罪孽。
我说,将它赶到门外,
逐入荒山野岭。
我热爱一种生活,它的情节单纯,

那情节不因长一粒脓疱变得错综复杂，

灵魂不为病态的意识束缚，

它无损于自己所感知的这个宇宙。

我热爱这一诚挚的灵魂，

它无尽的喜怒哀乐

不在饭碗里溺亡，

明天又会复活；

它的生活仅是一个人的悲剧，

而不是七十个人的悲剧；

一个值得保持的良心

没有苦泪只有欢颜；

一个聪慧而坚定的良心

永远有备无患；

不因突发事件而丧失，

变得卑躬屈膝；

良心会经过人生的磨炼，

有人或许会对此生疑。

我热爱并非属于木偶的灵魂，

它命中注定会变得良善，

真诚地面对自己，

不怕扪心自问；

平生顾好自己的私事，

自己的喜乐与忧愁；

依靠着它，上帝开创的事业

得以完成，不致有始无终；

上帝未尽的事宜由它承继，

无论礼拜或是落下的笑柄；
若心怀恶意，何妨邪恶，
若非好神仙，何妨做个好恶魔。
天哪！那边的伪君子，给我出来，
度你的光阴，干你的活计，再取你的帽子。
我可没有耐心，
面对此等谨小慎微的懦夫。
赐予我简朴的劳动者，
他们热爱自己的工作，
他们的美德是一首赞歌，
以歌声一起向上帝欢呼。

  曾有一次，我受到一位牧师的斥责，他正赶着一头可怜的牲畜去新罕布什尔山间一所礼拜堂的马厩，因为我在安息日迈向山顶而非迈向教堂，而我在那天或无论哪天为了听到一句真话会比他走得更远些。他宣称我"触犯了上帝的第四条戒律"，然后用沉郁的腔调摆事实讲道理，只要在安息日干日常活计，灾祸便会降临到他身上。他真心认为，有个神灵监控着人间，会将在安息日那天干着世俗活计的人一个个揪出来；他不会懂得是干活者的邪恶良心使然。在乡间尽是这种迷信之人，结果当某个人进了一个村子，看到教堂的建筑时，他浮想联翩，觉得它的样子确实是全村最难看的，因为在教堂里人性低到尘埃，蒙受最大的羞辱。当然，这样的教堂不久之后不再大煞风景。没有什么事情比这更令人丧气、令人恶心的了：安息日你走在异乡的大街上，听见一名传教士像船上的大副在狂风中大喊大叫，刺耳的声音玷污了当天宁静的氛围。你想象他脱去了外套如人们干苦力前该做的那般。
  假如我恳求米德尔塞克斯的牧师，让我于某个星期日在他的布道坛上作个演讲，他将会谢绝，只因我不照他那样祈祷，或是由于我没担任圣职。

确实，如今触犯教条最多的行为莫过于祈祷、守安息日以及教堂重建了。南太平洋捕抓海豹的渔民宣讲的一套教义更为正确。教堂是一家为人们灵魂疗伤的医院，如同诊疗人们肉体的医院一样充满骗术。被请进教堂的人仿佛是生活在避难所或避风港的囚犯，在艳阳高照的时日你可以看见一长排宗教残疾人士坐在教堂之外。且别让这种忧心令心智健全、欢悦劳作的人心灰意冷，有一天他也得在"医院"里占一个病房。当他回忆起那些垂死挣扎的病号时，千万别将那里当成自己的归宿。对这宝塔崇拜会让人变得病态。这就好比在一座印度教的地下庙堂中敲锣打鼓。在阴森之处，在地牢里，传教士的一番话或许会生根发芽。但在光天化日之下，这是什么世道啊？

在这安息日，远方的钟声现在在这儿的岸边隐隐回荡，它并不唤起令人畅快的浮想，而是唤起忧郁凄婉的浮想。我不得不搁桨止划，来调适我自己时常冥想的思绪。宛如诸多教义问答手册和宗教典籍引发出如歌如泣的钟声萦回在大地的四面八方，这钟声仿佛源自某一埃及神庙，它恰巧面对着法老的宫殿和纸莎草[①]中的摩西，这尼罗河畔回荡的钟声惊动了不计其数晒太阳取暖的鹳鸟和鳄鱼。

所谓"善人"说起来像个隐士，话说到这份上，则要归功于人们的单纯无知，更要归功于人们的随声附和。基督教仅是寄希望于来生。它将自己的竖琴挂在柳枝上，在一片陌土上唱不出一首歌。它做了个悲伤的梦，并没有欣然迎候清晨的莅临。母亲对她的孩子撒谎，不过谢天谢地，那孩子并没在母亲的阴影中长大，我们的母亲的信仰并未随她的人生阅历而发展。她的经验对她而言太多了。人生的真谛对她而言晦涩难懂。

显而易见的是，几乎每个演说家和作家都把或早或晚要去证明

[①] 应该指的是纸莎草箱。摩西还是婴孩时，他母亲为了保全他的性命就拿"一个用纸莎草做的箱子"，涂上沥青柏油，把摩西放在里面，让他在尼罗河上漂浮。

或认可上帝的品德魅力当作自己义不容辞的责任。布里奇沃特的某位伯爵，就认为晚点去认可总要胜过袖手旁观，他已在自己的遗嘱中对此做好安排。他真是犯了个令人扼腕的错误。在阅读一部农业专著时，我们得跳过作者有关道德的长篇大论，跳过在一页中频频出现的"上帝"和"他"这两个词，以便领会作者的本意。他所谓的"他的宗教"令人嗤之以鼻。他不应愚笨地敞开心扉，应紧紧裹住灵魂的创伤，直到它们痊愈。相比人类宗教中的科学成分，人类科学中拥有更多的宗教。让我们赶紧瞧瞧该委员会关于牲猪的报告吧。

一个人的真正信仰从不包括在他的教条里，他的教条也不是他信仰的规则。他的信仰从未被教条接纳。正是他的信仰才使他微笑如初，使他自在勇敢地生活。可是有人却急于拽住他的教条不放，犹如抓住一根救命稻草，他心想既然他最后的希望破灭了，那教条将使他十分受用。

在大部分人的宗教里，将他们同神明维系在一起的宗教纽带，颇似西隆的同谋从密涅瓦的神殿中逃出时缠在手上的长线，这根线的另一端缠在那女神的雕像上。可是通常与他们的情形一样，那纽带总会被拉断，人们失去了避难所。

有个善良又虔诚的人将头靠在默祷的胸脯上，在梦幻的海洋里徜徉。他从梦幻中醒来的一刻，他的一位朋友便调侃道：你从刚才闲逛的花园里给我们带来何种奇珍异宝的礼物？他回答道：我本想说，只要我能到那玫瑰亭，我将用衣摆兜满花朵，将它们当作礼物带给朋友们。但是当我一到那儿，玫瑰扑鼻的芬芳令我迷醉了，致使我松开了衣服的下摆。——"啊，晨曦之鸟！汲取飞蛾激情的教训吧；因为那烧焦的小生灵舍弃了灵魂，没发出一点呻吟。"这些自大的狂妄者，对他们追寻的东西他茫然无知；因为我们再未听说过熟知他的人——"啊，你呀！你比猜测、观念和洞察力飞得更高。一切关于你的轶事我们全都耳闻目睹过了。聚会散场，生活完结了，而我们依旧相信我们当初对你的盛赞！"

初入梅河

正午时分，我们通过米德尔塞克斯船闸下到了梅里马克河，这船闸位于庞塔凯特瀑布上，而这之前有一个恬静、宽厚的人轻轻地放下书本走上前来为我们打开船闸，尽管当时我们猜想在礼拜天他没有干这个活计的义务。我们和他的目光有一个会心和平等的不期而遇，只有正直的人才会这样的对视。

眸子的游移表达着双方无意识的良好礼仪。一个恶棍不会正视你的脸，而一个正直的人也不会用仿佛高人一等的神情盯着你。我见过一些人，他们不知道当自己的目光与你的目光交会时应何时把目光转到一边去。在双方目光交会之时，一种深沉的自尊、宽宏的神情比咄咄逼人更为聪明。只有奸诈之人才会通过瞪视去征服对方。我的朋友正视我的脸，明了我这个人，仅此而已。

我们彼此一见如故，即便没说上几句，他对我们和我们的逍遥游表露出不加掩饰的兴趣。我们发现他是一个高等数学迷，正琢磨一个其乐无穷的难题。也就在此时，我撞见了他，向他轻声提出我们的推测。通过这个人的赐予我们进入梅里马克河的浩渺无边之中，此时我们感觉好像开始漫游在横无际涯的生活洋流之上，我们欣悦地发现我们在梅里马克河水面上泛舟。我们遂忙于老本行：用力划船、抉正舵，荡开桨。这是一幅奇异的景观，这两条河流竟如此亲密无间地融汇在一块，而我们的意识还从未把它们想在一块呢。

中午时分，在切姆斯福德和德拉克特之间，我们悄然划过梅里马克河的宽广胸怀。此段河面宽达 1/4 英里，我们的桨声在河面回荡，一直飘到那些村庄里，村里微弱的声响又回传到我们耳中。在我们的浮想中，它们的港湾像利多、锡拉库萨和罗得那般水波不兴，美如仙境，而我们宛如一条奇特的小舟在此肆意游荡，掠过好像是高门大户的宅院，这些宅院看上去备受瞩目，仿佛筑在高地之上；抑或是我们漂流在直抵那些村庄腹地的潮流之上。在距河岸 1/3 英里处，我们清晰地听见一些孩子正在临近岸边的一座小屋里，反复诵读教义问答句，而河岸与我们之间的宽阔浅滩上，一群母牛正不住地甩动尾巴拂打身子两边，与苍蝇激战。

两百多年前，在此地就使用过另一种宗教问答教学法，塞切姆·沃纳伦塞特和他的人马来到此地，有时我们康科德的印第安酋长塔赫塔旺也会来这里，在瀑布那边捕鱼，后来他在自己家中设立了个教堂。来到此地的还有约翰·艾略特，他携带着《圣经》和教义问答手册，还有巴克斯特（Baxter）《对非信教者的召唤》（*A Call to the Unconverted*）和用马萨诸塞当地方言编写的其他小册子，同时约翰·艾略特向人们传播基督教教义。古金在谈及瓦米西特时说：

"这是一个古老的地方，印第安人的首府就坐落在这儿，他们到此地捕鱼；而这个好心人抓住这个好时机大撒福音之网，以捕捞他们的灵魂。"——"1674年5月5日，"他接着说道，"艾略特先生和我按照我们通常的习惯去瓦米西特或波塔基特。当晚我们抵达那里，艾略特先生尽量聚集起更多的人，向众人宣讲《马太福音》中关于那王子姻缘的寓言。我们在一个名叫沃纳伦塞特的人家中的棚屋里集会，那儿距镇上两英里远，靠近波塔基特瀑布，毗邻梅里马克河。这位沃纳伦塞特是波塔基特最大的印第安酋长老帕萨科纳威的长子。他为人不苟言笑，年龄在五十至六十岁之间。他向来喜欢英国人，对英国人十分友善。"不过他们仍未说服他改信基督教。古金写道："可是此时此刻，1674年5月6日，"——"经过一番斟酌考量后，他站起来宣布，大意如下：'我得承认我这一辈子都是驾着一条老独木舟来来注注（指他惯常在河上驾着独木舟行驶），而现在大家劝我改一改，丢下我的老独木舟，登上一条至今为止我不情愿乘坐的新独木舟。现在我听从大家的劝告，踏上新的独木舟，并发誓注后向上帝祈祷。'" 一位"理查德·丹尼尔先生、住在比勒里卡的绅士"与其他几位"颇有地位的人"也在现场。他"希望艾略特兄弟转告那位酋长，事情或许是这样的：他坐着他的老独木舟时，行驶在宁静的水流上，但最终会导致灵魂与肉体的死亡和毁灭。可是如今他登上了一条新独木舟，可能还会遇上暴风骤雨和千难万险，但应该鼓励他坚持下去，因为他生命旅途的终点将是永恒的安息。"——"我听说这位酋长从此之后确实坚持不懈，成为上帝圣谕坚定不移的聆听者，而且敬奉安息日，虽然每个安息日他必须到两英里开外的瓦米西特参加礼拜；尽管自从他信奉福音之后，他的许多手下背叛了他，他仍不改初衷。"

——《古金著新英格兰印第安人历史文集》，1674。

诚如历史记载所显示的那样，"1644年1月7日在新英格兰波士顿举行的州议会上"——"沃萨米昆、纳叙农、克查马昆、马萨科诺梅特以及印第安土著女酋长已自愿顺从"英国人；他们除了别的承诺，还"答应愿意常常去聆听有关上帝的教诲"。当要求他们"在安息日特别是在基督教城镇的市区内不得干所有不必要的活计"时，他们答道，"对他们来说这轻而易举，他们在哪一天都没有多少活计可干，在安息日不妨歇息。"——"所以，"温斯洛普在他的日报中写道，"我们教他们明白这些教条，知晓上帝的十诫，他们爽快地表示完全赞同。他们被庄重地接纳了，然后向州议会送了超过26英寻①的贝壳串珠。州议会则送给他们每人用两码布缝制的上衣，请他们用餐；在他们离去时向他们和他们的随从每人敬上一杯强化酒②。于是他们辞行归去。

到本地向这些水貂和麝鼠传播福音，要徒步或骑在马背上经过多长的旅途跋涉，经过多少荒山野岭啊！首先，毫无疑问的是水貂和麝鼠出于好客和谦卑的天性，之后又出于好奇心或是出于兴趣，竖直它们的红耳朵倾听，直到最终才出现了"做祷告的印第安人"，而且，如同州议会在致克伦威尔的信中所述，"工作做得如此圆满，以致有些印第安人自己也能顺畅地祈祷和预言了。"

① 英寻：英美制计量单位，1英寻约等于1.828米。

② 原文为sack，又称强化葡萄酒、加烈酒，一种加入蒸馏酒（通常是白兰地）的葡萄酒。

实际上我们正漂流在一片古老的战场和狩猎场上，由猎手和武士组成的族群的古老居住地。他们的拦河石坝、箭头和短柄小斧，他们的杵和臼都隐没在河床的淤泥里，在白人尝到印第安玉米的滋味之前，他们使用这些工具加工玉米。传说仍能指出，印第安人凭借他们所拥有的何种技艺在何地捕获数量最多的鱼类。这是历史学家必须一口气串联在一起的故事。历史学家很快地从蒙托普山跃到邦克山，从熊皮、烤玉米、弓和箭跃到瓦盖屋顶、麦地、枪炮和利剑。波塔基特和瓦米西特，那儿昔日是捕鱼时节印第安人常去之地，现在摇身一变成了洛厄尔——纺织之城和美国的曼彻斯特，它生产的棉布销往全球。甚至我们——年轻的船夫，也在切姆斯福德村度过生命的部分时光，如今这城区的钟声传到我们耳边，当时这个城区只是该村无人知晓的北区，那巨型的织布机尚未问世。我们的历史该是多么的悠久啊，这城市的历史该是多么的年轻啊！

美洲水鼬
American mink

河流如歌

在无数河谷汇聚起来的洪流中,我们进入了新罕布什尔州的腹地深处。梅里马克河是开启它的迷宫的唯一钥匙,遵从它们的自然法则和地势,这条河显露出这个州的山峦和河谷、湖泊和溪流。梅里马克河,也称鲟河,它由佩米杰瓦塞特河与温尼皮西欧吉河汇聚而成。前者起源于怀特峰的峡谷,后者则从与该河同名的湖泊泄出,此名称的意思是"伟大神灵的微笑"。从这两河交汇处,梅里马克河朝南奔腾 78 英里进入马萨诸塞州,从那里折向东奔流到海是 35 英里。我曾对它的全部流域做过追踪,从白云之上的怀特峰山岩中泛着水泡的细流,到它消融在普勒姆海滩的飘着咸味的海涛中。刚开始它呢喃自语地流过宏伟、荒凉的大山山脚,穿过湿漉漉的原始森林,吮吸着森林的浆液,在那里熊也啜饮着这浆液,拓荒者的小木屋与之相隔甚远,只有几个人横渡它的溪流;它在岑寂中拥有一些不太知名的小瀑布;它蜿蜒在桑威奇和斯夸姆连绵的山脉之中,那些山峰犹如泰坦巨人们沉睡的古墓,穆斯希洛克山、黑斯塔克山和卡萨吉山的群峰倒映在它的水面。槭树和树莓——这些山峰的情人在温和的露珠里顾盼生姿;该河段千曲百回,意蕴丰富,正如它的名字佩米杰瓦塞特一样让人捉摸不定。那些圣山仙境为它提供憩息的氛围,未名的诗思在那里栖居,河水得到山岳女神俄瑞阿得斯、得律阿得斯和那伊阿得斯的抚育,接受众多世间无人品味过的诗山灵泉的赠予。这里有大地、天空、雷火和净水——好极了,这是净水,它源源不断地降临了。

> 为了造福新英格兰的子民,
> 这水由神灵们提纯,
> 泼洒在每一座山峰上,
> 抿一口这来自上天的甘露,

> 我将不再畅饮诗神的灵泉。

水沿途奔流而下，最小的落差也不会让它丧失冲劲。由它诞生的法则决定它绝不会停滞不前。它出自云中，从侵蚀而成的悬崖峭壁倾泻而下，穿过河狸筑成的水坝时四散奔流，并非被粉碎，而是自我拼接和缝补，直到发现一处低洼之地才歇上一口气，如今在它到达大海之前有再被太阳重新偷回天空的危险，因为它甚至被允许把每一个昨夜凝成的露珠作为利润重新收入自己的囊中。

我们船下的河水已经是斯夸姆河、纽芬得湖和温尼皮西欧吉河的水了，还有怀特峰融化的雪水，我们正漂流其上，还有斯密斯河（Smith's Rivers）、贝克河（Baker's Rivers）、梅得河（Mad Rivers）、纳舒厄河（Nashua）、索希根河（Souhegan）、皮斯卡塔康格河（Piscataquoag）、森库克河（Suncook）、苏库克河（Soucook）和康托库克河（Contoocook），这些水以无法测定的比例混合在一起，最终形成泥黄色的河水，它们依然焦躁不安地流动着，不停息地带着原始的、无法根除的天性奔向大海。

于是，它继续奔向下游，经过洛厄尔和黑弗里尔，终于它在黑弗里尔第一次经受了由河到海的变身。几根桅杆显示，海洋就在附近不远处。在埃姆斯伯里与纽伯里这两个城镇之间，它是条宽阔的、与商业密切相关的河，河宽约 1/3 至 1/2 英里，两岸不再有泥黄色的、坍塌的河堤，代之以翠绿的山峦和牧场为背景，还经常出现白色覆盖的河滩，渔夫们在河滩处拉网。我曾乘一艘汽船途经这一河段，从甲板上远眺，渔夫在岸边拖拽他们的围网，这景象真是赏心悦目，宛如置身于异域海滨的画卷之中。偶尔，你会碰上一艘满载木材的纵帆船驶向黑弗里尔，它要么抛锚停泊，要么触滩搁浅，等待着起风或涨潮的一刻。终于你从闻名遐迩的钱恩桥下一穿而过，在纽伯里波特登岸。于是，当初这条"水量匮乏，籍籍无名"的河流在吸纳了如此多秀美的支流后，如人们描摹的福思河一般：

愈流向下游，水势愈加宏大，

直至她充裕的力量，名震四方，

奔腾不息，竭力让大海冠以自己的英名。

在此情形之下，即便没将她的芳名赋予大海，至少她的激流已汇入其间。

从纽伯里波特的教堂尖塔上，你能够俯瞰该河，可以看到它的上游延伸至远方的乡野，一面面白帆熠熠闪烁在酷似内陆海的河面。此人仿佛就出生在该河的发源地，你且看他对此壮观景象的描绘：在下游的河口处，墨汁般的深色海水与天际的蔚蓝色相融合，普勒姆岛的沙坝，多处好像一条大海蛇（sea-serpent）① 沿地平线形成扇贝状，多处被高桅的帆船隔断的远方轮廓静谧地倚天而立。

① 一种身体类似蛇的海怪。

梅里马克河与康涅狄格河的源头海拔高度相同，可梅里马克河流到入海口的流程仅是康涅狄格河的一半，因此它不像康涅狄格河能够优哉游哉地形成广袤、肥沃的草地，而是被紧逼地流过诸多湍流，流经许多瀑布，但并没有因此延误多长时间。梅里马克河的堤岸总的来说又高又陡，河边狭窄的洼地延绵至山间，眼下这片洼地极少或仅是部分被淹，所以它备受农夫们珍视。在切姆斯福德与康科德之间的新罕布什尔，河宽从 20 杆至 75 杆不等。因为林木遭到砍伐、造成河岸塌损，许多河段很可能较以前更宽。即便与波塔基特水坝相距很远的克伦威尔瀑布都能感受到它的影响力。许多人觉得，堤岸正遭到冲刷，河道重又淤塞。像我们所有河流一样，该河很容易洪水泛滥，曾有一次佩米杰瓦塞特河在几小时内水位暴涨 25 英尺。梅里马克河能让货船行驶 20 英里，运河船可通过船闸从河口一路航行至新罕布什尔的康科德，航程约为 75 英里；而更小些的船只，则可抵达普利茅斯，航程 113 英里。铁路未建起之前，曾有一艘小汽船定期在洛厄尔与纳舒厄之间来回,而现在,小汽船可从纽伯里波特远航至黑弗里尔。

梅里马克河由于受到河口沙洲的影响,因此就某种程度而言不适用于作商业航行,那么且看它当初是怎样费尽心思为制造商们献身服务的。河水从法兰克尼亚的铁矿区流出,流经尚未遭到砍伐的森林,途经取之不尽、用之不竭的花岗岩岩层,斯夸姆、温尼皮西欧吉和纽芬德以及马萨比西克湖是它的蓄水池,从一系列天然堤坝飞流直下,那些天然堤坝多年以来提供大量水流,但对提升水位无济于事,最后新英格兰人到此作了改良。伫立河口眺望,波光粼粼,一路追溯它的发源地,那真的是一条耀眼的银练,从怀特山一路奔腾直抵大海,沿河的每一座高原上都生息着一座城市,每一处瀑布的周边都有个人们忙忙碌碌的聚居地。暂且不论纽伯里波特和黑弗里尔,只瞧瞧劳伦斯、洛厄尔、纳舒厄、曼彻斯特和康科德吧,它们层层叠叠、隐隐闪烁着光芒。终于当河流从最后的一家工厂夺路而逃之后,河水有了平坦而不受打扰的通途,静静地流向大海,它好像只是遭到废弃的河流,除了名声在外,几乎一无所有。晨雾笼罩在河上,在黑弗里尔和纽伯里波特之间往返的几艘小商船的船帆飘动着,这一番景象显示了该河令人愉快的航程。可它真正的船是一列火车,而它真实的主流靠一条钢铁航道向更远处的南方流动,茫茫群山中晓风亦无法将一条长长的蒸气飘带吹散开来,这飘带描绘出这条主流的轨迹,直到该河在波士顿汇入大海。此时此刻这里淙淙的流水声较大,人们听见的不是鱼鹰吓跑鱼群的凄厉叫声,而是激励一个国家奋进的蒸汽机的高昂汽笛声。

梅里马克河也是被那个"走向陆地"的白人发现的,他不清楚河流究竟有多长,以为仅是流向南方大海的小湾。1652年,人们首次勘测该河远至温尼皮西欧吉的流域。马萨诸塞最初的拓荒者猜测,康涅狄格河在其某一河段流向了西北方,"离那片伟大的湖如此之近,结果印第安人可以越过陆地到湖里乘独木舟来来往往"。那些拓荒者们猜测,这片大湖和湖四周"面目可憎的沼泽"出产了所有在弗吉尼亚和加拿大之间来回移栖的河狸。人们还认为波托马克河发源于该湖，或发源于离该湖不远的地方。后来康涅狄格河如此邻近梅里马克河，致使拓荒者们期望将商贸流通引向康涅狄格河，将商业利润从他们的荷兰裔邻居那儿弄进自己的腰包。

不像康科德河段，即便说梅里马克河水中和堤岸上生物较少，可它并非死气沉沉的，而是一条生机勃勃的河流。它有着湍急的水流，在这一河段，它的河床呈黏土状，几乎寸草不生，相对来说鱼类也较少。此时我们更加惊奇地俯视其泥黄色的河水，以前则习惯于该河如尼罗河水一样的黑色。时逢时令到来，人们能够捕获美洲西鲱、灰西鲱，但一度鲑鱼比美洲西鲱多，而如今则更罕见。偶尔能够捕获鲈鱼。可事实证明，水闸和水坝对渔业多多少少起到破坏作用。早在5月间，美洲西鲱便出现了，恰与梨树的开花期相同，梨花是最受人关注的一种花期较早的花卉，在这个季节被称为美洲西鲱花（Shad-blossom）。有一种名叫美洲西鲱蝇（Shad-fly）的昆虫也在该季节现身，密密麻麻地铺满了房屋和篱笆。有人告诉我说："苹果树花期最盛的时节，美洲西鲱会最大规模地洄游。大龄的美洲西鲱于8月洄游，3至4英寸长的幼小美洲西鲱则于9月洄游，它们很爱以飞蝇为食。"以往在康涅狄格河贝格斯瀑布附近，人们运用一种别具一格且奢侈的捕鱼方法，那儿有一块巨大的岩石将河水分流。"在那像小岛似的岩石的峭壁一侧，"贝尔克纳普说，"挂着几把扶手椅，椅子绑在梯子上，用一个平衡锤加固，渔夫坐在椅子上将渔网浸入水中捕捞鲑鱼与美洲西鲱。"在该河发源地之一的温尼皮欧吉河仍可看到印第安人用大石头垒起的低坝遗迹。

一涉及这些鱼类，就不得不提它们对哲学产生的颇有裨益的影响：这些洄游的鱼群，鲑鱼、美洲西鲱、灰西鲱、大西洋油鲱及其他一些同类，大地回春之时它们从我们海岸数不清的河流游入，甚至游到内地湖泊，它们的鳞片在阳光下熠熠生辉；还有为数更多的鱼苗向下游游入大海。约翰·史密斯船长早在1614年便踏上这海岸，他曾经写道："只要你将钓线一放一收，眨眼的工夫便能拽上2便士、6便士和12便士，难道这不是一个挺好的消遣吗？"——"用

大西洋油鲱
Atlantic menhaden

鱼钩钓鱼,在风平浪静的海水中垂钓,呼吸着清新的空气,从一个小岛转到另一个小岛,有哪种娱乐活动比这更令人着迷,又没什么风险,还不用花销呢?"

在切姆斯福德的温室村对面的格雷特本德,我们登上河滩稍作休息,并采撷几只野李子充饥。在那里的沙地上我们找到了一种新的花卉——诗人们笔下的风铃草——圆叶风铃草(*Campanula rotundifolia*),它是东西半球司空见惯的植物,在离水很近的地方生长。就在这儿的沙地上一株绿荫如盖的苹果树下,我们午休了一会儿,在这美好的安息日风儿不会吹拂来打扰我们的小憩。我们陷入沉思,忆起漫长的昔日时光,还想到女神拉托娜行之有效的劳作。

地面的空气如此静默,
每一声呐喊与呼唤,
都在山冈、溪谷和秀美的森林
久久回荡。

欣欣向荣的树林间,
牧群趴伏在万花丛中,
海上平稳行驶的航船,
升起清风吹干的船帆。

当我们这般在林荫下小憩或是怡然自得地划舟前行时，偶尔依赖《地名词典》（Gazetteer）充当领航员，从它单调乏味、自然而然的实际情况中汲取诗歌的乐趣。向下游稍稍划行便遇见比弗河，它从佩勒姆、温德姆和伦敦德里的草地流过。根据这部具有权威性的《地名词典》，伦敦德里镇的苏格兰—爱尔兰移民是最先将马铃薯和亚麻布的制作引入新英格兰的。

圆叶风铃草
bluebell bellflower

史诗畅想

一本书中编印的每样内容都至少回荡着文学精华的某种回声。确实,最好的书籍宛如木棍和石块,其影响高于或大于作者原本的构思。维吉尔的诗歌,如今对我的影响与对他同时代人的影响亦是云泥之别。维吉尔的诗歌常带有一种经过体验得来的、偶然收获的价值,证明了世人仍是世间静好的世人。读到这样静美的诗行令人心旷神怡:

> *Jam læto turgent in palmite gemmæ.*
> (如今嫩芽初上欢欣的树干。)
> *Strata jacent passim sua quæque sub arbore poma.* [1]
> (遍地都是苹果,每只苹果落在各自的树下。)

[1] 出自维吉尔的《农事诗》。

在一种悠久的、业已消亡的语言中,一切对生机勃勃的自然界的赏识都魅惑着我们。它们是芳草萋萋、逝水东流时写就的词句。当一本书袒露着经受了白昼和烈日的检视,那么也就不乏闪光之处了。

此刻,若是能读到一首情景交融的伟大诗篇,我们已经别无他求。因为在我看来,如果人们正确地阅读,那么除了诗歌他们断不会再读其他的东西。所有历史或哲学皆无法替代诗歌的一席之地。

对于诗歌的最周密严谨的定义,也可经由诗人否定该定义而即刻被证明该定义的荒谬。所以我们出版的诗歌只是我们关于诗歌的广告。

毫无疑问,最崇高的书面智慧,要么押韵,要么在一定程度上富于节奏、和谐动听——字里行间都是诗;而且包容人类智慧之精萃的书卷不必有任何一行缺乏节奏韵律的文字。

诗虽是终极、绝美的成果，却是一颗自然孕育的硕果。恰如种瓜得瓜，种豆得豆，一个人创作一首诗，要么口述要么笔录。这首诗是最重要、最有纪念意义的成就，因为历史不外乎是对诗意盎然的事迹的散文式记叙。除此之外，印度人、波斯人、巴比伦人、埃及人还做了什么值得一提的事吗？它们的历史是对林林总总的现象最纯朴的记叙，而且描摹最平实的感觉比描摹科学来得更真切；而科学对诗歌敬而远之，有条不紊地模拟其风格和方法。诗人歌吟血液在他血管里如何的奔流。他挥洒自己的才华，而且游刃有余，仅需要如植物散叶开花般的激情。他会竭力变幻偶尔听闻的、远方传来的、转瞬即逝的曲调，但徒劳无功，只因他的歌吟如呼吸一般至关重要，整体的效果仿佛水银泻地。这歌吟并非生命的倾泻，而是生命的积淀，是从诗人足下汲取的。荷马直白地说出夕阳西下，也就足够了。他和大自然一样肃静，我们几乎觉察不到这位游吟诗人奔放的热情。仿佛大自然在真情流露。荷马向我们展现了一幅幅人生最纯朴的画卷，故而孩童可以看懂它们，大人们不假思索即可欣赏他的返璞归真。每一位读者自己就可领会，凡是描述大自然较为朴实的特点，荷马以后的诸多诗人除了模仿他的种种明喻，鲜有创新。他那些令人难以忘怀的诗篇呈现天然雕饰的光彩，恰似薄雾中隐隐闪现的缕缕阳光。大自然不单供给他辞藻，而且供给由她制造产生的诗行和诗句。

宛如满月从云层中浮现，
银光辉映，而后重又隐入阴云的背后，
赫克托耳时而冲锋在前，
时而殿后指挥；他身披黄铜盔甲，
光彩夺目，好似面对着手持帝盾的宙斯的闪电。

荷马以如此绝世惊艳的语言，如此生动形象的比喻表达着纤毫毕现的信息，即便描述黎明，仿佛如有神助。

  拂晓时分，神圣的一天正在来临，
  为了争夺那块空地双方兵器飞射，战士尸横遍野；
  而此时，大山深处的樵夫
  正备早餐，因砍伐了许多参天大树，
  他双手已经乏力至极，他感觉厌倦，
  对美食的欲望占据了他的脑海；
  那时达那安人，势不可挡，攻破敌人的方阵，
  向着一队队的战友大声欢呼。[1]

当特洛伊人的军队枕戈待旦，以防敌人在夜幕的掩护下卷土重来时：

  他们思考着重大的事情，在战场的中立地带
  一夜坐到天亮；一堆堆篝火为他们点燃。
  当苍穹之上群星环绕明月，
  夜色多美，空气中没有一丝风；
  每一块高地，每一个顶峰，
  所有叠翠的山坡都显出原形；
  无垠的长天向四方扩展，
  每一颗星星清晰可辨；牧羊人喜不自禁；
  于是在海船与桑索斯的河流之间，
  在伊利厄姆前出现了特洛伊人的篝火。
  成百上千堆篝火在平原之上燃烧，每堆火旁
  坐着五十个战士，在熊熊火光之中，

---

[1] 选自荷马《伊利亚特》。

战马咀嚼着白色的大麦和玉米，
立在战车旁，恭候着华美宝座上的奥罗拉。

由众神和人类之父派遣至伊里斯和阿波罗那儿去的"玉臂女神朱诺"，

从伊迪安山去到远方的奥林匹斯，
宛如一个从天边赶来的人
思绪万千，脑子飞转，
我曾在那儿，在那儿，现如今对诸事记忆犹新，
8月的朱诺迅捷地飞过天空，
到达高高的奥林匹斯山。

荷马描绘的景色总是令人信服，并非信口开河。他没有凭想象从亚洲空翻到希腊，

因为它们之间横亘着千万重的，
绿茵如毯的群山和涛声依旧的大海。

假如他的信使们仅去阿喀琉斯的营帐，我们无意打探他们是如何抵达那里的，而只是一步一个脚印地跟随他们沿着涛声不绝于耳的海岸进发。涅斯托耳关于皮利安人进犯埃佩安人的这段描述让人身临其境，击节叫好：

然后在他们面前，甜言蜜语的涅斯托耳一下子站起，
这个高谈阔论的皮利安人演说家，
比蜜更甜的言辞从他的唇舌间流出。

然而此次他独对帕特洛克罗斯开口:"一条名叫密尼亚斯的河在阿雷尼旁边向大海飞奔而去,我们皮利安人的骑兵和步兵在那儿期待着黎明。然后我们抢在中午之前策马扬鞭,为作战供给物资,甚至赶到了阿尔菲奥斯河神圣的源头。"

可想而知,一整夜,将士们听见密尼亚斯河水在呜咽地流淌,倾入海洋,惊涛骇浪拍击着海岸。终于,他们在阿尔菲奥斯河潺潺的流水声中,欢呼苦行军的结束。

宝书精选

鲜有几本书适合在我们聪明绝顶时烂熟于心,可《伊利亚特》是最宁静之日极为耀眼的篇章,包含了投射在小亚细亚的所有阳光。我们当代的哪一种欢欣或狂热都不能贬损它或令它黯然失色,然而它屹立于文学的东方,仿佛它是脑海中最初和最终的产物。埃及遗迹上的蒙尘,以及遗存于桂油和树脂中、裹在亚麻布中的腐臭令我们窒息,它是往生者的死亡。可是希腊诗歌的光芒全力映照着我们,与近日的阳光交汇融合。门农的雕像被推翻,可《伊利亚特》的箭矢在红日高升时仍与它不期而遇。

荷马已然逝去,朱比特现在何处?
是那争战不休的七座城池?他的歌吟比它们长久:
时间、高塔,还有神明——除了老天之外,往昔存在过的所有。

显而易见,在先于荷马与俄尔甫斯的混沌的古代,荷马之外还有另一个荷马，俄尔甫斯之外还有另一个俄尔甫斯。古人的神话体系，至今仍是现代人的神话体系，人类之诗与人类的天文学如此精妙地相互缠绕，加上天堂建筑术在壮观祥和中精进，这两者似乎预示着更强力的天赋降临在地球上的那一瞬间。可终究，人类就是伟大的诗人，既非荷马也非莎士比亚，我们的语言自身和生活的通俗艺术是人类创作的作品。四海之内，诗歌皆真情实感，独立于经验之外，故而诗歌无须凭任何特定的传记加以诠释，不过我们迟早要将诗歌归诸俄尔甫斯或利诺斯，猴年马月之后又归诸人类的天赋和众神本尊。

挑选我们的读物是值得花大气力的，因为读物是我们存储的社会；应该读真实可信、心平气和的东西，绝不读统计数字、小说、新闻、报道或杂志，只读独一无二的诗歌，一遍不懂再读一遍，或许能激发我们的灵感。我们或许可以将自己无瑕的思想用圣歌或赞美诗的方式每日献祭给诸神，以代替其他祭品。因为我们每日至少该掌舵一次。一天不应全是白昼，即便不是更长的时间，至少应有一个小时的拂晓。学究们惯于贩卖他们与生俱来的权利去换取一箩筐知识。但有必要弄清书商编印哪些书，见识短浅的人研究哪些书，百无聊赖的人阅读哪些书，通晓俄罗斯人和中国人的文学，还有法国哲学和很大一部分德国的评论。首先要读最好的书籍，不然你可能根本没机会读到它们。有上供的礼拜者，有隐修的礼拜者，更有狂热献身的礼拜者，因而就有诸如此类的人，他们读书的智慧便是他们的礼拜，他们克制激情，举止古板。这世界并非是为不做礼拜者而存在的。唉，阿尔琼，那么另一个世界在何方？当然，我们无须像儿童一样总要人抚弄逗笑。时常捧读通俗小说用来解乏的人真不如去打个盹儿。伟大思想不加掩饰的模样，只有那些抵达彼岸的人方能一睹为快。凡是我归诸好书之列的，并非那种供我们向隅而读自得其乐的书，而是那种蕴含其中的每一种观念皆不同凡响的书，那种一个百无聊赖的人无法阅读的书，不能给怯弱者带来刺激的书，甚至令我们对现存制度构成威胁的书。

所有装订成册的印刷物并非都可称之为书，它们未必属于文学，却时常被归于文明生活的其他奢侈品和附属物之列。劣质的商品用花样百出的伪装得以销售出去。"做生意的秘诀",正像一个小贩曾告诉我的那样,"就是直接将货卖出。"不管它是什么,只要双方谈妥就成。

> 尔等卑躬屈节的俗人,在金色阳光
> 从未照亮之处,你们的智慧在做着买卖。①

① 出自弗朗西斯·夸尔斯的《标志》。

凭借妙笔生花的文笔,人们狡黠地编印书籍,它们甚至获得学者的赞誉,似乎它们是一个后起之秀哲思的硕果,而且它们的问世伴随着自然的阵痛。但很快它们的封面便脱落了,遮不住内容的丑陋,哪种装帧都无济于事,何况它们看起来根本不像书籍或是《圣经》。在书的版式上屡有创新、获得专利的发明创造,意在提高书籍的品相。许多单纯的学者和天才一时受其蒙骗,已喜好阅读这些书籍,然后发现自己是在读一架马拉耙犁、一台多轴纺纱机、一株肉豆蔻树、一支栎树叶雪茄烟、一台蒸汽压榨机,或厨房中一副固定的炉灶,而或许他们原本追求的是内心宁静的、《圣经》上的真理。

> 商人们现身了,
> 将良心与你们的商品混为一谈。

如今纸张十分廉价,作家们不必抹掉一本书的字再写另一本书,他们不是在土地上栽种小麦和马铃薯,取而代之的是栽种文学,据有了文字国度的一席之地。或许他们只为扬名立万而提笔,如同有些人种植稻谷的目的是为了酿造白兰地。书籍很大程度上是作者任性、仓促写成的,它们成了某个体系的组成部分,提供某种所需的真实或想象。自然通史之类的书通常的用意都在于由某个职员急匆匆列出纪元时代表或上帝的财产清单。这些书完全不教授神圣的自

肉豆蔻
nutmeg

然观,而是教授研究自然的流行观点,或者不如说是研究自然的流行方法,而且匆忙地把废寝忘食的学子引入教授们时常面对的左右为难之窘境。

他身着罩袍去到雅典,从那所学校
归来时一副穷酸样,成了一个受过更多教育的傻蛋。

它们教授的不是知识的基础而是实在的愚昧要素,因为深思熟虑地说,按照最高真理的观点，人们不易辨别基础知识。在知识与愚昧之间，存在着一个科学的拱桥无法飞架的深渊。一本书应该包含纯粹的发现，哪怕仅是遇到海难的水手对陆地的绝望一瞥，而不是那些从未离开陆地半步的人的航海术。它们不必出产小麦和马铃薯，但它们自身须成为作者平生舒畅且自然的收获。

我所学到的知识归自己所有，我拥有了自己的思想，
而缪斯已传授给我崇高的真理。

我们并非是从学术著作，而是从真实、真诚、蕴含人性的书籍，从率性、诚实的传记中受益良多。一个好人的人生几乎不会比一个海盗的人生对我们更有启迪，因为对守法和犯法这两种情形，无法规避的法律条文显然写得清清楚楚，而美德与恶行几乎同样支撑着我们的生活。一棵濒死、苟且活着的树，它所需的阳光、空气和雨露不会比一棵绿油油的树所需的要少。它同样分泌树液，履行健康的功能。若是任由我们挑选，我们或许只研究边材。长着瘤结的老树上长出的嫩芽和树苗上长出的嫩芽一样娇嫩。

至少让我们拥有健康的书籍，一架结实的马拉耙犁或一副没有开裂的炉灶。别让诗人只为公共福利流泪。诗人应如伫立在水槽边的糖槭一样生机勃勃，用足够多的汁液维持自己的翠绿；他不该如一株在春日遭人砍伤的葡萄树，不再结出葡萄，在竭力愈合自己的创伤时流出太多汁液而枯死。诗人当如脂肪充足的熊和土拨鼠一样，整个冬日都能啜舔自己的爪子；他在这世间冬眠，以自己的精髓为生。冬日走在白雪皑皑的牧场上，我喜欢想起那些躺在墓穴中的幸福的做梦的人，想起睡鼠以及所有那些冬眠的动物，它们厚厚的毛皮褶层里包裹着过剩的生命力，以致不畏天寒地冷。是呀，从某种意义上说诗人也是一种睡鼠，进入了幽深、肃静思想的冬日宅邸，对周围的环境无动于衷。他的诗句描述了与他相关的最久远、最美好的回忆，是从人生漫道中汲取的智慧。与此同时，其他人则过着忍饥挨饿的生活，就如鹰情愿在空中翱翔，希望侥幸逮到一只麻雀。

这片土地已经出产了一些散文和诗歌，它们并非一堆故纸，不过我们可以方便地将它们统统搁在橱柜的抽屉里。倘若众神允许他们肆意挥霍自己的灵感，那么这些散文和诗歌可能会被人海淹没，可真理的声音最终会在天堂也会在人间萦绕。那些声音貌似很古老，且在某种程度上失去了它们现代起源的轨迹。这就是那些声音，它们：

寻求我们毕生的光明，
寻求持久、真实和透彻的领悟。

我记得有几句话在本地的牧场上勃发，不像在沙滩上覆盖的草地，牧场的草根从未被斩除。回应那诗人的祷告时，

北美土拨鼠
woodchuck

> 让我们为知识
>
> 制定出这样一个恰当的等级，好让世人能够相信，
>
> 诗人的警句，不再妄言
>
> 每种艺术只是它自身的献媚者。

可是总而言之，在我们本地的码头，我们并不时常参加文学社团的和平竞赛。如同奥林匹克竞赛要追溯至古希腊，一个新的时代将追溯至新英格兰。假如在经历拳击和赛跑之后，希罗多德将自己的历史著作拿到奥林匹亚去朗读，我们岂不是已在那地方听到这类历史性地朗诵了？既然我们的同胞已拜读过它们，那不是会让希腊偶尔被人遗忘吗？哲学也在那地方有她的果园和柱廊，如今也并非全部无人问津。

近来品达[1]们都交口赞誉的那位胜利者赢得了另一枚棕榈叶奖章，他的竞争对手是：

> 奥林匹亚的游吟诗人，
>
> 吟唱着下界神圣的观念，
>
> 他们的吟唱感叹我们永远年轻，
>
> 感叹我们永远青春年少。[2]

有什么大地或大海、山峦或河川，或是缪斯的清泉或果园可以逃避他洞察一切的炙热目光？他打破太阳神的寻常之路，造访陌生之地，令冻彻心扉的北极人神采奕奕，令南极的老蛇虬枝蠕动，令许多条河如尼罗河河水倒灌淹没他的头颅！

[1] 品达，古希腊抒情诗人。他被后世的学者认为是九大抒情诗人之首。

[2] 出自爱默生的《美的颂歌》(Ode to Beauty)。

我们时代的法厄同啊,
要造出另一条银河,
用他的光芒燃烧整个世界。

我们称其为无可非议的预言家,
他要驾驭他那光芒四射的马车
驶近我们颤抖的人类居住的星球,

贬低我们所有的微薄价值,
烤焦这生机勃勃的地球,
来证明他出身于天堂。

银质的轮轴,金质的轮毂,
正闪烁奇妙的火光,
滚滚车轮越逼越近。

轴钉和轴干烤熔了,
银质辐条飞得浪远,
啊,他将损坏令尊大人的战车!

是谁让他拥有他驾驭不了的坐骑?
从此以后太阳不能照足一年,
而我们都将露出黝黑的脸庞。

从他的

狡诈的唇舌倾吐出

令人心旌摇荡的德尔斐①的神谕。②

而且有时

我们不该介意，我们是否听到
更少的诳语，更多的神谕。

这是阿波罗的光芒照耀在你的脸庞。我卓尔不群的同时代人啊，让我们安享遥赐的热力，赐予我们更精妙、更超凡的美，即便它转瞬即逝，它穿透时空，并非蛰居在诗中，甚至并非蛰居在纯净的水中。纯净的水仅能映射出那些葡萄酒的晶光。让这史诗的信风使劲吹吧，让这灵感的华尔兹舞停歇。让我们更频繁地感受从印度人的天堂刮来的西南风轻拂我们的脸庞。虽然我们在天际痛失了千百颗流星，只要深不可测的天际、星团和不会离散的星云仍然永续，那又何妨？虽然我们痛失了对神谕的千百次睿智的回应，可我们反倒拥有了伊奥尼亚③的部分田地，那又何妨？

尽管我们深知，

单凭帝王（或总统）的权力无法养育
一个不在那里诞生的精灵，
他们也不诞生于每一位王子的时代。

可不管他们怎样颂扬他们的"伊丽莎白统治时期"，我们却能证明诗人能够在我们的时代降生并歌唱，由詹姆斯·K.波尔克④管辖，

① 德尔斐，一处重要的"泛希腊圣地"，主要供奉着"德尔斐的阿波罗"，著名的"德尔斐神谕"在此颁布。

② 出自爱默生的《问题》(The Problem)。

③ 伊奥尼亚，一译爱奥尼亚，公元前7世纪利迪亚人开始控制该地区，公元前546年波斯开始统治这里。公元前500年，爆发爱奥尼亚人起义，由于雅典的介入导致了希波战争。

④ 詹姆斯·K.波尔克，1844年当选美国总统。

况且英语韵文的最大威力，

并非"囿于她的和平统治时期"。

诗人丹尼尔的预言是多么的灵验呀！

谁迟早会懂得我们能向何处吐露

我们语言的宝藏？我们收获的至高荣耀

将派遣到何方陌生的海岸，

以我们的丰藏去充实蒙昧的民族？

在有诗发展的西方，多少人

会夹带着我们的乡音变得风度翩翩。

近来人们对文人妙笔生花的魅力已谈得够多了。我们听到天才的某些著作遭人抱怨，说作品颇有见地但有点出格，不够行云流水。不过即便处在地平线之上的诸多座山峰，以科学的眼光来看，也不过是一条山脉的某些段落而已。我们应当认为，思绪的流动与其说像一条倾斜的河流，不如说像潮汐，是受天体引力的结果，并非是河道倾斜造成的。一条河流动是由于它从高山上流下，随着海拔高度的下降它流得越来越快。指望在整个航程中随波逐流的读者，当他羸弱的内陆小船陷于海浪的围困时，尽可以迁怒于海上令人憎恨的风浪，其实海水向着太阳和月亮涌动的情形与陆地上的河流涌动是同样的道理。但假如我们想观赏这些书里的"流淌"，我们必须预感到它好似一股热流从字里行间升腾，将我们评析的头脑像磨石一般加以涤荡冲洗，流向我们自己头上及身后的更高水平。

有许多书仿佛河水猛涨翻涌流进大海，像磨坊水车抽汲的水那般流畅，在一条堤道下淙淙流淌；当书的作者叙述到情节的高潮时，毕达哥拉斯、柏拉图和杨布里科斯[1]紧随他们身后蹒跚而行。这些书连绵、滑腻的句子如此一气呵成、首尾呼应，致使它们顺其自然地一道奔流。它们读起来好像是专为军人、为商界人士定制的，如此具有时效性。与此等书籍相比，那些老成持重的思想家与哲学家好像乳臭未干，他们比行进中的罗马军队还要磨蹭：今夜部队的后卫在昨夜先遣部队的营地宿营。那睿智的杨布里科斯像泥沼卷起漩涡，闪烁微光。

有多少万人从未听闻过，
西德尼、斯宾塞的大名或他们的大作？
可他们是勇敢的家伙，自以为名声在外，
似乎不将整个世界放在眼里。

机敏的作者执笔、高呼：前进！阿拉莫和范宁[2]上校！紧随着滚滚的战争浪潮。壁垒和藩篱似乎在移动，可最快的跑动终究不是流动；而读者，至少你和我，将不会跟随过去。

[1] 杨布里科斯，约250年—约330年，新柏拉图主义哲学的重要人物。

[2] 此处应指詹姆斯·沃克·范宁（1804—1836），1836年，他在阿拉莫失陷后被俘，并被当时墨西哥将军桑塔·安纳下令处死。

朴素之美

确实，一个完美无瑕的句子相当罕见。很大程度上，我们错失了那思想的色彩和芬芳，一如我们中意清晨或黄昏黯然失色的露珠，或是中意失却蔚蓝色的苍穹。最有魅力的句子或许不是那些语出惊人的句子，而是最稳妥、最率真的句子。这些句子表达时语气斩钉截铁，似乎发言者有意掌控说话的分寸，这些句子即便不是妙语连珠，至少学识渊博。沃尔特·雷利爵士[3]就算只因为他杰出的文体也值得好好研究一番，他在为数众多的大师中可是大名鼎鼎。在他

[3] 沃尔特·雷利，约1552—1618年，英国文艺复兴时期的诗人、科学爱好者和航海家。大约在1582年，雷利经过航行到达现今美国弗吉尼亚州的罗阿诺克岛。

的文体中有一种自然的轻重缓急，就像一个人的步态，在句子与句子之间留有喘息之机，这是现代的最佳作品所不具备的。他的章节犹如英国的公园，或者说颇像一片西部森林，在那里更高大的树木阻碍下层林木的成长，而一个人可以骑马穿过林间开阔地。那个年代，所有颇负盛名的作家都比现代的作家更加生龙活虎、自然朴实，因为中伤我们自己的时代是允许的——而且当我们在某一现代作家的大作中读到摘录自那个年代某个作家的一句名言时，我们好像刹那间发现了一片更加葱郁的绿洲，发现了泥土中蕴藏着的更深的深度和更大的力量。这就好似一根青枝绿叶搁在书页上，我们像是在仲冬或早春看到鲜嫩的青草一般神清气爽。你捧读的作品不断获得生活和经验的见证，你的人生阅历越丰富，你越能读出见诸文字的点滴言外之意。那些句子好似常青树和鲜花一般翠绿和鲜艳，因为它们根植于实际和经验之中，可我们华而不实的句子却空有花朵的娇颜，缺少树液或树根。朴素流畅的语言最吸引人，有人甚至用华美的文体模仿其朴素之美。他们宁愿被曲解也不情愿稍逊文采，侯赛因·埃芬迪①向法国旅行家博塔②夸赞易卜拉欣·帕夏③的书信文体，因为"它难以理解"，他说"在吉达仅有一个人能看懂和解释帕夏书信的意思"。一个人耗费一生将最微不足道的事情做到极致，结果陷进罗网。每一句话都是人们漫长岁月试用期的结果。除了去一个标准人物的词语里寻找，我们还能从哪找到标准英语？一个表述得最好的单词接近于说不出口，因为说话人总想将它说得更好。不，由于某种迫切的需要甚至由于某种的不幸，最好的单词总让人冥思苦想，结果最忠实可靠的作者终将变成被它俘获的骑士。而且命运或许有这样的一个设想，当它向雷利爵士提供了如此富足的生活与经验的素材时，命运令他成为一名被牢牢关住的囚犯，强迫他将自己的言辞当作自己的行动，将他行动的诚意和重点转移到他的

① 侯赛因·埃芬迪，又译为哈桑·阿里先生，1830—1895，被认为是英属印度最早的穆斯林学校之一的创始人。

② 博塔，全名保罗·埃米尔·博塔，法国外交家、考古学家。

③ 易卜拉欣·帕夏，1789—1848年，19世纪埃及的一位将军，1848年7月—11月作为摄政王领导国家。

用词上。

　　就学术研究和学问而言，人们对它们的尊重与对它们的应用比较起来极不相称。我们饶有兴味地读到本·琼森①做出怎样的允诺：供王室贵胄娱乐之用的呆板假面具应当"依据古老的习俗和扎实的学问"。是否有比做些绣花枕头一样的学问更值得怪罪的呢？至少，要学会劈柴。对于学者而言，他们很少牢记参加劳作并同许多人和事物打交道的必要性；脚踏实地的手工劳动也能令人聚精会神，这无疑是消除一个人夸夸其谈和故作伤感的写作风格的最佳方法。若是他从早到晚辛苦劳作，尽管他或许会对劳作一天未能留意自己的思路而备感痛心，可晚间几行匆匆记录下他一天劳作经历的文字定会比他不着边际的遐想更情真意切、更娓娓动听。确实，作者是对大批劳动者致辞，所以这应该成为他自己的原则。在寒冬白昼较短，他在夜幕降临之前既要砍柴码垛，在劳作时就无暇跳舞；而每砍一下木头都适度用力，理智的声音在林间回荡。那学者于夜晚写下日记的笔触亦是如此，在他使斧劈柴的回声消失许久之后，他那笔触朴素而愉悦的声音仍在读者耳边回响。这位学者坚信，基于他手掌的老茧，他笔下的真理更加坚韧，老茧给句子以坚定的支持。的确，若身体缺乏相应的活力，头脑从来不能做出伟大的、成效卓著的努力。这一点常常打动我们：勤劳肯干的人对写作毫无经验，一旦需要他卖力写作，他竟很容易具备准确且富于感染力的文风。似乎朴素直白、生动有力、诚恳真挚这些文风的优点，在农场和工坊里比在校园里学得更好。由如此粗糙的手写就的句子雄浑刚健，如同坚硬的皮带、鹿的肌肉，或松树的根。至于措辞上的优美雅致，一个伟大的思想绝对不会在一件微服里被人发现。尽管这观点出自沃洛夫人②之口，九位缪斯和美惠三女神必定会同心合力以适当的词语将它装扮一新。这种思想启迪向来是开明的，它所蕴含的睿智足以

① 本·琼森，约1572—1637年，英国文艺复兴时期剧作家、诗人。他以讽刺剧见长。

② 沃洛夫人，非洲民族之一，他们在8世纪左右在塞内加尔河流域定居，15世纪建立王国，多数信仰伊斯兰教。

资助一所学院。希腊人称之为佳丽的这人世，是依靠逐渐抛弃不再适用的每一件饰品才被打造成这般模样的。女先知西比拉[①]"用灵验的嘴讲话，面无喜色，素颜朝天，不涂香露，凭借神力洞穿无数个世纪"。学者可能时常模仿农夫吆喝牛羊时的抑扬顿挫，并坦承说若是将这类吆喝声写下，它将超越他千辛万苦造出的句子。谁的句子真正是千辛万苦造出的呢？我们乐于从政治家和文人墨客柔弱、浮夸的语言风格转向对劳作的描述，转向一个农夫年历中对一个月劳作的简单记载，以复苏我们的语调和心智。一个句子读起来，应该像其作者以犁代笔可以犁出一条笔直的深沟。学者需要辛勤严肃的劳作来赋予他的思想一股动力。他将学着把笔杆紧握在手，将笔杆当成一把斧子或者一把利剑，优雅而有力地挥舞它。我们不由得想起诸多文人墨客虚弱麻木的修辞段落，他们可能亦步亦趋地达到了他们同仁的标准，而且分毫不差，我们对其殚精竭虑的巨大牺牲感到莫名惊诧。什么！他们的付出与收获不成比例——这些瘦骨嶙峋的人，而这就是他们的工作！原本能击倒一头牛的双手，砍倒的竟是贵妇缚鸡之力足以对付的脆弱之物。这难道是一个精壮汉子的工作，他背上长有脊髓，脚跟长有阿喀琉斯之踵？那些筑立在巨石阵的人如果只显摆一次自己的力量，伸伸懒腰，也算有所作为。

　　不过，真正有效率的劳动者毕竟不会终日忙得不可开交，而是在怡然自得的宽松氛围中从容地前去劳作，然后干自己最爱干的活计。他只渴求获取时间硕果的果仁。即便母鸡趴窝一整日，她也只能产下一只蛋，而且不愿为另一只蛋啄食。让一个人花充足的时间干最琐碎的事，即便只是修剪指甲。幼芽在人们不知不觉中不急不躁地长大，好像短短的春日永无止息。

　　那么花费一个时代来激发你的期望，

[①] 西比拉，希腊神话中的女预言家。在古希腊罗马时代，西比拉不是一个，而是许多女先知的统称。

倘若一下站稳你就无须匆忙。①

有些时间似乎并不适于付诸行动,而是深吸口气下定决心的时机。我们并不着手去实现令人心动的目的,而是将我们身后的屋门关上,胸有成竹地闲逛,好像事情已办完一半。我们的决定正在扎根,抓住泥土,恰似种子在向上朝阳光发芽之前最初靠种子自身的胚乳向下萌芽。

某些书籍包含了平凡的真理和自然的品质,但它们却显得非常罕见且还足够低廉。可能情操不那么高尚,措辞不那么优美,但它却是无忧无虑的乡野言谈。一本书里的朴实几乎同一所房屋内的朴实一样是个不可多得的优点,如果读者愿意身居其中。朴实几乎等于完美,是非常高超的艺术。有些书仅有这一处优点。学者想让自己最熟谙的体味得当地为他的表达提供帮助,但他并不容易做到这点。比如说,很少有人能恰如其分地谈论大自然。他们以某种方式践踏了她的谦逊,对她不施以美惠,不为她美言一句。大多数学者的呼喊比他们说的话动听,而且你掐痛他们而非与他们谈话,你便能看出他们更多的真面目。伐木者就像他手中的斧子,冷酷地对待他的森林,而他谈到森林时的粗声暴气却较热爱大自然的人咬文嚼字的热情要好。河边的报春花就是黄色的报春花,就这样说比添油加醋要好。奥布里②讲述托马斯·富勒③时写道,他是个"满脑子始终想到工作的人,致使在饭前散步和走神时他会咽下一只小面包,而自己竟浑然不觉。他天生就记忆力极好,而他锦上添花,后天又擅长记忆术,从拉德盖特到查灵十字街的所有招牌他都能倒背如流"。富勒如此描述约翰·哈尔斯④:"他热爱加那利",被安葬"于黑色大理石的圣坛墓碑下——墓志铭过于冗长了"。富勒如此描写埃德蒙多·哈雷⑤:"他16岁时就会做好一个日晷,那时,他认为

① 出自奥维德的《变形记》。

② 应指约翰·奥布里,1626—1697年,英国古文物研究者、博物学家。

③ 托马斯·富勒,1608—1661年,英国学者、布道师。

④ 约翰·哈尔斯,在17世纪英国,有两位同名的著名人物,一位是神学家,一位是作家。

⑤ 埃德蒙多·哈雷,1656—1742年,英国天文学家、物理学家,曾计算出哈雷彗星的公转轨迹,并预测该天体将再度回归。

自己是个勇士。"威廉·霍尔德①撰写过一本书,是关于自己怎样治愈一个聋哑艺人的,谈及他时富勒写道:"他不关注任何一个作家,不与大自然商议。"一位作家多数情形之下只与所有先于他写过同一主题书籍的作者磋商,而且他的书只是汇集了这么多人的忠告。可是一本好书断不会因其他作者先拔头筹而遇到阻碍,而书的主题在某种观念上将是崭新的,而且它的作者经过与大自然磋商,将不只跟先来者,还跟后到者磋商。对于一本真正的书,总会有探讨任一主题的空间和机会,就像最光明的一天也容得下更多的光线,而再多的光线也不会干扰最初的光线。

① 威廉·霍尔德,1616—1698 年,英国皇家学会成员、牧师和音乐理论家。

移民轶事

我们就这样继续上路,在这条河上逆水行舟,逐渐调整自己的思绪去面对新鲜事物,从该河静水深流的怀抱注视一个全新的自然和人类崭新的杰作,况且,随着我们的自信不断增长,发现大自然对我们仍旧是宜居的,温暖舒适。我们不是循着一条被人踏出的老路,而是循着蜿蜒曲折的河流前行,将它作为我们的捷径。庆幸的是,我们在这乡村不做任何交易。康科德河以往很难说是一条河或一条小溪,但勉强算是一条河,或介于河与湖沼之间。此处梅里马克河既非小溪也并非河或湖沼,是一股温和上涨,庄严雄伟地涌向大海的滚滚洪流。我们甚至会与这乐观向上的洪流产生共鸣,这洪流去往大洋找寻它的命运,期待着那一刻的到来:

campoque recepta
Liberioris aquæ, proripis litora pulsant.

> 平原接纳的河水
>
> 更加肆意地流淌，惊涛拍打着堤岸。

终于我们加速绕过一处低矮、荆棘丛生的小岛，它叫兔岛（Rabbit Island），交替显身于阳光和波浪之中，看起来极为荒凉，似乎深入冰海几里格。而后，我们发觉自己已驶入该河较狭窄的河段，靠近为开采切姆斯福德花岗岩而建立的工棚和堆货场，这种花岗岩石料是在韦斯特福及邻近城镇的采石场采掘出来的。我们经过威卡萨克岛，该岛面积达70英亩或更大一点，在我们右边，位于切姆斯福德和廷斯伯勒之间，是印第安人偏爱的居家之地。根据《邓斯特布尔方志》（History of Dunstable），"在约1663年，帕萨科纳维（皮纳库克人的头领）的长子被捕入狱，因他的部落中有个族人欠约翰·廷克尔45英镑的债务，而他曾口头答应偿还，但爽约了。为让他获释，他的弟弟沃纳伦塞特和另外一些拥有威卡萨克岛的人将该岛卖了偿还债务。"然而，该岛又被州议会于1665年归还给印第安人。1683年印第安人离开后，该岛被赠予乔纳森·廷以补偿他为殖民地做出的无私奉献，因为他的房子曾被当作驻军的要塞。廷的房屋坐落在离威卡萨克瀑布不远之处。古金在他的《致罗伯特·博伊尔的书信》（Epistle Dedicatory to Robert Boyle）中为他"以荒野的形式表现"他的素材而表示歉意。他说1675年菲利普战争爆发时，有七名印第安人被马尔伯勒的基督教印第安人和英国人拘捕并被押送到剑桥。这7个"印第安人属于长岛的纳拉干塞特人和佩科德人，他们在梅里马克河畔的邓斯特布尔替一个名叫乔纳森·廷的人连续做工达7周之久。听说战争爆发，他们便跟雇主结账，领取了工钱，不待主人默许便逃离掉，而且因为惊恐万状，他们悄悄穿过森林，试图回到自己的村庄。"但他们立即得到了释放。这便是当时雇工的情形。廷是邓斯特布尔的第一个永久的移民，而那时邓斯特布尔下辖如今的廷斯伯勒和诸多其他的城镇。在1675年寒冬的菲利普战争中，其他的移民都离开了镇子，仅剩"他一个"，据邓斯特布尔的历史学家讲述："修筑防御工事来捍卫他的家园，虽迫不得已派人去波士顿购置粮食，他自己却独自端坐在旷野中，在凶猛敌人的围攻之下保卫他的家园。1676 年 2 月，他认为自己所处的位置是保卫边疆的要地，便向殖民地请求增援。"他在申请书中谦卑地表示，由于他居住在"梅里马克河最上游的一座房屋里，暴露在诸位的仇敌面前，而那房屋所处的位置又使它成为附近几个镇子的前哨"，一旦他获得某种增援，便能给予他的州以重要的帮助。"除了本人之外"，他说，"该镇已无任何一个居民留下。"由此他恳请"尊敬的大人们为他调遣三四个人过来，好帮助守护他所提到的房屋"。他们居然照办了。可依我之见，如此一个要塞添加一个人战斗力也会被削弱。

让看门狗做你的门童对着窃贼狂吠，
让生活鼓起倍增的勇气，去做一个头领；
让活动的天窗做你的堡垒，把警钟敲响，
让枪弹和箭表态谁驻扎这里。

于是他挣得了第一个永久移民的桂冠。1694 年，议会通过了一项法令："凡因恐惧印第安人而逃出镇子者即刻丧失在该镇的所有权利。"可是如今，恰如我经常观察到的，不管怎样，一个人因恐惧不足挂齿的敌人而逃离真理和正义的肥沃疆域，却不会失去他在那里的任何公民权。不单如此，乡镇还被转让给逃跑者，而我不时关注的州议会其本身正是逃跑者的宿营地罢了。

异乡酣眠

我们紧挨着林木浓郁的威卡萨克岛沿岸行舟以躲避湍流，偶遇两个人。他们看起来好像刚从洛厄尔溜出来，欲前往纳舒厄，在洛厄尔那儿安息日拦住了他俩的去路。眼下他们发现自己深陷在地球的这一陌生、荒无人烟的处女地，四处横亘着壁垒和屏障，对他俩而言这是个粗鄙蛮荒之地。他们见我们如此平稳地逆水行舟，便站在我们头顶上方高高的堤岸上呼喊，问我们是否愿意载他们一程，仿佛这儿是他们迷路的街道，这样他俩便可一路坐着闲聊打发时光，最后在不知不觉中抵达纳舒厄。他们极其希望选择这顺路的航线，可是我们的小船被必需的装备挤得满满当当，已吃水很深，况且我们指望它继续干活，因为它不好好努力便不能逆水行舟；因此我们被迫拒绝搭载他们。晚风轻拂，我们随之悄悄驶离，在我们的航线上命运女神助我们一臂之力。夕阳沉落在远方岸上的桤木后边，我们依然能从河面上远远地望见那两个人沿着河岸奔跑，他们像昆虫一样爬过岩石和倒下的树干，他们此时身处一座岛上，但他们并不比我们更清楚这点，而毫无怜悯之心的河水朝他们的反方向不停地流淌；终于他们来到该岛的小河入口处，或许他们是从下方的船闸上跨过这条小河的，方觉它是眼前阻止他们前进的更大障碍。他俩似乎要在很短的时间内弄明白很多事情，他们像热锅上的蚂蚁四处乱窜，时而试试这里的河水，时而试试那里的河水，看看是否确实仍不能蹚过，仿佛一种新的思想在鼓舞着他们，以特殊的方式摆布手脚能设法过河。最后警醒的常识似乎重新支配了他们的头脑，他们得出一个结论：他们很早就听说的情况的确属实，他们便下定决心涉水渡过这不太深的河流。此时我们之间几乎相距一英里，只见他俩脱掉衣服准备过河；但看起来他们似乎又陷入了新的窘境：他们如此不假思索地将衣物扔在河流的那一边，就如乡下人携带着他的玉米、狐狸和鹅，可每次仅能运送其中之一。他们是否平安渡河或是经由船闸绕道而行，我们不得而知。大自然对这些人的需求显露出天真无邪的漠视，与此同时她正在他乡上演相同的一幕，这一幕深深地震撼了我们。宛如一位名副其实的女施主，大自然奉献的奥秘是依然如故。最忙碌的商人尽管与他的洛厄尔遥遥相望，但顺便就从朝圣者手中收购物品，很快便弄到了拐杖、小香袋和扇贝壳。

处于河水当中的我们，几乎也经历了一个朝圣者的命运，受到诱惑去追寻

灰桤木
gray alder

一条似乎是鲟鱼或个头更大些的鱼,我们没忘记这是鲟鱼河,这鱼深黑、古怪的背鳍在中流起伏不定。我们一直落在这鱼的后面,但它总是将背鳍露出水面,并不潜进水下,好像它宁愿逆水游动,所以它无论怎样都不会避开我们逃进大海。终于,小船尽量地靠近了它,又要留神不让鱼尾打到,船头的人持枪开火,而船尾的那人坚守阵地。但在这千钧一发、转瞬即逝、意义重大的时刻,这一全身蒙着庸鲽皮的怪物仍在不住地沉浮,觉得应当不用大张旗鼓地声称自己是根遭拘禁的滚木,被当作一个浮标放置在那儿,用来提醒水手当心水下的暗礁。

庸鲽
Atlantic halibut

于是我们俩互相拌了几句嘴,便速速撤退到较安全的水域。

换布景者以为该就此了结当天的这场戏,全然无视我们人类珍视的任何统一性。我们无法判定这出戏是否演成了悲剧、喜剧、悲喜剧或是田园剧。

随着太阳落山,这个星期天也远逝了,只剩下我们摇晃在波涛间。比起生活在陆地上的人,生活在水上的人拥有更长久、更澄明的黄昏,这四周的空气和水既吸纳又映射着光线,仿佛有一大块的白昼融化进了这波涛中。光线从水的深处慢慢退出,也从更深沉的天空退出,黄昏渐渐笼罩了我们,也笼罩了鱼儿,而这一切对它们来说更为朦胧、更为晦暗,白昼于它们是永久的暮色,尽管这光线对它们软弱、无力的眼睛来说已够亮了。晚祷的钟声已在许多模糊的水下礼拜堂响起,那里水草的阴影在水下沙地里越拉越长。傍晚出来觅食的大头鱼已开始摆动皮革般的鱼鳍在水中飞掠而过,鱼群从河道躲回到小溪、小河湾和其他隐秘的栖居处,只有偶尔几条更凶悍的鱼儿稳稳地停在水流中,甚至在梦中也逆流而上。与此同时,我们的船儿像一朵晦暗的晚云飘过它们的天穹,令他们水族世界的阴影更显浓重。

我们抵达一处幽静的河段,在属于廷斯伯勒的东岸搭起帐篷,这儿河宽达60杆,在我们下游的河滩上长了几片滨梅,眼看着要成熟了,倾斜的堤岸足以充当垫座。我们像海员抵岸时那样一阵手忙脚乱,把那些必需品从小船搬移到

Chapter 3 星期日

滨梅
beach plum

帐篷里，在帐篷的支柱上挂起一盏明灯，于是我们的住处准备就绪。一张野牛皮铺在草地上，一条毯子当作盖被，很快一张床铺就准备好了。在帐篷门帘前，一堆篝火欢快地噼啪燃烧；火堆靠近帐篷，我们无须走出门外便能料理它。吃罢晚餐，我们把火熄灭，关上门帘，如同拥有居家的舒适般坐在床上翻阅地名词典，研究所在之处的纬度和经度，写下航行日志，或是倾听风声和荡漾的水声，直到睡意袭来。我们在河岸的一棵栎树下躺着，在一个农夫的玉米地近旁恬然入梦，忘记了身在何方。万幸的是，我们每隔 12 小时就被迫暂忘自己的事业。水鼬、麝鼠、田鼠、土拨鼠、松鼠、臭鼬、兔子、狐狸和鼯鼠都在近处栖居，可是当你靠近它们时，它们便隐身起来。这条河哗哗地冲刷着沙滩，卷起漩涡整夜向着商业中心和海岸线进发，声势浩荡，令人沉思。不同于在比勒里卡那一夜西徐亚①式的浩渺及其狂放的乐音，一群铁路上的爱尔兰劳工嘈杂的嬉戏声掠过水面闯进我们的耳朵，使我们不得安睡。在这星期天，那些劳工仍不知疲倦，他们在铁轨上来来回回地越跑越快，大呼小叫地扰人清梦，直到深夜方才消停。

这个夜晚，邪恶的命运三女神出现在一个船员的梦中，一切对人的生命仇视的势力逡巡着，践踏、压抑着人的心灵，使得他们的人生之旅艰难逼仄，被危险的气息裹挟着，以至于最坦率、最值得去干的事情也显得凶险难测，成为命运的一种挑逗，而众神不与我们同在。但另一名船员幸福地度过了一个安宁、甚至芬芳四溢或不朽的夜晚。他一夜无梦，或只存有甜梦的气息，一枕酣眠到清晓。他欢畅活泼的样子让他的哥哥得到抚慰，感到心安，只要他们在一起，善良的守护神定将获得胜利。

① 西徐亚人，又译为斯基泰人，希腊古典时代在欧洲东部、东欧大草原至中亚一带居住与活动的农耕民族，其中一部分为游牧民族。

Chapter 4

星期一

北美落叶松
tamarack

我也想伸手触及
那日日万象更新的世界，
我有这能力，也可能办到。

——高尔

诺丁汉的郡长，
你要把他牢记心间。

——《罗宾汉民谣》

他心不在焉地射出，
那支飞箭并未射偏，
因为它射中了一个郡长的部下，
威廉·特伦特被射死了。

——《罗宾汉民谣》

他凝视着天空，求索尘世间迷失之物。

——《不列颠的田园诗》

浴血开拓

当第一缕晨曦投射到大地之上,百鸟苏醒,这条勇往直前的河淙淙流向海洋,灵巧的晓风吹得我们帐篷四周的栎树叶沙沙作响,此时所有人从一夜的睡眠中补充了体力,抛掉了疑虑与惧怕,被引诱去做未有人尝试过的种种冒险。

> 所有骁勇的骑士,
> 再次迎来那一天,
> 胸铠熠熠生辉,
> 与敌人鏖战一场。
> 被石头砸中的战马跺脚,
> 抛却了胆量和束缚,
> 熄灭了大地的灯火;
> 暗夜即将消逝。

我俩中的一人将小船划了 1/4 英里远,划到了平坦、容易登陆的对岸,排光了船上的积水,洗净了污泥,而另一个人则点燃一堆篝火备好早餐。我们很早便上路了,像先前一样划船穿过雾霭。这条河已然醒来,当朝阳即将喷薄而出时,无数的涟漪浪花恭迎着霞光。乡民们好好休息了一天,又重新精神抖擞,忙里忙外地开始了一周的摆渡营生。这渡口异常繁忙,好似河狸筑起的土坝一样,仿佛满世界的人都急不可待地要从这一特别之处渡过梅里马克河——有带着用纸包好2美分的孩子们、有越狱潜逃的囚犯及持有逮捕令的警察、有走遍天涯海角的旅行家、有将梅里马克河视作路障的男男女女。

在天色灰蒙蒙的清晨,一个怪人在雾霭中站立着,这个有些迫不及待的旅行家手持鞭子在湿漉漉的河岸踱着步子，透过薄雾向对自己漠然无视的卡戎①和远去的方舟呼喊，为了火速返回，似乎他会把船夫扔进水里，他会给船夫酬劳的。然后他要在对岸某一避人之处吃早餐。他可能是莱迪亚德②人或浪迹天涯的犹太人。请问，他是从何处走出这大雾笼罩的夜晚？而在这阳光明媚的一天他又将去何方？我们只观察到他的渡河；整日的渡河，对我们很重要，他自己却遗忘了。他们有两人，或许，他俩是维吉尔和但丁。可我犹记得，当维吉尔和但丁渡过冥河时，在河上看不见任何来来往往的船只。那仅是一段短暂的航程，就如同生命自身，除了永生的众神，未见他人可在那河流上驾船自如穿梭。毫无疑问，这些星期一出门在外的男子中有许多人是牧师，他们骑上租来的马儿，又去寻觅新的教区了。待他们装在行囊中的布道词全被读完了，用尽了，来日便不再携带它们了。他们走遍全国，路线好似纵横交错的经纬线，交织成一件质地松散的衣服。他们现在有六天假期，他们停下来采摘坚果和浆果，闲暇时采集路边的苹果。这些宗教界的"善人"啊，胸怀着对人们的满腔博爱，掏出口袋里的钱付通行费。我们无须省吃俭用便通过了摆渡这一关，划过了横跨旅行潮流的摆渡线路——那天我们未付通行费。

　　雾霭散尽了，我们悠闲自在地划着船儿穿越廷斯伯勒（Tyngsborough）。此时天清气爽，我们将居民区抛在身后，进一步深入古老的邓斯特布尔（Dunstable）。1725年4月18日，大名鼎鼎的洛夫威尔上尉（Captain Lovewell）率领着他的部下正是从邓斯特布尔——当时的边城出发去追杀印第安人的。

　　上尉的父亲是"奥利弗·克伦威尔所率军队中的一名少尉，到美国后定居于邓斯特布尔，去世时高寿120岁"，一篇关于100年前的童话这么讲着：

① 希腊神话中送亡灵过冥河往冥府的冥府渡神。

② 莱迪亚德，美国康涅狄格州的城镇。

> 他与他勇猛的战士们在广阔的林间反复搜寻，
> 他们忍受艰难困苦以制服印第安人的骄傲。

在佩科凯特荆棘丛生的松树林中，他们遭遇"造反的印第安人"，经过一场浴血奋战他们最终获胜，幸存者回到家乡享受胜利的荣耀。州政府将一个行政区命名为"洛夫威尔镇"，并将其授予他们，该区现因某种原因或没有任何来由地被称为佩姆布洛克。

> 我们英勇的英国人总共只有 34 人，
> 造反的印第安人却多达 80 人；
> 我们英国人只有 16 人平安生还，
> 其他人非死即伤，我们所有人为此悲恸。
> 我们可敬的洛夫威尔上尉也牺牲在那儿，
> 他们还杀死罗宾斯中尉，击伤好青年弗赖伊，
> 他是我们英国人的牧师；他杀了很多印第安人，
> 他冒着枪林弹雨剥下一些印第安人的头皮。

我们英勇的先辈已剿灭了所有的印第安人，他们堕落的子孙后代不再居住在军营里，他们前进的道路上再也听不见征战的嘶喊。假如当今许多"英国人的牧师"能像"好青年弗赖伊"那样展示他靠英勇作战而得到的毋庸置疑的战利品，那倒不失为一件幸事。我们亟待成为像迈尔斯·斯坦迪什[①]、丘奇[②]或洛夫威尔那样坚毅的开路先锋。没错，我们即将踏上另一条坎坷之路，但这条路危机四伏。倘若今天灭绝的是印第安人，而非在林间空地冷酷游荡的野蛮人，那将如何？

---

① 迈尔斯·斯坦迪什（1584—1658年），英国军官，普利茅斯殖民地的军事顾问。

② 丘奇，全名本杰明·丘奇（1639—1718年），是在菲利普王战争（1675—1676年）中同印第安人作战的清教徒首领。

而且无畏地面对路途中的千难万险，

他们于 5 月 13 日（？）平安抵达邓斯特布尔。

但在"5月13日"或在15日或在30日他们未能全部"平安抵达邓斯特布尔"。我们的家乡康科德有 7 个人参加了那场战斗，埃利瑟·戴维斯和乔西亚·琼斯、邓斯特布尔的法威尔中尉加上安托佛的乔纳森·弗赖伊都受了伤，掉队了，朝驻地方向爬行。"爬行了数英里之后，弗赖伊被落下，然后死去"，尽管一位距今更近的诗人在弗赖伊弥留之际为他指派了一个同伴。

他是一个俊逸的男人，
高雅又无畏，博学又善良；
他抛下老哈佛的学术圣殿，
在辽远的荒野寻到自己的坟场。

啊！此刻他扬起鲜血流淌的臂膀，
竭力睁开合上的眼睑；
弥留之际再次祷告，
是祈求也是赞美。

他祈祷仁慈的上帝赐予凯旋，
指引和庇佑勇士洛夫威尔的士兵，
当他们真的流尽鲜血，
请将他们全都领向幸福的天堂。

法威尔中尉紧紧握住他的手，

> 用胳膊托着他的脖子，
> 中尉哽咽道："英勇的牧师，
> 但愿上帝让我代你死去。"

法威尔挺过了 11 天。"据一个传说的讲述"，恰如我们从《康科德方志》中所了解的那样，"戴维斯伴随法威尔中尉走到一个池塘边，脱掉一只鹿皮鞋，将它割成一根根带子，系上钩子，钓到几条鱼，把它们烤熟吃了。戴维斯吃了鱼就恢复了体力，法威尔吃了反倒有害无益，他很快就咽气了。" 有颗子弹射进了戴维斯体内，他右手又被打折，但总的来说他的伤势没有他的战友那么重。在荒野煎熬了 14 天以后，他进入了贝里克的地界。一颗子弹也射进琼斯体内，但他也在 14 天后来到索科，尽管情况有点糟糕。一份旧期刊讲到，"他靠在森林里吃野菜活了下来，他咽下的大果越橘从他绽开的伤口掉出"，戴维斯的情况也相差无几。这两个最后的幸存者终于拖着重伤的躯体平安回家，作为伤残者靠领取抚恤金又活了好多年。不过，唉！让我们再瞧瞧伤残的印第安人和他们的林中喋血记吧——

> 因为据我们所知，他们接二连三地倒下，
> 只剩 20 人夜里平安回家。

没有任何报刊向人们报道，印第安人中了多少颗子弹，他们吃下的大果越橘是否从伤口掉出，他们进入怎样的贝里克或索科，最终州政府发了多少抚恤金给他们并赐予了他们哪个乡镇。

据《邓斯特布尔方志》记载，就在洛夫威尔最后一次出战之前，有人告诫他当心印第安人设下埋伏，可是，"他答道，他没把他们放在眼里。他站在一株小榆树旁，将树干弯成弓形，扬言说他将'用同样的方式对待印第安人'。"这株榆树至今仍挺立在纳舒厄，枝繁叶茂，令人肃然起敬。

大果越橘
large cranberry

贤人哲思

与此同时,我们划过了流经廷斯伯勒的马蹄形河段,河道在那儿猛然折向西北方向——因为我们的追思令我们对前程多少有点预感,于是我们更深入这领土,深入这白昼。虽说星期一的稍许喧闹、骚动似乎渗透到此情此景之中,可事实证明,今日与昨日同样珍贵。我们偶尔得全力以赴地绕过某一点,那儿河水湍急地冲过礁石，槭树的枝叶在水中拖曳着，但通常情形下，在河的一边总会有回流或漩涡助我们一臂之力。

这里的河水约 40 杆宽，15 英尺深。有时，我俩一个沿着河岸跑来跑去，观察乡野，造访就近的农舍，而另一个则单独顺着弯弯曲曲的河道行舟。我们会在远处的某一点与同伴会合，听同伴絮叨自己的冒险经历——农夫夸耀自己的那口水井有多么清凉，他妻子如何请异乡人喝牛乳，或者他家的孩子们如何争先恐后地挤在窗口以便看井边的客人一眼。那晴朗的一天，我们被锁在了高凸的河堤之间，放眼四望却看不见房舍，这村庄似乎是新拓建的，不过我们无须走出很远便能见到人们的住处；像野蜂的住处一般，人们在梅里马克河畔疏松的沙地和沃土中掘出了一口口水井。艳阳当头的正午时分，在那炊烟缭绕的地方，永驻着希伯来经典的主旋律和律法精神。

所有关于人类，关于上尼罗河、苏达班（Sunderbunds）、廷巴克图（Timbuctoo）、奥里诺科河（Orinoko）居民的故事都曾在这儿发生过。人类的每一个种族和阶级都曾登上这儿的历史舞台。根据贝尔克纳普这位新罕布什尔的历史学家 60 年前的著述，甚至那时这儿或许也居住着"新的风光人物"和自由思想家。"总体而言，整个州的人们，"他写道，"都以这种或那种形式信奉着基督教。然而有一类自作聪明者企图抗拒基督教，可他们还没有找到一种更好的宗教来取代基督教。"

或许，另一位旅伴此时会看到一只褐色的飞鹰、一只土拨鼠，或是一只麝鼠在槭树下匍匐而行。偶尔，我们会在槭树或柳树的荫庇下歇息片刻，掏出一个甜瓜充作点心，在休闲时思忖河川与人生的稍纵即逝，一如那携枝带叶的滚滚东逝水，世间万物在我们面前游移不定。而此时此刻，这条河流远方的一座座城市和市场，全都因循守旧、按部就班地在运作着。

确实，恰如诗人所说的那样，有一股潮流在人类的事务中涌动，而当它们涌动时，它们循环往复，潮涨潮落总与流动相互平衡。在人所不能测量的更漫长的时期，千条江河归入大海，而大海自身却原地不动，海岸永固不变。我们所到之处，只会发现事物特定的而非总体上的无穷变化。当我进入一座博物馆，看到包裹在亚麻绷带中的木乃伊时，方才恍然大悟：人类涉足大地之时，就是他们的生命需要重塑之日。我走出博物馆来到大街上，碰上某些人，他们声称拯救人类的时刻即将来临。可是人们曾怎样在底比斯生活，今日就怎样在邓斯特布尔生活。"时间汲取了每一个伟大而高尚的行为的精髓，这种行为应当实施而又在实施中被耽搁了。"毗湿努·沙马（Veeshnoo Sarma）如是说；而我们发觉阴谋家们一次又一次地回到常识和劳作的原点上来。这便是历史的铁证。

然而我疑虑，一个越来越强烈的愿望并不贯穿千秋万代，
而且人类的心胸随着物换星移而变得宽广。

我们与众神签订的条约中有若干条秘密条款，它们比所有其他条款更为重要，而历史学家永远无法知晓和一探究竟。

学徒中不乏熟能生巧者，工匠中的大师却屈指可数。我们在各个方面遵循着一种真正智性的常规，在教育的、道德的和生活的艺术方面展示着诸多古代哲学家的智慧。有谁不知异教已在某一个时期盛行，那时候改革已然发生？这人间的所有智慧都可以看成是某一哲人从前令人难以容忍的歪理邪说。在世间某些势力已有了立足之地，而我们尚未为它们保留足够的空间。即便那些开拓者也具有某种英雄气概来搭建这些谷仓、开垦这片土地。恰似遥远的距离掩饰了平原的坎坷，突兀的一个个时代和鸿沟在历史长河中被夷为平地。我们除了学习当代的手艺，还要学会更多其他时代的手艺，否则我们只能算是学徒而不配称为生活艺术的大师。

既然我们正在丢掉甜瓜籽，我们又怎会没有免遭责难的感觉呢？享用水果的人至少该把种子撒到地里；是的，若是有可能，比起他所享用的水果的种子，他应该种下更优质的种子。种子啊！仅需由灵动的声音或笔端把足够多的种子与泥土搅拌在一起便能结出风味独特的鲜果。哦，你这大肆挥霍者！向世界偿还你的债务；不要像穷奢极欲者一般吃掉各种制度的种子，而应该将它播种到泥土里，同时吃下果肉和块茎为你自己续命。或许这样至少能找到一个值得保留的品种。

很多时候，所有的焦虑和所谓的辛苦全在大自然无尽的闲暇休憩中变得平和。每个劳作者皆应午休，而且在全天的这个时辰，我们或多或少都是亚洲人，会暂停了手头的一切活计和改革。因此，我们在烈日当空的正午，靠河边搁桨停舟，用柳枝穿过船头的钩锁将船拴牢。然后，我们把甜瓜——这种东方的水果切成一片片时，我们任思绪萦回到阿拉伯、波斯和印度，萦回到沉吟的土地及反思的民族的生息之所。

在这正午的历险中，我们甚至会为鸦片、蒌叶和嚼烟的瘾君子们的恶习寻

甜瓜
muskmelon

找辩解之词。据法国旅行家和博物学家博塔的介绍，萨贝尔山以盛产卡特茶叶而闻名遐迩。此人的批评者说道："吃这种树的柔枝的末梢和嫩叶，便会产生愉悦亢奋的感觉，精力恢复，睡意顿消，且乐于与人交谈。"我们寻思道，我们同样可以沿着这条河过上一种尊贵的东方式生活，而这些槭树和桤木便是我们的卡特茶树。

有时，从蠢蠢欲动的改革者阶级中逃脱是件爽快的事。假如身在这般窘境中将如何应对？你我都得逃脱。你不妨想想在这漫漫夏日趴窝的母鸡无精打采地趴在干草棚顶的裂缝上，感到厌烦透顶，我判断大自然听见远处的粮仓传来隐约的咯咯声之后还会兴趣盎然地打探她的母鸡又下了多少只蛋。那所谓的万能的灵魂，有兴趣去堆堆干草、喂喂牲口、排放泥炭草地中的积水。远在亚徐亚，远在印度，这万能的灵魂制作黄油和乳酪。如果每个农场的资源都被消耗殆尽，我们的年轻人就得购置古老的土地让它重新焕发生机，可是每到一处，冷漠的反对改革者们与我们自身仍有令人啧啧称奇的相似性；或许他们是几个老处女、老光棍，在厨房围坐在茶炉边等着听水壶发出沸腾的声响。"神谕常常将胜利赋予我们的选择，而不将胜利赋予平淡无奇时期的独特秩序。比如神谕宣示：随着我们一天天对所过的生活越来越挑剔，我们甘愿承受的伤感在心头渐渐滋生。"你侃侃而谈的改革可以在任何一个早晨我们打开柴门之前进行。我们没必要召开什么会议。当两个以前吃小麦面包的邻居，现在开始吃玉米面包时，众神眉开眼笑，因为这令他们心中大喜。你为何不尝尝玉米面包呢？别让我阻拦你。

不论何时，满世界都一直有凭幻想过日子的空想改革者。正在布哈拉沙漠旅行的伍尔夫说："另一组伊斯兰教托钵僧走近我说，'如此的时刻将会来临，彼时贫富之分、贵贱之分统统消除，彼时个人的财产，甚至妻子儿女都会充公'。"可我要向这类人追问：然后又怎样呢？布哈拉沙漠的托钵僧和马尔伯勒小教堂里的改革者们唱的是同一首歌。"好时光就要到来，朋友们"，可以开诚布公地问一个听众："你能确定是哪天吗？"我会问："你愿促成这天早日到来吗？"

自然界和人类社会的冷漠和悠闲的氛围暗示人类的进步阶段永无止境。从缅因州到得克萨斯州，美国有闲情逸致对某报纸上的一个笑话忍俊不禁，新英格兰对澳大利亚人圈子里的下流双关语感到无比诧异，但是可怜的改革者的言论却无人理睬。

通常人们不是因欠缺知识而失败，而是由于没先开动脑筋，欠缺深思熟虑。总之，我们需要懂得的东西十分简单。创建另一套长久而和谐的制度实在是轻而易举。自然界的每一份子即刻赞同此举。只要令某一事物替代另一事物，人们的所作所为就会表明这事物似乎恰是他们所需要的。不论怎样，人们必须举止端正，他们会整理加工任何原料。不管当前的生活会变得更好还是更坏，人人都要团结起来支撑下去。我们应当三思而后行，不要急于求成，"切莫照搬神谕向着虔诚信念匆匆迈出超凡的脚步"。激情洋溢的语言说到底不过是绘声绘色些罢了。首先你得保持冷静才能说出神谕。与苏格拉底或任何智者沉静的睿智相比，古希腊德尔斐女祭司的激情又算得了什么？——激情其实是一种超自然的肃静。

> 人们发现日常的行为是另一回事，
> 全然不同于他们在夸夸其谈的书报中所读到的东西；
> 管理世上的事物，
> 需要的技艺比你的职员拥有的工作技能还要多。[1]

[1] 出自塞缪尔·丹尼尔《穆索菲勒斯》（Musophilus）。

如同在地质学中一样，我们在社会制度中同样可以发现，在现存的社会秩序中可以找到一切以往变化的原因。最伟大最显著的物理革命是轻盈的空气、隐秘的水和地下的火相互作用的杰作。亚里士多德说过："因为时间是无垠的，而宇宙永恒，无论是塔奈河还是尼罗河终会有干涸的一天。"我们旁观着我们所察觉到的变化，杠杆越长，它的运动越不容易被观察到。最缓慢的脉动恰恰是最具活力的。那么英雄将懂得静若处子、动若脱兔的道理。明智等待的人总会交上所有的好运。我们待在原地比急忙越过西边的群山能更快地追上晨曦。人们尽可相信：越有能力的人越有机会成功。花朵不仅在河水泛滥处生长和绽放，在每年河水沉积淤泥的地方也会盛开。一个人不是他的希望，不是他的绝望，也不是他以往的所作所为。我们尚没意识到我们做了什么，更没意识到我们正在做着什么。我们一整天劳作中的那些闪光点并非是我们中午时分确定的部分，待到晚上收工时我们才会发现我们劳作的真正意义。好比一个农夫已到达垄沟的尽头，转头一望才能最准确地断定哪儿压实的泥土最亮眼。

　　一个总是冥思苦想去探究事物的真实性的人，不一定会投身于政治工作。政治状况对他而言是子虚乌有、莫名其妙、毫无裨益的，若是要他竭力从这种贫乏的原料中萃取真理，就像置甘蔗不顾却非要从破碎的亚麻布中榨取糖汁一样。总的来说无论是关于国内或国际的政治新闻，今天都可以足够准确地写出十年之后的新闻报道。社会变革大多数都不能激发我们的兴趣，更不能令我们感到惊慌失措；不过我却会关注，我们的河流正在干涸或乡村的松树树种正濒临灭绝的相关消息。志史中记载的大部分事件只因其万众瞩目，并非其意义不同凡响，正如众人关注日食和月食的天文现象，却没人会费功夫去估算日食、月食造成的影响。

　　有人询问，政府是否永远不会被管理得有条不紊，以致我们这些平民百姓觉得它好像销声匿迹一样？国王答道："不管怎样我需要一位精明强干的人，他有能力管理我王国的政务。"前任大臣说："哦，陛下！一个精明强干的人，就是他不插手王国政务。"哎呀，这位前任大臣竟说得一针见血！

　　在我经历的短暂人生中，假如真的存在外界的阻碍的话，不是世上健在的人，而是死者先前制定的种种制度。避开上一代人走过的老路就像是穿过露珠晶莹的草地一般令人畅快。心无挂碍的人，就如同清晨一样纯洁无瑕。

美妙的清晨在周边翱翔，
似乎白昼曾教诲着人类。

不是这个郡的里夫，

他无忧无虑地招呼早起的
在山间游荡的朝圣者，
他沿途邂逅，
许许多多早起的农民；

然而，他还会邂逅一切的小偷和盗贼。我尚无十分把握地去预见哪个哥萨克人或奇珀瓦人会来这朴实的州捣乱，最终导致某一巨兽般的州政府会用它多鳞的魔爪抓住并捏碎其自由的良民；应当谨记：法律紧紧揪住盗贼和凶犯，却为自身网开一面。州政府强求我为自己拒绝的庇护支付税金，我尚未缴纳时它已经抢劫了我；当我维护了它大肆宣扬的自由时，它已经约束了我。这个可怜虫！假若它不是明知故犯，我便不会责备它。如果说它不要些手段就无法生存，我却可以。不管在蓄奴还是在征服墨西哥的问题上，我恰巧都不想跟马萨诸塞州发生一点纠葛。在这些方面我比州政府要厚道一些。谈及马萨诸塞，她这个庞然大物，就算将布里阿瑞俄斯（Briareus）①、阿耳戈斯（Argus）②和科尔奇斯龙（Colchian Dragon）③联合在一起，共同护卫宪法的小母牛和金羊毛，我们也不愿发誓会对她毕恭毕敬，就像某些化合物一样在寒冬酷暑中都不会变质。因而真相竟是这样：挡住我去路的并非是魔王本身，而是那些经卷之外的传说中杜撰出来的阻挡他的罗网。诚然，它们是一个诚挚者行进路上遇到的蜘蛛网和小路障，即便此人甚至留恋他那

---

① 希腊神话中的百臂巨人。

② 希腊神话中的百眼巨人。

③ 它盘踞在科尔奇斯境内的战神森林里栎树上，不眠不休守护着金羊毛。

脏乱不堪、素衣化缁的阁楼。我热爱宅心仁厚的人，但我憎恶冷酷的前人定下的种种规矩。世人在履行逝者的遗嘱方面是一丝不苟的，从遗嘱正文到它最后的附录，一字一句全都照办。这些遗嘱号令着这个世界，未亡人只是它们的忠实履行者罢了。通常，我们的演讲和布道也是前人留下的遗嘱。它们都是属于逝者的，归根结底，这份虔敬源自埃涅阿斯的临危不惧，他背着父亲安略塞斯从特洛伊的废墟中逃出。换言之，我们犹如一些印第安人部落随身背负着我们祖先腐朽的遗物。例如，倘若一个人扬言个人自由的价值高于纯粹的政治公共福利，他的邻居还会宽容他，那么是这位好邻居贴近他的生活，甚至偶尔会接济他，而不是州政府这样做。作为一个有血有肉的人，州政府官员或许具备人类的美德、拥有独到的见解，可是作为一个行政机关的工具，比如狱卒或警察，他一点也不比他的狱门钥匙或警棍更加聪慧。可悲之处在于，那些所谓善良的聪明人，违背自身的天性，甘愿履行比自己低下的暴虐者应尽的职责。于是战争和奴隶制度接踵而至，方便之门大开，还有什么东西不会乘虚而入？当然，一个人把面包塞进嘴里的动作即便不雅，但也无损于他做个伙伴或邻居。

此时请转弯，再转弯，
因为你已走上歧途，
因为你已偏离人间正道，
踏上了颠沛流离的旅途。

显而易见，社会需要无数次的改革，因为它有时候呆滞或暮气沉沉的。早春时节，我见过几条蛇，它们身体的不同部位交替出现僵硬和灵活的状态，没法蜿蜒行进。在习俗的坟茔中安葬的只是每个人的部分躯体，有些人的头顶在地面赫然可见。还是肉身死亡的人稍好些，因为他们腐烂得更快。美德僵死了就不配称之为美德。人的生命应如此河般永远清新。河道还是原来的，但每一刻都有鲜活之水汇入。

> 美德好似江河的逝水，
>
> 但那品德高尚者永葆本色。

大多数人的秉性里没有陡坡，没有湍流，没有瀑布，却有沼泽，却有短吻鳄，有瘴气。我们从书中获悉，在亚历山大远征时，欧尼西克里特斯奉命去会见一群古印度天衣派信徒①（Gymnosophists），他向信徒们讲解了那几位西方新奇的哲学家——毕达哥拉斯、苏格拉底和第欧根尼以及他们的学说，一位名叫丹达米斯的天衣派信徒回应道："在他眼里他们仿佛个个都是天才，可对法律却过于轻视。"西方哲学家们至今仍对这种犬儒主义持有非议，他们说"柳下惠（Lieou-hia-hoei）、少连（Chao-lien），降志辱身矣；言中伦，行中虑，其斯而已矣"。②

夏多布里昂③（Chateaubriand）说："随着男人年龄的增长，有两种情感在他心中日趋强烈：对乡土的爱恋和对宗教的爱恋。若是在青年时期难以割舍它们，那么早晚有一天，它们会将自己的所有魅力重现于我们面前，它们的美自然而然地会唤起我们心灵深处的长久念想。"或许如此。可即便这高尚的心志的弱化也反映出青年时期的希望和信仰的渐渐式微。这被公认为对年龄的不忠。约洛夫人④说过这样一句格言"最先出生的人旧衣服最多"，所以夏多布里昂先生比我有更多的旧衣服。相对来说，人们倾慕的是一种柔弱的映衬之美而非实质的内在之美。究其原因在于老年人体力衰落，预感到自己将不久于人世，他们自以为已看透了人的力量。他们不会自我吹嘘，他们会变得坦荡而谦卑。那么，就让他们拥有这可怜的稍许慰藉吧。谦逊依然是一种人类的美德。老年人好回首往事，故而不展望未来。年轻人将视线投向辽阔无垠的前方，将未来与现

---

① 天衣派信徒，形成于公元1世纪，为印度耆那教派别之一，认为教徒不应有私产，只能以天为衣，重苦行，靠乞食为生。也称为裸体派。

② 出自《论语·微子》。

③ 夏多布里昂（1768—1848年，）法国作家、政治家，法兰西学院院士，代表作《墓畔回忆录》。

④ 约洛夫人，西非民族之一。

实融为一体。白日将尽之时，这些千头万绪匆匆赶到黑暗处安歇，几乎不会渴望下一个清晨。老年人的思想专为夜晚和睡眠做好准备。站在人生风光之处的人与掐算自己哪天离开世间的人，两者之间没有共同的希望和愿景。

我必须对"良心"总结一下，如果良心是个名副其实的称谓，它并非毫无目的或者为了设置障碍而赋予我们。不管秩序和私利看起来怎样诱人，它仅仅是昏睡者的安眠，而我们宁愿选择苏醒过来，哪怕面对暴风骤雨，尽力让我们自己坚守在这个尘世间、这种生活中，拒绝在死刑执行令上签下我们的大名。让我们瞧瞧我们是否不能待在这儿，正是上帝根据他设立的条件将我们安置于此。他的律法是否如他的光焰一般延伸得如此之远？民族与民族之间的权宜之计相互冲撞，唯有绝对的公正方是可行之策。

对于这一点，让我想到了《索福克勒斯的安提戈涅》中学者们滚瓜烂熟的某些章节。安提戈涅决意要将沙子撒在她哥哥波吕尼刻斯的遗体上，置克瑞翁王的法令于不顾，而希腊人却认为这种仪式意味深长，法令规定谁敢为王国的仇敌举行这一仪式就处死谁。不料伊斯墨涅并非意志坚定、心灵高尚之人，她不愿参加她的姐妹举行的仪式，她辩解道：

所以，请在地下安息的人们体谅我的苦衷，我这么做是迫不得已的，我要屈从掌权者的权威；因为过激的行为是愚不可及的。

安提戈涅说：

"我不会强求你，即便你内心渴望，你也不会乐意随我去干这件事。你觉得怎样做对你有益，你就怎样做吧。不过我会安葬他。就算为此被处死我也无上光荣。仿佛一个罪犯做了一件神圣的事，我将与深爱的他一起被埋葬；对我而言，既然取悦九泉之下的人比取悦这儿的人们要更费工夫，索性我就永远躺在那儿。不过，假如你觉得这么做对你有益，那么就将众神赐以荣耀的事情视为耻辱吧。"

伊斯墨涅说：

我真的不将它们视为耻辱，可是出于天性我不会做出与这些公民作对的行为。

最终，安提戈涅被带到克瑞翁面前，他质问道：

那么，你胆敢触犯这些法律，对吗？

安提戈涅说：

因为向我颁布这些法律的并非宙斯，也并非是位居众神之下的正义女神；并非是他们给人类制定了这些法律。我也不认为你的公告有多么权威，作为一个凡人，你竟敢僭越众神口谕的、断不变更的法律。众神的法律并非只存在于今日和昨日，而是永世长存，人人都知道它们从何时昭示于天下。我不会因害怕任何人的蛮横无理而不向众神支付触犯这些法律的罚金。因为我清楚地知道我罪该万死，为什么不呢？即便你还未宣判我死刑。

这便是关于埋葬一具尸体的故事。

圣典评析

印度人最明智的是拥有保守主义。"无从追根溯源的习俗是超越宇宙而存在的法律。"摩奴说。换言之，它是众神先于人们使用的习俗。我们新英格兰的习俗的瑕疵在于它的起源可以追忆。除了无法追根溯源的习俗，试问道德为何物？良心成为保守主义者的头领。"履行拟定的功用吧，"奎师那（Kreeshna）在《薄伽梵歌》（Bhagvat-Geeta）中说，"因为行动比不行动好。你凡人的生涯或许不是从静止不动开始起步的。"——"一个人的职业即使有种种弊端也不应抛弃它。每一项事业都会陷入其弊端，就如烈火带着浓烟。"——"深谙全局的人不应从他们的工厂里赶走那些缺乏悟性、比他资力浅薄的人们。"——"因此，哦，阿周那（Arjoon）王子啊，下定决心战斗。"这是神祇在忠告左右为难的战士，他不愿对自己的亲朋好友举起屠刀。这是崇高的保守主义，如世界那般宽广，像阳光那样永不怠倦，以亚洲人的焦虑将寰宇维系在一种他们心中设想的状态。这些哲学家周密考量法律的必然性和固有性，考量性格和体格的影响力，三个地狱的入口与人的品德之间的关系，血统与互结姻缘的条件。最终他们获得了极大的慰藉，获得了对梵天（Brahm）永恒的专注。他们的考量总是局限于他们自己的高原，尽管那些高原高入云天，广袤辽阔。信心十足、自由自在、聪明伶俐、趣味广泛，这些无名氏的品德，他们却毫不提及。持久的精神苦役将赢获那不应有的奖赏，翌日神秘莫测的希望好像获得了考量。谁会质疑他们的保守主义不曾应验？"千真万确，"一位法国翻译家在论述中华民族和印度民族古老和悠久历史时，谈及他们的立法者的智慧时说，"那儿遗留着一些主宰世界的永恒法律。"

从另一方面看，基督教是讲求人道、讲求现实的，它给人激进的感觉。在众神主宰的悠悠岁月，那些东方的圣贤凝视梵天，默默念叨着神秘的"唵"，聚精会神于上帝的实质，从不敞开自己的心扉，在其中越走越远，越陷越深，故而无比的智慧，可也无比的呆滞；直到最终，同样是在亚洲，不过是在西亚，一个他们始料不及的年轻人横空出世了，他没有对梵天全神贯注，而是将梵天带给尘世，带给人类；附体的梵天已从他的长眠中觉醒，他发奋图强，而且曙光初现——新的神祇降临凡间。婆罗门（Brahman）未曾想到既当上帝之子，也当人类的兄弟。基督成了诸位改革者和激进分子的王子。《新约》中的许多表述顺理成章地被新教徒挂在嘴边，该书奉献出蕴含最丰富、最切合实际的文本。它不带有恶意的梦想，不带有睿智的思索，善行的根基在字里行间随处可见。它从不反思，只有忏悔。我们可以说该书没有诗意，没有任何纯粹从美的角度所考虑的东西，但是以道德的真理作为它的目的，它的良心宣判所有的世人有罪。

《新约》因其纯洁的道德举世瞩目，而最佳的印度教圣典因其单纯的智性闻名于世。与《薄伽梵歌》相比，其他任何典籍都不会使读者的境界得到升华，并将其维系在一个更高尚、更纯粹、更罕见的思想领域。沃伦·黑斯廷斯（Warren Hastings）[1]特意写了一封信向东印度公司的董事长推荐该书的译著，信中断言，它的原著"在概念、推理和言辞上几乎卓越得无与伦比"，而且印度哲学家们的著作会在英国不再统治印度的时候，"将在它一度产生的财富和权力的源泉灰飞烟灭后幸存于世"。它无疑是我们所能获得的最崇高、最神圣的经典之一。书籍凭借崇高的主题而扬名天下，与主题相比这些书的写作风格倒在其次。东方哲学从容地探讨的主题，较现代哲学所热衷探讨的主题更为崇高；倘若东方哲学偶尔论及这些主题，倒也不足为奇。它只是把这些主题放在它应有的位置，分别归入行动和冥想，或更确凿地说是公正地判断后者。西方哲学家尚未从他们的角度思考冥想的意义。黑斯廷斯曾经谈到婆罗门恪守的灵魂准则，以及他们获取抽象思维的惊人本领。他曾目睹过某些实例。黑斯廷斯说：

对于那些人来说，他们不习惯将头脑与感官的注意力加以区分，也就难以想象这种冥想的能力是靠何种方式得到的；即便我们这个半球最用功的人也会觉得集中自己的注意力绝非易事，它一会儿关

[1] 沃伦·黑斯廷斯（1732—1818年），英国殖民地官员，1773—1785年为首任印度总督。

注眼前的某一事物，一会儿又去追忆往事，甚至偶尔一只苍蝇嗡嗡作响也可以干扰注意力。但如果有人告诉我们，在漫长岁月中某些人承袭了祖传的每日做抽象思考的习惯，在许多人身上此种习惯从少年时代一直持续到壮年时期，每个人都给他祖辈积累的知识宝库添加一份新的知识；由此我们可以不是过于臆断地得出如下结论：由于思维像身体一样经过锻炼凝聚了力量，在此种锻炼中每个人的思维可能已获得了人们所企求的能力，进而他们的集体冥想或许已引领他们去探寻新的心路历程与情感交合，迥异于其他民族学者熟谙的教义；由于具备如此的优点，他们的教义不管如何玄妙及带有思辨色彩，即其来源不受每一外来事物的影响，所以确实能与我们同样地创立自己最纯朴的教义。

"抛弃杰作"是奎师那对最古老人类的教诲，然后世代相传。

"直到最终，经过一段时间，那极致的艺术失传了。"

"无一例外，每一件作品都会在智慧中重现。"奎师那说。

"即便你犯了滔天大罪，你也可以划着智慧之舟渡过罪恶的苦海。"

"在这世间没有什么事物能与纯粹的智慧相比。"

"行动所处的地位远远不及智慧的运用。"

当牟尼（Moonee）[1]"能犹如乌龟般收拢全身，约束四肢不去做习以为常的事"，他的智慧"便坚定不移"。

"唯有孩童，而非学者，将思辨性教义和实用性教义说成是两码事。它们只是一码事，因为二者殊途同归，一种教义的花朵得到的青睐同样被另一种教义的花朵得到。"

"一个人所享有的并非是不受行动限制的自由，并非是可免于去做非做不可之事的自由；他也无法从整体的静止中得到快乐。没

[1] 牟尼，Moonee 及下文的 Muni 的音译，佛教中有圣者、贤人、仙人、寂默者之意。

人不曾有过静止不动的片刻歇息。每个人都会不由自主地被他天性所固有的那些原则驱使。一个人限制自己活跃的思维才能，坐着让他的意识专注于感官感觉到的目标，他可以被称之为一个迷走的灵魂和幻境的研习者。因而这样的人便会受到赞誉，他抑制自身的所有情感，以活跃的思维才能履行所有的生命机能，对结局漠不关心。"

"让动机存在于行为而非存在于结局之中。别做一个行动的动机就是希望得到奖赏的人。别让你的生命在无为中度过。"

"因为一个不感情用事的人做自己要做的事会得到神助。"

"一个能领悟到动中有静、静中有动的人，是人类中的智者。他是所有职责的完美履行者。"

"智者称其为博学者，他的每一项事业都远离了欲念，他的一举一动都被智慧的烈焰焚毁。他放弃想从自己行为中获得奖赏的欲望，他永远是心满意足的，永远是遗世独立的；即使他可能醉心于某一项工作，说起来他却好像无所事事。"

"他既是个瑜伽信徒又是个托钵僧，做自己该做的事，将此事的结果置之度外；他不是个活着但缺乏祭献的激情、无所事事的人。"

"他享用的仅是自己的祭品中留下的仙露，获得的是永恒的梵天的精魂，即上帝。"

到底，生命的实践性等于什么呢？即刻要做的事情都极其琐碎，我可以将它们暂放一边去聆听这蝉的吟唱。我的经验中最值得夸耀的东西，不是任何我做过或是可能盼望去做的事，而是我曾产生过的一个转瞬即逝的臆想、幻象或者梦想。为了梦想成真，我甘愿奉献这世间的所有财富，和所有的英雄豪杰一道为实现梦想而干出惊天伟业。可我又怎能与扮作尘世间的铅笔制作者的神祇交流，那岂不要疯癫？

"我对每一个人都一视同仁，"奎师那说道，"没有哪个人值得我爱或值得我恨。"

在实际意义上，这个教诲与《新约》的教诲截然不同。它在实际中并非永远那么明智。婆罗门绝不提议勇猛地打击罪恶，而是打算耐心地饿死罪恶。种姓的等级观念、不可逾越雷池半步的观念、命运和时间专制的观念弄瘫了他活跃的思维能力。必须承认，奎师那的论点并非天衣无缝，他并没有给出充分的理由去说服阿周那王子为什么应该出战。阿周那可能被说服了，但读者却没有，因为他的判断并非"构筑在数论派圣典冥想的教义基础之上"，"独在智慧中寻求庇护"；但在一个西方人的头脑中，智慧是什么呢？他所谈及的责任是专制霸道的。奎师那的教义是何时确立的？婆罗门的品德在于霸道行事，无论正确与否。何为一个人"非做不可"的事？何为"行为"？何为"确定的功能"？何为"一个人自己的宗教"，它比另一个人的宗教高明很多？何为"一个人自己独特的职业"？何为一个人与生俱来的职责？它是种姓制度的卫道士，是刹帝利或武士的所谓"严守军纪，不可临阵脱逃"的"天职"之类的卫道士。但是那些漠视他们行为所造成的后果的人并不因此漠视自己的行为。

瞧瞧东方人和西方人之间的差异。前者在这世上无所事事，后者则充满活力。一人盯着太阳直到双眼致盲，另一人追随太阳直到夕阳西下。即使在西方也存在像种姓之类的东西，但它较为微弱，它就是这里的保守主义。它说道：切莫抛下你的职业，切莫违反任何制度，切莫运用暴力，切莫撕毁任何契约；国家是你的父母。这种说教的美德或男子汉气概即是至孝。每个民族的内部都存在着类似东西方人之间的斗争；某些人会永远凝视太阳，而另一些人则紧追着落日。前者对后者说：当你抵达日落之地，你离太阳不会更近些。后者答复：可是如此这般我们就延长了白昼的时间。前者"只是行走在那个夜晚，其时芸芸众生在时间的夜晚安睡。思虑的牟尼只在时间的白昼安睡，那时芸芸众生皆醒"。

我可以借用桑杰伊的这段话来为这些摘录做个结束语："哦，雄伟的王子啊！我一遍又一遍地回想奎师那与阿周那之间那神圣而精彩的对话时，我越来越喜不自禁；而当我又想起财富与智慧之神哈里（Haree）极为神奇的样子时，我大为震惊，而且一再地感到惊喜！无论虔诚之神奎师那那个时候在哪儿，无论雄壮的弓箭手阿周那那时候在哪儿，那儿无疑将拥有幸运、财富、胜利和善举。这是我坚贞不渝的信念。"

我愿对《圣经》的诸位读者说，要是他们希望读到一本好书，那么就去阅读《薄伽梵歌》，它是《摩诃婆罗多》（Mahabharat）中的一部宗教哲学诗，传说是由奎师那撰写的，已知它成书于四千多年前，成书于四千年或三千年或多少年前都没关系——由查尔斯·威尔金斯（Charles Wilkins）翻译。作为一个虔信民族圣典中的一部分，此书甚至值得新英格兰人肃然起敬地拜读；而聪慧的希伯来人将欣然发现，从该书中可以找到自己的《圣经》中所体现出来的道德上的庄重和崇高。

一个美国读者借助自身优越的地理位置，目光能够掠过大西洋狭长的沿岸地带，看到亚洲和太平洋，他似乎看见那海岸边的巉岩向上倾斜，经阿尔卑斯山直至喜马拉雅山。对他而言相对距今较近的欧洲文学常常有失公允，带有门户之见，而且虽说美国读者对欧洲文学的关注与探究的范围有限，欧洲作家自诩为正在为全世界代言，但他觉察到他们仅仅是为自身所居住的那个角落代言。在最拔尖的英格兰学者和评论家中，有一位先生对世界名人做了一个分类，这充分暴露了他的欧洲文化的狭隘性和他在阅读方面的排他性。欧洲的后代没有一个人公正地对待波斯和印度的诗人和哲学家。与在欧洲的职业诗人和职业思想家中的声誉相比，波斯和印度的诗人和哲学家在欧洲的商界学者中的声誉甚至更隆。遍读英国诗歌，你可能也找不到一首由这些主题激发灵感所写出的让人难以忘怀的诗。德国也不例外，尽管她的哲学领域间接地服务于哲学和诗歌事业，即便歌德更亲近印度哲学，他也缺乏能够鉴赏它的宽泛的天赋。他的天赋更务实，更多地应用于认知领域，相较于那些东方哲人的天赋更缺少冥想的秉性。引人注目的是，波斯人衰败之时正是现代欧洲文学兴起之际，在她青睐的名人或人类最著名人物以及现代思想的开山鼻祖系列名单中，荷马与诸位希伯来人氏是最东方的名字，因为那些印度哲人的冥想已经且仍然影响着人类智慧的发展，这冥想的大作幸存至今，甚至奇迹般地完好无损，但很大程度上它们的存在是不为世人所认可的。假如这些文坛巨擘作为画家，那么情形就另当别论了。在每个人的青春梦想中，哲学仍令人费解但却密不可分地与东方相关联，其中倒不乏远见卓识，诸多年后，他也不会在西方世界找到哲学的故居。相较东方哲学家，我们能够断言，现代欧洲尚未产生一位哲学家。相较《薄伽梵歌》壮阔而探究宇宙起源的哲学，即便我们的莎士比亚有时也好像只露出他青涩而实际的一面。有些类似波斯先知查拉图斯特拉①（Zoroaster）的《伽勒底神谕》（Chaldaean oracles）的箴言历经千百次革命和翻译仍幸存于世，这些格言警句足以使我们怀疑诗的形式是否并非昙花一现，对最灵验、最悠久的思想而言诗的形式对其表述方式是否必不可少。或许"来自东方的光芒"（Ex oriente lux）仍是众多学者的座右铭，只因西方世界未曾从东方获取它注定要从那里接收的全部光辉。

① 又译为琐罗亚斯德。

将中国、印度、波斯、希伯来等几个国家和民族的经文集或圣典汇编起来，作为全人类的圣经印刷成册，这件事情在这个时代很值得一做。或许《新约》仍被过多的人们挂在嘴边，在心中牢记，结果从这个意义而言它不配称为这样一部圣经。这样一种圣典的并列和对照或许有助于放宽对人们信仰的限制。这是一部光阴确定要编纂的著作，我们等待着去给印刷工作戴上桂冠。它将是被传教士随身携带到天涯海角的圣经或经书中的经书。

一球悬铃木
American sycamore

林鸳鸯
wood duck

正午遐想

我们正浮想联翩,自以为是该河独一无二的泛舟者,突然间,一艘运河船扬帆在我们眼前的某一点绕行,活像一头河中巨兽,转眼间改变了景色,随后运河船一艘接着一艘驶入我们的视野,我们因而发现自己再次置身于商业浪潮之中。所以,我们将果皮扔到河里让鱼儿啃咬,将自己的气息交汇于活生生的世人的生活之中。我们没去惦记在遥远的园子里我们已播撒的种子、培育的果实是否会被他人食用。我们的甜瓜躺在了梅里马克河的沙床上,找到了它们的最终归宿,而我们的马铃薯在日光下、在水中、在船舱底,瞧着真像是乡村出产的一种水果。不过,我们很快便远离了这支帆船队,独自据有了这条河流,于正午时分再次将船平稳地划向上游,在我们的这一边是纳舒厄的地域,而另一边则是曾被称作诺丁汉的哈得逊。我们间或会将一只翠鸟或一只林鸳鸯惊吓得飞逃;翠鸟与其说是靠着操纵它那短尾舵稳健持久地飞翔,倒不如说是凭着强力的冲刺滑翔,它沿着河流的街区发出咯咯的鸣叫。 没过多久,又有一艘平底驳船进入我们的视野,驶向下游。我们赶忙向它打招呼,将我们的小船拴在它的舷侧,结伴往回行驶。我们同船夫闲聊,从他们的水罐里喝上了一口更清凉的水。他们看起来像是从远山来的新手,随船抵达沿海地区,开开眼界。他们在与梅里马克河水重见之前,或许会游历福克兰群岛[①],游历中国海(China seas),也可能永远不会照原路回归。在水手一族较大的冒险举动中,他们已开始谋取新水手的一己私利,乐意与众人交往,仅为自己保留橱柜中的一格抽屉以存放钱币,可他们也马上消失在某一点的后面,而我们一边用沙哑着的嗓音说话一边继续独自上路。他们在新罕布什尔山间究竟有着怎样的伤心事?我们心存郁结,不禁发问这儿的人生

---

① 英国与阿根廷对该地的归属存在争议,阿根廷称该地为马尔维纳斯群岛。

缺乏什么，致使这些人竟如此匆匆地向遥遥相对之地赶去？我们祈愿他们的美梦千万别陡然成空。

即使命运女神全都证明是这般严苛，
请别抛下你的故土。
在无风之时，帆船终要靠岸；
骏马必定在山脚歇息；
而我们的命运仍在飞奔
去每一个角落将我们寻找。

这船儿虽然桅杆挺立，
她的铜板下却生有蠕虫；
船儿绕过海角，跨过赤道，
直到她的航线被茫茫冰原阻挡。
微风多么轻柔，
海水多深多浅，
这些全都无关紧要。
不管船上运载着马尼拉麻线，
还是马德拉白葡萄酒，
中国茶，或西班牙兽皮，
她停进港口或是隔离检疫。
远离新英格兰狂风巨浪的海岸，
她的船体将携带新英格兰蠕虫，
葬身于印度的海域，
陪葬的还有麻线、酒、兽皮和中国茶。

我们途经位于廷斯伯勒与哈得逊之间河东岸的一片小沙地，在几乎清一色的绿色天地中，这片沙地颇有生趣，甚至令我们眼睛一亮。这片沙地确实给我们留下了几分美好的印象。在纳舒厄一侧的田地里干活的一位当地老者告诉我们，说他仍记得那儿从前是一片农田，玉米和谷物曾在那片沙地里生长。可最终，渔夫们为了便于拖曳大围网，将河岸上的灌木丛连根拔掉了，当河堤遭到如此毁损后，风便渐渐把河滩的沙粒吹过来了，到了最后，几英寸厚的沙子铺盖了15英亩的田地。

这条河附近的沙子，被吹向一片古老的地带，我们注意到一间印第安人棚屋的基石暴露在外，被烧烤过的石块摆成了一个正圆形，直径四五英寸，石块间还夹杂着细木炭以及埋在沙中得以保存下来的小兽的骨头。四周的沙地散乱地堆放着烧烤过的石块，印第安人从前在这些石块上燃起火堆，沙地上还点缀着箭头状的薄石片，我们找到了一枚完好无损的箭头。我们注意到有一处地方，一个印第安人曾坐在那儿制作石英箭头，沙地上撒着一夸脱像玻璃一样的小碎片，那是他在制作中敲碎的，每块碎片有4个便士硬币那么大。印第安人必定在白人到来之前便在此地捕鱼。再向前走上半英里远还有一大片相似的沙地。

此时仍是中午，我们将船头调到一边，洗浴了一番，然后躺在一块岩石边的几株一球悬铃木下，这儿是哈得逊镇上一片清静的草场，地势向河边倾斜，周边生长着松树和榛树。我们仍在脑海中思索着印度，思索着那古老的、有关正午的哲学。

比如在《毗湿努·沙玛的嘉言集》（*Heetopades of Veeshnoo Sarma*）此类极其古老的书中，读到常识会感觉奇怪但心生欢喜；那是一种活泼的智慧，它前后都有慧眼，进行自我督促。它声称嘉言特立独行于后世的经验之外。这一明智的承诺对一本经书来说是必不可少的，它有时让人心悦诚服。该书的传说和故事从一句到另一句轻松自如地推进，好像一片沙漠中连缀的诸多绿洲，而且像一头骆驼行进在绿洲城镇莫尔祖克与达尔富尔地区之间，它的行踪让人捉摸不定。该书是对现代书籍泛滥成灾的一个抨击。读者从一个句子跃到另一个句子，如同从一块垫脚石蹦到另一块垫脚石一般，此时此刻故事的水流无意间已奔涌而过。或许《薄伽梵歌》欠缺简洁和诗意，却出人意料地经久不衰和详密完备。它的明智和崇高甚至深深地印在了士兵和商人的脑海中。伟大诗歌的特质恰好是囫囵吞枣的读者领悟到了意义的皮毛，深思熟虑的读者却领悟到了更深邃的意义。它们赋予求实者以常识，赋予聪明者以智慧；例如同在一条水量充沛的河流边，一位旅人只用它的水解渴，一支军队则用它的水灌满自己的每一个水桶。

我所阅览过的那些最激动人心的古籍书中有一本是《摩奴法典》（Laws of Menu）。按照威廉·琼斯爵士的说法："波罗奢罗之子毗耶娑（Vyasa）已断言，《吠陀经》（Veda）以及耆那教的经典《安伽经》（Angas）——推论出的六谛说阐释了医术的体系，描述神圣历史的《往世书》（Puranas），以及《摩奴法典》是四部最高权威著作，这最高权威绝不因人类不足为道的争论而动摇。"印度人确信《摩奴法典》"是梵天的儿子或孙子摩奴于混沌初开时颁布的"，是"第一个造物"；传说梵天"将他的戒律用十万行诗句传授给摩奴，摩奴则用当今译本中的原话向原初世界阐释那些诗行"。另外有一些人声称，为便于凡人阅读，那些诗行经过了不间断的删节，"而天堂地位较低的诸神和那群天国的乐师则积极研读这部原初法典"。"牟尼或哲学家们撰写了大量有关《摩奴法典》的评注或评论，这些评注加上我们前辈的论文就构成了整体意义上有关法的著作，或称之为《法典》。"柯路卡·博哈塔（Culluca Bhatta）是这些哲学家中比较现代的一个人。

每一部圣典都可能会被人们信奉为漂泊灵魂的最终归宿，可终究它仅是供旅人歇脚并引领他重新上路去到伊斯法罕或巴格达的客栈。感谢上帝，在创世之初没有印度的专制统治，而我们如今是世间的自由之身，并未被判归哪一个种姓。

我尚不知晓有哪本流传给我们的经书较之这部经书更有雄心壮志，它这般不受个人情感左右，如此挚诚，因而从不遭人厌弃或让人感到荒谬可笑。将现代文学利用广告大肆吹捧的方式与该书的简介作比较，再想一想它倾向于怎样的读者群，就知道它期待怎样的评判。它的言辞好似曙色初露之时从某座东方的高山之巅以独醒的清晨的预言说出，你读上一句像是被提升到印度高止山脉的高原那般高的境界。它有着大漠之风呼啸八荒的韵律，如恒河似的激荡潮流，就像喜马拉雅山一般高耸入云超然于非议之上。它的语调如此质地绵密，迄今为止仍未被光阴磨损，依旧身着英语和梵语的外衣，冷眼旁观着尘世；而且它坚实恒久的句子仍永续着星星遥遥相望的光焰，这尘世是被这些光芒四射的光线照耀的。

　　该书从头至尾显出高贵的身姿和倾向，奉献了许多不必要的言辞。英语的意义已精疲力竭，而印度的智慧却从未汗流浃背。即便当我们捧读时，那些书中的句子看似寻常普通，最初几乎寡淡无味地铺展，但它们宛如花瓣不时以一种罕见的智慧令我们大为惊艳，此种智慧不会从最琐碎的日常经验中学到。而该书传承到我辈手中，精美得犹如沉入大洋洋底的陶土。它们有如千百年栉风沐雨的化石一般洁净干燥，这般客观、这般真实，以致它们成为客厅和橱柜的装饰物。任何道德的哲学都非常稀有。相比大多数哲学，摩奴的道德哲学道出了我们的更多隐私。比起当今在客厅里或布道坛上所讲的言语，它的言语更为私密、更和蔼同时又更坦诚、更普遍。恰如我们国内的家禽据说起源于印度的野鸡，我们国内的思想也可在印度哲学家的思想中找到源头。我们正与当今传统和现实的生活要素紧密关联，它似乎是一个原始集会，对于怎样吃、怎样喝、怎样睡，怎样凭着充分的尊严和诚实维持生活，诸如此类的问题都会在集会上做出决定。它比我们密友的忠告来得更及时，与我们更亲密。它不加掩饰地面对着最广阔的视野，我们在户外阅读，就会联想到群山模糊的轮廓，想到那儿是我们难离的故土。大多数书籍仅适合在室内和街上阅读，在田野里阅读会给人以浅薄的感觉。它们襟怀坦荡，周遭不存在晕圈或烟雾的遮蔽。大自然妩媚而辽远地躺在它们身后。可是这个哲学既起源于人自身最内在最恒久的东西，故而将人作为其倾诉衷肠的对象。它属于一天之中的正午、一年之中的仲夏；在阳春时节，当冰雪消融河水蒸腾之时，它的真理仍在我们的实践中获得应验。它助太阳普照大地，而阳光又辉映着它的书页。它度过每个清晨和每个傍晚，一整夜留给我们如许的印象，仿佛在黎明前叫醒我们，它的影响力似一股芬芳萦绕在我们的周遭直至天色大亮。它将全新的光彩传输给草地，传输到密林深处，它的精魂宛如更为奇妙的灵气伴随着一个国家盛行的风拂过大地。炎炎夏日的蝉和蟋蟀只不过是印度人的《法典》上炫目的光彩，是那圣典的续命。恰如我们所说的那样，在最躁动不安的拓荒者身上散发着一种东方特质，而最辽远的西方也就是最辽远的东方。当我们读到这些金句时，这个美丽的现代世界仿佛只是带有柯路卡注释的《摩奴法典》的再版。以新英格兰的眼光或是以现代纯粹务实的智慧来审视，这些金句是逾老弥坚的一个种族信奉的神谕；倘若以唯一公正和廉洁的神判法展现于空中，它们便与蔚蓝的长天共有那一色深邃和宁静，而我深信只要有 片天去验证它们，它们就将拥有一隅之地和重要意义。

请赐我一个任何智慧都不能懂得的句子吧。与之相对应的是，必定存留着一种生命的战栗，而在它的词语之下必定有一种血液在恒久地循环。真是精彩极了，这句子的声音竟从如此遥远的地方传到我们这里，须知人的言语声仅能在咫尺之间听见，而我们眼下在听觉范围内却听不见任何同时代人的声音。樵夫们已在此处砍伐了一片古老的松林，让阳光照进西南方那远山间的一片靓丽的湖水；而此时此刻，它清晰地向这片森林展露容颜，仿佛它的形象从永恒跋涉到了这里。或许，小山丘上的这一根根老树桩还记得，曾几何时这泓湖水在远古的地平线上隐隐闪烁。人人都会好奇，这光秃的土地本身与如此丰美的景致久别重逢时是否仍会无动于衷。秀丽的湖水平躺在那儿，阳光下它美颜毕露，因为它的绮丽无须在意任何人的目光，所以它显得更加自傲、更加可爱。它似乎还有点寂寥，似乎自我陶醉，超越了观察者的目力。因而，这些古老深奥的

铃兰
European lily of the valley

句子也一如西南方一泓泓静谧的湖泊，最终向我们一露真容，以它们的胸怀长久地映照着我们的碧空。

　　印度大平原好似横卧在一只杯中，它的北边是喜马拉雅山，南边是海洋，东边是布拉马普特拉河，西边是印度河，在那片土地上原始的民族被接纳。我们将不会质疑这个故事的真伪。在这个国家的博物志中，我们可以从中愉悦地读到"常青松树、落叶松、云杉和冷杉"，覆盖着喜马拉雅山脉的南坡；"鹅莓、树莓、草莓"，它们从一个温带附近的地带俯视热带的平原。如此这般，这活力四射的现代生活当时就已在那些东方平原中有了立足和隐匿之处。在另一个时代，"铃兰、报春花[①]、蒲公英"，朝着平原蔓延生长，

① 原文 cowslip，有可能指的是原产于喜马拉雅地区的钟花报春。

鹅莓
European gooseberry

在一马平川的土地上姹紫嫣红。温带的时代已然驾临,它亦是松树和栎树的时代,因为棕榈和孟加拉榕不能提供这一时代所需之物。或许,岩石顶上的青苔不久将找到自己平坦的乐土。

　　至于说到婆罗门的教义,我们不会太在意他们所信奉的教义有什么条条框框,只要有人信奉它们就好。我们能够容纳形形色色的哲学,原子论者(Atomist)、圣灵论者(Pneumatologist)、无神论者、有神论者、柏拉图、亚里士多德、留基伯(Leucippus)、毕达哥拉斯、查拉图斯特拉以及孔子。相较于与这些哲学鼻祖进行任何观念上的交流,他们的态度更吸引我们。诚然,

孟加拉榕
Indian banyan

在他们与他们的注释者之间存在着无休无止的争论。但即便争得不可开交,你要是拿他人对他们的注解加以比较,那么你就大错特错了。实际上,他们每一位都将我们带入了安详的天堂——最小的气泡必定与最大的气泡同样升空,为我们描绘出大地和天空的愿景。任何真诚的思想皆天下无敌。但凡虔诚的灵魂都会为婆罗门真正的苦行所引诱,宛如它是一种更精致、更高贵的奢侈品。人的欲望若是如此轻易、如此优雅地获得满足,那似乎是更考究的乐趣了。他们创世的概念好似梦一般安宁。"当那法力无边的神醒来时,这世界在充分地膨胀;可当他安宁地入眠时,整个宇宙逐渐收缩直到消失。"在他们神谱的模糊幽暗之处，一则崇高的真理不言而喻。它几乎不应允读者依赖任何至高无上的造物主，但它直白地暗示一个更高的终极创造者，而且这个造物主仍旧隐身在尚待创造之物的背后。

我们也不会去打扰这圣典的古老精髓，它的精髓是"从火焰、空气以及太阳中萃取出来的"。人们最好去查阅一下光和热的年表，让太阳光芒普照吧。摩奴（Menu）对此事最具慧眼，他曾说过："那些最懂得白昼和黑夜划分的人应该清楚，梵天的白昼持续到一千个这种时代的终结（然而按照凡人的测算方式则是无数个时代），它能提升人们善良的品德；而梵天的黑夜与他的白昼同样持久。"的确，穆斯林（Mussulman）和鞑靼人（Tartar）的朝代是超越了所有可以测算的日期的。我寻思我本人已亲历过这些朝代了。在每个人的脑海中都有梵语在呢喃。《吠陀》和它们的《安伽经》不如冥想古老。我们为什么要被强行与古代遗物为伴？那婴孩不是年幼无知的吗？当我见到那婴孩的时候，他似乎比最老的人更年高德重；他比耆宿内斯特（Nestor）和先知西比拉更古老，比人古神衹萨图恩老人（Saturn）的皱纹还深刻。那么我们是否只生活于现在？那条界线到底有多宽呢？这一刻，我就坐在一根树桩上，年轮显示这棵大树已生长了几百年。若是我环顾四周，我会看到土壤正是由这类树桩的祖先的遗体构成的。大地被沃土所覆盖。我将这根古老的枝干深深插进地表，用鞋后跟开垦出一道垄沟，它比千百年来风霜雨雪在这儿犁出的垄沟更深。若是我聆听，我可以听见呱呱的蛙鸣，这蛙声比埃及的黏土更古老；我还听见远处一只披肩榛鸡栖于原木之上振翅发出声响，犹如夏日空气的脉动。在这古老的沃土上我培育自己最缤纷、最鲜艳的花骨朵。哎呀，我们欣然称之为新生的事物竟如皮毛般肤浅；大地尚未被它染上秽点。它并非我们行走其上的肥沃土地，而是在我们颈项之上颤动的绿叶。最新的事物只不过是使我们的感官变得敏锐的最古老的事物。当我们从地表以下 1000 英尺深处挖掘泥土上来时，我们称这泥土为新土，而植物在这新土上生机蓬勃；当我们的目光投向更深邃的宇宙空间，发现一颗更遥远的星球时，我们也称之为新星。我们正坐于其上的地方被称为哈得逊（Hudson），它一度被称作诺丁汉（Nottingham）。

我们去阅读历史，就该像欣赏风景那样不带批评的眼光，对空气的色泽和中介所造成的多种光线和阴影的兴趣，超过对它的基础及构成的兴趣。昨夜西下的夕阳，乃是此时清晨东升的旭日——还是同一个太阳，却放射出新的光芒，产生出新的气氛。它并非墙上的一幅壁画，平展而有限，而是遨游天际，自由不羁。在现实中，历史的波澜壮阔就如从清晨到日暮一样变幻不定的自然景观。人们看重的只是那瞬息之间变幻的色彩。时间掩藏不住珍宝，我们需要的不是它的彼时，而是此时。我们不会抱怨地平线上的群山峻岭呈现的蔚蓝且朦胧的景象，这样的景象才更像天空。

什么事情能在发生时的瞬间被遗忘，却又需要被人们纪念呢？为死者竖立的纪念碑会比对死者的缅怀延续更长久的时间。一座座金字塔并不会讲述人们曾吐露给它们的故事，活生生的事实为它自己留作纪念。为什么要在黑暗中寻找光明呢？严格来讲，存在于历史上的众多社会变迁未曾从遗忘中重现当时的实际，但它们自身却替代了那被史海湮没的事实。研究者比被研究的事物更值得纪念。一群人站立着观赏薄雾，他们透过雾霭看见了隐隐约约的树影，这时其中一人走上前去要对这现象探个究竟，于是每一双眼睛都带着钦羡的目光转向他渐渐远去的背影。人类不怎么靠各个社会之间的相互协作而牢记往事，这一点令人震惊。其实人类的往事除了拥有指派给它的缪斯之外，还拥有另外一位缪斯。在奥尔瓦基迪斯（Alw kidis）的《阿拉伯编年史》（*Arabian Chronicle*）中，列举了一个所有历史是以怎样的方式开端的范例："我是从艾哈迈德·奥尔马丁·奥尔乔哈米那里得知的，他又是从里法·艾本凯斯·阿拉米里那儿得知的，里法又是从赛夫·艾本·法巴拉赫·奥尔查特夸米那儿得知的，赛夫又是从塔波特·艾本·奥尔卡马赫那儿得知的，塔波特说他正好在事发现场。"这些历史的创始者并不渴望保存事实，而是渴望获知事实，因此那事实未被遗忘。人们用批判的目光和敏锐的头脑去揭示往事，往事不可能被重现，我们不可能弄清我们未曾经历的一切。可是，一块面纱就遮盖了过去、现在和未来，历史学家的职责正是去发现现在所为，而非过去所为。在一场战役已经偃旗息鼓的地方，除了死者和牲畜的尸骨，你会一无所获；在一个正战火纷飞的地方，一颗颗心正炽热地跳动。我们会坐在土墩上冥想，而不会试图让这些枯骨重新站立。你不妨想想，大自然是否记得它们从前是人，或者更确切地说现在却是累累白骨？

古代史拥有着一种古老的气息，它应该变得更现代化些。它被文字所记载，好像观赏者该想象墙上一幅画的背面，抑或好像作者希冀死者成为他的读者，希望能向他们描述他们人生经历的细节。人们似乎急于穿越这诸多世纪进行有条不紊的撤退，真诚地重新著述身后之事，因为他们已被时间的侵蚀打败了。可是当人们虚度年华时，他们与他们的著作都成了头号敌人的战利品。历史既不具备古代的威仪，也不具备现代的生机。它做的一切好像是要对事物追根溯

披肩榛鸡
ruffed grouse

源，而这正是博物志理当承担的义务。可是请琢磨一下世界史，随后再告诉我们：牛蒡和车前草最初是在何时萌芽的？在很大程度上，历史就是这么一挥而就的，致使它所描述的时代被异常妥帖地叫作"黑暗时期"。那些岁月的确黑暗，诚如某位仁兄所评述的那样，因为我们对那个时代一无所知。在历史上太阳光芒四射的日子是极其罕见的，因为它蒙受尘蔽，紊乱不堪；当我们遇上这令人欢欣的事实时——它暗示着这发光体高悬于世，我们便引用它，并投之以现代的眼光。

比如当我们在有关撒克逊人的历史中读到，诺森布里亚的国王埃德温"在他眼见春暖花开之处命人将路桩固定在大路上"，然后"将一只只黄铜盘子用铁链拴在路桩上，以便使身心疲惫的旅人打起精神。埃德温切身体验过旅人的身心疲惫"。因此亚瑟王发起的12场战役全都是可贵的。

穿行过这世界的阴影，我们以席卷之势来到更年轻的长日：
欧洲的五十年 胜过九州的一个时代。
而新英格兰的一线光芒更胜过欧洲的五十年！

同样，传记也易受到异议，它理当成为自传。让我们听从德国人的忠告，且别竭力出国去折腾自己的肠胃致使我们可能作为旁观者去为自己辩解。倘若我不是我，那么谁人是我？

但是，"过去是黑暗的"这种说法倒也恰如其分，虽然与其说黑暗是过去所具有的一个特征，倒不如说是传统所具有的一个特征。使过去的编年史变得如此幽暗的，不是时间上的距离，而是关系上的疏离。亲近这一代人心灵的东西依旧美好光明。希腊沐浴着万丈光芒，舒展着她美丽而温暖的容颜，因为太阳和日光永驻于她的文学艺术之中。荷马不会应允，还有古希腊的雕塑家菲迪亚斯（Phidias）和帕台农神庙（Parthenon）也不会应允我们遗忘太阳曾经的光芒。不过没有哪一个时代是完全黑暗的，我们也不必急不可耐地盲从历史学家，为一线光辉而沾沾自喜。假若我们的视线能穿透那些遥远时代的朦胧晦暗，我们会发现那儿光线充足，但那儿没有我们的白日。有些动物天生就具有夜视的本能。一直照耀着整个世界的光量是相同的。初现的星星和消逝的星星，彗星和日食、月食都没有影响光的总量，因为唯有望远镜能鉴别它们。现存于世的最古老化石的眼睛，告诉我们：当时适用的光的法则在当今同样适用。光的法则始终如一，但观看的方式和观看的程度却不尽相同。诸神对任何一个时代都做到了不偏不倚，他们在天堂光芒普照，亘古不变，而观看者的眼睛却变成了石头。开天辟地时只存在红日和眼睛。无尽的岁月何曾给红日增添一丝新光，也何曾更改过眼睛的一丝纤维。

假如我们允许时间完全融入我们的思想，那么种种的神话传说，那些古代诗歌的遗迹、残骸——可以说，这世界的遗产仍然映射出它们最初的光彩，好像破碎的浮云被过往的红日的光线点染上色泽，这光彩正投射到最近的夏日，将此时同创世之初的那个清晨联系起来，正如某位诗人所吟唱的那样：

那壮丽的乐曲的篇章
顺岁月的浪潮飘荡而下，
犹如遇难的断裂船体
幽浮在暴风骤雨的汪洋。[1]

① 出自沃尔特·司各特《诗人托马斯》(Thomas the Rhymer)。

这些便是与人类起源和发展的历史相关的材料及线索，它们叙述的是如何从蚁族的形态到达人类的形态，形形色色的艺术如何逐步被创造出来。千百种猜测将这个传说阐述得更加清晰明了了。我们不会拘泥于历史年代，甚至不会拘泥于地质年代，即便它令我们怀疑人类事物的发展进步。假如我们超越了今日的这种智慧，我们将会对人类的这个清晨翘首以盼，这个清晨给人类提供最简朴的生活必需品，比如玉米、酒、蜂蜜、油、火种，还有清晰的话语、农业和其他方面的技艺，人类也逐渐从蚁族的形态发育成人的形态，而这个清晨，将由以同样进步的、熠熠生辉的白昼接替。那么，在诸多神圣时期的时光流逝中，其他神圣的力量和神助之人将会施以援手，助人类提升到远远高于现状的程度。

可我们对此知之甚少。

温顺之河

就这样，一个航行者做着白日梦，而他的伙伴则在河堤上打盹。突然，一个船工的号角响起，在两岸间回荡，这是在向他的妻子发出音讯，表示他要回来了，他将与她一道吃饭。可是在那里，似乎只有麝鼠和翠鸟听到了号角。既然我们的打盹和思绪的流淌被这样搅乱了，我们便再次拔锚起航。

下午我们继续前行，西岸变得低矮了些，或是某些地方距河道更远，仅剩下几株树点缀在水边；而东岸常常会突然升高，与50或60英尺高的浓荫密布的小山连成一体。美洲椴对我们而言是一种新树，它的叶子宽大呈圆形，枝叶间点缀着几近成熟的一串串小坚果，此树悬垂于河面之上，它的华盖令水手万分惬意。这种树的树皮内层是韧皮纤维，是渔夫用来编席的材料，也是俄罗斯人大量用作搓绳和制作农用鞋的材料，还是某些地方织网或织粗布的原料。依照诗人们的说辞，这种树皮纤维曾是菲利勒——海洋女神之一。据说，古时候人们用椴树皮做小屋的屋顶、做箩筐，制一种叫菲利勒的纸。人们也用椴木制作圆盾，"因其坚韧、轻便、弹性强"。这种树曾广泛用作雕刻材料，如今仍被用来制作钢琴的共鸣板及车厢的嵌板，还有多种多样需要其坚韧和柔性特质的物品。箩筐和摇篮是用椴树的嫩枝制作的，它的树汁可以熬成糖，它的花儿酿的蜂蜜据说人人喜爱。在某些国家，它的树叶可用作牲畜饲料，它的果实可

美洲椴
American basswood

制成一种巧克力，它的花朵已被泡制成药物；最后，以其木材烧制的木炭是黑色火药的珍贵原料。

  看见这种树，我们不由得想起，自己已置身于一片陌生的土地。当我们在这树叶的浓荫下泛舟，我们透过叶缝得以窥视天际，这树的意义和概念好像以千百种象形文字镌刻在云天之上了。天地万物如此妥帖地适应着我们的机体，致使我们的双目在同一时刻既能流连又能歇息。四面八方都有抚慰这感官令它清爽如初的妙物。请仰瞻树顶，看看自然界是如何精巧地在那儿润饰她的杰作的。看看松树是如何无休无止地一株比一株更高地耸立的，给大地充作雅致的流苏。谁会数自林梢飘升而去的纤细的蛛网，点一点千万只在林梢间东躲西藏的昆虫？树叶的形状比世间全部语种的字母表凑在一起更千姿百态，仅以栎树为例，难以寻见两片相似的树叶，每片树叶都展现出独特的个性。

在自然界的所有产物中，她只专注培育最简单的胚芽。有人或许会说，创造鸟类并非多么伟大的发明。如今在林梢盘旋的老鹰，最初或许仅是在林荫道上颤动的一片绿叶。在岁月流逝中她从飒飒作响的树叶变成了一只展翅高飞、啼鸣清越的鸟儿。

萨尔门溪自纳舒厄村住下 1.5 英里处，从铁路下面由西边潺潺流来。我们划了足够远的距离进入与此溪流比邻的草地，从河岸上一位晾晒干草的人那儿弄清了它的渔业史。他对我们说，以前这儿盛产银鳗，他还指了指沉在河口的一些鱼筐。他的记忆和想象极其丰富，他讲述有关渔夫在深不见底的海中漂游到小岛上的故事，这故事会让我们听个没完没了，听到天色黄昏，可是我们无暇在此抛锚漫游，于是又重新起航驶向我们的大海。虽说我们从未涉足那片草地，仅仅以手触摸它的边缘，但我们仍拥有对它的珍贵回忆。萨尔门溪这个名字据说是从印第安语翻译过来的，它是土著居民喜欢来的地方，也正是在此地，纳舒厄最初的白人殖民者定居下来，地面上他们房基的凹痕和老苹果树的残迹仍依稀可辨。

沿着这条河上溯大约 1 英里，老约翰·洛夫威尔的宅院坐落在此，他是奥利弗·克伦威尔军中的一名少尉，也是"大名鼎鼎的洛夫威尔上尉"的父亲。他于 1690 年之前就在此地定居，大约 1754 年辞世，享年 120 岁。众人猜想他来此之前曾参加过著名的纳拉甘西特沼泽战役，这个战役发生于 1675 年。据说，印第安人鉴于他对他们的友善在随后的战争中不愿伤害他。即便到了 1700 年，他已老迈，白发苍苍，他的头皮分文不值，因为法国总督对剥取老人头皮不会予以任何奖赏。我曾站在河岸上老约翰·洛夫威尔的地窖所在的凹地，与某个人闲聊，他的祖父或者他的父亲想必与洛夫威尔交谈过。就在这儿，老迈、年事已高的洛夫威尔也有了一间磨坊，开了一家商店。在那些仍健在的老人的记忆里，他是个身板硬朗的老人，爱挥着手杖将一群顽童从他的果园里赶走。请想想这个凡人取得的成就，该展示多少不足挂齿的纪念品啊，你瞧瞧，他活到100岁时修补鞋子不用戴老花镜，活到105岁时还步履稳健，一路风光！据说，达斯坦夫人从印第安人那里逃脱后，首先落脚的地方就是洛夫威尔的宅院。佩科凯特的英雄很可能就是在这里出生、成长的。邻近处还能看到约瑟夫·哈塞尔的地窖和墓碑。据别的资料记载，哈塞尔和他的妻子安娜、儿子本杰明还有玛丽·马克斯"于1691年9月2日傍晚遭到我们印第安仇敌的杀害"。正如古金所评论的那样："然而印第安人抡在英国人脊背上的棍棒仍未履行上帝赋予的使命。"萨尔门溪在流到接近其河口处时依旧是条孤寂之河，逶迤穿过森林和草地；而纳舒厄河那时渺无人烟的河口如今回荡着一座从事制造业城镇的喧嚣声。

源自哈得逊的奥特尼克湖（Otternic pond）的一条河正好在萨尔门溪上游，它们相对而望。从这儿的堤岸可以远眺安卡纳努克山，它是这个地区最惹眼的一座山，只见它耸立于上游那座桥的西端之上。不久，我们便途经纳舒厄河畔的舒厄村，村中一座带罩蓬的桥横跨梅里马克河。纳舒厄河是最大的支流之一，它源自瓦楚西特山，穿越兰开斯特、格罗顿及其他几个市镇，在那个地区形成著名的榆树成荫的草地，但该河靠近河口的河段由于被瀑布和工厂阻隔，没能吸引我们前往探察一番。

兰开斯特距这儿很远，在那儿我曾携手另一位伙伴穿越过纳舒厄河宽阔的河谷，在那之前我们曾长期这样伫立在康科德的山冈向西远眺，但从未看见这河谷与地平线上的绵绵青山相连。如此之多的溪流、如此之多的草地和森林、如此之多的安宁的民居，居然隐身在我们和那些令人赏心悦目的群山之间，从远处途经廷斯伯勒的一座山丘上，你能够将它们的美景尽收眼底。在我们年轻人的目光中，那里的森林似乎连绵不绝，从无间断，纳舒厄河谷穿过地平线上两棵相邻的松树之间的间隙，河水正在那河谷的底部蜿蜒流淌，而此时此地，这河流将它的河水寂寂无声地汇入了梅里马克河。片片流云飘浮在草地的上空，它们从那河谷升腾而起，被落日的余晖镶上了金边，在遥远的西边清晰可见，为我们装扮过千百个傍晚的晴空。但可以说,河谷是被两面的草皮遮蔽了,当我们驶往那些山冈时,它才渐渐向我们展现了自己的真容。春夏秋冬我们的眼里只有那群山万壑隐约的轮廓,对群山而言,并非它们自身而是距离和模糊造就了它们宏伟壮观的气势,以致它们有助于人们理解诗人和旅人对群山所表达的一切引喻了。我们伫立在康科德的悬崖峭壁,对着山峦倾诉衷肠:

> 满怀荒蛮之力你立于热土,
> 满怀宽宏大量你四方逡巡,
> 骚乱的静默即是所有的跫音,
> 远方有你溪流的温床,
> 莫纳德诺克山和波得伯勒山;
> 从未动摇的如磐的信念,
> 萦绕着那些哲学家,
> 犹如一支庞大的舰队,
> 于雨雪风霜中航行,
> 穿越寒冬和酷暑,
> 仍旧保持你崇高的侠士精神,
> 直到你寻找到天边的海岸;
> 而非贴近陆地悄悄潜行,
> 装载着禁运的货品,
> 让你冒着走私风险的人
> 已让太阳看清
> 他们的虔诚。
>
> 航线上的每一艘船儿,
> 你驾驶西行,

护送着云彩，

它们总是在大风刮起之前，

聚集在你的桅索边，

在风帆的压力之下

云彩也重若千钧，

坐在这稳固的座位上我好像感受到你，

深不可测的货仓，

宽宽的横梁，长长的轮轴。

我看你享受着奢侈的欢乐，

度过你新奇的西部闲暇时光；

你的崖顶如此沁凉，色泽碧蓝，

由于时间让你游手好闲，

因为你平直地躺在地上，

蓄势待发的力量，

未经砍伐的原木，

可制成这般僵硬的膝盖，这般柔软的桅杆；

此种材料制成一个个新的地球，

有一天会被西方拿去做贸易，

适宜做一个新世界的顶梁柱

这世界被猛掷穿过时空的海洋。

当我们享有不落的日光，

你依然超过西方的白昼，

像一堆堆结实的干草，

静卧在上帝的小田地里歇息；

人类的智慧从未在任一页码上，
一挥而就如此亮丽的一行；
森林熠熠生辉，
好像敌营的篝火
沿着地平线闪耀，
也似当时火葬的柴堆
在那儿光焰照亮四方；
云朵镶上金边银边
宛如锦缎折叠着悬挂于长天，
且以如此幽深的琥珀色光泽
将西边装点一新，
那儿依然射出几道斜阳，
即便天堂亦显得过于奢华。

沃塔提克山
横卧于地平线上的岩床，
像一个顽童前夜留下的玩具，
还有另外的物品，遗失在周遭，
散布在大地的边缘，群山和密林
好似在天际矗立的雕塑，
或好似港湾的航船
期待着清晨的蕙风。
我甚至幻想通天的大路
穿过你蜿蜒的峡谷；
抛开史册，依然遥远之地，
荡漾着黄金时代和白银时代；

疾风劲吹，

那些未来世纪的消息

一代代新思想的消息

从你辽远的溪谷捎来。

可是我特意回想起你，

瓦楚西特，你如我一般

遗世独立。

你远处的蔚蓝色的双眼，

天际的留痕，

透过旷野或峡谷

或是从铁匠铺的窗棂，

影响了经过它身旁的一切。

一切皆为泡影，

除了横亘在你与我之间的事物，

你这西部的开拓者啊，

对羞愧或恐惧漠然无视，

冒险精神驱策着你的热血，

受着天堂的屋檐庇护；

而你能在那儿大展宏图，

吐纳着八面的来风？

你甚至从遥不可及的东方，

迁移来到这里，

涉足这天清云淡的地域，

抛掉那朝圣者携带的利斧，

以你那倔强的山脊，

为自己在天际开拓万顷良田。

头顶一片天，脚踏一方土，

这是你与生俱来的无穷乐趣；

既不倚天，也不靠地，

但愿我配做你同甘共苦的兄弟！

　　最终，我们决意效仿拉塞拉斯和其他欢乐山谷的居民，去攀登界定西方地平线的蔚蓝色高墙，尽管不无担忧，赫然在目的仙境将不再为我们而存在。可是讲清我们的这次历险需要花上很长的时间，而我们今天下午可没空闲时间，因为我们正沿着这薄雾弥漫的纳舒厄山谷逆流而上，一路上我们浮想联翩，再次踏上朝圣之旅。我们曾在新英格兰和纽约的主要山峰做过多次类似的旅行，甚至在遥远的旷野中，宿营于许多峰顶。而此时此刻，当我们再次立于本地的群峰之上向西眺望时，即便我们目不转睛地凝视着这两座山上的巉岩，瓦楚西特和莫纳德诺克山依旧隐退于地平线上湛蓝的重峦叠嶂之中，我们曾在那巉岩上搭起帐篷露营一宿，在云山雾绕中煮过麦片粥。

　　直到1724年，在纳舒厄河北岸还没有搭盖起一座房屋，只是在这边境到加拿大之间的地带散布着用树皮或草席搭建的棚屋和几片令人毛骨悚然的森林。那一年的9月，两个在北岸从事松脂制取业的人被有30个人之多的一伙印第安人逮住并押往加拿大，因为松脂制取业是这片荒野中最初的事业。有10个邓斯特布尔的居民前去找寻他们，发现他们的桶箍被切断，松脂洒了一地。一个廷斯伯勒的居民曾向我讲述他祖辈传下的这个故事。他说当时印第安人欲打翻松脂桶时，其中的一个俘虏便抓起一节松枝挥舞起来，恶狠狠地嚷道要杀死第一个碰他松脂桶的人，结果那伙印第安人有所克制；最终，当他从加拿大返回时，发现那只桶还原样地立着。可能当时并不止一只桶，然而不管事情究竟如何，侦察员们通过用木炭和油脂调成的涂料在树上做的记号判断，那两个人还未被杀掉，而是成了囚犯。有一名叫法威尔的侦察员，他观察到桶里的松脂尚未全部流干，据此推断印第安人才离开没多久，于是他们立即追击。不过大家没有听从法威尔的忠告，他们径直循着发现的踪迹溯梅里马克河而上，结果在距桑顿渡口不远处，也就是现在的梅里马克镇中，遭到印第安人的伏击，9人被杀害，只剩法威尔一人逃脱了敌人的疯狂追赶。邓斯特布尔的众人外出收尸，将9人的尸体运回邓斯特布尔安葬。这故事几乎与罗宾汉民谣中传唱的一字不差——

> 他们将这些森林之子运到美丽的诺丁汉，
> 因为那地方人尽皆知，
> 他们在自己的坟地为他们掘墓，
> 将他们的坟墓排成一行。

诺丁汉就位于这河流的对岸，而这些坟墓并非真的排成了一行。你能够在邓斯特布尔的坟地，在"死亡的象征"和任何一个阵亡者的名字下，知晓他们是如何"离开人世"的，况且

> 此人和另外躺在这墓里的七人
> 在一日之内被印第安人全部杀害。

其他几位死者立起的墓碑环绕着公用墓地，刻有独自的墓志铭。8人安葬于此，但据最权威的记载，被杀害的有9人。

> 温顺的河啊，温顺的河，
> 睁眼瞧瞧吧，你的流水被血染红，

诸多勇猛高尚的船长

沿你柳浪闻莺的河岸行舟。

全在你清冽的逝水边

全在你这般泛光的沙滩旁，

印第安酋长和基督教勇士们，

奋不顾身地鏖战一场。

《邓斯特布尔方志》中这样描述，法威尔逃回家时，追踪他的印第安人与另一帮白人交战，被白人击退后撤到纳舒厄河河口对岸进行回击。印第安人撤离之后，白人发现在岸边的一棵大树上刻有一个印第安人头领的人像，可命运已将它的英名——"印第安人头领"赋予了纳什维尔村的这个组成部分。古金在论及菲利普之战时说："某些有真知灼见者指出，战争伊始英国士兵完全无视印第安人的战斗力，许多士兵大言不惭地说过一个英国人追击十个印第安人只是举手之劳；许多士兵只记得恺撒大帝的名言'我来了！我看见了！我征服了！'，不过我们能断言，这些有真知灼见者此时已发表了另一番不同的见解。"

看起来法威尔是唯一钻研过自己的本行，深谙追击印第安人之道的人。他那次死里逃生后，某一天又参加了新的战斗，因为来年他在佩科凯特成了洛夫威尔的中尉，恰如我们前面所述，这次他尸横荒野。他的英名依然令我们不寒而栗地想起黎明前的时代，想起追踪印第安人的森林侦察员——一位新英格兰不可磨灭的英雄。就像距今更近的一位诗人为洛夫威尔的鏖战所吟唱的那样，他的吟唱略显节制却直抒胸臆：

鲜血染红的河水

好似溪水流淌，

波光粼粼，汹涌澎湃，

飞流直下阿基欧楚克的悬崖。

对我们而言，这些战役听起来是那么不可思议。我认为阵亡者的子孙后代会满腹生疑是否真有其事，是否我们定居于此的勇敢的先辈是在与林中幽灵，而并非是与一个古铜肤色的种族血战。这些幽灵就是杳无人烟的森林的瘴气、热病和疟疾。如今，仅有几枚箭头被犁耙翻耕出来。在佩拉斯吉人（the Pelasgic）、埃特鲁斯坎人（the Etruscan）或英国人的传说中，都不会有此等模糊虚幻的故事。

这是个荒野古旧的墓地，荆棘丛生。它靠近一条大路，距梅里马克河有四分之一英里之遥并俯瞰着河流，一条荒废的水车汲水的溪流还在墓地的一侧欢腾，那儿长眠着邓斯特布尔古代先民尘世的遗体。我们从此地向下走三四英里正好经过那里。在那儿，你能够读到洛夫威尔、法威尔的大名，还能够读到其他众多在同印第安人的血战中立下赫赫战功的家族成员的名字。我们关注到两大块花岗石，一英尺多高、差不多呈正方形，平铺在当地第一位牧师和他的妻子的遗体上。

奇怪的是，世界各地的死者都躺在石块之下——

Strata jacent passim suo quæque sub

（苹果全都散落在树下。）

若是允许测算的话，我们也许会说，肉身就是石块。当石块看着较小时，它不至于令在近旁思忖的旅人感到精神压抑；然而对我们而言，这些石块有点野蛮。自金字塔矗立以后，所有覆压在世人肉身上的巨型纪念碑全都如此。一座纪念碑至少应该"指向星辰"，以标示灵魂的归宿，而不应像被遗弃的身躯那样横卧在地。史上曾有某些民族除了建坟造墓之外再无所建树，这些坟墓算是他们留存的唯一遗迹。他们就是野蛮人。但为什么这些石碑，这般高耸耀眼，像一个个感叹号一样？曾有何等显赫之人在此留下生命的足迹？为何这纪念碑相较它预期的永垂不朽的大名要耐久得多——难道只是一块石头与一根骨头相比较吗？"这儿安卧着谁"——"这里安卧着谁"——为何他们有时不写上：那儿伫立着谁？它仅是为人们设想中的身躯所竖立的纪念碑吧？"他已享尽天年"；——这样说岂不更真实：他英年早逝？ 一则墓志铭最可贵的品质是真实。假若评述逝者的品性，应像下界三位法官的判决那样一丝不苟，而不是凭着三朋四友的一面之词。三朋四友和同时代者只该提供逝者的尊姓大名和生卒日期，留待后人去撰写墓志铭。

这儿安卧着一位诚挚的人，
海军少将范。

请相信，还有一人
也一同安葬在这墓中，
为了给他增光添彩，
这儿也躺着雕刻匠。

  名望自身仅是一则墓志铭而已：那般姗姗来迟、那般沽名钓誉、那般真心诚意。然而唯有经过死神润色的才算是真正的墓志铭。
  一个人可以祷告，祈求自己不因被葬于大自然的任何一处，而使该处变为禁忌或使它受到诅咒。一个最良善的人的灵魂会变成一个可怖的幽魂，出没于他的墓地，所以罗宾汉的著名追随者小约翰的墓地因"出产上品的磨刀石而久负盛名"，令小约翰誉满江湖，也适宜地映衬出他的秉性。毫不讳言，我一点也不喜欢来自地下墓穴、拉雪兹公墓、奥本山公墓的收藏品，即便是来自邓斯特布尔墓地的收藏品也不例外。无论怎样，除了古老这一特性，没有什么能激发起我对墓地的兴趣。那儿没有我的友人。或许我缺乏创作咏叹坟墓的诗歌的能耐。一位五谷丰登的农夫，断然会将自己的遗体交给大自然去犁耕，这样能在某种程度上恢复农田的肥沃。我们不该阻滞，而应促进她的发展。

静夜鼓声

　　纳舒厄村很快便远离了我们的视线，林木重又茂密起来，我们在落日前缓缓泛舟前行，寻觅过夜的静僻之处。几朵晚霞开始在水中显出倒影，水面不时地被横穿河流的麝鼠激起微澜。最后，我们在佩尼楚克溪边夜宿，该处属于纳什维尔的地界，在一道深谷边的松林边缘。松树的枯枝败叶是我们的地毯，它们褐色的枝条在我们头顶上方伸展。但火焰和烟雾很快就淡化了周遭的景色，岩壁当墙，松树当顶。野林边缘已然成为我们最适合的地点。

　　对每个人而言荒野既可近又可亲。即便是最古老的村庄，都受惠于人们栽培的花园，更受惠于围绕着它们的野林的边界地带。野林边界地带的景致美不胜收，摄人心魄，这地带偶然伸进新兴的城镇之中，那些镇子如同新筑起的狐狸洞上的沙堆涌现在野林中。一大片松树和槭树傲然挺立，印证着大自然的风姿与活力。我们的生活方式需要这样的背景，那儿松树葱翠，冠蓝鸦发出粗粝的啼鸣。

　　我们已为自己的小船寻到一个安全的港湾，当夕阳西下时，我们搬运自己的家当，并且在堤岸上马上安下家来。水壶在帐篷的门口喷吐蒸汽，我们则聊起了远方的友人，聊起了我们将要近观的景物，想弄清那些城镇在我们的什么方位。可可茶很快便煮好了，晚餐搁在我们的箱子上，我们像年老的航海家一样，慢慢吃，慢慢聊。同时，我们把地图摊在地上，查阅地名词典，看最初的移民何时来到此地并被授予乡镇。随后，我们吃罢晚餐，写完航行日志，将野牛皮包裹在身上，头枕着胳膊躺下，聆听远方的狗传来的一两声吠叫，聆听河水淙淙或尚未止息的风声。

冠蓝鸦
blue jay

西风姗姗来迟,

带着微弱的太平洋的喧嚣,

我们黄昏的邮车,即刻响应

它的邮政部长的召唤;

满载着来自加利福尼亚的音讯,

无论清晨之后泄露过什么密情,

且看世间风云如何变幻,

在荆棘和灌木丛旁

从此地去到阿萨巴斯卡湖畔。

    大概在半梦半醒间,我梦见一颗明星透过我们的棉布屋顶闪烁着微光。或许,半夜里有人被肩头一只蟋蟀的尖鸣,或是被他梦见的一只猎食的蜘蛛惊醒,随后又被近处的一道林木浓密、岩石遍野的深谷底部的一条流水潺潺的小溪催眠入梦。头部如此之低地躺在草地上,闻听到它是一间多么忙碌、叮当作响的实验室，真令我们倍觉惬意。千百个小工艺家整夜在他们的铁砧上锻造锤炼着。夜深了，当我们在梅里马克河堤上入睡之时，我们听见某个新手还在不住地击鼓，听说是在为一次乡村集会做准备，于是我们想到这一行诗：

夜深人静时鼓被突然敲响。

我们可以向他担保，他的鼓声将会一击百应，人群定会召集起来。请别担忧，你这静夜的鼓手，我们也将前来捧场。而他仍在沉寂与黑暗中不停地击鼓，这来自遥远地带的零散之声不时传入我们耳中，悦耳动听、情深意长，我们不带成见地聆听，仿佛第一次听到这种声音。毋庸置疑，他是位人微言轻的鼓手，可他的乐音赋予我们最佳的休闲时间。机缘巧合，这纯朴的鼓鸣令我们联想到了满天繁星。没错，这鼓声中的逻辑如此令人信服，致使人类的各种争鸣也断不能使我疑惑鼓声的结论。我终止了习惯性的思辨，犹如犁铧猛然穿透地表，更深地插入犁沟。我方才跨过自己人生沼泽中的一扇如此深邃无边的天窗，我又如何能继续思索呢？突然间，时光老人向我眨眼暗示——啊，你知晓我，你这游子——有消息说它很美满。那恒久的宇宙极其健康，我认定，它将会长生不老。你们治愈自己吧，诸位悬壶济世者；苍天在上，我充满生机。

急情的时光游荡而去，
留下我独伴永恒。
我听见音域之外的声响，
我看见视域之外的景象。

我探看，我嗅闻，我品尝，我聆听，我感触，那与我们同源共生的永恒之物，它同是我们的造物主、我们的寓所、我们的命运、我们的本尊。这一史诗的真理，最卓著的真相，它决然成为我们思想主题中确定的不速之客，宇宙现在的荣耀；

它就是这唯一的事实,人类都不能拒绝认可它,或多或少都无法忘却或摒弃它。

它真的向所有人开放了我的隐私,
让我在人群中形单影只。

我已经目睹这世界是如何打下根基的,我深信它将永远屹立不倒。

此刻,首要的是我的生辰时分,
而只有此刻才是我年富力强之时。
那无尽的爱恋我深信不疑,
它既非我的财富也非我购买的所需,
它求爱于我青春年少,求爱于我老迈年高,
将我带入这漫漫长夜。

何为听觉?何为时间?所谓的音乐曲调,即是这一系列特殊的乐音,宛如一支无形的阴兵在草地上行军却未沾染一颗露珠,这乐音能否凭借好风穿越数个世纪,自荷马时代吹送到我耳畔,荷马是否熟悉在我耳边回荡的同一种空中萦绕的神奇魔力呢?这音乐啊!从一个时代到另一个时代,它是何等精妙绝伦的媒介,它交流着最美好、最崇高的思想,激发起古人的一连串灵感,甚至难以言传的意思!它是语言之花,是斑斓婉转、畅快灵动的思想,它晶莹的泉流染上阳光的色泽,而它荡漾的涟漪倒映出碧草和白云。音乐的一段旋律让我情不自禁地联想起《吠陀经》中的一节,而我将它无限远的观念与这美和宁静的观念一并联想,因为对于知觉而言,距我们最遥远的事物在向我们的心底倾诉。它一再教导我们,应当相信最神圣的本能发端于最遥远、最纤微的事物,使梦乡成为我们唯一真实的历验。当音乐在我们耳边响起,我们感到悲喜交加,或许是因为我们所闻听的声音并非那原本被听到的声音。

> 于是，一股万千悲恸的狂流，
> 奔腾咆哮地席卷了你的凯旋曲。

这伤感是属于我们的。印度诗人迦梨陀娑（Calidas）在《沙恭达罗》（*Sacontala*）中写道："或许，人们看见美丽的形体和听见甜美的音乐所生发的伤感，源自对往昔欣喜的依稀记忆，源自与前尘往事相连的痕迹。"如同抛光能使大理石的岩脉和木料的纹理清晰可辨，音乐也能将潜藏的英雄气质表露出来。这英雄即是音乐唯一的恩人。在英雄的喜怒哀乐与宇宙之间存在着天然的和谐。士兵自然乐于敲响战鼓、吹起号角去模拟这和谐的声音。当我们身体康健，所有的声音听起来都像悠扬的笛声和激昂的鼓鸣；我们谛听着空中传来的乐音，也许我们于拂晓醒来时，依然能捕捉到那乐音渐渐消逝的回声。那英雄行进时的脉动与大自然的脉动节拍相吻合，他按照宇宙脉动的节拍迈开大步行走，于是便拥有了真正的勇气和一往无前的力量。

普卢塔克（Plutarch）说："柏拉图认为，众神从未仅仅是出于娱乐或取悦听觉，才赐予人类音乐、旋律与和声的技艺，但是灵魂的轮回和其美丽的构成，由于缺乏和谐的音调和气氛，所以诸多不和谐的成分便游荡于肉身周遭，转而突变成了放浪不羁的言行。或许，灵魂的纯净美好能够被舒畅和亲切地回忆起，并精巧地复原到先前和谐一致的状态。"

音乐是放之四海而皆准的声音。它是唯一自信满满的音调，这音调中有着如此的旋律，它远远超越了任何一个人对自己崇高命运的信念。许多值得洞悉的事物终将为人们所洞悉。从前，我曾耳闻过这些。

源自一架风弦琴的传说

> 有一条溪谷，无人曾亲眼得见，

从未有人踏入半步，
恰如此处世人伴随着艰辛和争吵，
度过一个焦虑而罪孽深重的人生。

每一种美德在彼处自有源头，
在它降生于红尘之前，
彼处的每一份功绩都在归返，
都在雅量的胸襟燃起烈火。

彼处爱情温馨，青春稚气，
而诗歌尚未吟唱，
因为美德仍在彼处历险，
仍自由地呼吸她天赋的空气。

曾几何时，倘若你侧耳倾听，
你仍会听到它晚祷的钟鸣，
听到心灵高尚者走过的脚步声，
他们的思想正与晴空对白。

依照贾姆布利楚斯的观点："毕达哥拉斯并未凭借种种乐器或语音，而是采用了某种不可言传、难以捉摸的神性来获取自己所需的这种东西，他洗耳恭听，在世界庄严的交响曲中凝神屏气，仿佛唯独他在谛听、赏析着漫天星辰之间普遍存在的和音与和声，还有这些星球穿梭往来所产生的美妙旋律，这旋律比任何尘世的声响更浑厚、更激昂。"

某天一大清早，我从此处向东步行约莫20英里，从汉普斯台德的伽勒·哈里曼小旅馆走向黑弗里尔，当我抵达普莱斯托的铁路时，我听到远处宛如风弦琴的微弱乐音从空中传来，我即刻猜到它源自电报软线在刚刚睡醒的晨风中发生的颤动，然后我将耳朵贴近其中一根电线杆，我确信自己猜得没错。那是"电报竖琴"弹奏着它的讯息并将其传遍全国，这讯息不是由人发出的，而是由众神发出的。或许，好像门农（Memmon）的雕像，只有当清晨的第一缕阳光投射到它身上时，它才会发出奏鸣。它像人们在海岸边听见的第一声七弦竖琴或贝壳的鸣响——那琴弦在凌驾于海岸的高空中震颤。万物皆有较高级的用途也有较低级的用途。我听到一则新闻，它比报刊曾登载的所有新闻都真诚，它所陈述的事情值得一听，值得用电报发送其音讯，它与棉花和面粉的价格无关，而是暗示着尘世自身的价值，暗示着无价之宝、绝对真理和美的价值。

那一夜，鼓声依旧隆隆，令我们心潮激荡。号角声、铠甲和圆盾的铿锵声从诸多心灵的小村落隐约地传来，众骑士正戎装待发，准备在营地星光隐没后投入战斗。

在每一支先锋队前，
高山城堡的骑士紧握长矛挺进，
直至大军靠拢；这阵式壮观无比，
苍穹在天庭的左右燃起烈焰。

开拔！开拔！开拔！开拔！
你并未守口如瓶，
某一天我会驻留在
你所说的异乡土地。
光阴是否没有留下空闲，
供你预演这一场好戏？
莫非永恒不是一份租约，
为了取得比诗更佳的伟绩？

道听途说英雄战死沙场，
忽然欣闻他们仍活在人世，
但倘若我们承继英雄的事业
让他们活在我们心中，岂不快哉！

吾辈的生命应以滚滚的波涛
哺育名望的源泉，
犹如海洋哺育潺潺清泉，
泉流在海洋中找到安息之所。

你的天幕温柔地覆上我的胸怀，
成为我蔚蓝色铠甲，
你的大地接纳我休憩的长矛，
你是我忠贞不渝的战马。

你们的群星是我天际的尖矛，
好似我的一枚枚箭头；
我眼看着敌人四处溃逃，
我锃亮的矛可决不轻饶。

赐我一位天使当作敌手，
即刻便约定地点和时间，
我将给他迎头痛击，
就在那钟声敲响的星空。

而伴奏着我们圆盾撞击的哐当，
天际的星球将钟声回荡，
同时璀璨的北极光
将高悬在我们的练兵场旁。

若是天堂痛失了她可靠的猛士，
告诉她切莫沮丧，
因为我会成为她新的猛士，
我将捍卫她的名誉。

  今夜，风儿疾劲，我们后来获悉当晚别处的风儿吹得更烈，这风对周围的玉米地损害甚大；可是我们仅听到风儿一次次的哀叹，好像它未得到摇撼我们帐篷的应允。松树沙沙作响，河水在荡漾，帐篷在轻轻晃动，不过我们只将耳朵更贴近地面，与此同时，风儿依旧向前劲吹去警示他人，而我们在拂晓前早已做好照常上路的准备。

Chapter 5

星期二

穗果槭 mountain maple
橙胸林莺 Blackburnian warbler

躺在蜿蜒河岸的田园，

种满大麦和黑麦，

遮蔽了荒原，触摸到天边；

一条道路穿过这片麦田，

直奔那群塔矗立的卡默洛特。

——丁尼生

山巅晨曦

　　距天亮尚早，我们拿着短柄斧头在帐篷外面四处行走，搜集干柴，令仍在打盹和做梦的林木在我们的砍伐声中发出轰响。接下来我们生火把这游移的暗夜烧去一块，吊壶向晨星哼起它朴实无华的旋律。我们在河滩上走来走去，麝鼠都被惊动了，麻鹬和栖在树枝上入睡的群鸟都被吓飞了。我们从河中把小船拖上来，把整个船翻个底朝天，一边洗刷黏在船壳上的淤泥，一边大着嗓门聊天，似乎现在是大白天一样。直到凌晨3点，我们一切准备就绪，可以像平常一样继续航行了；我们跺掉脚上的黏土，一头扎进浓雾里。

像往常一样，虽说我们陷于薄雾的重围之中，但我们深信接下来是阳光灿烂的一天。

猛力地划桨！快些呀！快些呀！
在每一滴晨露里
蕴藏着一天的渴望。
旭日东升催动滚滚川流，
随着带露的清晨奔腾不息；
船夫们分秒必争地划桨，
浑然不觉到了空闲的正午或日落，
甚至一口气又划到黎明。

本州的历史学家贝尔克纳普谈道："在邻近淡水河流和池塘之处，若是一大清早，水面上罩着一团白雾，那么预示着当日天气一定晴好；若是不现雾气，那么傍晚雨水定会如期而至。"在我们的视线里，似乎覆盖着整个世界的只是一层狭窄而稀薄的迷雾，从海滨到山区，绵延在梅里马克河的河道之上。然而，如此宽泛的迷雾也会有其自身的局限性。曾有一次，我伫立在马萨诸塞州的鞍背山山巅，脚踏着云层，放眼欣赏破晓的景致。眼前迷雾重重，我们无法辨清周遭的景物，那就让我细说那段游历吧。

在那个宁静祥和的夏日，我独自徒步攀登这些山冈，采摘山路旁的木莓，间或去农家买一块长条面包。我背着一个背包，包里装有几本旅行指南和一套换洗衣服，手拄一根长木棍。那个清晨，我立于公路穿越其间的胡萨克山上，俯瞰着山谷中的北亚当斯村的美景，该村距我立足之地约 3 英里。眼前的这幅图景显现出人间大地有时会多么的崎岖不平，似乎人们走上康庄大道全靠碰上的好运。在这个村子里，我装了一点米、一点糖和一只锡杯到背包里。这天下午，我开始登山，山顶的海拔高达3600英尺，距大路有7、8英里远。我登山的路径隐匿在一道狭长而又开阔的山谷中，该处山谷有着"风箱"的别称，这是因为暴风雨来临之际在那山谷里狂风来回呼啸的缘故。我在山谷里向上行进，山谷渐渐斜插入主要山脉与一座较低矮山峰之间的云海中。有几个农场散布在海拔不同的高地上，从每个农场向北眺望，崇山峻岭的壮美景色一览无余，一条溪流在山谷间蜿蜒流淌，该河源头的近旁有一座磨坊。那条溪流像一个朝圣者要攀爬进天国之门的必由之路。我时而穿过一片干草地，时而从便桥上跨过那条溪流，我满怀着一颗敬畏之心越登越高，对自己到底会遇见何种居民、遇见何种自然风光充满忐忑不安的期待。大地的崎岖不平眼下似乎变成了某种优点，因为无法想象出别有一处更庄重的地点，胜过由这河谷所提供的搭建一座农舍的地点。那个地方距河源的远近恰到好处。身处似峡谷一般的幽僻之所，可以俯瞰两面高峻的峭壁之间的田园景色。

　　这令我不禁联想起新泽西海岸线外的斯塔滕岛上的胡格诺派（Huguenots）信徒的居所。海岛内陆地带的群山虽说较为低矮，但四面八方被多座大小相当的山谷斜插进来，山势向着中心逐渐收窄，越升越高。在这些山头，当地的第一批定居者，这些胡格诺派的信徒们，在岛上的内陆乡野找到庇护之所搭建居屋，那儿枝繁叶茂，便于匿影藏行，蕙风轻拂着杨树和胶树。不管是风平浪静还是暴风骤雨的日子，人们都平安无事。从那儿远眺，远方的景色会渐渐辽阔起来，森林和盐沼延绵数英里直达胡格诺派的那棵老榆树。人们最初就是从这棵岸边的树下登陆的。人们远眺的目光越过开阔的纽约外海湾投向桑迪岬和内弗辛克高地，进而引颈遥望浩瀚无际的大西洋，偶尔在海平线上隐约可见一艘海船，它几乎已航行了整日正驶向胡格诺派信徒的欧洲故土。我信步走在斯塔滕岛内陆的乡野景色中，那里没有什么东西能使我联想到海洋，正如我身在新罕布什尔低矮的群山中一样。突然间，我通过一处裂缝或隘口时——荷兰移民称其为"劈开之路"，目光掠过一片玉米地，瞅见一艘船在二十或三十英里之遥的海上扬帆行进。由于我没有办法测量距离，所以我看到那艘船与通过幻灯片看一艘涂色的船来回行驶的效果是相似的。

还是回到那座山的话题上来吧。将房屋搭建在山谷顶端的人，想必是个世外高人。一路上轰鸣的雷声步步紧逼，可阵雨却落向了另一方，即便阵雨落在原地，我多半相信自己已赶在了它的前方。终于我抵达了倒数第二座农舍，通向山巅的小径在那儿拐向右边，而山巅自身却巍峨地矗立在正前方。但我决意先循着山谷原有的小径登上它的顶端，然后在悬崖峭壁上再另辟蹊径，寻到一条属于自己的更艰险的路径。我已经想好第二天回到这座保养得完好、器宇轩昂的农舍，假如我能受到殷勤的款待，或许会逗留一周的时间。这座农舍的女主人是一位性情直爽、好客的少妇，她站在我面前，与我闲聊时不经意地梳理着她那秀长的黑发，每梳一下都要扬一下头；她的双眸亮晶晶的。她对我来自山下的世界饶有兴致，聊起天来颇为亲近，如同我们是多年的老相识了，这让我情不自禁地想起我的一个表妹。起初她误以为我是威廉斯敦的一个学生，她说因为几乎每逢晴好的日子，学生们都会成群结队地在山谷或骑马或步行，那可是一帮野小子，但他们绝不会走我走过的这条线路。当我经过最后一座农舍时，一位男子粗声大气地叫住我，问我售卖些什么东西，因为他见我背着背包，猜想我可能是个小贩，顺着这条不同寻常的路线翻越过山谷的分水岭去往南亚当斯。他告诉我，顺着我原来走过的小路继续前行，还要走四五英里路才能到山顶，而从我眼下所处的位置直线行进，不出两英里便可登上山顶，但这条线路尚未有人涉足，我发现没有现成的小路，山势如屋顶一样陡峭。可我知道，我比他更习惯于亲近森林和群山，于是我穿过他的畜栏便开始上路。他瞧瞧日头，在我身后高喊，劝我不应当晚匆忙地去登上山顶。不到一会我便登上了谷顶，但从这个位置我看不见山顶，随后我便一气登上了对面的一座低矮山峰，用指南针测定出山顶的方位便马上闯入丛林，开始从斜对角的方向攀登这座山陡峭的一面，每走十几杆便测定一棵树的方位。攀爬陡坡绝非艰难之事，也不令人厌烦，花费的时间比顺着那条小路走还要少。我觉察到，即便是乡野之人往往也会对在林野中旅行的艰难险阻大加渲染,特别是谈到在崇山峻岭间的旅行更是如此。在这一点上他们似乎欠缺既有的常识,我曾在既无向导又无路可走的情形之下,攀登过几座更高的山峰。果然不出我所料,较之在一马平川的道路上旅行,你只要多费些功夫、多一点耐心罢了。最粗卑的汉子也没有能力去战胜的险阻,你在这世间难得一遇。的确,我们可能会迎面遇到悬崖绝壁,但我们无须跳下悬崖或一头撞上岩壁。假如有人癫狂了,他要么从自家地窖的梯子上直接跳下地窖,要么在自家的烟囱上被撞得头破血流。依我的亲身体验,众多的旅行者通常会对沿途中遇到的种种难题夸大其词。就像大多数邪魅一样,难题都是臆想出来的。为何你如此行色匆匆?假如一个迷路之人判定他最终没有迷路,他并未精神崩溃,而是站在他现在所处的原路的足迹之上,且他将暂时生活在自己错认的地方;可那些对他熟知的地方,它们却迷失了自我——想到这些,多少焦虑和险难便烟消云散了。倘若我独立寒秋,我并不会感到孤独。没人知道这地球正在太空的何处滚动,我们也不会因迷路而自暴自弃,让地球去独自运行吧。

我穿过山月桂茂密的低矮树丛,稳健地径直攀登,直到树木开始盘根错节,形状可怖,好像在与森林中的妖魔鬼怪缠斗。而我终于抵达了山巅,恰逢太阳正要落山。山顶这儿的几英亩地已被开荒耕种,一些岩石和树桩散布在周遭,正中间建有一座简陋的瞭望塔,从那里可以俯瞰漫山遍野的树林。在夕阳尚未落山时,这乡野的美景真是秀色可餐,不过我口渴难耐,不能将目光浪费在饱览山光水色上,于是我即刻动身去寻找水源。

我循着被人马踏平的小径向下走了半英里,穿过低矮繁盛的灌木丛,找到了若干马蹄印,那是曾驮着旅行者上山的马匹踩出的蹄印。

我在地面趴平身子,喝干了一个又一个马蹄印里的积水,这清冽的积水好似泉流,虽说我用草茎做了几根小虹吸管和精巧的小型导水管,可我还是没能灌满自己的水壶,汲水的过程太慢了。于是我一下想起先前途经的山顶附近的一个湿润的地方,便又沿原路去找它。借着暮光,我使用尖利的石块

狭叶山月桂
narrow-leaved laurel

红冠戴菊
ruby-crowned kinglet

和一双手掘出了一口深约两英尺的井，不大一会井里便浸满了洁净、沁凉的地下水，几只鸟儿也飞来啄食。就这样我灌满了水壶，然后，走回瞭望塔。我捡来一些枯枝，在几块扁平的石块上生起一堆篝火，石块是以前露营的人为了生火而特意铺在地上的，就这样我很快便煮好了米饭，趁着煮饭的间隙我还削好了一只吃饭的木勺。

我坐在四合的暮色中，就着火光翻阅了一些残破的报纸，某个旅行团的成员曾用它们包裹过午餐，报纸上登载着纽约和波士顿的现行市价、五花八门的广告，还有诸君认为适宜刊发的别出心裁的社论，他们显然无法预判到这几篇社论将在何种危急情形下被人翻阅。在那儿阅读这些东西我具备了巨大的优势，况且那些五花八门的广告，或者所谓的商业版面，对我而言，曾是最佳的、最有用途的、最自然的、最可敬的东西。在报纸上披露的一切观点和情绪，几乎都不被重视，如此浅薄无知，不足为信，致使我料想报纸的某种版面的纸质没准更脆弱，更易被撕破。广告和现行市价与大自然更紧密相关，在某种程度上与潮汐和气象图表一样令人可敬。可是那些我记得在版面最下方才能得见的阅读材料，除非是某个科学领域的简单报道或某篇旧时经典作品的摘录，其他异想天开、趣味低俗、思维单一的东西皆令我痛心疾首，就像一篇小学男生写的作文，写完之后，阅过即焚。文章里的那种观点明天注定要换一副面孔，重现去年的时尚，似乎人类真的很天真稚嫩，过了几年之后，他们将为自己这一青葱岁月感到无地自容。此外，这些文章还特别爱故弄玄虚、故作幽默，但真正一丝一毫的成就都获得不了，且那种徒有其表的成就是对这种矫揉造作的辛辣讽刺。

附体人类的恶魔听到人最机趣的笑话就会仰天长笑。恰如我提过的那种严肃、非大声吹嘘的现代广告，能激发起人们愉悦、有诗意的思绪，因为商业实则与大自然一样生趣盎然。琳琅满目的商品名称本身就颇具诗意，且会引发人们的联想，宛如它们已被嵌入了一首讨人欢喜的诗中——木材、棉花、食糖、兽皮、海鸟粪、采木。在广告上读到某种肃穆的、个人的、原创的思想令人满心感激，它与所处的环境融为一体，仿佛是在山巅写就的；因为它具有永远不变的样式，像兽皮、采木或任何自然产物一样受人尊重。这种残破的报纸是何等贵重的伙伴！它蕴藏着生命成熟期结下的某种硕果。这是何等珍贵的纪念品啊！这是何等珍贵的秘诀啊！它似乎是一项神圣的发明，运用它带来的不仅有光灿灿的硬币，还有光灿灿、流行于世的思想。

天寒地动，我捡了一堆柴火，在瞭望塔一侧的一块木板上躺下，没有毯子可盖；我面朝篝火，以便料理它，这与印第安人的习俗不同。可到了午夜寒气袭人，最终我用木板将自己全身紧紧裹住，甚至将一块木板盖在自己身体上，在木板上再压一块大石头以防木板歪倒，就这样恬然入梦。真的，我不由得想起一群爱尔兰孩童，他们向同样无门板蔽体的邻居打听如何熬过寒冷冬夜；可我确信他们打听的这个问题一点也不离奇，那些人从未这样尝试过，根本想象不到用一扇门压住一条毯子，能够令人感到多么舒适。我们人体的构造和鸡多么相像。假如将小鸡带离母鸡身边，放进壁炉转角旁的一篮子棉花之中，小鸡通常会不停地叫唤，最终死掉；然而，若是你将一本书或任何有点分量的东西放进篮子里压住棉花，小鸡会感觉像受到了母鸡的庇护，它们会安然入睡。我唯一的伴侣就是老鼠了，它们溜来偷食我在破旧报纸中剩下的面包屑，它们同别处的老鼠一样，向人类索取着抚恤金，况且相当聪慧地利用这一块高地当作自己的居处。它们啃食它们能吃的食物，我啃食我能吃的食物。入夜，有一两次我仰面向上看，一朵洁白的浮云穿过窗子，占满了整个塔里的上层空间。

这座瞭望塔占地面积颇大，是威廉斯敦大学的学生修建的，而该大学的建筑群在远处的山谷间闪耀着。若是每所大学都像这样位于山脚下，那会是一个不小的优点。他在一座山的荫庇下受到教育，同时也在更古典的荫庇下受到教育。毋庸置疑，某一些人会记得，他们不仅曾上过大学，而且曾登过那儿的一座山峰。每次造访那座山的山巅，可以说是对在山脚下所学到的特定知识的概括与归纳，并且会令这些知识受到更加广泛的检验。

采木
bloodwood tree

  我早早起身,坐在这座塔的顶部观赏破晓的景致。在我能够辨清更遥远的景物之前,我要花些时间读一读铭刻在塔顶上的名字。一只"无法制服的苍蝇"在我的手肘部嗡嗡叫,对我的厌恶无动于衷,就像它沾在长码头尾端的一只糖浆桶上那样,即便真在那儿我也必须忍受它的陈词滥调。但现在,我就要进入这段冗长题外话的精髓部分了。当天色渐渐亮起来,我发觉自己陷入了一片迷雾的汪洋,此时雾气恰巧升腾到塔基处,遮蔽了所有尘世的遗迹,唯有我自己飘浮在一个世界的残骸碎片上,即在云层中我这块刻有铭文的木板之上;无须借助任何想象力,此情此景便铭刻在心。当东方的旭日逐渐升起，曙光更清晰地将我昨夜登上的这个新世界，或许是我未来生活的新大陆展现在了我眼前。迷雾的天衣没有留下一丝缝隙，只要留下一丝缝隙就能望见我们称之为马萨诸塞、佛蒙特或纽约的这些小地方，而我仍在一个七月的清晨呼吸着清新的空气——倘若那儿恰逢七月的话。极目远眺，上百英里波澜起伏的云区在我的脚下向四面八方绵延，云流表面形态万千的跌宕起伏与它覆盖的大地交相呼应。这云区可能是一片我们在梦乡得见的原野，拥有着天堂里的所有欢乐。那儿有白雪皑皑的辽阔牧场，平滑坚实，在云雾缭绕的群山之间是幽深的河谷；在那辽远的地平线上，我可以看见薄雾笼罩的华美森林延伸进入大草原，沿着夹岸峭壁边的树影还可追溯一条九曲回肠的河流的走向，那是一条你意想不到的如亚马孙河或奥里诺科河那样的河。因为那儿缺乏标记，所以那儿也不存在非纯洁的实体，全无斑点或污渍。这对于在永恒的静默中呈现的此等奇观而言，简直是一种恩惠。我脚下的大地掠过飘忽不定的光亮与幽影，与先前的云层如出一辙。它不只是对我掩盖了自己的真面目，且如幽灵的魅影消逝而去，而这新的台地便现出了真身。因为我已登上了山巅，凌驾于暴风骤雨和卷舒自如的云层之上，所以凭着日复一日的旅行，我当抵达永恒的白昼之所，超越大地逐渐减少的阴影。唉——

天堂自身将飘移、
消逝，似渐渐消融的群星
沿着它们浸油的轨道滑远。

不过，当这纯洁无瑕的世界开始升起它自己的红日之时，我发现自己已然身居黎明女神奥罗拉（Aurora）绚丽夺目的殿堂之上，跻身殿堂的诗人们的目光越过东方的群峰万壑，只瞥见了那里的部分景象。东方的群峰万壑在橘黄色的云朵中飘浮，在太阳神的战车驰道上与破晓的玫瑰色纤指嬉戏，而纤指向山巅播撒着朝露，令群峰万壑畅享见众神仁慈的笑颜，承受着众神远远投射过来的目光。通常情形下,尘世的居民只看到了天堂之路下的黑暗和阴影。只是在清晨或傍晚,以某种适宜的角度朝着地平线眺望,某些暗淡的纹路才会从丰厚的云层中显露出来。可我的缪斯无法言传我周身织锦的华美,恰似遥远东方内室中的人们对它模糊的印象。在这儿,如在尘世一样,我瞧见仁慈的上帝

以君主的眼神奉承一座座山峰,
……
以神奇的炼丹术为暗淡的溪流镀金。

然而"天堂的太阳"绝不会在这儿玷污自己。
但是,因为我认为我自身有着某种不端的品性,我自身的太阳真的玷污了他自身,况且

不久之后应久最低的云朵飘浮
在他天际的脸上留下丑陋的残骸。

因为在神明抵达天顶之前,天堂之路冉冉升起并拥抱我起伏不定的美德,或者确切地说我再度沉没于那"无助的世界",天上的日头已对那世界隐藏起他的真容,

一只蝼蚁如何在尘埃中匍匐而行,
攀爬上蔚蓝的山峰,居高临下,
就从那儿获取你刚正不阿的念头?
那念头深居于光芒四射的宫廷,
罩着它的光能将那天使的美目致盲。

懦弱的凡人何曾希冀
挫平他笨拙的舌头和趾高气扬？
此刻啊，从被你埋葬的放逐者的尸身中复活自己！

前一日夜晚，我初见到更高的群山之巅——卡茨基尔山脉的山峰，我可能希冀经由它们的通天之路再度登上天堂。西南方有一汪美丽的湖水位于我的途经之地，此刻指南针引导着我向它走去，按照我的路线行进——正好在我登山路线的对面一侧，我很快便进入云雾缭绕的毛毛细雨之中。当地的山民断定，这一整天都将乌云蔽日，毛毛细雨下个不停。

可此时，我们必须在迷雾消散之前赶回快乐无忧的梅里马克河。

自从最初的"快些划！快些划！"
我们已划过了许多长长的河段，
那鸟雀仍栖于小树枝上
用她那一节朴素的颂歌
急切地迎来新的一天。

舟行晨河

在日出前，我们途经了一艘运河船，它摸索着向海岸航行，尽管由于迷雾我们看不清它的模样，但我们听到了几下乏味的、打鼾似的重击声，我们深深地感受到了它的重量和它不可抗拒的前进的动力。一小股商业的浪潮在这遥远的新罕布什尔河上掀起。雾中行舟需要更高超的驾船技术，因而迷雾为我们清晨的航行增添了几分情趣，也使这条河流显得无限宽广。透过一层薄雾，景物隐约可见，这薄雾让我们有了这般的视觉体验：借助一幅海市蜃楼般的奇幻景象，一条普通的河流被扩张成了海湾或内陆湖。此刻，这迷雾甚至散发出四溢的芳香，清爽宜人，而我们则将它作为一种更早的日光或晨露初放的光来欣赏。

低垂的烟云，

纽芬兰的空气，

江河的源流，

朝露的霓裳，梦境的帷帐，

小仙女铺好了餐巾；

青青草原漂泊在天际，

那儿一簇簇雏菊和紫罗兰争妍斗艳，

在它沼泽的迷宫中

麻鸦鸣叫，鹭鸟涉水；

湖泊、海洋、江河的诸神，

只愿将这药草芬芳的气息

恩赐于人类的田野！

我们在上文中曾引用过他的论述，这位讨人欢喜并具有敏锐洞察力的历史学家说道："在这乡野地带的群山峻岭间，升腾的水蒸气形成的浮云倒是个奇特而有趣的现象。我们看到水蒸气呈一个个小圆柱形升腾，就像从许多烟囱里冒出的浓烟一样。当水蒸气升到一定高度时，它们扩散、汇聚、凝结，为群山所吸引，要么在山间凝成柔和的露珠添补入泉流，要么伴着隆隆的雷声形成阵雨落下。在一个炎炎夏日，这样的过程会在短暂的间隔里重复多次，向旅人们提供了一个为《约伯记》中所观察到的现象所作出的鲜活的例证'他们被山间的阵雨淋湿'。"

连绵的群山在雾霭和浮云的遮蔽下显得黯然失色，山谷也因它们的遮蔽而显得与平原一般宽阔。当一个旁观者在暴风骤雨的天气里，看见云朵在自己和邻近的山丘之间飘移时，即使一小片没什么地貌特征的乡野也具有了某种壮美的景色。当你从本州的梅里马克河与皮斯卡塔科河或大海之间的高地动身，穿过汉普斯台德向黑弗里尔旅行时，你就开始从东边往下坡走，大海在视野之外，海岸的景物是如此遥不可及，致使你将畅通无阻的大气看成是低地里的雾气，这大气遮掩了与你所在的高地有相同海拔的群山；可它是偏见之雾，是什么风也吹散不去的。最惊艳的景色一旦变得清晰可辨，或者换言之，一旦人们的视野局限于此，它便不再壮丽，而且不再会激发起人们更夸张的想象力。一座山峰的高度或是一道瀑布的宽度，其实总是小得荒谬可笑；它们只是被我们想象成令自己满意的模样。自然界的景观并非是如我们所愿而创造出来的。我们虔诚地夸张着自然界的各种奇观，将它们当成了自己故乡的景色。

沿着该河行舟，朝露凝结了如此之多，为了防止帐篷发霉，我们迫不得已地将其摊在船头，直到太阳把它晒干。我们经过佩尼楚克河河口，这是一条盛产鲑鱼的荒野溪流，浓雾弥漫中，难以看清河道的身影。终于，太阳的光芒穿透了迷雾，河岸上挂满晶莹露珠的松林、从湿漉漉的堤岸慢慢淌出的涓涓细流便清晰地展现在我们面前，——

> 而此刻泰坦将更伟岸的诸子拥入暖怀，
> 他们属于和风吹拂刀斧未及的群山，
> 清晨的孩童在他们的臂弯里颤动，
> 而且，若是他们侥幸摆脱了更加自负的松树，
> 树下的草木便会捕获到他们的光辉，
> 将自己的翠叶镀成金色。

在阳光烤干草地和林叶的露珠之前，或者说在白日开始锋芒毕露之前，

我们夹在晶莹闪动的两岸之间划行了几个小时。相对于浓稠的晨雾，白日的晴好到最后仿佛显得更深厚、更稳固。河水流得轻快了，景色较之先前更让人愉悦。几乎全由黏土构成的堤岸陡峭险峻，有水从其间汩汩而出；离河面几英尺远的地方一道溪水渗漏出堤岸之外，船夫拿斧子把一块厚木板劈制成一个水槽安在那里，便于过往的船只接水，这样能方便地注满他们的带柄水壶。一路上，偶尔从一棵松树下或一块岩石底冲涌出更澄澈、更凉爽的溪水，注入挨着河岸的一个水潭，这水潭的水面与河面齐平，是梅里马克河的一个源头。如此这般，靠近生活之流的两岸处处享有纯真和青春的喷泉，从而令生活之流的沙岸变得丰饶，而航行者能时常将这些未曾玷污的源泉添注进自己生命的条条脉管之中。某一青春的源泉也许带着叮咚空灵的音乐汇入最饱经沧桑的河流，甚至当河流注入大海之时，我们可以揣想河神们能从潮汐的脉动中辨别出它的音乐，并且河流越靠近大海，这音乐在河神的耳边越是显得甜蜜美妙。恰如这河流蒸腾的水汽哺育着这些经它的堤岸过滤的纯正泉水，或许我们的热望成为源泉，重返生活之流的堤岸，使得它变得生机勃勃、洗尽铅华。淡黄微温的河水承载着驳船，而船儿则用自己的映像和涟漪滋润河水的眸子，但船夫独用这小溪水去解除他的焦渴。就是这更纯净、更清凉的元素在支撑、润泽他的生活，因而这般兢兢业业的种族便能生生不息。

我们今天早晨的航线是从西向的梅里马克地域去到东向的利奇菲尔德镇，该镇以往被称为布伦顿农场，古代印第安人称该镇区为内蒂库克。布伦顿是个毛皮商人，与印第安人有着生意往来，1656 年这些土地被授予了他。利奇菲尔德镇区约莫有 500 个居民，然而除了寥寥几座房屋，我们连一个人影也没见着。梅里马克河的堤岸总是那么高峻，通常把这寥寥几座房屋遮掩了，对于旅行者而言，这个坐落在河畔的镇区较之坐落于邻近道路上的镇区显得更加萧索、更加原始。迄今为止，该河仍是最具诱惑力的交通要道，那些船夫在这条河上度过了 20 到 25 年的时光，同一时间段，在与该河流平行的道路上那些联畜运输车车夫也在风尘仆仆地驾着嘎吱作响的车儿赶路，两相比较，船夫的经历必定更加美好、更加狂放，更让人终生难忘。当有人在梅里马克河溯河而上时，他甚少看见一座村庄，多半看到的是森林和牧场交替出现，间或会遇见一片田地，其上种植着玉米、马铃薯、黑麦、燕麦或英国草，零星栽种着几株苹果树，再航行上一段更长的距离，一座农舍赫然可见。通常这里的土壤就像一名爱国者所渴望的那样是轻质的沙地，唯有间隔地带的土壤才是最肥沃的。这个上午的乡野偶尔显露出其原始的形态，似乎印第安人仍居住在此，又偶尔会显露出它的另一面，似乎许多流离失所的新移民占据了此地，他们脆弱的篱笆一直延伸到了水边；声声狗吠甚至孩童的咿呀学语不时传入你耳中，而你眼看着袅袅炊烟从某户人家升起，河岸被人为划分成了一块块牧场、牧草地、耕地和林地。然而当这河面变得更宽广时，一座渺无人烟的小岛，抑或是一片长长的低矮沙质河滩便随之突显，独处一隅，并未与对岸遥相呼应，而是远远偏离了河道，仿佛变成了海滨或单独的海岸，此时的陆地不再呵护它怀抱的河流，窸窣作响的树叶与荡漾的波澜称兄道弟；几乎见不到篱笆，但见参天的栎树林生在河的一边，还有大片的牛群，所有的小径似乎都汇聚到位于某片更庄严的果园之后的一个中心点——我们想象该河流经某个广阔的庄园，庄园内屈指可数的居民皆隶属于一位贵族的家臣，封建制度主宰着园内的一切。

当我们航行到方位适当的河段时，看见戈夫斯顿山高高耸立在我们的西边，印第安人称此山为恩卡努努克山。这是一个宁静而美丽的日子，只有一阵蕙风吹来，在河面激起层层涟漪，令河岸上的森林飒飒作响，这温暖的天气足以向大自然的孩子们证明她和蔼可亲的秉性。我们精神振奋，气概豪迈，将小舟飞快地划入这上午的正中。鱼鹰在我们头顶上空翱翔、尖叫。花栗鼠坐在犬牙形篱笆的末尾或延伸到水流上方的扶手上，用一只爪子快速转动着一颗绿色的坚果，就像在机床上加工一样，另一只爪子则将坚果紧紧地按在如凿子一般的门齿上。这花栗鼠像一片放纵不羁的赤褐色树叶，由着自己的

黑麦
rye

意志，急匆匆地赶往它向往的地方。它时而钻过篱笆下面，时而爬到篱笆上面，时而藏起身子透过篱笆的间隙偷窥旅行者，只有尾巴露在外面；有时瞄瞄它的午餐——那深隐在坚果中的可口果仁；有时跑到一杆之外几颗坚果散落的地方，拾起一颗放到下腭玩捉迷藏，它的面颊被满嘴的坚果塞得鼓鼓囊囊的，显得滑稽可笑——似乎在寻思着，究竟跳跃与翻跟头哪一种动作更能释放自己过剩的精力。河水和善地流过，轻拂过花栗鼠的尾巴，激起朵朵耀眼的浪花，甚至花栗鼠坐着的时候也是如此。此时，这只花栗鼠吱吱地笑了几声，便跳到一颗榛树的根部，让人难再觅其踪迹。我们还看到一只形体较大的道格拉斯松鼠，人们有时叫它哈得逊湾松鼠。它栖息在松树树梢上，如果有人靠近，就会发出独有的叫声示警，听起来好似有人在给一个牢固的时钟上发条。随

花栗鼠
eastern chipmunk

后它会躲到树干后面，或者小心翼翼地从一棵树灵巧地跳到另一棵树上，它有时离我们20杆远，沿着一棵北美乔松的大枝丫飞奔，速度是那样迅捷，路线准确无误，似乎这条路径它已经烂熟于心了。现在，我们的船已经从它的身边驶过，它于是又重新开始采摘松果，把松果打落到地上。我们乘船途经克伦威尔瀑布。整个上午我们依靠船闸行船，没有使用舵轮。我们在梅里马克河上遇到的第一个瀑布，印第安人称之为奈森基格河。大奈森基格河正好在梅里马克河上游右侧与该瀑布交汇，小奈森基格河在下游稍远处汇入，两条河都在利奇菲尔德境内。我们在地名词典中"梅里马克"词条下读到，"该镇的第一栋房子（始建于1665年后不久）位于河边，专用于同印第安人的贸易往来。有一阵子，一个名叫克伦威尔的商人与印第安人做了一笔大买卖，他用自己的脚来掂量毛皮的轻重。最终，印第安人对克伦威尔的花招怒不可遏，商量一番后决定要杀掉他。有人向克伦威尔通风报信，将印第安人的密谋告诉了他，他于是埋好钱财仓皇而逃。克伦威尔逃走几小时后，梅里马克镇来了一帮佩纳库克部落的人，这些人没能找到他们怨恨的目标，就烧了他住的房屋泄愤"。在这儿高高的河岸顶端，靠近梅里马克河的地方，我们仍可看见一片林木繁茂之地，那里曾是克伦威尔的地窖。这个地窖位于新殖民地的第一个瀑布下方，在此处梅里马克河的美景尽收眼底，克伦威尔能从这里看见印第安人带着皮毛抵达此地，堪称进行皮毛交易的绝佳便利场所。船闸管理员告诉我们，人们曾在耕地时发现了克伦威尔的铁铲和钳子，还曾发现一块刻有他名字的石头。但是我们无法保证这个故事的真实性。据《1815年新罕布什尔历史文集》记载："一段时间后，人们在井里发现了白镴制品，在沙地发现了铁锅和椭圆规，铁锅和椭圆规现在保存了下来。"文集里提到的器物便是白种商人克伦威尔留下的痕迹。对面的堤岸略高于海角，我们刚登上去，就捡到了四柄箭头和一把小型印第安石制工具。显而易见，和克伦威尔做买卖的那些印第安人曾在此搭建了一间棚屋，克伦威尔尚未抵达此地前，那些印第安人就在这里捕鱼打猎。

北美乔松
eastern white pine

像往常一样，与克伦威尔埋藏的钱财有关的传闻不绝于耳。据说，若干年前，有位农夫耕地时，他的犁在离此处不远的地方滑过一块扁平的石头，那石头发出一阵低沉空洞的响声。农夫抬起石头，发现了一个直径六英寸的石壁小洞。他惊得目瞪口呆，从洞里偷偷地拿走了一笔钱。船闸管理员又告诉我们邻镇一个农夫相似的经历：那个农夫一直穷困潦倒，但突然有一天，他买下了一家大农场，过上了丰衣足食的生活，而当别人询问他暴富的原因时，他却闪烁其词。哎呀，碰上这种事情大概任谁都难以解释！这个农夫的雇工于是回忆起，有天他和主人一起耕田，犁耙突然碰到了某个东西，主人走过去看了看，就对他说，天色渐暗，他们不能再继续劳作，于是就收工了。这类故事勾起了人们对许多不为人知的事件的回忆。真相即使是财宝埋得遍地都是，但你只有努力工作才能最终找到它。

这些瀑布不远处有片洼地，离伦德先生的农场边的小河约四分之一英里，上边种有一棵栎树。曾有一只从邓斯特布尔出发追踪印第安人的队伍，他们的首领弗伦多——他正是在这棵栎树生长的地方被杀害。队伍里有个叫法威尔的躲藏到附近的茂密森林里，逃过了一劫。这片洼地如今开阔而又宁静，一眼望去，完全想不到人们曾在此逃亡。

利奇菲尔德的路边还有另一片广阔的沙漠，从河岸望去清晰可见。有些地方沙子堆积到十或十二英尺高，被风吹走后形成同样高度的奇形怪状的小丘，灌木丛在上面扎下深根。我们得知，三四十年前这里曾是一片牧羊场，但是羊群饱受跳蚤叮咬，开始用蹄子胡乱刨地，导致草皮遭到破坏，沙子被风四处吹散，到如今那里已形成四五十英亩的沙地。若从一开始就采取相应的措施，这场灾难本来可以轻易补救。人们只用在沙地上大量种植茂盛的桦树，并打树桩加固，就可减弱风势。跳蚤叮咬羊群，羊群乱刨土地，最终造成了如此严重的后果。一处小小的抓痕竟使得草地满目疮痍，真是令人震惊！撒哈拉沙漠埋葬了不少商队和城市，但谁知一只非洲跳蚤的叮咬竟是它的始作俑者呢？我们可怜的地球啊，你一定痒得浑身难受！哪位好心的神灵可以将桦树当作药膏涂抹在你的伤口上？我们还注意到，印第安人曾在此搭建石堆，或许是作篝火会议之用。这堆石头遗留在一个小丘的顶上，它们压盖的沙子因为承重免于被风吹走。我们还得知，人们曾在这里找到一些箭头及铅制和铁制的子弹。我们航行时还发现了几处其他的沙地；尽管梅里马克河自身的河道多半望不到边，但我们可以将离河最近的一座山作为起点，依据黄色的沙滩追溯河道的流向。我们听说，某些诉讼案件就是出于这些原因。人们修建的铁路经过了土质脆弱的地带，草地植被遭到了破坏，沙子在风力作用下流失，肥沃的农田最终变成了沙漠，相关的公司不得不赔偿当地的损失。

依照我们的观点，这些沙子似乎是连接陆地和水域的重要一环。沙地是一种特殊的水域，你可以在上面行走。大风吹过，沙地表面还会出现波痕，就像溪流和湖泊底部的波痕一样。我们在读《古兰经》时从中发现，教条允许穆斯林在找不到水源的情况下到沙地进行沐浴仪式，这种宽容在阿拉伯半岛很有必要，现在我们懂得了这条规定的妥帖之处。

普伦姆岛位于梅里马克河河口，周围的堤岸可能促进了该岛的形成。它是一片类似那些沙地的流沙沙漠，五颜六色，风一吹，便呈现出一条条婀娜多姿的曲线。普伦姆岛仅仅只是一个暴露的沙洲，朝海岸平行方向延伸九英里，如果不算岛内的沼泽，该岛的宽度不超过半英里。岛上仅有六栋房子，几乎没有一棵树、一片草地，或者任何一个农夫所熟悉的绿色东西。稀疏的植被一半露出，一半掩埋在沙漠之下，就像埋在堆积的雪里。

滨梅是岛上唯一的灌木，岛屿因它而得名。这种灌木的身高仅有几英尺，但数量极其丰富。九月，滨梅成熟，住在陆上的人们纷纷沿梅里马克河乘船而下，来此安营扎寨，采摘生吃或制成果酱皆可的滨梅。沙地上还茂盛生长着艳丽娇嫩的海滨山黧豆，以及几种奇形怪状、美味多汁的苔藓状植物。整座岛屿呈扇形，在风力作用下，形成一些高度不足二十英尺的山丘。除了沼泽边缘有一条小径隐约可见，该岛屿一条小径也找不到，宛如撒哈拉沙漠。在荒凉的沙地峭壁和风力作用形成的山谷，你或许能发现不幸丧生的商队队员的遗骨。从波士顿驶来的双桅帆船来此装运供石匠专用的沙子，短短数小时，大风就将装运沙子的痕迹完全抹去。无论何处，你只需向地下挖到一两英尺便可以找到淡水；而且你会惊奇地发现，虽然你看不见土拨鼠和狐狸的打洞藏身之处，但它们在沙漠里真是无处不在。我曾在河水低潮时，从头至尾绕岛边宽阔的沙滩走了一遭。只有这时你才能找到一个坚实的地方散步，或许连马萨诸塞州都没有如此宽广和沉闷的地方供人散步。海上漂浮着一叶远帆，几只骨顶鸡点缀其中，使画面不那么单调。一根独自矗立的木杆，或

海滨山黧豆
sea pea

是一座极为陡峭的沙丘,都足以成为数英里内一个醒目的地标;至于岛上的音乐,你仅会听到无休止的浪花拍岸声和海鸟乏味的啼鸣。

在克伦威尔瀑布泊着几只运河船,正通过船闸,我们在一旁等候。在一艘运河船前端站着一个体格强健的新罕布什尔人,他斜靠在桅杆上,没戴帽子,只身着衬衫和短裤,一个如太阳神阿波罗般的莽汉,他从"广袤高峻的故乡"来到这海洋中,此人的年龄难以断定,亚麻色的头发,精神饱满,面庞饱经风霜,在他的皱纹里缕缕阳光仍寄居其中,犹如一棵穗果槭,酷暑、冰霜、生活的磨砺丝毫伤害不了他。我们和这个衣着不整、浑身蓬乱,行为粗蛮的人讲了一通话,便各自上路,并非是彼此话不投机,他为人率真,他的粗蛮仅是一种出自天性的习惯而已。就在我们快要划出双方耳朵再也听不清对方声音的距离时,他问我们是否干掉了什么,我们向他高吼:"咱们干掉了一个航标①。"我们能瞧见他挠了好长时间头,想弄清楚自己是否听明白了。

① 英语航标"buoy"与男孩"boy"发音相同。

文明与野蛮存在差异自有其道理。礼仪如同树皮,有时外表相当粗糙,以至于人们对它们是否能遮盖果核和边材满腹狐疑。我们有时会碰到住在山路旁的野蛮人,作为亚马孙族女战士的后代,他们据说不太欢迎陌生人。这群野蛮人向我们致意时粗鲁无比,就像用自己强健有力的手抓握东西一般。他们早已习惯粗鲁无礼地对待自然环境,面对人也同样如此。他们只需拓展自己的开垦地,保证有充分的阳光照射,就能找到山的南坡,从那里他们可以俯瞰文明的平原或海洋;他们只需适当调整饮食,多吃谷类的果实,少吃野味和栎实,就能像个城市居民。的确,急功近利或是扭捏作态都无法带来真正的礼貌。真正的礼貌需要经历长期的待人接物和磨砺锻炼,从优良的品性中自然形成。此时,船闸挤满了等待开闸的船只，或许我可以趁此机会讲个故事，因为我们上午的航行中并没有发生什么意外的插曲。

河谷访客

夏日的一天清晨，我离开了康涅狄格河河岸，沿一条从西边汇入的小河的堤岸向上游出发，开始了一天的旅行。我时而俯瞰那水花四溅、涟漪层层的河流，它从公路通向的小山流向一英里外的森林；时而坐在陡峭的石岸边缘，让双脚浸入湍流中，或者冒险地在河心沐浴。前行的途中，小山频繁地闯入我的眼帘，成片的小山聚成大山，围住了河道，以致我最终看不清河流从哪里流来，但我可以肆意地想象河流蜿蜒曲折和奔流而下的模样。中午我在一棵槭树树荫下的草地小憩，这部分河道比别处更宽阔，形成了一片浅滩，时常有沙洲露出河面。我意识到在这众多的镇名中，有一些镇名我很久之前曾经见过，就在从遥远乡间驶来的四轮联畜运货车上。这些小镇坐落在高地，温暖宁静，以位于崇山峻岭而闻名遐迩。我从一排排糖槭树下走过，穿过一个个静谧的小镇，一边沉思，一边沉醉于四周的美景。有时，我会喜出望外地发现一艘停靠在沙洲的无主小舟，它似乎被居民弃之不用了。然而，对这

美洲骨顶
American coot

糖槭
sugar maple

河流而言，小舟似乎和一条鱼一样不可或缺，并赋予其某种尊严。而比起大海中的鱼类，它就像山涧的鳟鱼，或是出生在遥远内陆的地蟹，从未听过海浪拍岸的轰鸣声。一座座小山离河流越来越近，最终在我身后会合。在黄昏前，我恰好来到一处浪漫的幽谷，山谷长约半英尺，宽度仅够底部流过一条小溪。我认为此地是修建一座山间小屋的绝佳地点。无论何处你都可以踏着石块跑过小河；流水潺潺，永不停息，赋予人类内心永恒的宁静。突然间，这条看上去通向山腰的公路开始左拐，一座特点相同的山谷映入眼帘，并将前一座山谷隐匿。我从未见过比这更令人瞩目、更叹为观止的景象。我在此地找到几位性格温和、热情友好的居民，因为当时还是白天，我又急于在天黑前赶路，居民们便让我朝前继续走四五英里，去找一个叫赖斯的人。他的住所位于我旅途中最后、最高的山谷。我听说，赖斯是一个相当粗野的人。不过，"对掌握科学的人来说，何谓外国？对于一贯平易近人的人来说，何谓陌生人？"

当太阳落到一座更加幽深寂静的山谷背后时,我终于来到赖斯家。这里除了平原略为狭窄,遍布坚硬的花岗岩,与贝尔菲比背着负伤的提米亚斯所去的躲藏之处毫无二致,——

在一片舒适的林间空地,

群山环绕,

茂密的树林,遮蔽了山谷,

使它像一座宏伟的剧场,

将自己延伸到广阔的平原;

山谷中间一条小溪在演奏,

流经一块块浮石,它们似乎在抱怨,

轻声低语:它们确实管束它的流向。

我发现,如果近看,赖斯远非我想象中的那般粗野,因为他饲养了许多头牛,还养了几条狗看护它们。我还看到他制作槭糖要去的山坡,最重要的是,我听到孩童的声音和他家门前潺流的潺潺声交织在一起。我经过赖斯的牛棚时,碰到一个人在照料牲口,我觉得那人像个雇工,便向他打听赖斯家是否接待游客住宿。"我们有时会接待。"对方生硬地回答道,然后立刻朝离我最远的牛棚走去,我这才意识到刚才和我交谈的正是赖斯本人。赖斯家周围的景色荒凉无比,我想他言行粗鲁也不足为奇,便原谅了他,向他的住所走去。屋前没有路标,也没有一般用来招徕游客的招牌,虽然我在路边看到他家人来人往,但是从外面只看得见招牌上钉着的房东的姓名,我感觉这是一种含蓄且不太情愿的邀请。我穿过一间又一间房,没有遇到任何人,最后我来到一间似乎是客房的房间,室内布置整洁,环境优雅,并且我很高兴地在墙上找到了一幅地图,明天路上可以当向导。终于,我听到远处的房间传来一阵脚步声,这是我进入这栋房子后第一次听见脚步声,于是我走过去看是否是房东进来了，没想到进来的只是个孩子，我曾在一群小孩的玩耍声中听到过他的声音，或许他是赖斯的儿子。在我们中间，有一条大看门狗站在门口他和我之间，那条狗朝我狂吠，好像立马就要扑过来，但小男孩默不作声。当我找这男孩要一杯水喝时，他只说了几个字："屋角有流水。"于是我从柜台拿了一只杯子走出房门，搜寻四个屋角，可我既没找到井水也没找到泉水，只找到房前流过的小河。因此，我回到房间，放下杯子，问那小男孩这河水能否饮用；他随之拿起杯子走到一个屋角，旁边有根水管，来自后山的清泉便从管内流入房间，装满了杯子，男孩将水一饮而尽，把空杯还给我，然后对着看门狗喊了一声就飞快地跑出门外。不久，一些雇工走进房间，有的弯腰从水管喝泉水，有的懒洋洋地洗脸，有的默不作声地梳头，有的似乎精疲力尽，坐在椅子上睡着了。不过我自始至终没见到妇人的身影，虽说我时而听见她们从泉水流入的房间传来的交谈声。

　　天色最终暗淡下来，赖斯手握牛鞭，气喘吁吁地进屋了。他也很快坐到离我不远的椅子上休息，好像　天的劳作已然结束，不必再四处走动，只顾悠闲从容地品尝晚餐。我问赖斯能否给我备张床，他说床已经备好了，他的语气暗示着我本该料到如此，无须多问。就目前来说，一切还算顺利。但是赖斯继续盯着我，一副乐意听我这个游客再多谈点什么的样子。我说，他居住的乡村荒无人烟、道路崎岖，值得走数英里前来观赏。"这里并不崎岖。"赖斯答道，还叫雇工帮忙证明自己的田野宽广又平坦，而这片田野总共只由一小片洼地组成；他还要雇工帮忙证明庄稼一直大丰收。"要是有几座小山，"他补充道，"那么我这里就是最好的牧场了。"接着，我提到一个在地图上看到的地名，问赖斯这里是不是我听说过的那个地方，抑或是另一个地方。他没好气地回答道，这两个地方都不是。他定居此地后，开垦土地，一手打造出现在的田野，而我对这一切一无所知。我留意到房间四周的托架上挂着枪支和别的打猎工具，此时他的猎犬也正趴在地板上熟睡，于是我借机转移话题，问他乡野附近是否有不少猎物，赖斯回答这个问题的态度变得亲切许多，似乎领会了一点我转移话题的用意。但是当我问到附近是否有熊出没时，他又开始一脸厌烦，说自己跟邻居一样，都不处在失去羊群的危险之中；在他的驯化下，这个地区的动物已变得温顺且文明。我们陷入了一阵沉默，考虑到明天还要继续赶路，而且这种空旷多山的地区一般白天仅有几个小时，我要趁早上路，于是我谈到这里的日间时间一定比邻近的平原短一小时；赖斯对我的话不以为然，断言自己跟邻居享受到了同样多的日光。他还说若是我住下来就会发现，这里白天的时间比我之前住的地方还要长。他说比起邻近的平原，太阳在这边会提早半小时升起，推迟半小时落下。某种程度上，我是不可能理解这一点的，赖斯还说了很多类似的话。他的确像希腊神话中的森林之神萨蒂尔，是个粗野无比的人。不过我不在乎他是个什么样的人——何必去对大自然心生怨尤呢？能探寻到独一无二的自然现象，我甚至欣喜万分。我尝试着与他打交道，仿佛对礼节毫不在意，况且他身上有一种惹人喜爱的野性。我不会质疑自然，比起我想象中赖斯的样子，我更愿意接受眼前真实的他。因为我来此的目的不是为了博取同情、体验仁爱和进行社交，而是为了探索新奇与进行冒险，为了看一看大自然的鬼斧神工。因此我并不反感他粗野的性格，相反我很纯粹地接受，也知道如何去欣赏，就像阅读一部古老戏剧里一段经久不衰的文字。正如我说的，赖斯的确俗不可耐、沉溺声色，还毫无教养，但我相信，从大自然和人类的角度来看，他与其他人格格不入是合情合理的，只是他从不掩饰自己的臭脾气。赖斯粗鄙至极，但他也拥有优良的品质，甚至骨子里体现出坚忍的撒克逊人具有的正直笃实。如果有人能告诉赖斯这一点，他是不会像一个印第安人那般失掉自己的民族精神的。

最后我对赖斯说，他是个幸运的人，而且我相信，拥有这么多阳光，他一定心怀感恩之情。接着我起身说，我要拿一盏灯，还会付住宿费给他，因为我希望在大清早太阳从这片乡野升起时继续赶路。不过赖斯马上就回应了我，还显得彬彬有礼，他说不管我多早出发都会看到他家的人在走动，因为不会有人想当懒汉。如果我愿意的话，出发前可以和他们一家共进早餐。当赖斯点灯时，他朦胧湿润的双眼中闪动着热情好客和古老礼节的光芒，从那光芒中我还可以感受到他纯洁温柔的人性。比起他费尽力气说出的话语，我认为他的眼神更加亲切，也更加一目了然。这乡野里任何一个名叫赖斯的人都无法理解他眼神中所具有的意义，那眼神早已预示了他的教养——那闪烁着天才智慧的一瞥，并未启迪他，但暂时影响和支配着他，或多或少地约束着他的言谈举止。赖斯兴高采烈地带我去看房间。我们经过一个房间时，有个雇工在地板上熟睡，赖斯跨过他的身子，继续朝前走。来到我的房间后，他指给我看一张干净舒适的床。度过了恬静的几个小时后，赖斯一家人全都进入了梦乡。因夜晚闷热，我便坐在敞开的窗户前，聆听这小河：

流淌在一块块浮石中，它似在悲叹，
　柔声低语道，它们限制了它的流向。

次日清晨，我如往常一般伴着星光醒来，比赖斯，或是他的雇工，甚至比他的狗醒得更早。我放了九便士在柜台上，赖斯家吃早饭前我已赶了一半的山路，此时太阳也渐渐爬上了山坡。

在我离开赖斯居住的乡野前，第一缕阳光斜射于山间，我正停驻路旁采摘山莓。一位耄耋之年的老者提着挤奶桶走来，在我旁边采摘起山莓。

他波浪般优雅的卷发
　令人肃然起敬
在他风烛残年的鬓角
　绽放着坟茔的鲜花。

但当我向这位老者问路时，他却低声粗鲁地回应我，头也不抬，根本无视我的存在，我想这是因为他老迈的缘故。接着，老者一边喃喃自语，一边走向邻近的牧场聚拢奶牛。再次走回路边时,他突然停下了脚步,而一群奶牛继续朝前走。老者脱下帽子,在清晨凉爽的空气中大声祈祷,仿佛以前从不记得这祈祷仪式。他祈祷自己每天都有面包可吃,感激上帝恩赐雨露于正直之人,也恩赐雨露于邪恶之徒,没有上帝就连一只鹞鸟也不会在地上歇脚,祈祷上帝不要忽略异乡人(指我)。他还向上帝提出了更直截了当的、更私密的请求,虽然尽是些低地居民和山区居民家喻户晓、约定俗成的套话。等祈祷结束,我冒昧地问老者,他的小屋中是否有奶酪可以卖给我,但他却头也不抬,和之前一样,用低沉冷淡的声音回答说他们不做奶酪,说完径自去挤奶了。《圣经》里写道:"陌生人失望地离开一户人家,留下自己的过错,带走房主的一切善行。"

逐流商舟

现在本周的贸易高峰期已然来临,我们开始频繁地接触船只,时不时展露出水手自由的灵魂,向河上的船只挥手致意。船夫们的生活似乎过得逍遥自在且称心如意,我们寻思,比起从事许多人梦寐以求的职业,我们更愿意做船夫。看着船夫们,我们不禁想到,能给人带来幸福宁静的环境真是少之又少,无论从事什么职业都无关紧要,只要目的是追求充分的愉悦和自由,任何职业都是高尚且饱含诗意的。就连最简朴的职业——农夫,也令人憧憬不已。公认的乡村生活模式下,天气晴朗,怡然自得,农夫在户外干着农活。摘豆子为生的人非常受人尊敬,甚至连他迂腐的邻居都羡慕他。当好心的圣人准许我们从事一切户外工作时,我们如同鸟儿般欢愉,且毫无放荡之感。我们的小刀在阳光下闪烁,我们的声音在远处的树林间回响;如果一支桨停了下来,我们很乐意让它再次停下。

运河船结构简单,只需使用少量造船木料,造一艘船的花费听说约两百美元。运河船由两人驾驶。逆流而上时,两名船夫使用十四或十五英尺长的尖端为铁质的撑杆,从船头向后走约占船身三分之一的距离,站在那儿撑船前行。顺流而下时,他们通常将船保持在中流航行,在船的两端各用一支桨;倘若顺风,他们则升起宽大的船帆,自己只用掌舵。运河船的船夫通常运送木柴或砖块——一次运送十五到十六考得的木柴和成千上万块砖——作为乡村里的木柴储备和砖块储备,每趟行程要在康科德与查尔斯顿之间跑上两三天。船夫有时把船上的木柴堆放起来,做成小棚用来避雨。你无法想象世界上还有比运河船船夫更利于健康的职业,或是更利于沉思冥想和观察自然的职业了。与水手不同,运河船船夫有变化万千的河岸风景来打发工作的单调乏味。因为他们的家宅是动产,他们可悄无声息地携带全部家当从一个城镇向另一个城镇航行。就我们而言,与四轮大马车上的旅人相比,运河船船夫在对沿途的居民评头论足方面更占优势,也更有安全保障,而马车中的旅人则会因惧怕颠簸而无法在狭小的车厢中妙语连珠。他们不像缅因州的伐木工那样在任何天气里都赤身裸体,而是身着轻便的衣衫,常常光头赤足,在和风的吹拂下吸纳着最有益身心健康的空气。当我们中午遇见运河船船夫时,他们正悠然地顺流而下。船夫繁忙的业务看起来并不像艰苦的劳作,反而像仍广泛流行的一种古代的东方游戏,例如一直流传至今的象棋。船夫从早到晚都在船侧来回行走,除了顺风时,仅单帆就足以推动船航行,人只需掌舵。船夫时而俯身用肩膀抵住撑杆,然后慢慢将其收回以便再次下杆,同时使船平稳地穿过一座景象万千的绵延山谷;时而改变路线行船一两英里;时而河流急转,船没入林地中的一汪小湖。船夫周围出现的所有现象皆质朴而又不失宏伟,在他的掌舵下产生的船只的行驶运动中,有一种令人念念不忘甚至气势磅礴的东西,这种东西将自然而然地传达给他自身,他可以骄傲地感受到足底运河船缓慢却无法抗拒的运动,好似他自身爆发的能量。

一两年才可见到一次这种运河船,每当它沿康科德河溯游而上时,它出现的消息随即如野火般在我们年轻人中蔓延开来。那艘船神秘地、悄悄地穿过草地，经过了村庄。运河船宛如一朵流云，悄无声息地来，又悄无声息地走，不留下一丝尘土，目睹它的人寥寥无几。某个夏日，有人看到这个身形壮硕的旅人停泊在某片草地的码头，而另一个夏日，它却不知所踪。运河船究竟来自何处，船夫们又是何人，它竟比在河里洗澡的我们还熟悉康科德河的礁石和水深。我们仅对某一条河的海湾有所了解，而他们却精通河流的全程。他们在我们的眼中堪比传说中的河伯。难以想象有什么中介可以帮助一个地地道道的陆居人同船夫交流。他们乐意停下船来满足陆居人这个小小的心愿吗？不，依稀知道他们的目的地，或者依稀知道他们返程的大概时间，就足矣了。夏季河水水位降低时，我曾看见船夫在河道中间刈除河草。他们站立在三尺深水中，一边讲几句割草人的俏皮话，一边刈除一大片又宽又长的河草，以便为大平底船开路。尚未晒干的杂草排成长列，在难得适宜割草的天气里顺流而下。他们的船如同一块巨大的碎片，上面装载了数桶石灰、成千上万块砖和数堆铁矿石，还有一些手推车。我们不禁望船惊叹，装载了这么多货物，船何以能漂浮于海面！待我们登上了船，它竟然还能承受我们脚底的压力。我们因此对浮力定律的普遍性满怀信心，还对这一法则的广泛应用展开了想象。船夫似乎以船为生，我们私下还听闻他们睡觉也在船上。有人断言，运河船携带船帆，这里风力强劲，足够鼓起远洋货轮的船帆；对此另一些人则深有疑虑。有些出门在外的捕鱼人曾幸运地看见运河船驶过费尔黑文湾，遗憾的是当时没有其他人目睹到这一场景。那么我们可以说我们的河流是可以通航的——为什么不呢？后来我在出版物中满意地读到，有人认为，只需花费少量财力移开礁石，挖深河道，"此处的内河航运便可蓬勃发展"。那时我住在下文将要提及的某个地方。

  商业即是如此，它可以震撼最遥远的小岛上的椰子树和面包树，也迟早会吸引皮肤最黝黑、头脑最简单的野蛮人。请原谅我们离题千里了。某个遥远小岛尚未开化的野蛮人和太阳之子——神秘的白人水手之间，形成了一种脆弱而又积极的联系，谁能在想到这种联系时无动于衷呢？——仿佛我们人

面包树
breadfruit tree

类将要同比我们更高级的动物打交道。对土生土长的野蛮人而言,有一个勉强得到承认的事实:他存在于世上,家离某个地方十分遥远,他乐意用自己多余的商品交换远方商人的新鲜水果。在同一片天主教阳光的照耀下,野蛮人白色的小船越过太平洋,漂流到远方居民平坦的海湾,那可怜之人的短桨在空中闪闪发光。

人类的小小举动四两拨动千斤,

从一方水土至另一方水土均可见证，

这四面八方的水土适时展现着，

自己本土本乡的万千气象。

一艘艘船儿在正午起锚，

于日落前悄然航行，

驶向某个幽闲的海湾，

它们经常停泊的地方，

那儿热带的骄阳照耀着，

船儿重新起航，

满载着阿拉伯胶和黄芪胶①。

因此这就是海洋存在的意义，

因此太阳便受到派遣，

而月光也被租借，

风暴更被关进辽远的洞穴。

① 阿拉伯胶是从阿拉伯胶树和塞伊耳相思树中取出植物汁液制成的树胶，而黄芪胶则是从豆科植物胶黄芪或黄芪属其他亚洲种植物中提取的。

自开始我们的航行以来，河岸上的铁路已经延长，现在梅里马克河几乎没有船只通航。过去，所有的农产品和储备品都走水运，但如今，没有货物向上游运输，仅木材和砖石是向下游运输的，这两种货物也用铁路运输。船闸很容易磨损，不久将无法通行。因为通行费不用于支付船闸的维修费，所以几年后河上的航运会停止。目前船只主要在梅里马克与洛厄尔、胡克西特与曼彻斯特之间来回。船夫根据风向和天气每周航行两到三次，从梅里马克行船到洛厄尔，然后返程，单程约25英里。船夫深夜哼着小曲上岸，将空船泊在岸边，在附近的某处人家吃上一顿晚餐然后借宿一宿。次日清晨，他又借着点点星光再次开船，向上游驶去。船夫或大喊一嗓，或唱上一段歌曲，来引起船闸管理员的注意，告诉他船来了。接着船闸管理员会招待他早餐。若是中午之前来得及，船夫会选择不找帮手，一个人将木柴堆装到船上，傍晚前再次向下游出发。到达洛厄尔后，船夫卸下船上的货物，领取收货收据，接着到米德尔塞克斯或别处的小酒馆听听闲闻逸事。出了小酒馆，他揣着口袋里的收据开船回到货主那儿，再装上一批新货。船夫们经常在我们身后弄出些小动静，让人知道他们来了。我们回过头去，看见他们在一英里以外，像短吻鳄一样沿河流一侧悄悄而来。令人心情舒畅的是，我们可以时不时地同这些梅里马克河的船夫们打招呼，探听他们之间流传的隐私秘闻。我们不禁想到，阳光照耀在光洁的额头，也在他们最隐秘的思绪里打上了明朗和大众的烙印。

日照充足的空旷低地从梅里马克河延伸到远处的丘陵地带，有时会形成两处或两处以上的梯田。爬上堤岸后，我们通常会发现河边生长着参差不齐的矮树林，原生树木很早以前就顺流而下，漂向——"皇家海军"那儿。有时，我们会看见四分之一或二分之一英里外的沿河道路和色彩斑驳的康科德栈桥。栈桥上尘土飞扬，前端映出旅人们真挚的脸庞，后端放着他们布满灰尘的行李箱。此情此景提醒我们，不安分的新英格兰人也可以在乡村找到他们集会的场所。离这片低地稍远处住着温和的农夫和牧民。正如我们曾查证过的那样，每幢屋舍都有一口井。每户人家此时大概都在吃正餐，尽管是正午时分，这里也显得格外僻静。那些新英格兰人以务农为生，上至他们的父辈、祖父辈、曾祖父辈，祖祖辈辈在此过着平静的生活，像坚守着一种传统似的。我们无法得知，除了风和日丽与五谷丰登之外，他们还有何期待。他们对自己的生活感到称心如意，因为一切都早已被铺陈设计，预定的生活轨迹就是这般。

与我们对生命的归宿的好奇相比，
我们不闻不问的尸体躺卧得更低。

银白槭
silver maple

  不过这些人不必像所罗门一样去旅行,就能让自己变成志得意满的智者。乡野居民的生活颇为相似,充满了相似的朴实经验。世界上有一半的人对另一半人的生活了然于心。

  中午时分我们路过梅里马克的桑顿渡口旁的一个小村庄,在纳蒂库克溪的一侧饮了泉水。弗伦奇和他的同伴们曾在此遭到印第安人的袭击,我们在邓斯特布尔看到了他们的坟墓。利奇菲尔德的这座简陋的村庄坐落在溪流对面或东岸,村内有一所没有尖顶的教堂。村庄附近生长着一片茂盛的柳树林,柳树林后面是一排槭树。我们还在那儿看到一些粗皮山核桃树,因为这种树不生长在康科德，它们对我们而言就像棕榈树一般陌生，我们只见过棕榈树的果实。此刻我们的航线正呈优美的弧度向北方偏折，逐渐远离梅里马克方向上的那片低平的海岸，那片海岸形成了可供运河船使用的港口。我们观察到在低地上，一些秀丽多姿的榆树以及高大葱郁的银白槭引人注目地耸立着；河流下游四分之一英里处，对岸长满了六英寸高的幼小榆树和槭树，它们可能是从被河水冲到对岸的种子萌生的。

这里一处倾斜的绿色堤岸上，一些木匠正忙着修理一艘敞舱驳船。木槌的敲击声从此岸传到彼岸、从上游回荡到下游。木匠的工具距我们四分之一英里远，在阳光下闪着光。我们意识到，造船同农业一样，是门古老而无上荣光的艺术，世上既可以有田园生活亦可以有海上生活。整个商业史在那艘底朝天倒扣在河岸的驳船上体现得淋漓尽致。就这样人们乘船开始了海上征程，"长期屹立在高山上的松柏做成了船舶，在陌生的海波上傲慢地跳跃前进。"[1]我们觉得，旅人与其寻找渡船或桥，不如在河流的堤岸上造一艘自己的船。皮货商亨利的历险记中就记载了这样一件趣事，当亨利与他的印第安人同伴一同抵达安大略湖的湖岸时，他们花了两天时间用榆树皮制作了两艘独木舟，以便将自己载到尼亚加拉堡。这是他旅程中值得一提的小插曲，虽然延误了两天，却加快了航行的速度。我们之所以对色诺芬帮助雇佣军撤退的故事感兴趣，很大程度上在于他运用计谋指导士兵将原木和柴把捆扎成木筏，使军队安全渡河。那时有什么地方比河流的堤岸更适合让雇佣军逗留呢？

当我们从离他们稍远处经过时，这些木匠似乎因公开在户外劳动而为自己的劳作增添了几分尊严。他们的工作与大黄蜂和泥蜂的工作别无二致，都是大自然工业的一部分。

[1] 出自奥维德《变形记》。

波浪轻缓荡漾，
只是让中午持续甜美，
没有声音萦回四方，
除了河岸上槌棒的阵阵敲响，
那敲击声在空中回荡，
仿佛正填补老天爷的缝隙。

薄雾，太阳旅行时扬起的尘土，有令陆地及其居民遗忘往昔的魔力。一切生物皆在跟随难以觉察的自然潮汐漂流。

红日的织锦，缥缈的雾霭，
由大自然最华美的材料织就，
有形的热，大气的水，以及干枯的海，
最终征服了双眼；
白日炫目的劳苦，太阳的尘埃，
从天而降的惊涛拍打着海滨的陆地，
天际的河口，天光的海湾，
空气的涟漪，巨热的波澜，
晴朗的夏日，内陆之海浪花飞溅；
太阳之鸟，透明的翅膀，
正午的小猫头鹰，柔软的羽翼，
从荒地或收割之后的田间悄然飞起；
将你的宁静置于整个旷野。

风和日丽的日子里的常规，同盛极一时的常规一样，以其古朴感与显而易见的可靠性和必要性，深受我们的喜爱。我们的不足之处需要它，我们的过人之处也要利用它。穿靴子的时候我们不能不靠它支撑自己。试想森林里如果只有一棵笔挺且根基稳固的树，那么所有的生物都会到树上蹭一下，以此判断自己是否站得稳当。我们昏昏欲睡的时候，好几个小时溜走了，而钟上的指针却停止不动。长夜里，我们宛如玉米一般生长。人们像溪水或蜜蜂一样忙碌，把一切事情推迟到劳动的时候做；好比木匠们用木瓦盖屋顶时，一边挥锤，一边讨论政治问题。

舒适港湾

这个正午是愉悦地在海港泊船的好时机，在那儿可以阅读航行者的日志，这些航行者和我们一样，不人拘泥道德也不太爱刨根问底；而且，阅读日志不会搅乱中午宁静的气氛。或者我们可以在海港读上一部古老的经典著作，此类书是书籍中的精华，我们已把阅读推迟到这样一个时节——

它拥有"叙利亚的和平和永远的安逸"。[1]

不过，哎呀，我们的书柜就像沿海行船的船舱，只有一本翻旧了的"航行者"算是文学作品，所以我们不得不靠记忆力来"阅读"。

说到这里我们自然记起亚历山大·亨利撰写的游记[2]，美国游记类书籍中堪称经典的一部作品，其中的景色描写及对人和事的粗略素描足以长久地激发后世诗人的灵感。在我的想象中它提到

[1] 出自爱默生《谦卑的蜜蜂》(The Humble-Bee)。

[2] 《1760—1776：加拿大和印第安领地历险记》(Travels and Adventures in Canada and the Indian Territories, Between the Years 1760 and 1776)。

了许多如雷贯耳的地名和人名,丝毫不逊色于任何一页史书——温尼伯湖、哈得逊湾、渥太华以及不可胜数的运输路线;奇帕瓦族、戴赫氏族、掠夺者、哭泣者,探险家赫恩的旅行回忆录,等等。加拿大是一个幅员辽阔、草木丛生却不失真诚的地区,无论冬夏,都有大大小小的河流湖泊点缀其中,四周是皑皑白雪,其间生长着铁杉和冷杉树。亨利热爱自然,生性质朴淡漠,恰似加拿大的冬日里,面对低温条件和边境地区的种种艰难险阻,动物选择用毛皮保护自己。在它们厚厚的毛皮下,有着一颗坚毅的心。他具有与"历史之父"希罗多德相称的诚实与克制力,这些品质只属于个人经验,而且他并不过分遵从文学的教导。没有学问的旅人可能会凭着与学者同样的权利,从其他诗人们的作品中引用他的一行诗文。亨利也可能谈及星辰,因为或许在天文学家没有观测到的时候,他已经见过流星从天空掠过。亨利是一位极具头脑的作家,这点有目共睹。作为旅行家,他毫不言过其实。他为使读者增长见闻而写作,为科学而写作,为历史而写作。亨利带着一腔热忱,坦率地讲述着自己的故事,仿佛是在给他的商人兄弟或是哈得逊湾公司的董事作报告,而且该书恰当地敬献给约瑟夫·班克斯爵士。此书读来颇像一首伟大诗篇的论据,诗篇描述了加拿大的原始状态及其居民的生活。读者想象着伴随缪斯女神的祈祷,在各种情形下所能歌唱的曲子,然后意犹未尽地停止了阅读,仿佛接下来才可以细说端详。这位毛皮商上的是哪所学校?他在这片白雪皑皑的广袤地区旅行,似乎与陪伴他的读者带着相同的目的。在读者的想象中,这片土地好像是为了亨利的冒险临时创造出来的。但书中最有趣也最有价值的不是关于庞蒂克或布拉多克或西北部的史料;也不是加拿大的年鉴,而是关于自然的事实或有关多年生植物的记载,这些从来跟日期无关。倘若真理要从历史中萃取,那么它将摆脱日期的束缚,就像大树掉落枯叶一般。

索希根河,或是一些人翻译的"弯曲河",在桑顿渡口上游一英里半处从西面汇入,巴布萨克溪则在河口附近流入该河。据说距离梅里马克河不远处的索希根河的乡野河段,由于尚未得到开发,所以有些地方的河水水质特

加拿大铁杉
eastern hemlock

别优良。1677年3月22日,春日的一天清晨,索希根河的这处河岸突发了一起事件,我们觉得甚为有趣,因为它是两个古代部落居民之间稍稍值得纪念的一次对话。其中一个部落现已灭绝,另一个部落如今虽有残迹留存,但也早已从古老的猎场消失了。一位来自"梅里马克附近辛奇曼先生的农场"的詹姆斯·帕克先生寄了一封信,信中写道,"致波士顿尊敬的地方长官和市政会,加急邮件":——

沃纳伦赛特酋长今天上午来告知我,然后又告知了廷先生,说他的儿子于本月 22 日上午 10 时左右，在梅里马克河面对索希根河的一侧，发现这一侧河岸上有 15 个印第安人，听口音他猜想是一群莫霍克人。他的儿子向那群人叫喊，对方回应了，但他听不懂他们的话。他在河里有条独木舟，为了不让印第安人用他的船，他将船毁掉了。与此同时印第安人朝他的儿子开了 30 多枪，他的儿子惊恐万分，立马逃回了纳汉科克（今波塔基特瀑布或洛厄尔），现在那儿仍立着印第安人的棚屋。

皮纳库克人和莫霍克人！难道世界上无处不在吗？1670 年，在现在的洛厄尔附近，一个莫霍克人剥去了一个内姆基克或瓦米西特印第安少女的头皮。可是那姑娘竟然痊愈了。甚至到了 1685 年，佩纳库克部落一个名叫约翰·霍格金斯的印第安人谈到他的祖父时说，祖父曾住在"人称玛拉梅克河的地方，这条河的别名主要有纳图考克河和帕努考克河，一条河居然有好多个名字"，他这样写信给州长：

尊敬的州长，我的朋友：

亲爱的朋友，我需要借助阁下您的权威，因为我希望您能在这件事上发挥重大作用。我衣不蔽体，食不果腹，我住在渺无人烟的地方，因此我日日夜夜提心吊胆，害怕莫霍克人会来杀我。我住在玛拉梅克河，也叫帕努考克河或是纳图考克河。倘若阁下您愿开恩帮帮我，不让莫霍克人在我家附近伤害我，我将忠心地臣服于您。现在我需要火药和枪炮，因为我在家修筑了要塞，正坚守在那里。

这封信出自一个印第安人之手，但是恳请您体谅您恭顺的仆人。

约翰·霍格金斯

1685 年 5 月 15 日

在信上签字画押的还有西蒙·狄托格科姆、金·哈里、山姆·利尼斯、乔治·罗登诺努克格斯先生、约翰·欧瓦莫西敏及其他九个印第安人。

自这封信的落款日期起,至今已过去 154 年,我们在旅途中不用再担惊受怕,不必"毁掉"我们的"独木舟",翻阅新英格兰的地名辞典再也找不到"莫霍格人"的词条,在河岸上再也看不到他们的踪迹。

索希根河虽然水流湍急,今天看起来却格外寂静,正如寂静的中午。

那雾蒙蒙的田野隐约闪烁,
船夫的目光与之交接,
河面上,空气的热流
好像形成了一条新河,
松林傲然矗立
在这索希根河的河岸,
而铁杉和落叶松
立于它们的凯旋门前,
正向着大海
摇曳着行进的身姿。
没有风儿掀起波澜,
只有诸多勇士的精魂
依然在空中逡巡,
他们年久失修的坟墓
被宁静的河水
冲刷于河岸之上。
印第安人悄然迈步,
在河床里梦游,
没有欢欣没有忧伤,
也无树叶飒飒作响,

没有涟漪也没有巨浪，

也许是一株柳树的轻叹

从林德伯勒的山冈

传到梅里马克河的磨坊。

伴着更响的喧嚣

它的河水开始流淌，

当冰雪消融

在远山的巉岩，

滴滴水珠相聚而下，

在那雨水丰沛的时节。

饱经沧桑的江河啊，

你是否永远逝水东流？

索希根的故事听起来古老，

然而尚有一半未讲完，

你究竟姓甚名谁，

在那远逝的时代？

那时克桑托斯城的河曲

开始蜿蜒流淌，

黑熊尚未频频出没于

你危险的林地，

或者大自然尚未在你的岸边

种下一棵棵劲松？

在一天最炎热的光景，我们在距索希根河河口一英里高的一座巨大岛屿上歇息，沿河放牧着一群牛。河岸陡峭，零散生长着榆树和栎树，航道宽敞，足够供运河船在河的任意一侧行驶。我们生火煮饭准备正餐，火焰在干草堆里蔓延开来,炊烟袅袅,悄无声息地飘向上空,在地面上投射出奇形怪状的影子,这情景似乎成了中午的一大奇观。我们想象着自己毫不费力地逆流而上,如同大风和潮水平息时一般自然,不因毫无价值的忙碌和浮躁扰乱静好的日子。附近河岸边的树林里,有许多鸽子正在南飞寻找栎树果实,此刻它们像我们一样在树荫下午休。我们能听见它们不时变换栖木时,发出轻微而尖细的振翼声以及轻柔而震颤的咕咕声。鸽子在这正午时分与我们待在一起,它们是比我们更了不起的旅行家。这个时间点你会经常发现有一对鸽子栖息在树林深处一棵乔松较低的枝丫上,似隐士一般,静默而孤寂,仿佛它们从未飞出过树林的边际,而且它们在缅因州的森林中采集的栎子仍储存于嗉囊里需要消化。有只漂亮的鸽子在树枝上逗留太久,被我们逮住了,我们将它和其他一些猎物一起拔毛烤熟,带在身边作为我们旅途中的晚餐。因为除了我们随身携带的食物,我们主要依靠在河中取水,在林中打猎为生。诚然,拔去那只鸽子的羽毛,取出它的内脏,在炭火上炙烤它的尸体,似乎并不是对它的恰当利用;然而,我们仍勇敢地坚持不懈,等待着更进一步的猎获。大自然激起我们对她的造物的无限同情,同样我们也尊重自然,而这份尊重

美洲黑熊
American black bear

给予了我们勇气，完成已着手去做的事情。因为对于我们所遗弃的那帮人而言，我们将是荣耀的；我们将完成使命，因而我们最终可能发现，在天国应许的源源不断发生的悲剧背后，隐匿着秘而不宣的清白。

快速的判断导致了错误的决定，
何等事物能让立即分别变成长久分离？
有待完成的使命渴望长时间的论辩；
天国不分今日明日，忏悔从不为时已晚。

我们是一把双刃剑，每次磨快善的一刃，收剑时也会磨快恶的一刃。哪里有身手不凡的剑客，既能身手利落地刺伤对手，又不会被另一刃划伤？

大自然不曾为她的生灵定下最美好的结局。我们从翱翔于天际、栖息于森林的鸟儿那获得慰藉，它们的结局如何呢？鸦鸟似乎总是兴致盎然，从不软弱无力。我们看不到它们在地上奄奄一息，但每只鸦鸟的生命都以悲剧告终，它们注定悲惨地死去；没有一只鸦鸟可以肉身不死而升入天堂。诚然，"任何一只鸦鸟落到地上，我们的天父都会知晓"；然而，鸦鸟死去时确实落到了地上。

但有些可怜的松鼠，早晨还活蹦乱跳，中午就被我们剥皮开膛做了正餐。我们吃饱喝足，就厌恶地抛弃了它们毫无用处的尸骨，还自认是仁慈之举。这是为了延续野蛮时代的习俗。如果松鼠的个头大些，我们的罪恶便会减轻些。它们小小的红色躯体，肉少得可怜，在我们眼中仅仅是一顿野味，并不会"激发热情"。于是我们一时冲动将它们扔掉，然后洗手，煮米饭吃。"瞧瞧这天差地别吧：一个以肉为食，另一个的肉却成了盘中餐！前者获得了片刻的享受，后者却被夺去了生命！""谁会对一只可怜的动物犯下如此严重的罪行呢？它仅仅以林中的野草为食，总是食不果腹啊！"我们回忆起一幅描绘狩猎时代的画作，画上是人类下山追猎野兔；噢，多么残忍！然而牛羊只不过是较大的松鼠，人们将它们被剥去的皮保留下来，用盐腌制它们的肉，或许它们的灵魂没有大到足以与体型相称。

自然界果实的发育和成熟总是伴随着烹饪过程。一些简单的菜肴既能增加我们的食欲，也能激发我们的想象。譬如烤玉米，爆开的种子与植物生长期更完美的发育之间明显存在一致性。玉米有如美耳草属（Houstonia）或银莲花属（Anemone），花瓣片片，娇艳欲滴。我温暖的壁炉边就是一片河岸，这些谷类植物的花朵在此竞相开放。或许简单而健康的饭食永远与某种清晰可见的祝福相伴。

这里就是我们渴望已久的"舒适港湾"，疲惫的水手能够在此阅读另一位水手的航海日志，日志作者的三桅帆船或许曾征服过更加大名鼎鼎的海洋。在诸神的餐桌旁，宴饮之后传来乐声与歌声；此刻我们闲适地躺在岛上的树下，而我们的游吟诗人召唤着

阿那克里翁

他不休地唱着他那魅惑之歌，因那把七弦竖琴，虽说他是个死者，但不在冥府长眠。

——西摩尼得斯关于阿那克里翁的隽语

船歌回荡

前不久，我在伦敦的一家书店中翻阅到一卷提及希腊非主流诗人的旧书，再读一遍这些诗人们的名字也是一种乐趣：奥菲厄斯、利诺斯、穆西厄斯——那些影响渐弱的诗句和诗人的名字，正从现代人的耳畔消失；还有那些更鲜为人知的诗人：明纳摩斯、伊比库斯、阿尔凯奥斯、斯特西克鲁斯、米南德。他们并未虚度一生，我们能够推心置腹且毫无偏见地与这些诗人进行精神交流。

在我看来，古典文学学者的研究最能使人平心静气。当我们坐下来研究古典文学，生活似乎波澜不惊，仿佛离我们千里迢迢。我还认为，比起惯常从任何普通平台看待生活，从文学的角度去看待，生活显得更情真意切，也更接近其本来面目。在寂静时分，我们思忖着希腊和意大利作家的旅行，比游人观赏希腊或意大利最美的景色更觉兴致盎然。我们还要去何处寻找一个更高雅的社会呢？那条从荷马和赫西奥德到贺拉斯和尤维纳利斯的"公路"比亚壁古道更引人入胜。阅读古典文学作品，或是在古希腊和拉丁作家的存世之作中与他们对话，宛如漫步于众星群宿之间，穿行在一条僻静的小道上。一名货真价实的学者的习惯的确颇具天文学家的风格。他绝不允许世俗纷扰挡住自己的视野，因为文学的更高领域犹如天文学，是超越风暴和黑暗的存在。

暂且不去理会那些关于游吟诗人的传说，让我们来看一看提奥斯城的宫廷诗人——阿那克里翁。

这位诗人身上散发着一股奇特的现代气质。他的诗很容易译成英语。那把七弦竖琴只弹奏轻快的主旋律，西摩尼得斯也曾向我们提起它不在冥府长眠，难道我们的抒情诗人们不曾传颂过它？阿那克里翁的颂歌好似纯洁的象牙水晶，它们的美犹如夏夜，清朗飘逸，却又瞬息即逝——你必须靠思维的精华去理解——淋漓尽致地表现出美之脆弱。你必须把阿那克里翁的颂歌当作星级光度更次的星星，用眼角侧视来观察它。它们的迷人之处在于静谧安详，既不扭捏作态，也不放荡不羁，具有某种花样之美——这种美不靠自吹自擂，人们必须像对待自然物体一样，去接近它、研究它。不过，或许这些颂歌的主要优点在于既步态轻盈又稳健。

那稚弱的花梗，
当它们闲庭信步时未曾弯曲。

诚然，我们的神经从不因它们绷紧，那绵绵不绝的曲调是七弦竖琴的琴声，绝不会是喇叭的大喊大叫声；但正如人们所想，它们并不粗俗，而是永远高踞于感官享乐之上。

现摘录一部分阿那克里翁留传下来的最佳颂歌。

关于他的七弦竖琴

我期盼歌颂阿特里迪，
我也期盼歌颂卡德摩斯；
但我的七弦竖琴，
只弹奏爱情的和弦。
最近我更换了琴弦
和整个琴身；
我开始歌颂大力神的劳作，
而我的七弦竖琴传颂着爱情。
自此以后，与我道别了，
诸位英雄！因为我的七弦竖琴
只吟唱爱情。

致燕子

你真的是，亲爱的燕子，
每年飞去又飞回，
夏季筑你的巢，
冬季飞得踪影全无，
或去孟菲斯，或去尼罗河。
可是爱神在我心中
一直筑着他的爱巢。

关于一只银杯

转动那银锭,
伏尔甘,并非真的为我
打造全副盔甲,
因为作战于我意义何在?
而是打造一只空杯,
你尽量将它做得深些。
在杯上为我镌刻的,
既非繁星,也非马车,
更非伤感的猎户星座;
昴宿星团于我意义何在?
闪耀的牧夫座于我何干?
为我在杯上镌刻葡萄藤吧,
藤上结满一串串葡萄,
再镌刻上珍贵的爱神和巴西勒斯
与美丽的莱伊厄斯一道
踏踩葡萄。

关于他自己

你吟唱着底比斯的事迹,
而他吟唱着特洛伊战役,
而我吟唱着自己的战败。
既不是骑兵摧毁了我,
也不是步兵,更不是战船;

而是一位初见的、与众不同的女主人，

她暗送的秋波重创了我。

致鸽子

甜美的鸽子，

你从何处，从何处飞来？

从何处啊，直上青天，

难道你让这么多油膏

香溢四方？

你是谁呀？你负有何种使命？——

阿那克里翁指派我

飞向那少年，飞向舞者巴西勒斯，

近来他成了统治一切的暴君。

维纳斯女神因为一首小情歌

已将我出卖，

当时我正听候着

阿那克里翁调遣。

此刻，如你所见，

我随身携带着他的信件。

他说他立即就

让我自由放飞，

而昱说他将我解放，

作为奴仆我还是会不离他左右。

我为了什么重任而飞翔

飞越群山和田野，

然后栖息于树丫，

吃下野生的食物？

此时我确实在吃着面包，

它是从阿那克里翁

本人的掌心啄得；

而且他给我酒喝，

这酒是他所品尝的，

我边喝酒边起舞，

挥动我的双翅

遮蔽我主人的脸；

然后，我去小憩，

就睡在七弦竖琴上面。

我就此停住，你可以走了。

这位先生，你让我变得

比乌鸦更加饶舌。

关于爱神

爱神疾走，

手握紫青色拐杖，

命我与他同行；

匆匆地穿过急流

和林地，越过悬崖绝壁，
一条水蛇咬痛了我。
我的心儿跳到
嗓子眼，我已经头晕目眩；
但爱神在我的眼前，
舞动他柔软的双翼，说道，
的确，你不能够去爱。

关于女人

大自然已赐予公牛
以犄角，赐予马匹以足蹄，
赐予野兔以迅捷，
赐予狮子以满口利齿，
赐予鱼类以游泳，
赐予鸟儿以飞翔，
赐予男人以睿智。
而对女人，大自然别无他物相赐，
那么她赐予女人以何物呢？美，
以此替代所有的盾，
以此替代所有的矛；
而她终究会征服了钢铁
和火焰，这美丽的女人。

关于情人

每匹骏马的身上

都留下了火焰的印记，

而帕提亚勇士在自己的头上

也烙上了显著的标记。

因而，我一看见情人们，

便立刻对他们洞悉无遗，

因为在他们的心上

都留下了某个不可见的烙印。

致燕子

你渴望我对你做点什么，

无论做点什么，你这喋喋不休的燕子？

你是否渴望我为你

修剪那轻柔的羽翼？

确切地说是从你嘴里

扯掉你的舌头，

像暴君忒瑞俄斯一样作恶？

为何黎明时分你凭自己的曲调

从我甜蜜的梦乡中

掠走舞者巴西勒斯？

致小马驹

色雷斯的小马驹啊，为何你的眼眸

斜歪着看我，

难道你忍心逃掉，

认为我不够明智？

你知道我能够

用辔头套住你，

挽紧缰绳，让你沿着

道路的边缘绕圈。

然而此时你在草地食草，

轻松地耍闹欢跳，

因为没有娴熟的骑手

骑在你的马背上。

受伤的朱比特

有一次，爱神徜徉在玫瑰花丛中，

不料没瞧见

一只入睡的蜜蜂，便被螫痛了；

手指受了伤，疼得直叫唤。

他一路快步如飞，

来到美丽的维纳斯面前，

我被杀了，母亲，他急切地说道，

我被杀了，我要死了。

一条小毒蛇刺咬了我，

它生有翅膀，农夫们称它为

一只蜜蜂。

而她说道，倘若一只蜜蜂的螫咬

便惹你如此苦恼，

那么你好好想想，爱神，

受你重创的人儿该如何痛不欲生？

因为在岛上逗留了很长时间，下午晚些时候，我们才第一次升起船帆，借助西南风，有如得了贵人相助，顺利起航。但老天爷好像并不情愿西南风一直对我们鼎力相助，所以我们只撑帆航行了短短一个小时。为避开礁石，我们撑起一张帆，沿着河流的东侧缓缓向上游行船。在此期间，一些伐木工正从构成对面河岸的小山顶上将木材滚下，以便扎成木筏运至下游。我们可以看到他们的斧子和杠杆在阳光下熠熠生辉，原木滚下山时尘土飞扬，隆隆作响，响声在我们这一侧的树林回荡，但西风很快便将我们吹到不能耳闻目睹商业活动的远方去了。我们途经里德渡口和麦克高岛，抵达湍急的穆尔瀑布，进入"索希根河的横贯九英里的那处河段，政府已依法将其改造成了联邦运河，该河段包含六道独立瀑布；每道瀑布以及几处中间地带已竣工"。通过船闸经过穆尔瀑布后，我们再次划起船桨，心情愉快地继续前行，时不时将在我们前方的小鹬鸟从一块礁石赶到另一块礁石；有时我们将船划近河岸上的一间村舍，能望见零星的几株间距较远的向日葵，房门前还可见到罂粟种皮，它们像一只只装满忘川水的小高脚酒杯，不过我们并未打扰门后那慵懒的一家人。就这样，我们帆桨交替着，继续沿宽阔的索希根河逆流而上。水流平稳且缓和，流过暗礁时，可见小狗鱼躲在澄澈的水里，渴望转个大弯绕过远处的海角，就像战胜人生的坎坷般，看一看前方将会迎面展现何种令人耳目一新的风景。我们远眺一片气象一新的乡野，那里广阔且宁静，拓荒者的农舍第一次映入我们的眼帘，屋顶上的苔藓已经生长了一个世纪，屋内住着他们的第三代或第四代子孙。想想还真是奇妙：春日的嫩芽，夏日的骄阳还有秋日的枯叶，这一切景象是怎样与沿岸这些小屋息息相关的；所有给风景着色的光线是怎样从这些小屋映射而出的，乌鸦的飞翔和老鹰的盘旋又是怎样与屋顶密不可分的。我们依旧与这富饶肥沃的海滨相伴，岸边生长着葡萄树，树上活跃着小鸟，地上欢跳着松鼠，或许，在某位农夫的田地边或是某位寡妇的小林地，麝鼠——这河流可爱的小女巫，从桤木叶子和贻贝壳上悄悄爬过，将关于人类的记忆抛诸脑后。

终于这孜孜不倦、永不沉没的海滨吸引了我们，它依旧绵延不绝，岸上有阴凉的杂树林和静秀的牧场；我们斗胆登上这偏僻的海滨查看一番，可能直到今日，我们对岸上的人类居民都一无所知。不过我们仍记得热情好客的多节瘤栎树，虽然它只是作观赏娱乐之用，我们对它却全无陌生之感；还有牧场上一匹形影单只的马儿和一群耐心的母牛，我们跟在它们后面，沿着一条小径行走，它们的选择非常明智，小路绕开了阻碍，直通河边，不过我们干扰了它们在阴凉处的反刍。令人印象深刻的是，给人凉爽、自由生长的野苹果树慷慨地向我们提供果实，尽管它们绿色的果实生涩无比，它们坚硬、圆滑，倘若尚未成熟，也全无毒害，带有新英格兰的风味，我们的祖先从前将它们的祖先带到这里。这些风姿绰约的树木隐约给这片原本野蛮的土地赋予了一种半开化的景象。再往前，我们沿一条小溪多石的水道向上攀登，该小溪奔流不息，为大自然尽心效力。我们如溪水一样在礁石间跳跃，在山涧的底部穿过杂乱的树林，那山涧愈来愈幽暗，淙淙水流声愈来愈嘶哑。最终我们来到一座磨坊的废墟前，如今这里缠满了常春藤，鳟鱼从碎裂的引水槽向外窥视。在那儿，我们想象着某个早期的拓荒者会进入怎样的梦乡，脑海里又有着怎样的思量。天色渐晚，我们不得不再次登船，不断用力划桨，在波光粼粼的河上行驶，以弥补浪费掉的时间。

除了间隔一两英里在河岸上可见到一幢村舍的屋顶，景色仍是一片荒凉寂寥。我们在书中读到，该地区一度以制作细编麦秆草帽享有盛名，这一带的人自称是这种草帽的发明者。偶尔会有一个勤劳的少女步履轻快地走到水边，似乎是想浸泡草帽，她伫立着目送旅人们的身影渐渐走远，听着水面飘荡过来的我们高唱的一段船歌。

因而，那位印第安猎手啊，或许

他多少迟缓消磨而过的岁月，
随你潺潺的河水杳然地流逝，
低沉地哼唱着一支天籁之歌。

此时太阳正西沉到柳树林背后，
此刻他的身影逐浪闪烁，
隐隐越过倦息的波涛，
勇士们的幽灵纷至沓来。

  日落之前，我们恰好在贝德福德镇遇上了瀑布群，这是此河一处荒凉的河段，几个雇来的石匠正在修理船闸。他们对我们的历险颇感兴趣，尤其是一个与我们年纪相仿的青年，他最初问我们是否要去"斯基格"，听完我们的故事，查看了我们的装备后，他问了我们一些别的问题，态度仍旧温和。他总是问完一个问题后转头继续干活，那工作仿佛已变成他的责任。显然那青年想跟我们一起走，当他眺望索希根河时，许多遥远的海角和林木繁茂的河岸倒映在他的眼中，也铭刻在他的脑海里。我们准备上船时，他放下活计，以一种不声不响的热情助我们通过船闸，并告诉我们此地为库斯瀑布。我们的船驶离很远后，我仍能从一众凿子的敲击声中分辨出他敲击凿子的声音。

  我们希望今晚在瀑布上游的河流中央凸起的一块大礁石上宿营，但因缺乏燃料又难以固定帐篷而作罢；于是我们在对面西岸的陆地上铺好了床。四下看不到一幢房屋，我们猜想这儿是贝德福德镇的偏僻之地。

Chapter 6

星期三

北美野牛
American bison

人即是人自身的仇敌和宿命。

——科顿

石岸之灵

这一天的清早，我们篝火的余烬仍升起袅袅轻烟，我们在一大片露珠中卷起野牛皮往船上运，去船闸干活的泥瓦匠撞见了我们，这时我们才发现我们的帐篷居然挡住了他们前往河边小船的小径。这些人，我们昨夜在河边观察礁石时曾见他们划舟过河。这样我们的野营地第一次被他人窥见了。我们经常远远避开那些人来人往的大路，绕过车水马龙的通衢，独自逍遥地亲近着这片乡土。这条河杳然无声地钻入这片自然风景中，倾慕着它，偷偷地诱引着它，似清风般洒脱，悄悄地来，又悄悄地走。而另外的路径却带着些许暴力侵入大自然，引得漫游者侧目而视。

太阳升起之前，我们从满目石头的河边驶离，一只娇小的麻鸦，这石岸之灵——正在河边逛悠，或孑立乱泥中寻找食物，尽管看起来十分投入，但始终用一只眼睛暗暗窥视我们，要不然就在一块块湿漉漉的石头上跳来跳去，像一个趁船失事捞一把的家伙,对蜗牛和鸟蛤的残骸寻寻觅觅。此时,它悠悠地飞离了,不能断定自己落爪何方,终于桤木丛中一块白沙地吸引了它的双爪,但现在我们慢慢地接近了它,迫使它另寻一处避难所。这鸟儿归属于老派的泰勒斯(Thalesian)①,坚信万物皆起源于水。这类宇宙洪荒的孑遗,至今仍与我们美国佬共同生息于这些阳光灿烂的河流之滨。在这种满怀愁绪的鸟儿身上具备一种令人肃然起敬的品质,大地还处于黏湿、尚未完全进化之时,它们已驻足其上了。或许化石上仍印有它们的爪迹。这鸟儿一直盘桓在我们一个个阳光耀眼的盛夏,得不到人类的怜惜,但却坚毅地守望着自己的命运,好像希冀着上帝也对其将信将疑的基督再次降临人世。经过对岩礁和白沙海岬经年累月的钻研,它是否已从大自然了解了其自身的全部奥秘,人们对此不得而知。它单腿伫立,那沉抑的眸子长久地注视着阳光和雨滴、皓月和繁星,它拥有多少风风雨雨的历练啊!对那死水一潭的池塘、芦苇和潮乎乎的夜雾,它能倾诉出多少衷情啊!那双眸值得细细凝视,它时刻睁开着,打量着,在一片荒寂之中,它那嫩黄淡绿的眼眸透出沉郁之色。我想,我自己的灵魂一定呈现出隐秘的翠绿。我见过这些鸟成群结队地立在河边的浅滩上,鸟喙插进水下的淤泥,鸟头全部没入水中,长颈和鸟身则在水面上构成一个个拱门。

科哈斯河是马萨比西克湖的出水口。此湖距此处五六英里,水面有一千五百英亩,是罗金汉县最大的淡水湖。从东注入邻近的河段。我们在曼彻斯特与贝德福德之间行舟,在清晨时分通过一个渡口和某处瀑布,瀑布名为"戈夫瀑布",俨然印第安人的海滨胜地,那儿有一个小村庄,河中有一个绿茵茵的小岛。建造洛厄尔的砖瓦是从贝德福德通过梅里马克河用船运去的。大伙告诉我,约莫二十年前,贝德福德有一个叫摩尔的人,他的农场拥

① 米利都的泰勒斯(公元前624年—公元前546年),常被称为泰勒斯,是古希腊时期的哲学家和科学家,被后人称为"科学和哲学之祖"。他提出了水的本原说,即"水是万物之本原"(Water is the arche),是古希腊第一个提出"什么是万物本原"这个哲学问题的人。

有制砖的黏土,他与那座城市的创建者签订契约,两年内向他们供应八百万块砖。他一年就履行了契约,自此以后砖瓦成了这些乡镇的首要外销之物。农夫们也为他们的林木找到了市场,他们向砖窑送去一车木柴,便可得到一车砖,作为他们一日劳作的酬劳,如此各方皆大欢喜。为洛厄尔城的矗立而"挖出"的那块地方值得好好看看。同样,曼彻斯特也是由砖块构筑而成的,它的砖块是在胡克西特烧制的,那地方还需要溯流而上。

在梅里马克河岸上,距戈夫瀑布不远的地方,可以看到贝德福德镇,它现在以"啤酒花和工艺精湛的家庭手工艺品"驰名。镇上还可以见到一些土著居民的坟墓。大地在此处裸露出伤疤,而时光之轮正缓缓地碾碎一个种族白花花的遗骨。自从土著人在此地从事渔猎以后,每年的春日褐弯嘴嘲鸫一定会从一根桦木或一丛桉木枝条上为清晨报晓,永不消亡的刺歌雀飞快地穿过枯黄的草丛。但这些白骨却静置如初。那些朽烂的部分正慢慢筹备另一次变身,为新的主人役使,而原本属于印第安人的意愿没多久便化为白人的资源。

后来我们听闻,贝德福德不再像以前那样以盛产啤酒花而著称了,因为价格的涨跌起落,啤酒花不再是它的支柱产业了。但漫游者从河岸往深处行进几英里,啤酒花窑仍会勾起他的好奇心。

我们正午前的航行没有什么意外插曲,只是现在河中礁石越来越多,瀑布也较之前频频出现。经过数小时不停歇的划行,此时我们把自己幽闭在静谧之中,这是一个令人欣慰的变化,周围没有船闸管理员,一个人端坐船中,另一个人偶尔"吭哧""吭哧"地用力打开、关闭闸门,静候船闸中注满河水。我们一次也没有启用准备拖船的轮子。我们借助涡流的力量有时差不多能直接面对围堰形成的瀑布漂浮到船闸处,而同理,每一根浮木被涡流裹挟着,接连不断地被拖进急流,最后顺河漂流远去。那些灰暗的坝体在日光的照耀下,将它们的胳膊在河面舒展开,犹如自然风光的一部分,翠鸟和鹬鸟惬意地降落其上,犹如歇息在残桩和岩礁之上。

啤酒花
common hop

  我们从容地连续几个小时溯流划行,直至日头升上中天,我们的思绪应和着桨声一起一伏、一张一弛。我们背朝上游坐在舟中,两眼之外变动的只是流水和后退的河岸,两岸的景物从我们背后排开,又在我们眼前的视野中闭合,而内心之中缪斯吝于给予任何情思。我们不停地划过一些低洼可爱的河湾或高耸崛起的堤岸,可惜,我们从未涉足其上。

北美稠李
chokecherry

褐弯嘴嘲鸫
brown thrasher

刺歌雀
bobolink

啊,浮生的万象,

我们曾如此地贴近。

  由此略见一斑,人类是凭借何种占有权来掌控大地的。最小的溪流即是"地中之海",而较小的海湾就镶嵌在陆地之中,人们在那儿能够参照他们农庄的边界和村舍的光亮辨别航向。对我而言,多亏有了那些地理学家,否则便难以知晓地表上水面占了多大比例,我的生计多半局限在如此深邃的一个小峡谷里。然而,我有时会冒险远足至我的斯纳格港的河口。伫立在斯塔滕岛一座废弃的堡垒上,当有一艘航船第一次航行到这儿的海滨,我会乐意花上一整天时间来关注它,一大早我会拿着望远镜看清它的船名,它的船体在浪涛中颠簸起伏,在日光中闪闪烁烁,它正航行在宽阔的外海湾的纳罗斯海峡上游处,途经胡克角,就在那一瞬间,领航员引领着最富冒险精神的新闻采访船与它相遇,卫生官员登船后,会将船员带到检疫站作短暂停泊,不然船会按照预定的航线驶向纽约码头。还有一件事情也算有趣,那就是关注罕见的胆大包天的新闻记者的一举一动,待那艘船穿过纳罗斯海峡之时,他立即开始突击行动,将瘟疫和检疫法抛诸脑后,将他的小划艇系牢在她巨大的舷侧,攀爬上去,进入船舱。随后我便能想象,船长会披露出何等要闻,那要闻美国人都前所未闻:亚洲、非洲、欧洲——全沉没了。最终,记者付了采访费,带着一叠采访记录本从大船的舷侧离开,但并非他先前登船的一侧,因为这些不速之客同样不堪忍受流言蜚语。他沉着地划桨匆匆离开,好向出价最高的人出售他的商品,不久我们便会读到某条惊天动地的新闻——"据最近抵达的船员透露……","据那艘大船的船员透露……"。星期日,我曾从内陆的某座小山丘上,瞧见一长列船只入海的壮观景象,它们从城市的码头出发,再穿越纳罗斯海峡,途经胡克角。远远眺望,它们全都驶入洋流,扬起柔软的风帆,庄严地航行,期待着一帆风顺,但毫无疑问,每次总有某些船只,命中注定要去见海神,永不再返回这片海岸。此外,在一天天气晴好的暮晚,数数放眼望去的船帆也是我的一大消遣。不过当落日下山,在更远处的地平线上,会出现越来越多的航船,这最后一次的数数总是最具优势,在最后一缕暮光掠过海面之前,我的计数已是最初计数的两倍或三倍,我再也不能根据露头的帆影将它们划分为海船、三桅帆船、双桅横帆船、纵帆船和单桅小帆船等几个类别了,它们大都变成了影影绰绰的普通航船。而后,或许温柔的落日余晖昭示着某位水手正随船返乡,他的绵绵思绪已疏远了这美国海岸,直奔着我们梦中的欧洲而去。我站立在同一座小山丘顶上,忽然间一场雷阵雨从卡茨基尔山脉和丘陵地带轰隆袭来,经过这座岛,陆地上瓢泼大雨倾泻而下,突然间雷阵雨又在云开日出中抛下我们,眼见它那面倾泻直下的雨幕裹携着黑暗的巨大阴影,追袭了海湾里一艘又一艘船只。它们辉映的船帆猛然垂落,就像谷仓的外墙漆黑一片,它们似乎在狂风暴雨前萎缩了身形,而同时海面上较它们更辽远处,透过这层遮天蔽日的漆黑雨幕,那些尚未遭狂风暴雨追袭的船帆仍熠熠生辉。正值午夜时分,四周和头顶都黑洞洞的一片,我注意到一线银色的辉光战栗在一方远海之上,这汪洋所映射出的月光，似乎超出了我们茫茫夜色的境界，这境界中的皓月横贯过纤云不挂的天堂——有时难免一点黑斑显现其中，一艘好运连连的夜航船正继续在航道上愉悦地行进。

可对于我们这些在江河上谋生的船夫而言，太阳永不从大洋的浪涛中升起，而是从某处翠绿的灌木丛中升起，在某座黛色的大山脊后落下。我们自身，也仅仅是河岸上的居民而已，就像清晨的麻鹬一样，我们一心追求的目标，也不过是蜗牛和鸟蛤的残骸罢了。虽然如此，但我们明白有一片更美好的、更独特的海滨存在，也就怡然自得了。

我的人生就像一次海滨漫步，
尽量贴近大海的边缘，
有时骇浪拍打过我舒缓的步履，
有时我驻停让惊涛漫足。
我独一无二的工作，让我念念不忘，
即超越浪潮的尽头去安置我的收获，
那每一块更光滑的鹅卵石，那每一枚更珍稀的贝壳，
汪洋都和蔼可亲地托付我手中。

我海滨的伙伴寥寥无几，
那纵横四海的人藐视海滨，
而我时常冥想他们远航到过的大洋，
比我身旁的大海更加深不可测。
这地中之海无有暗红的掌形藻，
它更深处的浪涛从未将珍珠抛到眼前，
我伸出手掌沿岸触摸到海洋的脉动，
还与许多沉船上的水手通灵。

河岸每隔一英里或再长一些距离坐落着一些小屋子，我们一般见不到它们，但有时靠近河岸会听到一只母鸡急速的咯咯声或一种做家务独有的温馨声，让我们知晓那里面有房屋。船闸管理员的宅子所占的地方特别优美，高居却又安宁，总是出现在瀑布和急滩的位置旁，居高临下，正好可以见到河流最绮丽的一段，因为瀑布上方的河段较为宽阔，更像一片小湖，船闸管理员常在那儿等待上下的船只。这些和气、质朴和诚笃的屋子以壁炉为其重心，它们比宫殿或城堡更令我们愉悦开怀。这些日子的正午时分，我们偶尔登岸爬上去，走进这些屋子索要一杯水或认识它们的栖居者。它们高高矗立在林叶丰茂的堤岸上，一般被一小片田地围住，田地中种着玉米、豆子、南瓜和甜瓜，有时屋侧是一个优雅的啤酒花庭院，窗户上葡萄藤攀缘而上，瞧上去简直像夏天采蜜用的蜂房。我在经书中读到的阿卡迪亚人的生活从未能胜过这些新英格兰居民，他们才是正儿八经的奢华和恬静。起码它的外面镀上了一层金光。这岁月真是金光亮霞。当你走近阳光和煦的门廊，你的步履惊起了回声，但这酣眠的屋子仍无声无息，而你担忧最轻微的叩门声对这些东方梦中人都可能是无礼的。或许开门的是一位新英格兰籍的印度妇人，她说起话来柔声细气，但真挚好客，这是一种安然天性的深沉流露，这种氛围已全然把人包裹住了，而漫游者只是担忧闯入这片暖意中太莽撞了。你的步履走过洗得发白的地板，悄悄来到洁净明亮的"橱柜"前，似乎畏惧惊扰这家人的祈祷——自从餐桌上次摆放在那里，多少东方王国俱往矣——从那儿再走到人迹频仍的井边，映出你那张久已遗忘、满脸胡须的面庞，与清新的鸾歌鹊语、泉水里的鳟鱼叠加在一起。"或许你想加点糖蜜和生姜。"那纤柔的正午的嗓音在提醒你。有时那儿坐着以大海为业的兄弟，他们中的杰出人物仅知道最近的港口离这儿有多远，对更远的土地就一无所知了，他所有的岁月都消磨在大海上和远方的海岬上了——他拍拍狗，或抚摸怀中的小猫，它们舒展四肢趴在帆索和桨边，船依凭风神波瑞阿斯的北风或信风而行。他抬头用海员的眼神半是快乐半是惊讶地看着陌生人，好像他是近在眼前的海豚。如果人们明白自己是"身在福中不知福（sua si bona nôrint）[1]"，那么与这些新英格兰屋子里的生活相对照，人世间再没有比此处更恬静的桃花源了，再没有比此处更恬美的田园诗和牧歌生活了。我们猜测，这些屋子里的居民白昼的职业大约是养花种草和牧牛放羊，到了夜晚，他们则像远古的牧羊人，聚集在一起，到河岸上为繁星命名。

[1] 即"O fortunatos nimium sua si bona nôrint, agricolas"，维吉尔《农事诗》第2卷第458行。

飒飒古风

早上，我们行进在肖特瀑布和格里菲斯瀑布之间的河流上，经过了一座林木葱茏的大岛，岛尖上长有一小丛俊俏的榆树，这是我们见到的最漂亮的一座河岛。若是天已向晚，我们一定乐意在此安营扎寨。没多久我们又驶过了一两座岛。船夫们告诉我们，河流最近在此出现了一些重大的变化。一座岛屿，即使是最小的小岛，作为一小片陆地和大地的一块一直都能激发我的想象力。我热衷于幻想将自己的茅舍筑居在一座岛上。即使一片荒僻无人、百草丰茂、一览无遗的小岛，于我也有难以言表和神秘的诱惑力。两河汇流处常会出现这样一座岛，河流携带来各自的泥沙，在两河汇流处回旋沉积下来，作为一片沙洲的孕育地，每一座岛屿是靠如此细微、源于远方的奉献累积成的！大自然犹如蚂蚁孜孜不倦，多么富有进取心，以森林的毁灭、以金色和银色的沙地为未来的大地奠基并营造它！古希腊抒情诗人品达对锡拉岛作了如下追述，后来的时光，巴图斯从那儿移民于利比亚的昔兰尼。化身为欧律皮洛斯的海神特里同，在阿尔戈英雄马上返航家乡时，向

其中的尤菲默斯献上一个泥块:

> 他明白我们行色匆匆
> 马上伸出他的右手,
> 抓起一块泥土,奋力把它当作礼物
> 献给一个萍水相逢的异乡人。
> 那位英雄对他并不报以轻蔑,
> 而是跳到岸上,把自己的手伸向他的手
> 接收下那神奇的泥土。
> 但我听到那泥块从船板掉下,
> 随海波逐流,
> 夜晚,我们伴着汪洋大海。
> 我真的常常敦促那鲁莽的仆从
> 守好这泥块,但他们的心灵却搁不住它。
> 到如今这岛上辽阔的利比亚的永恒之种
> 它的时辰未到,便已湮灭。

另一个美妙的神话,也为品达所咏叹,赫利俄斯,或被称为日神,有一天俯瞰着海洋——或许是当他放射出的光芒第一次被一片日益璀璨夺目的沙岛所映射时——他注意到了风光旖旎、肥沃宜人的罗德岛。

> 从洋底涌现
> 足以哺育人民,繁衍群兽。

而又在宙斯点头赞许之下:

> 该岛从江洋中崛起,从属
> 万道金光的慈父
> 喷火的骏马之主。

游移之岛!他自己的房舍为这样一位敌手毁坏,有谁会不心甘情愿?游岛之民能讲出是何种潮流生成他耕耘的土地;他的土地仍不停地生成着或剥蚀着。或许在他的门前,那给他带来日益积累的沃土的河流依然运来沃土或冲刷掉沃土——这优雅大方的惯偷!

没有多久我们见到了皮斯卡塔康格河,它又被称为白水河,从我们左边汇入梅里马克河,我们听见河上游阿莫斯基格瀑布的喧响。恰与我们在地名词典中所读到的相符,每年仍有大量原木从皮斯卡塔康格河输送进梅里马克河,并且这条河有不少构造巧妙的磨坊专用水道。我从它的河口经过了一道人工瀑布——曼彻斯特制造公司的运河在此注入梅里马克河——这瀑布如此惊心动魄,应该给它起个大名,它具备巴什比什瀑布那样的风光,远近的人们将会到此一游。流水从三十或四十英尺高处倾泻而下,砸在七八块岩石构成的陡峭狭窄的石阶上,这石阶的作用大概是为了减轻水的冲力,这石阶上腾着一团白沫,运河中的水经过人的使用看起来水质并未变坏,它犹如一道山中急流,水沫飞溅,雾气袅袅,轰轰作响,尽管这运河从一座工厂之下奔泻而出,我们却见到一道彩虹横跨其上。它处于阿莫斯基格瀑布下游一英里处。我们仍然前行,并没有细细去欣赏它,而是快速经过它附近的一座从容安详的村庄,堤岸上为建造另一座洛厄尔城的锤击声渐渐远去了。在我们航行的时候,曼彻斯特还只是一个约两千居民的村庄,我们在那儿上岸待了一会儿,打了点凉水。一个村夫对我们说,他总是划船到对岸的戈夫斯敦汲水。九年后的今天,根据我所听到的、看到的,这镇子应有一万四千个居民。有一条连接戈夫斯敦和胡克西特的道路,它经过一个山丘,那时我从山上望见远处有一场雷阵雨横扫而过,它距我有四英里的距离,当乌云散开,日光射出,正照在一座城市上空,九年前我就是从那儿的郊区上岸的,那些田野久旱未雨,那座城市的博物馆旌旗飞扬,博物馆里能欣赏到"美国仅有的一个完整的格陵兰鲸(或称河鲸)①的骨骼标本"。在它的地名目录中我还查到一座"曼彻斯特图书馆和美术陈列室"。

① 即弓头鲸。

根据地名词典的记载,梅里马克河上最壮观的阿莫斯基格瀑布,它的落差在半英里内就高达四十五英尺。我们让小舟通过这儿的船闸,很是手忙脚乱了一阵,在一帮村民的围观中,我们登上这河流"楼梯"的一级又一级台阶,为了防止翻船我们跳入运河中,他们在一旁寻开心地看着,我们的这个"过船闸仪式"耗费了大量的河水。阿莫斯基格,或叫纳玛斯基格,据说其意是"极佳的捕鱼地点"。那位沃纳伦塞特酋长,曾在这一带居住过。有传说他的部落与莫霍克人交战之时,部落里的其他人会将口粮藏在瀑布高处的洞穴里。这些印第安人将自己的口粮藏在洞里,他们由此声称"上帝有意凿出这些洞穴",他们对这些洞穴的起源和用途,比英国皇家学会了解得更透彻;而在上个世纪(十八世纪),英国皇家学会在自己的会报上谈及这些洞穴时,宣布"显而易见,这些洞穴是人工开凿的"。大体而言,诸如此类的"洞坑"在所有的瀑布周边或多或少都可见到,在该河的斯通峡谷,在奥塔韦河,在康本瀑布周边的石灰岩上也概莫能外。或许,在新英格兰方圆之内,此类洞穴最令万人瞩目的奇观当是彭米格瓦塞特河著名的水坞,它是该河的一个源头,水面二十英尺宽三十英尺长,深度与面积比例适当,河岸边缘呈平滑的圆形状,河中满是寒凉、清澈的水,水色青绿。在阿莫斯基格地段,该河被岩礁划分成多条激流和涓涓细流,一条条运河吸纳了它的水量,致使河水不足以灌满河床。有许多的洞坑分布在此河的一座礁石岛上,河水暴涨时,该岛会被洪水淹没。如我在谢尔本瀑布初次观察到的洞坑一样,许多洞穴直径从一英尺到四五英尺宽不等,深度也如这般,形状呈规范的圆形,洞穴的边缘平滑且线形雅致,状似酒杯。最漫不经心的观察者也能轻易看出它们的成因。一块岩石被洪流冲下来,途中碰上阻碍,在它停滞处旋转起来,就像绕着一根枢轴转动,经过了数个世纪它渐渐在礁石中越陷越深,一次次重来的洪水又会冲来新的岩石陷进这礁石中,这些岩石命中注定要遥遥无期地陷进那儿,像西西弗斯那样以苦行去赎它们的原罪,直到它们或者渐渐耗尽了全副精力,或是坐穿了它们炼狱的牢底,抑或是被某次大自然的革命带来了解放。在那儿静卧着的石块个头大小不一,从小到鹅卵石,大到直径达一两英尺的都有。其中一些是从今春才从苦行中得以解脱而歇息的,而有些位居更高处者已脱水静卧了好多岁月,我们觉察到此处的一些石块至少高出眼下的水面六英尺,而另一些石头则依旧旋转着,哪个季节都不会欣然稍息一会。举一个实例,在谢尔本瀑布某处,一些石块不停旋转,已磨穿了礁石,导致一部分河水在瀑布飞泻之前就从漏洞中流过。在阿莫斯基格,坑洞中有一些洞穴位于一块坚硬异常的褐色砂石上,有一块质地相同的椭圆状的柱形石头与它们勉强匹配。有一个深十五英尺,直径七八英尺的洞坑已经磨穿,与河水贯通,一块质地相同的巨石暂居在洞穴中,它表面光滑呈不规则形状。礁岩上,到处都是遭洪水侵蚀后残留的坑坑洼洼,或呈旋涡状的坚硬贝壳残骸。这些质地坚硬至极的岩石,依靠前赴后继和相互慰藉的力量历经十磨九难,竭力旋转或流动蜕变成为好似液体的形状。最具匠心独运的石工不是靠着铜制或铁制工具去切磋琢磨,而是空气和水凭着时光慷慨助力的从容爱抚。

  这类水坞中,有些历经无尽岁月正渐趋定形,而另有一些必定是在先前的某个地质年代就已经成形了。在1822年,工人们在进行波塔基特运河挖深作业时碰上带有洞坑的暗礁,那儿可能曾经是该河的河床;而且有人向我们介绍说,就在本州的迦南镇,有些石块依旧卧在洞坑里,这些洞坑位于梅里马克河与康涅狄格河之间的高地上,几乎高出这些河面达一千英尺,这景象提供了山岭与河流已互换了位置的充分证据,这些石块静静地躺在那儿,或许在人类开动脑筋冥思苦想之前已然完成了它们的变迁。虽然印度和中国的历史可追溯到人类与众神混为一谈的上古时期,但与这些石块历经天工琢磨的漫漫岁月相比则不足挂齿。在混沌初开之时,一块开始成形的硕大岩石将在一场不公平的竞赛中终结为一块小小的鹅卵石。多亏了时间和大自然的鬼斧神工,我们的铺路石才应运而生。那些缄默不语的"天工",它们传授我们人生哲理;确定无疑,世界上真有"石头上的启示录,奔腾溪流中的典籍"。恰巧在这些洞穴里,印第安人隐藏好他们的口粮;可如今,那里没藏面包,只在洞底藏着面包的老邻居——一块块石头。何人知晓这些石洞曾这般伺候过多少种族?或许,依照某条简单的法律,某一附加的条款,我们的体系本身已准备妥当,以便为它的居民效力。

这些洞穴,以及与这些洞穴类似之物,必定成为我们的古迹,因为我们缺乏人类的遗迹。众多英雄们的纪念碑和众神的圣殿一度巍然矗立于该河的河滨,可无论怎样,如今它们已复归尘土。未载入编年史的那些民族的喃喃低语已经沉寂,不再萦回在这片河滨,而洛厄尔和曼彻斯特却再度去追踪印第安人的踪迹。

罗马人曾栖居于大自然,这一事实无不反映出自然界本身的高贵尊严;在某个角度独特的小山岗上,罗马人曾面朝大海。大自然无须为她子孙后代的遗迹自惭形秽。那文物收藏家是多么欢喜地向我们通报,罗马人的舰船曾突入这海湾,或侵入某座辽远海岛的河流!他们征战留下的历史遗迹仍旧留在山岭之上或掩埋在山谷的草地之下。那常被世人挂在嘴边的罗马轶事在旧大陆皆处处镌刻成文,每个字母清晰可辨,或许今日有人挖出一枚新的硬币,币面的铭文重述并印证了他们曾经的显赫威名。币面上铭刻的某位"朱迪亚女神",展现了一个妇人在棕榈树下哀悼牺牲者,以默然的辩解和威仪再次印证了那段历史的一页页篇章。

鲜活的罗马成为世界唯一的装饰物；
死亡的罗马如今成为世界唯一的纪念碑。
……
如今她静卧着，自身的分量却重压大地，
且以一堆堆实物证明她曾是个庞然大物。

如若有人怀疑诗人们虚构了希腊人的勇猛和爱国心，他可以去雅典瞧瞧那在波斯战争中从敌人手中缴获的盾牌，它们依然悬挂在密涅瓦神殿的墙壁上并留下圆形印迹。那些我们寻求的证据就近在眼前，确凿无疑。历史的尘埃在我们面前呈现出过往的形象，并确定我们读过的某个故事的真实性。如同托马斯·富勒在评论英国学者卡姆登的热情时所说，"一口破骨灰瓮便是一个完整的证据，或一扇老旧的大门仍然存世，全城人从该门被赶出去。"梭伦竭力去求证古都萨拉米斯先前属于雅典人而不属于麦加拉人时，他让人将坟墓掘开，现场显示萨拉米斯的居民与雅典人一样将死者的面庞朝着相同的一边，而麦加拉人则朝向另一边，在那一边他们将受到冥府的审讯。

与自然界一样，有些人的思维方式里缺乏逻辑性，不好强词夺理。这种思维方式不假借托词或依靠"猜测"，它们只是呈现神圣的、无可辩驳的客观事实。假如出现了一桩历史的疑案，它们便叫人掘墓断案。理智和理解力同时信服这种思维方式的不事张扬和注重实际的逻辑。唯一相关的问题总会得到唯一令人满意的答复，就是这般情形。

我们自己的国家像其他任何国家一样，同样拥有古老悠久、价值连城的古迹，至少岩石上覆盖着青苔，若是处女地的土壤，也仅是未及开垦的沃土，自然界的尘土。假使我们不能在岩石和泥地上读到罗马、希腊、埃特鲁里亚、迦太基、埃及或巴比伦的古老铭文，那又何妨；我们的巉岩会是赤裸裸的吗？岩石上的青苔成为一块简陋粗制的盾牌，日臻完美的大自然最初就将它悬挂在那儿，如今她那历经风霜的战利品依然悬挂着。且在此处，诗人的慧眼也能发现钉牢古代铭文的铜钉,而且倘若他颇具天赋,单凭这线索就可破译这些铭文。护卫着我们的农田,护卫着现代的罗马,护卫着帕台农神庙自身的围墙,皆是由废墟筑就。在这儿可以聆听到河流的絮絮叨叨,而远古的风早已忘我地飒飒吹过我们的深林。初春发出的第一声低微的声响,比雅典人荣光闪耀的夏日更古老,山雀在林间饶舌,松鸟尖啼,蓝鸲鸣啭,还有嗡嗡叫的

蜜蜂绕着
柳树竞相绽放的花朵飞舞。

这便是古代的灰暗黎明,而我们至少应在我们置之度外后才有明天的未来。红花槭和桦树的片片叶子,都是尚待破译的古代神秘字符;柔荑花序、松果、蔓藤、栎树叶和栎子,抛开它们在岩石中的形态不论,这些物体自身更是古老悠久而弥足珍贵的了。 一位白发苍苍的全能艺术大师的传奇故事甚至在今年的盛夏仍四处传扬,曾经在每一块田地,每一片小树林上都布满他设计制作的雕像和卓尔不凡的建筑物,而每一个设计都招引来希腊人的竞相仿造;如今它们的遗迹已为尘土湮没,堆叠的一块块石料已不翼而飞。千百年来的日晒雨淋逐渐毁灭了它们,到如今从那采石场采掘的每一块石片都不复存在,或许,诗人们会纷纷遐想。当初是众神将这石材从天堂送到了尘世。

即使旅行家告诉我们有关埃及神庙遗迹的状况那又与我们何干呢?我们是否如此多病多愁、无所事事,致使我们必须将我们美利坚和我们今世的福祉作为牺牲品,去献祭给某人过目即忘的无聊故事?卡尔纳克神庙和卢克索神庙只是姓名罢了,但若是它们的尸骸还残留至今,那么就需要更多荒漠的飞沙走石去掩埋掉,最终还需要地中海的滔天巨浪去给它们宏伟壮观的躯体涤瑕荡秽。卡尔纳克!卡尔纳克!这正是我心目中的卡尔纳克神庙。我看见了一座更宏大、更圣洁的神庙的巨大石柱。

a 黄眉林莺
Townsend's warbler

b-c 山蓝鸲
mountain bluebird

d-e 西蓝鸲
western bluebird

美国蜡梅
eastern sweetshrub

这真是我的卡尔纳克啊，它高不可测的穹顶
庇护着测量的技艺和测量者的家园。
瞧瞧这些万紫千红吧，让我们紧跟时代，
可别梦回三千年前，
挺直自己的腰杆，让那些石柱平躺，
不要俯拾钝头剑刺向天空。
那个时代的精魂现在萦绕何方，
仅存于今日或是一挥而就的诗行？
过往的三千年岁月并未流逝，
它们仍徜徉于这夏日的清晨，
而此刻门农的母亲愉悦地迎接我们，
她一颦一笑青春熠熠生辉。
祈愿卡尔纳克的石柱仍矗立于平原，
永续人间欣赏我们的美景良辰。

缅怀英烈

鼎鼎大名的帕萨科纳韦酋长曾居住在这一带，古金曾碰见过他，"在波塔基特，当时他大约一百二十岁"。他被众人赞誉为一个智者，一个巫师，他阻止他的族人与英国人交战。大家相信"他能点燃河水，移动岩石，令树木起舞，能够将他自己变成一个火人；隆冬时节他能从枯叶燃尽的灰堆中捡起一片绿叶，从死蛇皮中变出一条活蛇来，诸如此类的奇迹数不胜数"。按照古金的描述，在 1660 年举办的一次盛大的舞宴上，帕萨科纳韦酋长向他的族人发表了告别演讲。他讲道：只因他不可能见到大家再次欢聚一堂，所以要给大家留一句忠告，奉劝大家要当心与英国人邻居吵架别采用过激的方式，就算开始大家会给对方造成很大的毁损，可到头来将证明那只会自取灭亡。他说，他本人当初也和其他人一样，在英国人初来乍到时对他们怀着刻骨的仇恨，处心积虑地想要置他们于死地，至少不让他们在此地扎下根来，可最终都没奏效。古金认为，他 "也许具有《圣经》人物巴兰身上的那种左右逢源的精神，巴兰在《希伯来圣经·民数记》23 节中说道'可以肯定的是，没有什么魔法可以对付雅各，也没有哪个占卜对以色列不利。'"帕萨科纳韦之子沃纳伦西特谨记父亲的忠告，时逢腓力战争爆发，他将自己的部下从战场撤到佩纳库克，即如今新罕布什尔的康科德，远离了战争。后来他在返程中造访了切尔姆斯福德镇的牧师，据其镇史中所叙，"他希望搞清切尔姆斯福德镇在战乱中蒙受了多大损失；牧师告知他本镇安然无恙，为此应当要感谢上帝时，沃纳伦西特随即答道'还应该感谢我'。"

曼彻斯特是约翰·斯塔克的居住地，两次战争中他都做了英雄，且在第三次战争中得以幸存下来。美国独立战争的将军们在他去世时就仅剩下一个了。1728 年他出生于毗邻伦敦德里的一个镇子，镇子彼时名叫纳菲尔德。早在 1752 年，他就被印第安人抓住成为俘虏，当时他正在贝克河附近的荒野中狩猎。在法兰西战争中，他作为巡逻骑兵上尉表现出众；在邦克山战役中，他统领着新罕布什尔的一队民团作战；1777 年，他参加本宁顿战役并取得了胜利。 在本宁顿战役后他退役了，在此地于 1822 年去世，享年 94 岁。他的纪念碑位于瀑布上游约 1.5 英里处，矗立在该河的第二段河堤上，从那儿眺望，梅里马克河上游下游数英里内的景色可尽收眼底。它令人不由得想到，在如画的美景中，与没有荣耀加身的芸芸众生的居屋相比，一位英雄的墓碑会给人留下深刻得多的印象。死者到底是谁，是你站在他的纪念碑旁缅怀的英雄，还是你从未耳闻的他的子孙后代？

帕萨科纳韦和沃纳伦西特的坟墓就建在他们故乡的河岸上，没有纪念碑作为坟墓的明显标志。

假如我们对地名词典深信不疑，那么我们途经的每一个城镇都是某位伟人的居所。但尽管我们敲过许多人的家门，甚至作过特别的询问，我们还是没有发现哪一位在世的名人。在"利奇菲尔德"这一标题下，我们读到：

"尊敬的怀斯曼·克拉杰特在这个镇上度完了他的一生。"根据另一条目的记载："他是一位古典文学学者，一位优秀的津师，一位智者，还是一位诗人。"我们看见他灰暗的老旧故居恰好坐落于大内森凯格河下游处。在梅里马克的标题下我们看到："尊敬的马修·桑顿，美国独立宣言的签名者之一，曾住在本镇许多年。"从此河我们也可以看见他的故居。——"乔纳森·艾夫医生，因其彬彬有礼、才华横溢、医术精湛而家喻户晓，曾居住此镇〔艾夫斯敦〕。他是本乡镇最老的开业医生之一。多年来他作为立法机关的成员工作非常积极。"——"尊敬的罗伯特·敏斯，1823 年 1 月 24 日去世，享年 80 岁，他在很长一段时期内是阿默斯特的居民。他原是爱尔兰人，1764 年来到美国，凭着自己的勤勉和敬业精神，他获得了大量的财富，赢得了人们极大的尊敬。"——"威廉·斯丁森〔邓巴敦最初的移民之一〕，出生于爱尔兰，随父亲来到伦敦德里。他颇受人尊重，为人热心。詹姆斯·罗杰斯来自爱尔兰，是罗伯特·罗杰斯少校的父亲。他在森林中被人当作一头熊开枪误杀。"——"马修·克拉克牧师，伦敦德里的第二位牧师，曾是爱尔兰人，早年生涯中曾担任陆军军官。在 1688 年至 1689 年，当伦敦德里市被国王詹姆斯二世的军队围困时，克拉克在城市保卫战中一战成名。后来他放弃军旅生涯，转行从事牧师职业。他意志刚强，以极其怪僻的性格著称。他去世于 1735 年 1 月 25 日，应他的特别请求，遗体由他以前的战友抬到墓地，而他的许多战友都是该镇早期的移民；为了表彰其中的几位战友在那次值得纪念的围困战中的英勇行为，国王威廉恩准他们免交英国治下的一切税赋。"——乔治·雷德上校和戴维·麦克拉里上尉，也是伦敦德里公民，是"杰出和英勇"的军官。——"安德鲁·麦克拉里少校，在本镇〔埃普瑟姆〕土生土长，阵亡于布里德山战没中。"——众位英雄中，许多人就像杰出的罗马勇士，他们正在犁地时忽然传来列克星敦大屠杀的消息，索性在垄沟里撂下犁铧，起身奔赴战场。距我们此刻所在位置几英里远，路边曾立有一块路标，其上写有"由此去乡绅麦克高的家还有三英里"。

但总的来说，这片土地如今无论如何都养育不出顶天立地的男子汉，我们都有点怀疑，此地是否曾涌现过我们在书中读到的好几百位英雄。也许是我们视而不见了。

身处西去五六英里的阿莫斯基格，戈夫斯敦的昂肯努努克山历历在望。当我们从家乡的镇上遥望时，它远在地平线的东北角，蒙上了一层缥缈的幽蓝，完全不似我们这些人曾攀登过的同一座昂肯努努克山。大山的名字据说是"两个乳峰"的意思，因为在那儿有两处间隔一段距离的山冈。最高的山冈海拔大约一千四百英尺，尽管有森林稍稍遮挡住了视线，但相较其他的山冈，那儿可以提供更为广阔的视野去观赏梅里马克河谷和毗邻乡野的景色。尽管只有几处短短的河段映入眼帘，可是你能够顺着一片片沙滩向下游追溯其航道，直至在远方消失不见。

有个故事流传至今，说的是在大约六十年前，从昂肯努努克向南的一个地方，有位老妇人出门采集甘薄荷，被枯死的草木丛中一只小铜壶上的把手绊住了脚。有人说，那地方还发现有燧石、木炭和一处营地的遗址。那只铜壶容量为四夸脱，仍保存至今。人们猜测这只铜壶原本归某个法国或印第安老猎人所有，他在一次狩猎或进行短途侦察时遇害，故而绝不可能再回来照料自己的铜壶了。

不过我们对耳闻的甘薄荷最感兴趣，它令我们欣慰地想到，大自然的旷野竟能生出现成的物产供人类享用。人们懂得哪种物产对人有如此妙用。一人说它是皱叶酸模，另一人说它是美洲南蛇藤，还有一人说它是红榆的树皮、牛蒡、荆芥、新风轮、土木香、泽兰，或是甘薄荷。当一个人的食物也可被当作他治病的药物时，他可能觉得十分庆幸。世间哪有什么药草，只不过众

Chapter 6 星期三 277

皱叶酸模
curly dock

美洲南蛇藤
American bittersweet

人皆云它对人有如此妙用罢了。我很乐意听到这种说法。它令我不由得想起《创世记》中的第一章。可他们是如何知晓那种药草对人有如此妙用的呢？对我而言这是个难解之谜。我一直深有感触，他们竟能发现药草，真令人不可思议。既然万物皆有妙用，人类终究还是无法分辨何为毒药，何为解药，必定有两种完全对立的处方。用饱食疗法或饥饿疗法来治愈感冒只不过是两种治疗方式而已，这两种疗法人们一直在积极使用。但你必须得谨遵一种学派的医嘱，似乎另一种学派是子虚乌有的。就宗教和医学方面而言，所有的民族依然处于蛮荒状态。在最文明的国度中，牧师仍只是巫师，而内科医生

土木香
elecampane

却是杰出的巫医。且看五湖四海的人们对医嘱是如何言听计从的。没有什么比医术更突显人类的轻信了。江湖郎中四处游荡，而且四处得手。既然如此，便可言之凿凿：由于人类的轻信，没有任何骗术是强加于人的。牧师和医生绝不该碰面。他们彼此没有共同之处，相互之间亦无斡旋的余地。一个进场时，另一个便离场。他俩万万不可相聚一堂，不然要么会互相嘲讽，要么会别有用心地缄默不语，因为一方的职业是对另一方职业的揶揄，一方的成功昭示着另一方的落败。令人称奇的是医生居然会死，而牧师居然苟活。为何牧师从未被人叫去与医生磋商？因为事实上人们相信物质与灵魂是相互独立的存在。而江湖郎中的秘籍是什么呢？它通常是妄图凭借对病人的身躯念咒施法来达到治病的目的。此时亟须一位医生同时照料灵魂和肉体，即照料人，而此刻他却沦陷于两个灵魂之间。

　　经过船闸后，我们用撑竿撑着小船通过此处长约半英里的运河，驶入该河可行小船的河段。在阿莫斯基格上方，河面伸展成一片笔直的平湖，一二英里内没有一处弯曲的河道。有多艘运河船从这里驶向八英里开外的胡克西特，当这些空载的船只乘风破浪向上游驶去时，有位船夫主动提出用麻绳拖拽着我们的小船一起航行，若是我们愿意等一下的话。可当我们向他们的船边靠拢时，我们却发现他们的用意是将我们和小船拖到他们大船的甲板上，否则我们会严重挡住他们的行船航道；可是我们的小船过于沉重，无法拽到他们的船上去，所以我们照旧继续溯河而上，此时那些船夫们已在开饭了，终于我们驶到对岸，在几株桤木下抛锚，好在那儿享用午饭。尽管离对岸很远，但从对岸以及从运河港口发出的每一声动静都飘荡到我们耳中，我们还可以瞥见经过此处的每一艘航船。不久以后，几艘运河船驶来，它们彼此间隔着四分之一英里，乘着阵阵轻拂的和风驶向胡克西特，一艘接一艘隐没在上游的一个河湾处。它们扬起风帆，在一阵阵慵懒的蕙风中徐徐溯河而上，宛如《圣经》中所描述的大洪水之前的单翼鸟，似乎被某种神秘的逆流所驱使。这是一种宏伟的运动，如此缓慢而庄严，恰似"挺立潮头"这一短语，它形象地表达出一艘船在徐缓平稳中行进的意味，似乎它仅靠刚直不阿的洒脱性情航行，动作干净利落。那些船帆沉静地扬起，像抛入气流中的碎片显示出风向。终于，我们打过交道的那艘船又驶近了，它一直在河道上居中航行，当两船近到可以相互喊话时，那个舵手语带嘲讽地向我们喊道，要是我们现在还愿意靠上去，他会拽着我们的小船行驶。然而我们对他的嘲讽并不在意，仍一直待在树荫下吃午饭。当最后一艘船摇摆着船帆隐没在河弯时，此刻和风趋弱为微风，我们扯起船帆，使劲划桨，如子弹射出枪膛般向上游追去。我们悄然靠近了那艘船，其时他们正劳而无功地祈求风神埃俄罗斯的神助，我们便回复他们的"致意"，建议他们假如扔过来一根缆绳，我们就可以"拖着他们走"，结果这些梅里马克河的水手们尴尬得无言以对。因而我们渐渐追上，并超过了一艘又一艘航船，终于我们再次独自享有了这条河。

这个下午我们处于曼彻斯特与戈夫斯敦之间的航线上。

友谊之脉

我们在这儿漂荡，远离了那条支流的堤岸，我们的众位友人和亲属就定居在那儿，而同时我们的绵绵思绪却宛如闪烁的繁星，从他们那儿的地平线静穆地升起；因为在那儿环绕着的血液，比化学家拉瓦锡已发现其规律的血液更为纯良，不单是亲族的血液，也是挚爱的血液，无论距离多么遥远，它的脉搏依然恒久地跳动着。

> 真正的友情是一种圣洁无比的亲密关系，
> 并非建立在人的血亲之上。
> 它是一种灵魂，而非血缘，
> 超越了家庭和社会地位。

在做了许多年熟悉的陌生人之后，我们对亲友某种冷漠的姿势或无意识的举止仍耿耿于怀，它比对我们诉说的最聪慧或最暖心的话语，带给我们更多的心结。有时我们会意识到某种友情一去不复返了，并领悟到曾有过诸多这样的时刻：我们的朋友为我们着想时心地是如此高洁，有如天堂的风从我们身上拂过我们却没在意；那时他们并非是以我们的本来面目来相待，而是以我们假装成的那种自己梦寐以求的样子来相待。很有可能，某种此类缄默姿态所体现出来的崇高正好影响了我们，但它既没被我们遗忘，又没被我们铭记，而我们一想到自己对这种崇高冷若冰霜，便浑身不寒而栗，虽说在某一真切而又迟来的时刻，我们在竭力抹掉这些不快的记忆。

从我的历验来看，当大家将"人的本性"作为谈资时，纵然聊天的对象是一位友人，通常这个话题其实也是最无聊、最琐碎的。我们一聊到个人的秉性，整个世界似乎立即崩溃。我们聊天的趋势全都倾向于污蔑、诽谤，而聊得越深入，我们聊天的范围也变得愈狭窄。一旦我们结识了新朋友，为何会不由得如此恶意地对待老朋友呢？这个女管家说，我这辈子从未用过崭新的陶器，可我却始终在摔破旧陶器。我说，让我们将话题转向蘑菇和林木如何。然而有时这些不快的记忆还是会涌上心头。

唉，最近我结识了一位翩翩少年，
美德女神塑造出他俊美的容颜，
当作她给自己设计出的漂亮玩偶，
可随后又操纵他去守卫她的城池。

他时时处处如白昼一样光明磊落
你在他的心胸看不到缺乏的魄力，
因为围墙和城门总是仅能充当

掩饰孱弱和罪恶的口实。

千万别说什么恺撒凯旋,
南征北战才攻克名誉的圣殿,
从另外意义而言这少年郎无比荣耀,
不论他来到何处,何处便是他的王土,

没有谁助他一臂之力去夺取胜利,
此时的一切都是它自身相应所得的收益;
只因他巡视的王土臣民全无影踪,
除了统治他们的一群高贵君主。

他如同夏季敏锐的迷雾一样突袭,
那寂静向我们展现清新的风景,
而革命毫无怨气地产生着效果,
也未让一片树叶在苍穹下飒飒响起。

因而这令我感到手足无措,
我竟忘了去表达自己的敬意;
而现在我不得不明白,虽说做到很不容易,
我可能会爱上他,就算还爱得不深。

每一刻我俩互相吸引彼此靠近,
一声严肃的问候将我们隔离,
致使我们似乎只能眉目传情,
比最初见时更为疏离。

我们琴瑟合鸣时合为一体，
所以我们不能达成最单纯的交易；
既然我们明明知道，什么对它有益，
假如没有谁谋划出这双重的算计？

来世可能不会再重现这种机会，
然而我必须独自前行，
酸楚地追忆我们相遇的往昔，
知道喜乐不可挽回地逝去。

从今往后我的哀歌将吟咏繁星，
只为哀歌没有其他的主题；
每一支乐曲在我耳畔将会回荡，
奏响与另一个人诀别的丧钟般的旋津。

赶快来庆祝我的悲剧吧；
森林和原野萦回着对应的乐音；
此种情形下悲哀对我更为亲近，
其他场合产生的一切欢愉岂能与之相比。

弥补这伤害是否为时已晚？
没错，远方已从我无力的掌控中夺走
空荡的外壳，而攫取了无用的稗子，
但小麦和谷粒则留在了我的掌中。

若是我只爱他美德的化身，
即使它在清晨的氛围中孤芳自赏，
我们依旧是最真心的老相识，
谁人可知更弥足珍贵的眷念。

在各自的人生经历中，友谊易渐渐淡漠流逝，好像过往夏日的炽热闪电留在记忆深处。像夏日的美丽云朵映衬着天际。不论干旱持续多长时间，空气中总会含有些许水蒸气，甚至如四月一般落下珍贵的阵雨。确定的是，水蒸气会时不时在大气中浮游，因为它残留的部分永不分离。由于要遵循这条自然法则，所以这种现象的产生，就像如此繁多的草木构成的植物世界一般，可是它向来身形飘忽不定，虽说它对我们亲密得如同古老的太阳和月亮一样，而且肯定会去而复还。心灵永远有未经历的空白。这些从未消散、从未哄骗我们的幻影啊，好似着了魔法，静默无声地汇聚，它们宛如最宁静、最晴好的日子里松软炫亮的云朵。朋友就是汪洋大海中供水手避难的某座漂浮的棕榈树岛。在信风尚未不断吹送之前，他航行时得遭遇多少险难，面对多少赤道的狂风巨浪和暗礁险滩啊！可谁的远航未曾经历过水手暴动、穿过狂猛风暴，甚至是大西洋的惊涛骇浪，才抵达了传说中的某种大陆人避世的海岸呢？那想象仍然附着于最含混不清的传说，它有关于——

大西洋

令人窒息的爱河啊，流淌着，
比地狱火河更炽亮，更浅显，
它们永远孤立着我们，像这海水
使我们深深陷进大西洋的奥秘里。
我们传说中的海岸何曾有人抵达，

没有一个水手发现我们的海滩，
如今几乎未见我们的海市蜃楼，
还有身旁漂浮着绿色海草的浪花，
然而最古老的航海图上依旧标明
我们陆地轮廓的虚线；
在古代的仲夏时节，
凝视着西方诸岛，
视野直达特内里费和亚速尔，
我们模糊似云的海岸方才显现。
可尚未下沉，你荒凉的岛屿，
不久你的海滨将用商业的微笑
以及运来的货物装束一新，
繁荣远远胜过非洲或马拉巴尔海岸。
永远美丽，永远富饶，
你这传说中杳无人迹的海岸，
国王和君主们将展开竞争
看派谁先踏上你的领土，
以王冠上的宝石作为担保，
要将你遥远的土地占为己有。

虽说哥伦布凭借着水手的罗盘已航行至这些岛屿的西边，然而无论是他本人还是他的多位后继者均未发现它们。我们并不比柏拉图距这些岛屿更近。这位新大陆的狂热探求者和满怀希冀的发现者，那时他自始至终萦绕在那些岛屿的边缘，仿佛径直迈步穿过最稠密的人群，对两旁的人群视而不见。

海洋和陆地只是他的街邻，

是他劳作中的同伴，

他伫立在天涯海角，

始终真诚地求索着他的朋友。

众人住在远方的内陆，

可他却独自坐在海滨。

无论他沉思于人类还是群书，

视野总是朝向大海那面。

他阅读有关航海的讯息，

留心最纤微的闪光点，

感觉海风吹拂着自己的脸庞，

细思着陆地上人们的每一句话，

在每一位同伴的眼中

真的看见一艘帆船正在远航；

在海洋愠怒的咆哮中，

在某个远方的海港他闻听，

船只在遥远的海岸边遭难，

还有昔日岁月的历险故事。

  谁不在这平原上行走，宛如走在沙漠里塔德莫尔神庙的廊柱之间？在这大地之上，友谊何尝建立起任何保障自己的机制？它并未受教于任何宗教，任何经文也未曾收纳它的格言。它既无神殿供奉，甚至也无一根参天廊柱。据遥远的传说这块陆地上有居民生活，可遭遇海难的水手在海岸上没见过人的足迹。猎人仅发现有陶器的碎片和居民的墓碑。

  然而，我们的命运至少紧密相连。我们并未分道扬镳；但由于命运之网已编织得完好无缺，我们便越来越被抛向命运的中心。尽管有气无力，但人们还是自然而然地去寻求这种相连的命运，而且他们多少预见了这种命运的相关性。我们倾向于着重强调求同存异，我们还承认，有许多人的体温均低于人体的正常体温，但没有人的体温高于正常体温还会感到很冷。

孟子曰："人有鸡犬放，则求之；有放心而不知求。学问之道无他，求其放心而已矣。"

不时有一两个友人来我家拜访，这就给了他们一个可能交流的机会。他们想要倾诉衷肠，却沉默寡言，都等待着我用琴拨去拨动他们七弦竖琴的弦。我真盼望他们能在自己渴望的话题上，讲出那么一句或听到那么一句完整的话啊！他们轻声细语，并不强加于人。他们曾听到一些新闻，那是任何人甚至包括他们自己都无法透露的。那是与他们如影随形，能够随意供他们花费的财富。他们外出想要寻求什么？

友谊之爱

相比"友谊"，没有哪个词更令人们经常挂在嘴边，而的的确确，没有什么心愿能比得上人们对友谊的渴望。所有的人都梦想获得友谊，而有关它的戏剧每日都在轮番上演，却始终以悲剧收场。这即是宇宙的奥秘。你可能穿行过城镇，你可能徘徊过乡间，而无人向你提起友谊的话题，可人们无论在何时何处都想着友谊；我们在友谊方面可能存有的偏见，会左右我们对待所有陌生人的态度，也会左右我们对待许多熟人的态度。然而，在我查阅的所有文献资料中，我记得仅有两三篇文章与这个主题相关。无怪乎我们将神话、《天方夜谭》、莎士比亚戏剧和司各特的小说当成了娱乐喜好——我们自己便作了诗人、寓言家、剧作家和小说家。在比剧作家笔下的戏剧更饶有兴味的戏剧中，我们连续不断地扮演着角色。我们一直都梦想着我们的朋友能做我们真正的朋友，而我们也是他们真正的朋友。而现实中我们真正的朋友仅是那些与我们一起立过誓约的人们的远亲。我们的一生中，在我们习以为常的思想情感几乎能达到的水准上,我们与一个朋友作交流时从未超过三个单词。一个人走上前来打算说:"我亲爱的朋友!"而问候的话则是:"该死的瞎子!"可别在意,虚情假意的人绝不会赢得真正的朋友。噢!我的朋友,唯愿这一刻尽早来临,到那时你是我的朋友,我也是你的朋友。

若是不花时间去培育友谊,若是友谊永远被无关紧要的职责和关系挤到次要地位,那么即便心怀最友好的情谊又有何用?友谊总被人们置于首位,但往往友谊总被摆尾。然而,忽视我们的朋友,还要让他们与我们情投意合,二者却不可兼得。当他们说"再会"时,我们这才开始想去做他们的伙伴。我们是否经常地与真正的朋友南辕北辙,导致我们可能出门遇见了他们的假堂兄、假表弟。愿我自己配得上做每个人的朋友。

通常,涂脂抹粉的"友谊"并非出于深情厚谊。毕竟,人们不会异乎寻常地去爱他们的朋友。我常见到的农夫们不曾被他们彼此的友谊造就成先知,变成大智若愚的人。他们平常并未被彼此的友爱美化、升华。我不曾观察到一个人的友爱会让他们变得纯洁、文雅、高尚。假如有人给他的木材降低点价格,在城镇集会上为他邻居投上一票,给他邻居送一桶苹果,或频频将自己的马车借他使用,这便被看作是友谊的罕见范例了。农夫的妻子也并非过着为友谊而献身的生活。我没见过两对农夫夫妻友好得相互间做出有悖常伦的事情来,在历史上这样的夫妻寥寥无几。说一个人是你的朋友,通常仅仅意味着他不是你的敌人。大多数人只想到友谊意外带来的微不足道的好处,比如在自己危难之时,有朋友仗义疏财,或鼎力相助,或出谋划策;但有人事先只想从友谊中获取此类收益,那就足以证明他没有领悟友谊的真谛,或确实对友谊毫无体验。与友谊提供的恒久宽慰的助益相比,友谊提供的此类助益只显得出格而卑下。甚至友谊也不仅局限于善解人意、和睦相处、宅心仁厚,诚如某人所言,因为朋友不单和谐与共,而且同享美好的旋律。我们并不期望朋友赠予我们衣食,而是对我们的心灵尽相同的职责,要获赠衣食,有好心的邻居就够了。而在心灵的衣食方面富足之人凤毛麟角,不论他们待朋友多么友善。我们多半会愚蠢地将一个人与另一个人混为一谈。愚钝者只能分辨出不同的种族或民族，或者起码分辨出不同的阶级，而智者却能分辨出每个不同的个人。对于他的朋友而言，一个人的个性体现在他的喜怒哀乐、一举一动中，而他的坏脾气会受到他朋友的规劝，并加以改善。

请想想友谊在人的教育方面所具有的重要性。

满怀爱心，亦拥有判断力的人，
他比其他任何人都明白得多。

友谊将让一个人变得诚信，友谊将让他当上英雄，友谊将让他修为圣人。它造就了这样的一种状况，即正直者交往正直者，大度者交往大度者，真挚者交往真挚者，男子汉交往男子汉。

而另一位诗人则说得精辟：

为何融入美德中的爱无人知晓，
只因爱是由全部美德精炼而成。

慈善家、政治家和女管家养成的恶习，本应作为改革的对象，却在与朋友的交往中无意识地改掉。朋友就是这样的人，他不断地夸赞我们，期盼从我们身上看到所有美德，而且他能赏识这些美德。要有两位朋友来说出真心话，一个人直言，另一个人倾听。人们怎能宽宏大量地与铁石心肠的人为伍呢？假如我们只与背信弃义、口是心非的人为伍，最终我们会忘记怎样仗义执言。唯有相爱的人才深知情真意切的珍贵与高尚，而商人看重的是低廉的诚实，邻居和熟人则看重低廉的礼貌。在我们与他人的日常交往中，我们较为高尚的情操处于休眠状态，而且被蒙上阴影。无人会夸赞我们，以期盼从我们身上看到高尚的品德。虽说我们有金子可供奉献，他们却只需要铜材。

我们恳请我们的街坊四邻诚挚体面地对待自己，可是他置若罔闻，他其至没听见这一祈求。他其实是在说：假如你将我当作"简直跟我一样"欺诈、卑鄙、虚伪、自私的人来对待，我就心满意足了。我们多半乐于这样待人，也乐于这样被人对待，我们还认为民众之间不可能拥有任何更真挚、更高尚的关系。一个人可能有所谓的好邻居、好熟人，甚至还有好伙伴、好妻子、好父母、好兄弟、好姐妹、好儿女，他们彼此的交往只是建立在这些关系的基础之上。国家并未要求它的成员持有公正的态度，倒是以为它的成功极其依赖于最低限度的公正，这简直比流氓无赖的勾当好不了多少，而邻里之间和家人之间也是如此行为。即便人们通常所说的友谊，也只是比流氓无赖之间稍多一点颜面而已。

可有时候，有人说我们喜爱另一个人，也就是说，我们和他处于诚挚的关系之中，我们给予他最美好的情感，又接纳他最美好的情感。我们与他，彼此意气相投，互敬互爱；与我们彼此间的忠诚和信任相对应的是，我们的生活堪称清新脱俗，符合我们的向往。在我们与红尘中的男男女女的交往中，任何预言都未曾引导我们去希冀一段段感情，它超越了我们的尘世生活，为我们预见了天堂的景象。究竟怎样的爱可能光临戈夫斯敦乏善可陈的一日，且与诸神任意一日的喜爱相媲美呢？究竟怎样的爱探寻到了一个新世界，那儿何等清新秀丽、恒久弥新，占据了旧世界的一席之地，而在普通人眼中那儿只是一粒宇宙飘浮的尘埃？否则，那新的世界便不能抵达，或本不存在。我们几乎还敢再问一句，除了绵绵情话，还有什么别样的话语值得念念不忘，值得重复念叨？而奇妙的是，那些绵绵情话人们都曾倾诉过。它们确实如奇珍瑰宝，但它们宛如一段乐曲，连续不断地由记忆再三吟唱。别样的所有话语随着裹在心头的灰泥崩裂四散。我们现在都不敢复述这些话语，我们一直都觉得自己不配听见它们。

专为年轻人出版的书籍大多热衷谈到择友这个话题，因为就"朋友"这个话题它们真的无可奉告。这些书籍将朋友定义为合伙人或知己。"要明白敌人和朋友的矛盾起因于上帝。"友谊产生于那些志趣相投的人之间，是自然而然的结果。没什么表白或追求能起到作用。甚至言语最初也必然与友谊无涉，但它紧随沉默而至，恰如嫁接的嫩芽很久才会萌发新叶。友谊若是一场戏，那么各方无须扮演任何角色。迫不及待或是三心二意的情侣觉得，他们每次相会都应特意说说情话，故意扭捏作态；他们绝对不应摆出一副冷冰冰的样子。然而，那些作为朋友的人们不会由着自己的性子来，而是去做他们该做的事情。在某种程度上，他们的友谊亦被他们视为一种崇高的现象。

"我断然不会请求你许诺让我爱你——我拥有这个权利。我爱你不是将你占为己有，你还是属于你自己，而是将你当作天成的佳偶，我所寻到的宝贝。噢，我多么想你！你的善良是那么的纯洁无瑕，你的纯美是那么的永无止境，我当永远信赖你。我没想到博爱会如此丰富多彩。给予我一个机会让我去好好生活吧。"

"你是一篇小说中的真实情节——你的真实性比小说中的更独一无二、更值得钦佩。我只赞成你去做你心目中的人，唯有我永不阻挡你前进的步伐。"

"这就是我的渴望——与你亲密无间，宛如我们的灵魂般亲密——敬重你宛如敬重自己的理想一般。绝不施以恶语、陋行，甚至思想亵渎对方。若有必要，在我们之间不再有第三个老相识。"

"我已经找到了你，你又怎能对我避而不见呢？"

朋友间不求回报，只求对方大度兼容、友谊天长地久，而非贬低对方在自己心目中的美好形象。朋友都珍视彼此的希望，都亲善彼此的梦想。

尽管那诗人说"美德应归因于出类拔萃的友谊"，然而我们绝对不能赞美我们的朋友，也不能认为他值得赞美，也不能让他以为他能够花样百出地讨我们欢心，或者对我们过于殷勤。在别处荣获如此美誉的友爱尤其不能与相互吹捧的关系为伍，这种吹捧对朋友来说无异于当众侮辱，而蓄谋的美意，并非朋友的天性所必需的友爱。

很自然地，男人女人因身体构造上的永恒差异产生了强烈的异性相吸，而且在通常情况下男人与女人肯定会互生情愫。对男人而言，确保女人关注他自己感兴趣的东西是多么自然又容易的事情。拥有同等文化教养的一对男女一旦相遇，彼此间肯定比拥有同等文化教养的两个男人之间更能擦出火花。在这般情形的社会中，某种自然而然的无私与慷慨已然存在，而我还想到，相比念书给一帮聪明的男人们听，哪一个男人都会更加自信满满地捧起他最喜爱的书念给一群聪明的女人听。男人去造访男人惯常会被当做打扰，但异性友人自然盼望对方来访。然而友谊对性别却不另眼相看，而且相比同性两人之间的友谊，可能异性两人之间的友谊更为罕见。

  无论如何，友谊是一种地位平等的完美关系。它不能舍弃相同职责、相同利益的醒目标记。一位贵族绝不会在他的家仆中择友，一位国王也绝不会在他的臣民中择友。并非友人们在各方面都平起平坐，但他们在所有尊重和影响他们友谊的方面是完全平等的。一方的爱正是由另一方的爱来达到平衡与反馈的。众人仅仅是满载美酒的帆船，而流体静力学的悖论则是爱的法则的象征。它发现了自己的水平面，并在所有的胸怀中升至与源头相同的海拔高度，它最纤细圆柱的水压与大海的水压相互平衡。

> 而且牧羊人的爱的力量，
> 也与强势的贵族势均力敌。

  论及爱的方面，女性并不比男性更温柔。一位英雄的爱和一位少女的爱同样柔情似水。

友谊之诚

  孔子曰："无友不如己者。"所谓友谊的功德和对友谊的守护，即是友谊似乎要达到这样一个水准才会产生，这个水准比双方真实的秉性所确保的水准更高，阳光以如此的曲线辉映着我们，导致与我们相遇的每个人都比他实际的形象更显得高大。友谊便建立在如此谦恭的基石之上。我的朋友即是一个与我不谋而合的人。我常常在自己不能到场时，给他指派一个活计，这活计比我发现他曾从事的职业更为高尚，而且我想象得到，他为我奉献的时间是从一个更高级的社会挤出来的。我曾在一个朋友那儿蒙受到极大侮辱，他依仗与我长期、厚颜的交道，对某人的过错予以纵容，当着我的面却恬不知耻，且依旧以友好的口吻与我唠叨。当心点！以免你的朋友最终学会了容忍你的弱点，结果妨碍了你爱的进步。好多次，我们甚至对朋友也忍无可忍，免不了开始相互亵渎，此时我们必须虔诚地退至孤寂和缄默之域，去为一种更崇高的亲密关系作更好的准备。在与朋友们的交往中，沉默即是馥郁之夜，那夜他们的真诚会失而复得，更加根深蒂固。

友谊绝非建立在泛泛之交的关系基础之上，而你能要求我减少与你的友谊以便更深入地了解彼此吗？然而我有何等权利去认定另一个人是如此珍视我们彼此间难能可贵的情感？友谊是一个奇迹，但需要不断得到证明。它是将最纯洁无瑕的想象和最罕有其匹的信念去付诸实际的运用。它以一副默然而又雄辩的姿态说道："我将与你建立起这般的关系，它是你无法想象的；即便如此，你仍须相信。我将为你竭尽我的真诚，它是我为你献出的全部财富。"那朋友则凭着他的天性和一生来默默做出回应，且用同样神圣的恩惠回馈自己的朋友。无论多么艰难困苦他都与我们心意相通。他绝不索求爱的标志，但却能凭借爱具有的天然特征来辨别它。我们从来无须在他造访时过于拘礼。切莫静候我的邀约，但你会注意到：你登门时我总是不亦乐乎。你的造访确实太珍贵了，我不敢再奢求什么。在我朋友生活的地方，各种财富和引人入胜的事物应有尽有，没有一点阻碍能让我与他疏离。愿我永远不必向你吐露我的难言之隐。愿我们的交往彻底超越我们自己，让我们心心相伴。

友谊的言语不在乎辞藻，而在乎意义，它是超越语言的非凡智慧。有人畅想着与朋友进行永无止境的交谈，畅所欲言，无所顾忌；但实际情况通常是不如所愿。熟人可以来来往往，各种场合说一样的套话，可他的轻言细语表达了怎样的思想和意义？假设你向即将外出旅游的朋友道别，除了同他握手之外，你还知道其他道别的标志性举动吗？你是否准备对他讲几句恭维话？是否备好一盒药膏塞进他的衣袋？要请他捎带什么特别的口信？有什么重要的话你忘了没说？好像你一下得了健忘症。别这样，你紧握着他的手道声再见，这就足够了，而你可能会轻易地将这个举动疏忽了；迄今为止，人人都未能免俗。如果他将要出发，而他的时间却被耽搁了这么久，这会令他苦不堪言。假若他必须即刻出发，那让他拔腿就走。你还有什么最后的话要说吗？唉！你搜肠刮肚想说出的话，第一个词都还没影呢。甚至能让我亲热地直呼其名的人也屈指可数。被人们读到的名字，是对它所属个人的认可。可以准确无误地拼读出我名字的人，他能够随意召唤我，有资格让我去爱他并助他一臂之力。然而克制也属于自由与放纵的情侣们。他们对自己本性中所具有的敌意或冷漠做出了克制，才在心灵中给予亲密与和谐一席之地。

爱的劲爆与恨的劲爆同样令人惧怕。当爱很浓厚时，它是恬静的，甚至路人皆知的失恋的痛苦也始于爱潮的消退，因为真爱的情侣属于凤毛麟角，虽然所有人都乐意做情侣。如果一个人既不卑劣也没冲动，那么这就证明他适合拥有友谊。一份真正的友谊如它的柔情那般聪慧。友谊的双方则毫无保留地屈从于他们爱的引导，将其他的法则或美意置之脑后。友谊并非是奢侈或疯巅，但它的誓约从此便被立下，恒久不变。它是更纯真的真理、更美好的讯息，流逝的时光亦永不会令它蒙羞受辱，永不会抹杀它的真实。友谊如同这种植物，在冬夏交替的温带生长得最为茂盛。朋友必不可少，彼此在平凡的土地上相逢，而非在地毯或软垫上相逢，他们只在土地或岩石上促膝谈心，服膺于自然而原始的法则。他们相逢时不会惊呼，分别时没有悲叹。他们的关系隐含着犹如勇士战利品的特性；因为打开人们的心扉恰如勇士攻克城堡的大门一般需要勇气。友谊并非仅仅是闲情的和谐和相互的抚慰，而是奋发向上的息息相通。

当男子汉气概所向披靡，
以致身心全无恐惧，
然后令人困乏的工事
使战士们拥抱在一起。

瓦瓦坦为毛皮商亨利见证了他们之间的友谊，亨利在自己的"历险记"中描述，如此这般的友谊几乎如枝条光秃片叶不生，但花朵绽放又硕果累累，被彼此心满意足地留在了隐秘的记忆中。在斋戒、索居和苦行之后，那坚毅的勇士神情自若地光临这白人的山林小屋，声称他是自己梦乡中见到的白人兄弟，从此以后便收留了他。亨利为向瓦瓦坦的朋友表达善意埋掉了自己的短柄小斧，他们在一起打猎、大吃大喝、熬制槭糖。"金属熔成液体而混合，鸟兽为图便利而聚集；傻瓜因恐惧和愚笨结伴；而正直的人儿似曾相识。"若是瓦瓦坦想与他部落的族人一起"品尝白人的白汤"，或者说是想喝上一碗用那毛皮商的同胞熬成的人肉汤时，首先他会为他的朋友寻一个安全之处，这位朋友被他解救了出来才得以免遭如此厄运。终于，在荒野之上的酋长家里，他们熬过了漫长的冬日，宁静而快乐地交往，一起狩猎一起捕鱼，春天到了他们便返回米奇利马基纳克加工他们的毛皮；在乌塔尔德岛，瓦瓦坦得与他的朋友别离了，因为亨利为了躲避敌人的捕杀要继续前往苏圣马里；他们预料这只是短暂的分离。亨利说："此时我们互相道别，两人都依依不舍。我离开印第安人的山林小屋时，因受到了他们的善待而感激不尽，对耳闻目睹的其他印第安族人的美德怀着最真挚的敬意。瓦瓦坦的全家人一路伴我来到河滩边，独木舟一推下水，瓦瓦坦就开始对马尼多神念叨，祈求他保佑我——他的兄弟一路平安，直到我们重逢的那天。我划行了好长一段距离仍可听见瓦瓦坦的声音，他在不停地为我祈祷。"后来我们再没听到他的消息。

友谊并非如你臆想中的那般和善，它没含有多少人类血液的成分，却与对人类和其建筑物的必然漠视，以及对基督徒的义务和人道的必然漠视，这两种现象冰炭共存，同时友谊就像电流一般净化空气。在两人的关系中，严酷的悲剧可能会比他俩最率真的交往更经常发生。这种关系从其本质上而言，我们不妨称之为一种未开化的交往，这种关系天生就无拘无束，随心所欲，无偿地践行着所有美德善行。友谊不单是最高度的共鸣，而且是一种高洁的社交活动，是一种仍断断续续地保留至今的古朴而神圣的交往典范，它一旦记起自身的本质，便会毫不迟疑地去漠视人类更低俗的权利和责任。友谊需要完美无瑕和神圣成熟的特质，凭着谦逊和对最遥远的未来的期盼才得以存续。我们不会热爱任何只让人愉悦却有欠公平的事物，倘若这般事物有可能存在的话。自然界在每一枚果实前摆放了一朵鲜花，而不单是在每一枚果实后摆放了一片花萼。当一位朋友走出自己偶像崇拜的迷思，砸碎了自己崇拜的偶像时，受了更崭新的圣约书中的箴言影响而转变了信仰；当他将他的神话忘掉，将他的朋友作为基督徒来善待或者以他得心应手的方式善待时，到那时友谊便不成其为友谊，而变成了慈善；设立救济院时所遵循的原则如今则携带着它的慈善从家里开始，在那里建立起一座救济院，建立起与靠救济为生者之间的联系。

　　关于这个社会所承认的数字，无论如何都是从"一"开始的，它是我们已知的最高贵最伟大的数字，而这世界是否将永久地使用它，是否，正如乔叟所断言的那样，

　　那瞬间天上有比一对星星更多的星星。

　　这一点仍有待证明；

　　而且他当然会去寻找

在一千之中寻找到一。

当我们意识到值得我们去爱的是另一个数字,我们将不会放任自己对其他数字见异思迁。然而,友谊并非象征着数字;这位友人不会扳着指头数他有几位朋友,他们是难以记数的。若是他们确实被这种友谊的纽带维系在一起的话,那么被维系的人越多,将他们凝聚在一起的爱的品质也就越珍贵、越神圣。我已准备好去相信,三个人相拥的关系可能和两个人之间的关系一样情同手足。的确,我们不能滥交朋友;在一定程度上,我们所赏识的美德被我们独擅其美,最终令我们更顺应人生的每一种关系。卑劣的友谊具有狭隘和独占的倾向,而崇高的友谊则并非独占,它充沛而弥散的爱是一种使社会变得甜蜜、对外族产生同情心的人道;因为尽管它是基于私人的交情,其实却涉及公众事务和公共利益,而朋友比一家之主更应受到国家的款待。

友谊所具有的唯一危险是它终有一天会完结。它虽根植于沃土,却是株弱不禁风的植株。细微的无益之举,即便一个人自己尚未觉察,也会轻易将它摧残。请让这位朋友懂得,他在自己朋友身上看到的那些缺点会让他警醒自己的缺点。我们通过明察秋毫而获得回报,相比这条准则,没有哪条准则会更加万变不离其宗。出于心胸狭隘和一孔之见,我们会说:我的朋友,我要从你那儿获得的东西就这么多,你如此这般,仅此而已。或许没有谁具备足够的慷慨,足够的无私,足够的聪慧、崇高,加上足够的英勇,才配拥有一份赤诚相待而天长地久的友谊。

有时,我听到我的朋友们小心地抱怨,说我不欣赏他们的美意。而我不会向他人吐露我欣赏与否。似乎他们做过的每一件好事、说过的每一句好话都盼望他人投上感激的一票。谁敢说不会有人对它欣赏有加呢?可能你三缄其口是左右为难的最佳选择。有人从不愿提起一些话题,我们对此保持沉默要好得多。对于最崇高的对话我们只有洗耳恭听。我们对自己最美好的关系不单是闭口不提,还要将其深深埋在心中永不泄密。人际交往中悲剧的产生,往往并非始于言语上的误解，而是始于对缄默的不予理解，然后你就永远百口莫辩了。若是有人爱你但却心存隔膜，于你何益？这种爱实为诅咒。那些伙伴总爱推测自己的缄默比你的缄默更情深意长，这是怎样的一种伙伴呢？他们觉得只是对方感到憋闷，这样的态度是多么愚不可及，多么强人所难，多么有失公允啊！你的朋友是否同样总心生怨尤？毫无疑问，有时我的朋友们对我说些废话，无意中讲出的这番话，可他们自己并不清楚我到底听进去没有。我深知我因为没讲他们爱听的话语或他们爱听的类似话语，已屡屡令他们大失所望。无论何时我与朋友相遇我都要同他聊上几句；但那位爱听我美言几句的人却不是我这位洗耳恭听的朋友。他们也会抱怨说你冷酷无情。噢，你这会将椰果表里倒置的人啊，到下次我伤心流泪时我会告知你。他们要求你既有言语又有行动，而一种纯真的关系却要求言行如一。假如他们不懂得这些事物，他们又怎能见多识广呢？我们经常克制自己的感情，这并非出于自傲，而是唯恐我们不能将那人爱到永久，因为那人请我们交出自己感情的真凭实据。

　　我认识一个女人，她聪明伶俐，颇为注重自身的修养，竭尽全力追求自己想要的东西。我与她愉快地交往，将她当作一个不矫揉造作、能让我激情奔涌的人，而且我想她也受到我的鼓舞。但显然我们的交往尚未达到那种其实所有女人都倾慕不已的心有灵犀的那种程度。我乐于助她，因为她也乐于助我；我十分喜好借助一种陌生人的特权去了解她，而且像她别的友人一样，我也经常为是否去拜访她而犯愁。我的秉性让我踌躇不前，我懵懂不知其中的缘由。或许，她没有对我提出最高的需求，宗教上的需求。我对某些人有偏见或对其怪癖素无好感，可他们信心百倍的样子鼓舞了我，而且我深信，至少他们也将我看作异教徒———一个虔诚的希腊人加以信任。我也确立了自己的原则，如同他们牢固确立了自己的原则一样。如果此人能不随心所欲地构想：直到我们拥有共同的命运的那一刻，直到我们的守护神应允的那一刻，我便与她结交，且仍会重视这种交往，这就是我心怀感激的誓言。我感到自己好像对她满不在乎、漠不关心、毫无原则，不期望求取更多，也不满足于收获更少。若是她能明白，我对自己提出了无休无止的要求，我对他人同样如此，她便会意识到：相较一种更加直率但有欠诚实的、没有发展余地的交往，这种诚心却不完美的交往，比它要美好得多。对于我的伙伴，我需要其对我提出与我的天资相匹配的要求。这样一个人总是会恰当地宽以待人，迎合任何有损这些良善之举的都是自杀行为。我关注和信赖那些热爱和赞赏我的远大抱负而非我的实际成效的人。假如你不愿止步来注视我，而是顺着我凝视的远方眺望，比我看得更远，那么我的成长便不能没有你的相伴。

> 我的爱必定自由自在
> 如雄雕在天际展翅，
> 翱翔于大地和海洋之上，
> 凌驾于万物之上。
>
> 我不应模糊了自己的双眼，
> 欢聚在你的沙龙。
> 我不应离弃我的青天，
> 离弃夜空的皎月。
>
> 且别张开猎禽者的天罗地网，
> 阻拦我的飞翔，
> 它被狡猾地置放，
> 来引诱我的目光。
>
> 而你还是做那阵狂飙吧，
> 它载我直上云霄，

仍涨满我的风帆,
当你生离死别的时候。

我不能离弃我的青天,
由着你的无理取闹,
忠贞不渝的爱定将高飞,
直上极乐的天堂。

那只雌雕不能容忍,
她的配偶这样赢得胜利,
他训练自己的目光,
瞄准太阳的下方。

白头海雕
bald eagle

倘若你们的友情缺乏一种完全实用的熟识基础，在遇到一些无需友情的援手，而只需一种低廉、琐碎的帮助的问题时，帮助一个朋友就更是一件少见的难事了。假如我与一位友人相处得极好，我俩的关系既有社交基础又有心灵基础，他并不觉得我有什么一技之长，可当他遇上无助的问题来寻求我的帮助时，却对与他相处的我全然不知，为了解决这样的问题，他不利用我比他强大得多的本领，却只利用我的双手。我认识另一个人，恰恰相反，他在这方面的辨别力非同一般；他自身不具备这种才能时，却明白怎样去利用他人同样的才能；他明白何时、该不该去关心或监督他的手下，而且懂得在他的手下面前适可而止。为他效劳是件难得的美差，所有的劳工都知道这一点。另一种相处方式则令我颇感痛楚，这就好比在开始了最友爱、最崇高的交往之后，你的朋友就实实在在地将你作为一把铁锤使用，按着你的头去敲钉子；你仍然既当他的朋友，又当吃苦耐劳的木匠，高兴地使用一把铁锤为他效劳。这种麻木的感觉是所有心灵的美德都难以弥补的一个缺陷：

> 善人我们如何能去信他？
> 只有智者才不偏不倚。
> 善人我们要去利用，
> 智者我们却不能挑剔。
> 这些人无人可比；
> 善人他们都认识和热爱，
> 可还有人对他们陌生，
> 那些见识短浅者就是如此。
> 智者不会向我们抛来媚眼，
> 他们的忠告却震撼心灵；

他们不会偏偏只牵挂

个人的悲哀与幸福，

而是心系全人类的悲喜，

一旦知晓便会产生共鸣。

友谊之仁

  孔子曰："君子以文会友，以友辅仁。"而世人却希望我们同他们的恶习也定下友谊的誓约。我有一个朋友，他希望我看问题时明知是错也要当作对的看待。但假如友谊要夺去我的双眼，让白昼变成黑夜，我甘愿放弃这样的友谊。友谊的作用应该是宽宏的、自由的。真正的友谊能捧出真知的美酒。它不依赖于黑暗和愚昧。友谊的要素中绝不可能缺乏敏锐的洞察力。如果相比他人的美德我更能看清我朋友的美德，那么相比之下他的缺点也就更加暴露无遗。我们没有如此正当的权利去憎恨任何自己当作朋友的人。缺点并不因它们总是由对应的美德相平衡而称不上缺点，而且我们不要为缺点找任何借口，尽管在许多方面，显然它其实会更为严重。与我相识的人中绝无一人能容忍批评，能抗拒阿谀逢迎，不愿贿赂他的法官，或是襟怀坦荡地认为"我爱真理总是胜过爱我自己"。

  假使两名旅行者欲一路同行，要想关系融洽，看待事物一个人必须与另一个人秉持同样公正且准确的视角，否则他们的旅途不会一路鲜花绽放。然而，你甚至能与一个盲人相伴来一次相得益彰的愉快旅行，若是他温恭自虚，且当你谈论沿途风景时，切记他已双目失明，而你可以睁眼看世界；另外你千万牢记这一点——他的听力大概由于眼盲反而变得更灵敏了，反之你们将会半途不欢而散。一个盲人和一个视力毫无缺陷的人正一道散步，不小心走到了悬崖边。"千万小心！我的朋友，"正常人说道，"这儿是悬崖绝壁，赶快停下。"——"我比你更明白。"盲人说完,就一脚踩空掉了下去。

即便是我的密友,也不尽能道出我们的所思所想。我们也许宁愿与他就此诀别也不心怀怨尤,因为我们的怨尤埋在心底而羞于出口。任何两人之间都不可能完全做到心照不宣,而一个人揭另一个人的短处导致的误解与那短处同样可恶。个人风度上的差异始终存在,它阻碍了造就完美友谊的努力,也是朋友间绝口不谈的主题。他们以自己的肢体语言做出了表态。除了爱,其他任何东西都不能为他们调停。当他们试图为自己狡辩,负气斗狠时,友谊已无可挽回。谁会因为朋友而欣然接受对方的致歉呢?他们必须像朝露和霜花一般致歉,在和煦的阳光下朝露和霜花随即消失,人人都知道它们一心向善。有什么必要去狡辩,怎样的狡辩才能将功补过呢?

纯真的爱不会因鸡毛蒜皮的小事而争论不休,如此的误解经过彼此沟通就可烟消云散。然而,唉,无论是怎样不足挂齿的表面原因,它仅仅是为了那些万无一失的、击中要害的、无休无止的缘由而吵吵嚷嚷,这些缘由还不能被搁置在一旁。如果任何一条缘由尚存,争吵还会周而复始地发生,尽管友情的光辉总会照耀,为它的泪水涂抹上灿烂的金色;宛如天边的一道彩虹,无论它何等美丽,是何等准确的一个预兆,却不会许诺你日复一日的晴天,而预兆仅在一个季节里灵验。我有两三个莫逆之交,而我不曾知晓,除了琐碎短促旳事情之外,我的忠告还在其他事情上立竿见影。一个人也许懂得另一个人不甚了了之事,但无以复加的美意也不能传递使那忠告奏效所必需的讯息。我们应该依照我们的初衷,接纳彼此或拒绝彼此。比起我的朋友,我可能更轻易地驯服一只鬣狗。他好似一块我无法用自己的任何工具加工的材料。一个赤裸裸的野蛮人能拿一根火把放倒一棵栎树,将一块石头磨成短柄小斧,可我从自己朋友的秉性中却砍不下纤微的碎片,去美化或丑化它。

那情人最终会领悟到,不藏心机且信赖有加的人世间本不存在,反倒是,人人都有个魔鬼附体,那魔鬼终究能造下种种罪孽。然而,正如一位东方哲学家所阐述的:"纵然良善之人之间的友谊被迫中断,但他们的本性从未更改。

莲藕即便被从中折断了，但那缕缕细丝依然牵连。"[1]

与爱相伴的愚钝和笨拙胜过无情的睿智和娴熟。或许，与爱相伴的有温文尔雅，甚至还会有脾气、机敏、才能和谈笑风生，甚至可能还有善意，然而极其人性和极其神圣的才干却渴望施展。我们的生活若是无爱相随，就好像焦炭和灰烬。人们也许清白有如雪花石膏和帕罗斯岛的白色大理石，高雅有如托斯卡纳郊区的别墅，壮观有如尼亚加拉瀑布，然而假若他们的宴席上没摆上奶酒，就比不上哥特人和汪达尔人的殷勤好客。

我的友人并非其他种族或家族的一员，而是与我骨肉相连的亲人。他是我真正的兄弟。我感到他探险的天性与我如此相像，我们的居所相距不远。难道说是命运之神要千方百计地将我俩联系在一起吗？《往世书》中这样说道："同行七步便足以与高洁之士结下友谊，何况你与我同居一处。"长期以来，我俩共享同一块面包，痛饮同一股清泉，炎夏寒冬呼吸同一方空气，感受相同的酷热冰冻；吃同样的水果恢复精力，彼此不会固执己见——这些难道毫无意义吗！

[1] 梭罗应该引用的是查尔斯·威尔金斯所译的印度民间梵文寓言故事集 *Hitopadesha* 中的语句，相传该书作者为那罗延（Narayana）。

> 大自然每日迎接她的黎明，
> 而我的黎明在日间后来居上；
> 我称心如意地呐喊，道出真言，
> 我料想我的黎明霞光万丈。
>
> 但我的太阳此时屈尊升起，
> 骎然她当是君临中天，
> 她美丽的田野展现于荫庇中，
> 我的日光却不能驻留。

间或我沐浴着她白日的暖阳，
与我的同伴促膝谈心，
但若是我们交换一缕光芒，
她的热能即刻减弱。

听君一席话我登高远望，
犹如伫立于东方的山冈，
翌日的朝阳对着我升起，
比她的天赋更加绚烂。

仿佛两个夏日骤然合体，
两个星期日欢聚一堂，
我们的光芒新造了一个太阳，
带来最美好的晴朗夏日。

　　恰如这 11 月末的日落，无疑会带我穿越到天堂的世界，让我不禁回想起青春年少时红彤彤的清晨；恰如这音乐尾声的旋律萦绕在我听力渐衰的耳边，无疑会令我忽略自己的年龄，或一言蔽之，在我们的有生之年，大自然多姿多彩的影响难免存在，所以我的朋友必定是我一生的朋友，将上帝的一缕光亮映射到我的身上，而光阴将养育我们的友谊，为其锦上添花，将其奉为圣物，正如它敬奉神殿的废墟一般。只因我爱大自然，爱欢唱的群鸟，爱忽明的残茎，爱奔流的江河，爱晨曦与晚霞，爱炎夏和寒冬，所以我爱你，我的朋友。

　　然而，关于友谊我们所能论及的，只是友谊的一枝一叶，就像植物学中有关花卉的论述。我们对友谊的思量又怎能顾及友谊的方方面面呢？

甚至朋友的亡故也给我们以启迪，就像他们活着时那样。他们会给悼念者留下慰藉，正如富人会留下钱财来支付他们葬礼的花费，而对他们生平的记忆终将被庄严和愉悦的思想所覆盖，如同他人的墓碑上蔓生了一层苔藓；因为我们的朋友在这墓园没有一席之地。

这些话便是对我们位于阿尔卑斯山南侧和大西洋这一边的诸位朋友所倾诉的一切。

还有一些恳切和忠告的言辞，要献给群山之外那由千千万万的可敬友人组成的民族——向他们致敬。

我的最宁静祥和、无牵无挂的众位邻人，让我们领会到自己各有所长；我们即便不彼此欣赏，至少还可以互惠互利。我深知崇山峻岭让我们天各一方，它们终年积雪，但切莫万念俱灰。趁这冬日的好天气去登山吧。如果必要，可用醋去软化岩石。因为此处一片意大利青葱的草原展现在你的眼前，随时迎接你的到来。而我这边也快马加鞭，直达你的普罗旺斯。然后兴奋地手舞足蹈，以示庆祝。你大可放心，这木材经过风干处理，十分结实，经久耐用；若是它开裂了，它原来的林场还有更多的木材可取。我并非一件陶器，被邻居挤碰一下便会存在撞碎的危险，一旦撞碎了，必会发出临终前刺耳的咣当声；而毋宁说我是一块老式的盛食物的木盘，时而搁在桌上，时而权当三脚的挤奶凳，另外还会成为孩童的座椅，最终带着荣耀的满身创疤，花哨地葬入坟墓，而且照样是被人用得破旧不堪后才身亡。除了失去荣耀，还有什么能令一个勇士感到震撼。想想看，人这一生会受到多少怠慢；可能会掉进饮马池中，吃下淡水贻贝，或者一件衬衫没换洗要穿上一周。确实，你接受不了这样的震撼，除非你与令你震撼的事物有着带电的吸引力。无论怎样，若是你发现我有益处的话，那么，请好好利用我吧，因为我有助人为乐的一面，从伞菌与天仙子，直到大丽花与堇菜，这些请愿者争先恐后地恳求着人们去利用它们；有的可用作药饮或药浴，比如香蜂花和薰衣草；有的可用作香料，如马鞭草或老鹳草；有的可用于观赏，如仙人掌；有的可表达思想，如大花

Chapter 6 星期三

天仙子
black henbane

香蜂花
common balm

薰衣草
English lavender

[1] 大花三色堇是堇菜科堇菜属的一个园艺栽培种,由三色堇与阿尔泰堇菜、黄堇菜杂交而得。大花三色堇较为耐寒,主要在冬春开花。大花三色堇也是思想自由的象征之一。

三色堇[1]。这些东西即便不具有那些较高尚的用处,至少也能派上较谦卑的用场。

啊,我亲爱的陌生人和敌人,我不愿忘记你们,我能主动去欢迎你们。请允许我在落款时写下"你的永远忠实的""你的感激不尽的仆人"。我们对自己的敌人无所畏惧,因为上帝的常备军时刻准备着;可是我们没有同盟者去反对自己的朋友,那些冷酷无情的汪达尔人。

再一次号召全体人员:

朋友们,罗马人,同胞们,还有情侣们,
请让如此纯粹的恨依旧支撑着
我们的爱,利于我们能成为
彼此的良心。
而我们的同情
主要源自于那里。

我们互相对待有如众神,
将我们拥有的所有关于
美德和真理的信念,赠予
对方,而将猜忌留给
下界的神灵。

两颗孤独的星体,
那浩瀚无垠的星系
在我们之间的太空运行,
而我们仰仗自己的意识之光,

意志坚定地趋向相同一极。

有何等的需求要扰乱这天体，
爱能经得起等待，
因为任一时刻都不会太迟，
以便见证一项职责的终结，
或者帮助开始履行新的职责。

它将大力促进
对花卉色彩的使用，
唯有那孤芳自赏的宾客
频频出入它的树荫，
继承它的遗赠。

它友善却从不吹嘘，
而更加友善的静默
却对它的同伴施舍，
在夜间去安慰，
在白昼来贺喜。

唇舌对唇舌说了哪些话语？
耳朵从耳朵听到了什么消息？
依靠命运的宣判，
年复一年，
它与外界进行着交流。
情感的海湾荒凉无路，咧开大嘴，

没有一座言辞的小桥，
或壮观的大跨度桥拱，
能飞跃那护城河，
河水围护着真诚的人们。

即便亮出弩箭和棍棒，
也不能将敌人拒之城外，
或避开他布下的暗雷，
他满腹狐疑地进入，
狐疑划清最后的界限。
那城门戒备森严，
不让友善的人儿入内，
可是他就像一轮红日，
必将赢得城堡，
让城墙上金光闪耀。

我深谙世间万物
皆不能挣脱爱的怀抱，
因为它下可潜五洋，
上可直达九霄。
它拭目以待，就像苍穹在期盼
云开雾散，
而它沉静地播撒光芒，
带来恒久的白昼。
无论雨过天晴，
还是乌云密布。

爱也难以宽恕这种行径，

敌人可以被收买或遭戏弄，

由此消除敌意，

那惆怅的人啊，

纵然他慈悲为怀。

心灵之晨

  日落之前，我们在阿莫斯基格上游划着小舟航行了五六英里远，抵达了该河一处令人欢喜的河段，我俩中的一人上岸去找寻一处农家，在那可为我们补充储存的物品，而另一人则在河上巡航并摸清对岸的情况，寻找一个适合夜宿的港湾。与此同时，一艘艘运河船开始绕过我们背后的某处驶向我们一方，因为风已完全停息，船夫们只得用篙撑船贴近河岸航行。这次他们没再提出帮助我们，但有一个船夫为了给赛船中的失败者报仇雪恨，朝我们大喊大叫，他在下游半英里处，看见一只被我们惊飞的林鸳鸯，栖息在一株挺拔的乔松上；他把这话重复了好几次，似乎真的恼羞成怒了，显然我们怀疑这条信息的真实性。然而，有一只林鸳鸯仍在那儿栖息着，并未被我们惊扰。

  不久以后，我的船夫同伴去岸上探险了一番后返回，带来一个头发呈亚麻色的当地小男孩，他满脑子都是关于鲁滨孙的传说或小故事，他被我们的历险活动吸引了，便请求父亲准许他离家来加入我们的行列。起初，他站在堤岸的最高处，用一双炯炯有神的眼睛打量着我们的小船和装备，此刻他希望自己也能做一名船夫。他是个天真活泼的男孩，我们很乐意带他一道历险，但在内森父亲的眼里他还是个没长大的孩子，尚未到独立自主的年龄。

  我们获得了一条农家自制的面包，还得到了一些甜瓜和西瓜当作餐后甜点。这个农夫是个乐善好施的聪明人，他栽种了一大片瓜地，成熟的瓜卖到胡克西特和康科德的市场。第二天，内森的父亲盛情款待了我们，向我们展示了他的啤酒花田、啤酒花窖和瓜地，有一条绷紧的绳子围住了瓜地，离地有一英尺高，他提醒我们注意跨过时，又指指角落的小凉亭，有一杆枪与这根绳子并排放着，机枪拴在这根绳子上。他对我们解释，有时夜晚气候宜人时，他坐在那里防范盗贼，可以用枪自卫。我们抬高腿跨过了绳子，对我们东道主的这种举措深表同情，我们对他这个成功的实验也饶有兴致，虽说这是人之常情，但欠缺一份仁慈之心。当晚，到处谣传盗贼极有可能会来的消息，而他枪里装点的火药并没有受潮。他是一个卫理公会派教徒，将自家的农舍搭建在这条河流与昂肯努努克山之间；他在那儿安居乐业，而且也受了远方一些政治组织的鼓励，凭着自身勤劳勇敢的精神，靠卖瓜挣钱，耕耘不辍。我们向他建议，可以增种一些具有异国风味的新的瓜果品种。我们离开那里去到这山间，来领略大自然公正不阿且千金难买的慈爱。在这处菜园与另一处菜园里，栽培的草莓和甜瓜同样生机勃勃，而且太阳也和煦地将光芒投射在他的山坡下。我们曾猜想，大自然偏爱我们所知晓的为数不多的真挚且忠厚的灵魂。

我们在河的东岸为我们的小船找到了一个舒适的河湾，河的东岸仍属于胡克西特的地界，这处河湾是汇入梅里马克河的一条小溪的溪口，夜晚不会有船进入这河湾——因为上行的船一般紧挨河岸，有的是为了躲避急流，有的是为了便于竿子撑行——人不用上岸即可进入河湾。我们挑了一个最大的瓜，放在小溪溪口的桤木丛下的静水中凉一下，但当我们安好帐篷去寻甜瓜时，它已漂进流水，无影无踪。我们只好在薄暮中上船追寻我们的所有物，我们望眼欲穿，最后才在下游远处见到那绿圆的一点，它混在一片傍晚从山中冲出的树枝树叶间，正慢慢地往大海的方向漂去，它这般的平稳，完全没有翻转，为加快变凉而开的小口也没有进水。

我们坐在河岸上吃着晚餐，西边天际澄明的光线落照在东边的碧树上，清漪的树影倒映在河水中,我们欣赏着这般祥和的夜景,这宜人的夜色难以言表。大部分情况下,我们认为种种崇高其实都难分伯仲,极致的崇高也只比我们当下所注视到的略胜一筹;然而我们总被蒙骗。更庄严的幻象显现时,先前的幻象便逐渐淡出、消逝无踪。当心迹使我们回想起普遍规律的永恒性时,我们感激涕零,因为我们的信仰只是依稀可辨的记忆,并非刻骨铭心的誓言,而是对知识的一种运用和享有。当我们对信仰不再虔诚时,它却与真理心手相牵,以最直接、最紧密的方式维系在一起。静好岁月激起的涟漪不时在我们身边荡漾,好像愁云惨淡时,斑驳的阳光驱散了原野的阴霾。在某个更欢乐的瞬间,当更多的汁液涌动在我们人生枯萎的树干中,叙利亚与印度从我们眼前延伸开去,恰如它们在历史上同样的举动。构成各民族编年史的全部事件,只不过是我们个人经历的缩影而已。我们所谓历史的每个年代突然间从大梦中默默醒来,在我们心头闪烁星光,为亚历山大和汉尼拔的南征北战拓展出广阔的空间。总而言之,我们所翻阅的历史只是对种种事件较隐约的记忆,这些事件都是我们的亲身经历,而传说则是一种更时断时续、更微芒的记忆。

  在我们的想象中,这世界不过是一块油画布。我看到人们竭尽全力地去追求物质享受,至少和我为追求自己的理想一样,都付出了同等的辛劳——这就是追求的动力;理所当然地,精神生活会超越物质享受,并特立独行。常常身体受到警告,而想象力却麻木迟钝;身体肥头大耳,而想象力却瘦骨嶙峋。倘若想象力缺乏,即便拥有其他所有财富又有何益,"想象力即是思维的空气",思维的生存与呼吸有赖于想象力?天地万物与我合一。变革之家在哪?历历往事不过如我们所见的那般悲壮。就在这块油画布上,我们思想中的英雄气概才得以描绘;因此,从某种意义而言,我们未来的模糊蓝图也同样得以描绘。我们的境况回应着我们的预期和我们天性的要求。我已注意到,假如有人认为他需要一千美元,而旁人却说他是痴心妄想,那么通常情形下,众人会看到他最终如愿以偿;假若他还是活生生的人,得到一千美元便是举手之劳,尽管这笔钱他只是用来购买鞋带。倘若有人认为自己想拥有一千座磨坊是痴人说梦,那么这些磨坊同样也会姗姗来迟。

人人生来就有自己的梦想,
不论他们地位如何悬殊,梦想不分高低贵贱。

我们生命突显出的坚韧不拔和吃苦耐劳的精神令我备感惊奇。哪怕实现自己的梦想遇到了千难万险,最终梦想成真,这便是奇迹;在我们一命归西前,沿着自己独辟的蹊径走到天涯海角,只因为我们必须走在某一条蹊径上,这也是奇迹;人人都能谋个生计,但能挣脱生计束缚的人则寥寥可数,这样的人更是奇迹。我在病入膏肓之前能创造这几个奇迹,此生也就足矣。那只鸟儿此刻恰好栖息于射程之外。就钱财而言我从未腰缠万贯,也从未穷困潦倒,若是欠下债务,哎呀!经过一番折腾债务终会被取消,可以说遵照同一法则,人们难免欠下债务。我曾听闻,某位年轻人与某位少女订了婚,然后又听闻婚约被解除了,而无论哪一件事情的来龙去脉我都一概不知。我们不禁想到,我们陷入了意外事件和境遇筑起的藩篱,时而如在梦中匍匐,时而如在当下飞奔,仿佛冥冥之中自有定数,世间万物有的遇阻有的受助。我不可能更换衣服,但到非换不可时,我确实会更换衣服,还会弄脏新衣服。我曾提及的那些值得赞赏之事我却没去做,却将这事做了,这真是奇妙啊!我们特别的人生似乎红运当头,拥有如此自信的力量和耐久性,就像被冲入境遇潮流的石墩那样坚不可摧。当没有别的捷径可走时,我们满怀非同凡响而正确无误的自信,前行在我们独一无二的路途上。我们是多么孤注一掷啊!饥荒、火险、鼠疫,还有千姿百态残酷模样的命运,然而人人都生活着直到他——死亡。他是如何应对人生险境的呢?难道没遭遇直接的风险?当我们听说一个梦游者在一块木板上行走却安然无恙时,我们真的没必要大呼小叫——我们一生都行走在一块木板上,直到我们站在如今的这个特定的纵梁上。我的生命不会为任何人守候，反而它争分夺秒地趋向成熟，与此同时，我在街头来来往往，跟这人或那人讨价还价以安稳度日。我的生命就像一条穷人的狗，满不在乎，优哉游哉，只与同类结交。它会像一条山涧斩断自己的渠道，而它最终不会被最长的山脊阻隔在大海之外。迄今为止，我已发现万事万物，诸如活生生的人和无生命的物体，自然环境和一年四季，都奇妙主动地适应着我的足智多谋。在我毕生的事业中，无论出现过怎样的急躁冒进，我都被允许横冲直撞。转眼间海湾上一桥飞架，仿佛一列隐形的行李搬运车为我的出行便利载来了浮桥，而我在山巅环视着诱惑迷人的神秘太平洋，那船只的部件将由骡子和喇嘛逐一驮过崇山峻岭，船的龙骨将在大海上劈波斩浪，载着我去往印度。天不会破晓，若不是为了——

心灵的清晨

全部的衣服都装进我的思绪，
它们是大自然外在的着装，
它时刻更换着款式，
为补偿其他一切的事物。

我徒劳地寻找异域的变化，
不能发现任何差别，
直到不速之客的和睦新光
点亮我深深的心底。

是什么将层林和流云点染成金，
是什么将天际涂抹得如此绚丽，
而远方那道恒久的光芒，

它的光辉永不熄灭?

看吧!当阳光穿透密林,
照耀一个冬日的清晨,
他静默的光束投射到哪里
哪里的沉沉黑夜就随之驱散。

坚韧的松树如何得知
清晨的和风将会吹来,
否则谦逊的花儿怎能预见
那昆虫正午的阵阵低吟,

直到那道新光伴随愉快的清晨
从远方射透教堂的回廊,
机敏地告知林中树木
它们究竟会绵延多远?

我于心灵深处听见
这般欢悦的清晨讯息,
我在自己心绪的地平线上
已目睹如此东方风情的色调,

宛如沐浴着黎明的曙光,
此刻最先唤醒的群鸟,
在静谧的林子里欢唱,
折断了细嫩的树梢,

或在东方的苍穹可见
彼时一轮红日尚未升起,
盛夏热烈的先兆,
由他从远方捎来。

毛蕊花
common mullein

我度过的盛夏日子，就这样逐周逐月地好似从一团团烟雾中悄然滑落，最终，直到某个温馨的清晨，我偶尔可见一片薄雾从小溪随风吹向湿地，而我也随之在原野上腾云驾雾。我会在脑海里追忆夏日最为静美的辰光，蚱蜢在毛蕊花上鸣唱跳跃，那时某种勇猛的精神留存于尽情的回忆中，好似盔甲能笑对任何命运的重击。我们终其一生，一架竖琴的乐音交替增强或减弱，而死亡只是"疾风在回忆往事时的暂停"。

我们躺了很久，没有入睡，谛听着小溪的呢喃低语，在小溪的土岸和大河形成的岬角上搭建我们的帐篷，那小溪讲述的故事里有一种迷人的趣味，漫长的夏季，不管是初夏溪水新涨还是久旱未雨，这喃喃低诉的故事不会歇息，并且河水那更为内敛的流泻声总是为溪水的絮絮叨叨所遮掩，但那细流的溪水，它那

银沙滩、鹅卵石与泉流
合唱着永恒的小曲。

初冬的严寒封冻令小溪静默如初，河面也不再流水潺潺，阳光从未探射到河流底部，它里面挤满沉寂的石头和林木的残骸，为大河进贡的千百条小溪都扣牢了坚冰的枷锁，而大河却将这坚冰的枷锁视作局外之人。

今夜我梦到很早之前的一件事，那时我与一个友人之间产生了分歧；尽管我不用内疚，但痛苦并没因此而止住。在梦里，他对我的猜忌得以澄清，最终我获得了公正的裁定，而且赢得了醒时从未有过的抚慰。即便梦醒之后，我拥有的兴奋和欣悦也无以言表，因为梦中我们决不自欺，也不被欺，这样子似乎让最终的裁定拥有了权威性。

我们为自己祈福，也向自己发出诅咒。某些梦像清明的思想一样圣洁，英国玄学派诗人邓恩的一首诗吟道：

> 那人的梦比芸芸众生惯常的祈祷更虔诚。

梦是我们检验个性的试金石。在我们记起梦里的丑陋行径时，我们心灵所受的折磨并不比实际发生那事要轻柔，我们折磨自己是我们在赎罪，而折磨的程度可检验梦里的丑事和现实的丑事有多大差异。因为在梦里我们只是进入了角色，演出了在清醒时见识和预演的行为，从梦里肯定能找到清醒时的某种赞许。要是这种丑陋的行径在我们身上没有根源和苗头，我们又何必烦恼？在梦里我们发现自己赤身裸体，露出本真面目，简直比清醒时瞧别人更为清晰。但坚若磐石、统领一切的内心道德将迫使最怪诞、最暧昧的梦去服从它时刻警醒的权威，恰如我们总是心不在焉地嘀咕，我们绝对不可以在梦里这么干。我们在梦里清明之时就是我们生活得最真实的时候。

> 还有，他愈来愈沉入他的大梦里，
> 流淌的溪水从高高的岩壁翻腾而下，
> 蒙蒙雨雾飘落在谷仓上
> 与喃喃风儿缠裹不清，
> 犹如狂飞乱舞的蜂群，让他魂飞天外，
> 没有另外的噪声，也无众人乱哄哄的咆哮，
> 仍会去骚扰这城墙环绕的城镇，
> 这喧嚣或许它处可闻；而忘怀一切的恬静卧息
> 包裹在亘古的缄默里，远离一切仇敌。

Chapter 7

星期四

黄腹吸汁啄木鸟
yellow-bellied woodpecker

加罗林桂樱
Carolina laurelcherry

他踏入满是林木的处女地,

多少世代,那普照大地的太阳不曾闪耀

在那里,他养育驼鹿,乖僻的熊在林间游荡,

啄木鸟蹲上高耸的枯树枝干。

……

暗夜的昏冥处他快活地躺下;

金红色黎明用晨光触摸着他。

……

他云游四方,而智叟却在家园潇洒,

他的家业立足大地,他的大厅是蔚蓝色苍穹;

他高洁的魂灵引领他向哪里,哪儿他便寻到自己的大道,

由着上帝之光启明、闪耀。

——爱默生

逍遥雨景

  清晨醒来时，我们听见雨滴落在棉布顶篷上，那声音暗淡、阴森而又从容不迫。整个夜里这雨轻悄而又迅急地下着，现在整个乡野像在哭泣。雨珠掉入河里，敲在桤木上，坠进青草里；天空不见彩虹，整个清晓回荡着棕顶雀鹀的颤音。这小鸟乐天的信心弥补了地面上全体树林歌咏队的沉静。我们一走出帐篷，一群由公羊领头的羊群从我们背后的一道山涧奔下来，风风火火，狂蹦乱跳，好像无人照看。它们从高处的牧场转来，在那里它们度过了这个夜晚，现在到河畔来品尝嫩草。那几只头羊穿过淡淡的雾霭瞅见我们的白帐篷，惊讶地用前蹄抵地，堵住背后的狂泄之流；整个羊群静静地伫立，在它们驯良的脑袋里它们绞尽脑汁要弄清这神秘之物。最终，它们确定那东西不会伤害它们之时，便安宁地四散到野地。事后我们了解到，在我们安营扎寨的地方，前几年的夏日一群佩诺布斯科特人曾在此占山为王。透过蒙蒙白雾，我们能见到前方屹立着一座墨黑的圆锥体山峰，它叫胡克西特，是船夫们的一个地标，还可以看见河西远方的昂肯努努克山。

  这里是我们航行的终点，因为在雨中再划行几小时我们将到达最终一级的船闸，我们的小舟太沉了，很难拖过又长又多的溪流。我们沿河岸继续前行，拿一根手杖在阵雨和白雾中探索前行，爬过路中湿滑的原木，愉悦兴奋得犹如沐浴在最灿烂的阳光里。我们闻着松林和足下湿润泥土的芬芳，为那不见其影的轰鸣的瀑布欣悦；伞菌的幻美、漫游的蛙、云杉树干上附着的形如彩饰的苔藓以及从林叶下悄悄一掠而去的鸫鸟随处可见。我们的旅途和这最湿漉漉的天气犹如紧紧纠结在一起的信念，我们则自信地追随着它。我们保证自己的思索爽洁干脆，毕竟湿腻黏滑的只是我们的衣物。总体而言，这是一个阴雨天，淫雨迷蒙，云雾中偶尔射进几道光明，那时棕顶雀鹀的聒噪仿佛是在引领和昭示阳光温煦的一刻。

  "对于人而言，自然发生的任何一切都不能令他难过，地震和暴风骤雨

刺槐
black locust

棕顶雀鹀
chipping sparrow

概莫能外。"一位天才如是说,此时他正住在离我们几英里远的地方。当一阵骤雨来袭,驱使我们到一棵树下躲避时,我们可以借此机会,潜下心来考察大自然的一些成品。在一次滂沱的夏雨中,我在林中的一棵树下整整驻足了半个白日,这份工作让我快乐,我窥探树皮的裂缝,观察脚下的落叶和蘑菇。"财宝伴随着守财奴,而天堂的雨露丰沛地播撒在群峰之上。"整个夏日浸立在一个幽静的沼泽里,下巴仰出水面凝神屏气,嗅着野忍冬和蓝莓的芬芳,在虫蚋和飞蚊的吟唱中小憩,我能想象这么做该是怎样一种奢华的休闲!与其在色诺芬的《会饮篇》中所描绘的希腊诸贤的交际圈混上一日,还不如与干枯的越橘藤来一番不加修饰的俏皮话,他们的话远不如一块块苔藓新颖且典雅的话语有滋有味。又比如说花上一整个白日时光与豹蛙来一通亲密无间的调侃;太阳从桤木和山茱萸后爬上来,麻利地蹿上那两手宽的正午顶点,最后溜到西边一群陡峭的圆丘后打瞌睡去了。我们谛听着成千上万个浓绿的、小小礼拜堂中传出的蚊子黄昏礼赞,还有麻鹣从某隐秘的炮台发出的日落礼炮般的轰鸣!真的,一个人在沼泽的泥浆中浸泡一整天,与他在干旱的沙漠

山茱萸科四照花属大花四照花
flowering dogwood

上踽踽而行具有同等的好处。又湿又冷——难道不是和温暖干燥同样奢华昂贵的体验吗？

此时在灌木丛生的小山上，我们湿淋淋地躺在一片凋敝的野燕麦床上，水珠从胡荽上滚落。浓云汇聚，风最后一次吹刮后，就停息了，而这片旷野枝叶间的水珠齐刷刷地一起落下，所有这些增加了心灵的安适和谐之感。鸟雀成群，在肥厚的枝叶下更是其乐融融，仿佛栖在艳阳中的枝干上初试新曲。若是我们的客厅和书房搁在这儿，那么相形之下，它们会让我们如何兴致勃勃？我们依旧会吟唱起那首老歌——

我快乐地扔下自己的书，我读不下去，
在每一页书中我的思想无拘无束，
纷纷落在芳草上，那儿营养更全面，
心灵不再戚戚于他们的目标。

普卢塔克是贤者，荷马也一样，
莎士比亚的人生丰富得可再活一遍，
普卢塔克的读物既不和善又不诚挚，
莎士比亚的书籍也是这样，除非这书是一群活人。

现在我在胡桃树下舒展四肢，
哪管它什么希腊人或特洛伊城，
若是真正公平的战役，
已在这圆丘之巅的蚁群展开？

让荷马靠边站，我要弄清楚，
红蚁、黑蚁，众神究竟更属意哪一个？

或许远方的埃阿斯在指挥步兵方阵，
拼尽全力向这边的军队发射石弹。

命莎士比亚到一边去逍遥，
现在我将与一颗露珠做笔交易，
恕不能接待你，云朵们正酝酿着一场阵雨，
当天空重现湛蓝之时，我马上会见这位仁兄。

上一年度，这梯牧草和野燕麦的床已搁好，
比起国王们享受的，工艺更精湛，
一丛车轴草权作我的睡枕，
堇菜遮掩住我的烂靴子。

此刻浓情的云朵笼罩天地，
傲气渐大的风儿放言，一切棒极了，
撒落的雨珠迅即坠下，东一点，西一点，
一些掉进池塘，一些砸在花钟上。

我湿漉漉地躺在燕麦床上，
眼见金莲花从枝干上飞旋飘坠，
一会儿似孤星四下彷徨，
一会儿钻入我大衣的褶皱。

水珠滴落，从旷野中所有的树叶上滴落，
珍珠在每一根枝条上跌下，
万千声音皆由风儿奏响，

Chapter 7 星期四

红车轴草
red clover

梯牧草
timothy-grass

震落叶间的颗颗水晶

颜面尽失，太阳再也不敢炫耀
无法再用他的金光将我这般消融，
我的发丝在滴水，它们会变作一群精灵鬼，
穿起水珠缀成的大氅，华丽而行。

挚爱旅途

这座尖峰是个林木茂郁的小山，从胡克西特瀑布的河滨附近突兀耸起，直冲两百英尺的空中。和昂肯努努克山一样是鸟瞰梅里马克河河谷的绝妙地点，这座山峰也将自己奉献为这条河上的绝妙景点。

一个晴天，我独坐在这绝顶上一块陡峭的、几杆高的巨岩上，看见夕阳西下，霞光在河谷里四溢。你能看到这段梅里马克河上下几英里的每一条路径。宽阔笔直的河流华光熠熠，活力四射，瀑布灿烂耀眼，云雾腾腾；小岛将河流一分为二，河畔的胡可西特村差不多就在你的脚下，简直近在咫尺，以至于你可以和村民聊天或将一块石头甩入他的宅子里；河西边的林地湖，还有北边和东北角的山岭，一起构成一道雄浑奇美的风光，旅人值得辛苦一番，去获得这甜美的景色。

在新罕布什尔的康科德，我们受到恰如其分的款待，我们将这个康科德叫作新康科德，从未改口，好与我们本乡本土的那个区别开来。我们听说这个康科德是因为我们那个康科德而得名，它最早的移民也有一部分从吾乡迁来。这里应该作为终结我们航行的恰当地点。通过弯弯曲曲的河流把此康科德和彼康科德串联起来，但我们的小舟却抛锚于它港口以下几英里的地方。

佩纳库克，现如今新罕布什尔的康科德镇，这一带洼地的肥沃丰美早被探险家们关注过，根据黑弗里尔的历史学家所记述的：

就在 1726 年，殖民地的开拓取得了相当大的进展，一条道路在荒野中被开辟出来，从黑弗里尔直通佩纳库克。在 1727 年的秋季，第一户人家，即首领埃比尼泽·伊斯特曼一家移民此地。他的联畜由雅各布·舒特负责驾驭，此人原本是个法国人，据说他是首次驾驭联畜穿过这片荒原的人。传说没过多久，一个名叫艾尔的 18 岁小伙驾驭联畜抵达佩纳库克，渡过河流，在这片洼地上用犁耕出了一部分田地。大家推断，他是在这个地方耕地的第一个人。活计干完之后，黎明时分他开始踏上归途，再渡过该河时一对牛被淹死了，他返回黑弗里尔时约莫已是午夜了。大型锯木机的曲柄就制造于黑弗里尔，由一匹马驮运到佩纳库克。

但我们发现这边缘地带已不再是从前的世道了。这一代人要想干一番事业，那他们可真是生不逢时。无论我们到哪里，刚刚触及事情的皮毛，哪里就有人已捷足先登。眼下我们不能享有筑建最后一座房舍的愉悦，因为很久以前这房舍已在阿斯托利亚市郊搭建好了，而且对照旧有的土地所有证，可见我们的边界线的确已拓展至南海了。尽管人们的生活范围真的变大了，却仍然如以往一样受到了局限。毋庸置疑，诚如一位西方演说家所说，"通常情况下，人们在同样的地表上生活，有人的生活范围又长又窄，有人的生活范围又宽又短"，但这种生活都极为肤浅。一只蠕虫是一位能干的旅行家，就像一只蚱蜢或者一只蟋蟀那样，且是一位明智得多的殖民者。它们一直充满活力，但既不跳出干旱时节，也不蹦向丰润的夏季。我们并不为躲避恶魔而一见它就逃掉，而是高过它的平面或是潜入它的平面之下；就像蠕虫为避开干旱或冰冻而钻入地下几英寸深一样。边缘地带并非在东方或西方，南方或北方，而是在人们面对现实的任何地方，尽管这现实会是他的某位乡邻，或是一片危机四伏的荒野，这荒野横亘在他与加拿大之间，横亘在他与夕阳之间，或更远方，横亘在他与这片荒野之间。请让他以树皮做材料，为自己搭建一座小木屋，地点就选在他现在所处的位置，在它面前，在那儿发动一场历时七年或七十年的古老的法兰西战争，与印第安人和骑警或者任何其他可能横亘在他与现实之间的事物血战到底，竭尽全力拯救自己的性命。

此刻我们不再航行或漂浮于河流之上，而是像朝圣者一般行走在坚实的大地之上。13世纪阿拉伯著名诗人萨迪告诉我们谁可以出游，在那些旅人中，"有位平凡的技工，他可以凭着自己勤劳的双手挣钱养活自己，而并非如诸位哲学家们所说的那样，为能吃上每一口面包不得不赌上自己的名誉。"在最适宜垦荒的乡野能以野果和猎物维生的人才可以外出旅行。一个旅人的行进速度可以很快，沿途可以挣钱谋生。在旅途中，我偶尔会被人请去干活，背着背包去做焊锅匠或修理钟表。有一次，在我们旅行时乘坐的火车车厢里其他旅客关不上车窗，而我却能将它关上，有个人在一旁关注到了，他便请我到他的工厂做工，谈了相关条件和薪酬。"你是否曾听说过一个苏非派信徒，他正将几颗钉子钉进他的凉鞋的鞋底；一个骑兵军官见了便抓住他的衣袖说：快过来，给我的马儿钉马蹄铁！"在我路过农夫们的田地时，他们要我帮他们割草晒草。有一次我在旅途中，有人请我去为他修伞，因为艳阳高照时我还手拿着一把伞，这人便误以为我是一个修伞匠。另外一人想向我买一个锡杯，因为他看到我有个锡杯拴在皮带上，还背着一口炖锅。最节俭且最便于走捷径的旅行方式莫过于步行了，只需带上一只长柄勺、一只汤匙，还有一根钓鱼线、一些玉米粉、一些盐以及一些糖即可。一旦你走到了小溪或池塘边，就可以钓上鱼来，将鱼煮熟了吃，或者可以煮沸玉米粉做成速食布丁；或者花上四美分到一户农家买到一条面包，在横穿过公路的下一条溪流中，用溪水将面包沾湿，然后蘸上一点糖，单单这条面包就够你吃上一整天；或者，假若你习惯了更丰盛的餐饮，你花上两美分能买来一夸脱牛奶，将捏碎的面包或冷布丁倒进牛奶中，然后将其盛在盘中用汤匙舀出来吃。我的意思是说，这几种野餐的方式你可以选其一，而非全部。我如此这般地旅行了数百英里，旅途中不曾在房间内享用过一顿饭，困了就天当房地当床，因而我发现相比居家过日子，旅行的生活方式在许多方面更经济实惠。所以某些人曾询问我说：为什么不始终做个旅人，那样岂不是更好？可我未曾想过将旅行单纯当作一种维持生计的方式。有一次我旅行到了廷斯伯勒，在一个纯朴的农妇家中歇歇脚，讨一口水喝，当时我一眼就认出了那个水桶，便对她说，九年前我就在这儿歇过脚，同样是为了讨口水喝。她便问我是不是个旅行家，猜测我从那时到现在不停地在旅行，此刻又返回来了。她猜想旅行是一种职业，或多或少具有生产性，而她的丈夫从未想到去从事这种职业。然而马不停蹄的旅行与生产性相去甚远。旅行初期鞋底就会被磨穿，随后脚部会剧痛不已，不久便会令旅人愁眉苦脸，心如刀绞。我还关注到，那些旅行经历很丰富的人余生都过得伤心惨淡。由衷挚爱的旅行并非消遣娱乐，但旅行或人类旅程中的方方面面都是令人肃然起敬的事情，它需要经历一个长期的实习阶段才能掌握其中的要领。我这儿不想提那些乘车的旅客，那些跷起二郎腿久坐不起的旅客，其实他们纯粹就是怠惰的象征，每当我们谈到孵蛋的母鸡时，并不会提到那些站着孵蛋的母鸡。而我意指的是那些旅人，对他们而言，旅行是双腿的宿命，最终也是双腿的毁灭。旅人必定在旅途上获得重生，从自然环境这庇护他的主要力量中获取通行证。最终他将历验大自然母亲施加于他的老一套威吓——他会被活生生地剥下一层皮来。他的伤势会渐渐深入肺腑，但最终可能在体内痊愈，而同时他依旧风雨兼程，入夜后浑身的疲惫必定被当做了他的枕头，因而他能够从中获取熬过雨雪冰霜的宝贵经验。我们也有同样的感受。

有时，我们投宿于林间客栈，从若干遥远的城市来捕鳟鱼的人会比我们先期到达。令我们万分惊诧的是，虽说仅有一条小路通往客栈，沿途也没见到其他房舍，可每到傍晚当地居民就会进到客栈闲聊、打探新闻，仿佛他们是从地下冒出来似的。在客栈里，有时我们会翻阅旧报纸，我们以前可从未翻阅过新出的报纸，报纸一页页翻动的沙沙声听起来如同大西洋沿岸的阵阵浪涛声，而非松林中飒飒的风声。可当时旅途的风餐露宿已使我们胃口大开，即便味道甚差、营养甚少的食物，我们也垂涎三尺。

神圣诗篇

某种书以废弃的语言写就，枯燥无味而又晦涩难懂，这样的书你觉得不可能在家中阅读，但你对它仍心怀几分敬重，那么你最好带上它伴你一起旅行吧。来到一家乡村客栈，在马夫和旅客们的无聊社交圈中，我能信心百倍地去研读白银时代或黄铜时代作家的著作。我研读了古罗马讽刺诗人奥勒斯·佩尔西乌斯·弗拉库斯（Aulus Persius Flaccus）的著作，权当作是我为了文学事业而举办的几乎是最后一个正式仪式。

若是你能想象到为这位诗人铺展开来的是一部多么神圣的作品，并且也去亲近这位作者，最终你满怀希望寻觅到公道所占据的领域，那么你几乎不会对这节序诗的言辞提出异议：

我身为半个异教徒，
斗胆将我的诗篇带到这诗人们的神殿。

此处的序诗，既毫无维吉尔内心的尊贵，也毫无贺拉斯的优雅与活泼，也无须哪位女预言家来提醒你：佩尔西乌斯从那些更古老的希腊诗人那里传承了悲伤的衣钵。在人类因荒唐之事导致的不堪入耳的争吵声中，你简直不可能分辨出一丝悦耳动听的声音。人们领悟到，音乐在思想中拥有自己的一席之地，而在语言中却无立锥之地。当缪斯大驾光临时，我们期待她重塑语言，向语言传授她自身的韵律。迄今为止，诗歌忍辱负重痛苦呻吟，而并非快活向前，一路欢歌。最佳的颂诗能够被拙劣地模仿，而实际上，它本身即是模仿的伪劣之作，吟诵时发出乏味浅薄的声音，好像一个人踩踏在梯子的横杆上。荷马、莎士比亚、弥尔顿、马维尔和华兹华斯等诸位诗人的大作吟诵起来，堪比森林中树叶的沙沙声和树枝断裂的脆响声，难敌婉转动听的任何鸟鸣。缪斯从未高歌一曲。最重要的是，讽刺诗作不会被吟唱。像尤维纳利斯或佩尔西乌斯这类古罗马的讽刺诗人，不会将他们的诗篇赋予音韵之美，他们至多被当作吹毛求疵之徒；他们警惕地避开自己所声讨的过错，与其说是担忧他们的美好前程，不如说是更担忧他们已躲避的那个怪兽。倘若让他们生活在某个时代，他们将会走出那怪兽的阴影和势力范围，发现其他的思考目标。

只要有讽刺存在，诗人似乎就是帮凶。人们只意识到诗人让恶自生自灭，而诗人最好按照不遭人非议的方式行事。倘若你偶然注视到真理最微小的遗迹，它仿佛是以全身的重量踏出的最模糊的印迹，用"不朽"这个词都不足以赞颂它，而哪种邪恶都不会如此庞大，可你却吝惜给予它刹那间的憎恨。真理未曾不遗余力地非难谎言，她自身的直言不讳便是最严厉的矫正。倘若贺拉斯未曾被讽刺而触发了灵感，就像被激情触发了灵感一般，那么他是不会将讽刺作品写得入木三分的，而且他无比珍视自己的满腔热血。他颂诗的字里行间，爱始终超过了恨，最刻薄的讽刺仍旧自弹自唱，尽管荒唐之事未被矫正，而诗人也当如愿以偿了。

有一种必然的发展顺序存在于天才人物的心路历程中：首先，抱怨；其次，悲叹；再次，热爱。抱怨即是佩尔西乌斯的常态，它并不存在于诗歌的领域。不久，一个更善良的人便将自己的厌恶变为了忏悔。我们未曾对怨天尤人者抱有多大的同情心；在体察了大自然之后，我们便得出了结论：此人必定既是原告又是被告，所以最好不经审讯便作个了结。 就某种程度而言，受害者即是戴罪之人的共犯。

或许，更准确地说：就本质而言，缪斯至高无上的诗篇是哀伤的。圣人的泪水则是欢欣的泪水。何人曾听过天真无邪的人在悲歌呢？

然而，最神圣的诗篇，或者一个伟人的生平事迹，就是最严厉的讽刺作品；

它如大自然本身那般不带人情味，宛如林中风儿的叹息，永远向旁听者传达着一种轻微的责备。

因此，我们只能品鉴这罕见的、断章式的诗歌特征，这些特征至少属于佩尔西乌斯，或者我们不如这么评说：这些特征恰是他的缪斯最独特的表达方式，因为在任何时刻他所说出的最精彩的话语，是他一直都能脱口而出的。诸位旁观者和漫谈者未曾忘却从这花园里寻章摘句，然后将它们改头换面以易于表述家喻户晓的真理，若是这些真理被我们的邻居随口道来，我们竟会将其当作陈词滥调而等闲视之。或许，从这六首讽刺诗中，你可以选出二十行，它们如许多思想一样合适妥帖，几乎宛如一个自然景物般倏然浮现在学者的脑海；尽管它们在翻译成了人们熟悉的语言之后，便丧失了适于被人们引用的偏狭特性。但诚如以下诗行，即使译作其他文字亦不会变得陈腐。诗人将虔诚的宗教信徒与那些担心暴露隐私而被迫与众神暗地交往的人作了对照，他说道：

从神殿中谛听窃窃私语，
恪守坦诚的誓言，这对每个人并非易事

对品行端庄的人而言，宇宙是绝无仅有的至圣所，而圣殿的密室则是他生存的明朗的正午。他为何会奔赴一个隐秘的地窖，似乎那是全世界唯一的神圣境地，他从未敢玷污过它？ 一个唯唯诺诺的灵魂只想着打探和披露更多的事情，因而尽量将自己隐匿进光和空气之中，从此与秘密毫不相干，致使宇宙似乎对它不再敞开胸怀。最终，这灵魂甚至忽略了那真正的谦逊所持之以恒的缄默，但是它并不因揭秘而单单依赖自己的自信，对旁听者而言它所披露的讯息如此不可告人，结果全世界都在关注谦逊是否免遭侵害。

对心怀隐秘的人而言，还存在一个未知的更大隐秘。因为隐秘，我们最漠不关心的行为也变成要事，无论何事，但凡我们带着绝对忠贞和正直的情怀去有所作为，因为其所具有的纯粹性，它必定如阳光般澄明。

在第三首讽刺诗中，诗人发问道：

是否存在什么事物，让你调转船头朝它径直驶去？
或者你是否会携带着陶器或黏土，随意去追捕乌鸦，
不担忧双足带你去云游何方，兴之所至，顺其自然？

糟糕的观念始终居于次要地位。语言好像并未做到对它不偏不倚，显然，在描述任何卑劣行径时，观念的意义因为受到了限制而变得狭隘。人们对此不做最精准的解说。在此处，乐于被塑造成智慧的准则的观念与思想的懒汉对抗，构建成他攻击的前线。人们普遍相信，无辜之人将会现身于最严厉的审讯和责难中，从谴责和嘉许混杂而成的喧嚣声中挺身而出，但对颂词却置之不闻。我们的恶习始终与我们的美德如影随形，恶习的最佳身份只不过是对美德花哨的模仿。彻头彻尾的虚伪所具有的高贵外表谎言未曾获得过，谎言仅是劣等的真理；若是它更加彻底地虚伪，那么它便会引发变为真实的危险。

不担忧双足带他云游何方，兴之所至，顺其自然。

于是，智者便将其当作了座右铭。首要的问题是，如同这语言精妙的洞察力授教于我们的那样，即便它的意义有所忽略，仍是可以信赖的；而思想的懒汉依然漫不经心，惶惶不可终日。

智者的生活多是顺其自然的，因为他的生活超脱了容纳所有时间的永恒不朽。灵敏的头脑漫步的每一刻都比查拉图斯特拉的回程更远，然后携带它的启示降临现世。在生活中，思维极其吝啬的人不会给他自己带来收益，对内心世界而言他的信誉并没变得更佳，他的资本也没变得更为雄厚。他今日也与昨日一样，需要碰碰自己的运气。一切问题皆要仰仗当下来解决。光阴除了自身，不计量其他任何事物。书写的话语可以延迟道来，而挂在嘴边的

话语却不得不说。如果这就是那时候该表达的话语，那就让它当场脱口而出吧。不随身携带着教条而生活的人，整个世界都会热切地激励他。第五首讽刺诗堪称最佳，我读到下列诗句：

> 理智抗拒着，而且窃窃私语道：
> 去做天理难容之事是违法的行径。

只有那些面对任何一件事情都手足无措的人才会跃跃欲试。甚至手艺精湛的工匠必定也会抱有这种想法：他的笨拙将不足以损害那些事物，他的技能可能无法对其作出公正的判断。我们因自己的无能而忽略了许多事情，在此我们无须深表歉意，因为我们经手的哪件事情是没留下缺憾而圆满完成的呢？只是要告诫一下，别将事情弄得太糟。

佩尔西乌斯的讽刺诗是最不可能灵机一动而写就的；显而易见，它经过了精挑细选，而非迫于主题的需要。或许，我已超过了表面的恭维而是出自真心地赞扬他了；但可以确信的是，我们唯独能够称之为佩尔西乌斯的作品，它永远遗世独立，满腔热忱，对所有的思虑持如此支持的态度。艺术家和他的作品密不可分。最肆无忌惮的愚人不可能与自己的愚行脱得了干系，然而行动和行动者总是合伙构建了一个严肃的事实。农夫和演员共用着同一个舞台。滑稽小丑并不能向你行贿，让你始终对着他装扮的鬼脸开怀大笑，那些鬼脸将自己的容貌镌刻在埃及花岗岩上，好似金字塔巍然屹立在他独特的土地之上。

内陆纪行

太阳东升西落，而我们发觉自己依然走在阴润寒湿的林间小径上，小径溯着彭米格瓦赛特河蜿蜒而行，以往路过的车轮碾过时尘土飞扬的幽径，此刻更像一头水獭或貂爬过的印迹，或是河狸竭力想挣脱捕猎夹子划出的痕迹；这儿一座座城镇开始派上了三角形布条一样的用场，只见它们将这块土地紧密维系在一起。在我们头顶上方那高耸的海军军用松树的枯死枝杈上，旅鸽安稳地栖息在那儿，远远望去就如旅鸫那般大小。那些我们途经的客栈的庭院斜展在山峦的边缘，我们抬头仰望，那高高的槭树树干在云霄里晃荡。

我们远行至了内陆乡村，因为我会如实讲述自己的经历。或许是在桑顿，我们在林子里遇见了一个当兵的小伙子，他一身戎装前去报到集合，这时正在路中间行走；他在这密林深处，肩扛步枪，迈着军人的步伐，一门心思地想着战争和荣耀。他斗志昂扬地经过我们面前。可怜的家伙！他身穿单薄的军裤，像一根芦苇那样颤抖着，而我们赶上他的时候，作为一名士兵本该具有的坚毅表情从他脸上消失了，他显得鬼鬼祟祟地从我们身边走过，仿佛身披刀剑不入的盔甲替他父亲赶着羊群一样感到万分羞愧。既然他不能自由自在地挥动自己天生的双臂，披上附加的盔甲更让他难以承受了。至于他的双腿，它们好像陷进沼泽地里的重型火炮；最好还是终止前进，将它们一抛了事。他的护胫铠甲因缺少战斗经历而相互摩擦、较劲。但他还是全副武装从我们身边走过，逃过"劫难"，而且幸存下来去投入明天的战斗。我记载这事并非是对他在战场上的荣耀和真正的勇气有丝毫的怀疑。

我们继续游荡，穿过溪流冲刷成的峡谷，爬过灰白的山坡或山峰，穿过密林中的荆棘和山岩，走过乡野，终于踏着蔓延至阿莫努苏克河上的树木跨过河去，呼吸着无主土地上的自由空气。因此，无论晴天雨天，我们逆流而上，抵达了该河的上游，我们家乡的河流正是该河的支流。该河从梅里马克伊始，就变为了彭米格瓦赛特河从我们身旁欢腾地流过。然后，我们又途经它的源头荒凉的阿莫努苏克河，其窄小的河道迈一大步便可跨过，它指引着我们走向其藏在重峦叠嶂中的遥远源头。到了最终，无须它做向导，我们便能登上阿吉奥库丘克的山巅。

甜蜜的日子，如此清凉，如此宁静，如此鲜亮，
这大地与苍穹的婚礼，
甘美的露珠将为你今夜的倒下而失声痛哭，
因为你必定夭亡。

——赫伯特

一周过后，我们返回胡克西特时，那位瓜农已在采收啤酒花，有许多妇女和儿童给他做帮工，我们已将自己的帐篷、野牛皮和其他物品在他的谷仓里挂起来晾干。我们买了一个西瓜，是那小块瓜地里个头最大的，我们带上它当作压舱物。这个大西瓜是属于内森的，当它尚未长熟时便已转让给了内森，他每天目不转睛地照看着属于自己的这个西瓜，想卖就可卖掉。与"父亲"经过应有的商量，买卖成交。我们全然不顾地买下了仍结在瓜藤上的那个西瓜，管它是生是熟，我们冒了点风险，付给了"这位先生中意的价钱"。事实证明那个西瓜成熟了，因为我们在挑选这种瓜果方面已积累了可靠的经验。

我们发现自己的小舟仍旧平安地歇息在昂肯努努克山脚的港湾中，惠风和畅，川流不息，令我们欣喜，我们在正午时分开始返航，或悠闲地坐在船上聊天，或静静地追视各个河段风景远去的踪影，直到河流转弯将它遮蔽在我们的目光之外。秋的步履更加迫近了，此时北风持续地吹着，我们扬起风帆，顺水而行，有时连船桨都搁置了。在距水面 30 或 40 英尺的高岸上伐木工把原木滚下，任其顺水而漂，他们停下手中的活计看着我们那片标志返航的风帆。此时，我们确实已在水手中声名远扬，他们认为我们是这条河上的税务艇，而向我们大呼小叫。我们的小船钻入两座山冈之间飞流直下，原木从土岸翻滚而下的声响令这正午时刻更为玄远岑寂，我们所能想象的只会是——这惊起的是太古时代的阵阵回音。转过山岬闯入视野的是远方的一艘平底大船，这愈显天地苍茫，让人怅然。

穿越正午时刻的喧哗和骚动,即便在最为东方化的城市也可窥见新奇、古朴、野蛮的神韵,西徐亚人、埃塞俄比亚人和印第安人身处其中。在那里,何谓回声?何谓阳光和阴影?何谓白天和黑夜?何谓大海和繁星?何谓大地摇撼和天狗偷日?大地上人类的任何劳作都会被大自然的浩荡无边淹没。对印第安人来说,爱琴海只能算个休伦湖。何况在乡村中一副森林的装束同样拥有文明生活的种种精妙。即便对于大都会的居民而言,最蛮荒的风光仍有一种家庭和朴实的温馨,当鸟儿扑扇着翅膀在林间空地咯咯地鸣叫时,提醒他文明差不多没给这儿带来任何改变。科学在森林的最隐深处得到赞许,因为大自然在那里也遵守同样悠久的公民法则。停在松木残桩上的那只恙螨——风儿为之绕道,阳光为之穿出浓厚的乌云。最荒凉的自然界里,不但存在最具文明生活的材质及对终极成果的一种前瞻,并且拥有一种文雅,这种文雅比人类所获得的文雅要宏伟壮丽得多。很早的时候,博学慎思之人还未产生,字母尚未创立,在经典文献写作出来之前,河畔已生长着纸莎草,已为灯光备下了灯心草,而用作鹅毛笔的大雁只在人类头顶上飞来飞去,以至于这一切发端之时,它们便朴实地为人类服务,它们在人类尚未运用它时,就开始传情达意。大自然时刻敞开大门,迎接人类最精妙的艺术品进入她的风光之中,因为她自身就是灵妙的艺术品,以致这位艺术巨匠从不在自己的作品中现出法身。

就一般意义而言,艺术并不温顺,自然也并不粗率。一件完美的人类艺术品就其褒义而言,也是野性或质朴的。人类驾驭大自然,其终极目标是为使初遇时的她变得更为洒脱不羁,即便这绝不会马到成功。

惠风轻扬,桨声欸乃,没多久我们便来到了阿莫斯基格瀑布和皮斯卡塔康格河河口。那风光秀丽的堤岸和一座又一座小岛与我们重逢,在我们逆流而上时,我们的眼眸曾长久地在它们那儿流连。我们的小舟恰如乔叟在他的《梦》中所描绘的那艘游艇,骑士乘着它从岛上启航:

为了他的婚礼而远航，

归途载着这样一位女主人，

他们不出意料地已结为夫妇……

那游艇犹如男子汉的思想，

给他带来欢天喜地，

王后自身习惯于

在同一艘游艇上嬉戏，

既无须桅杆，又无须兄弟，

我从没听闻过别的船儿，

无须掌管主人，

全凭思绪和欢乐驾船航行，

用不着东奔西走，

万事如意，不管是风平浪静还是暴风骤雨。

午后游思

因而这午后的航行，让我们记起毕达哥拉斯说的一句话，尽管没有特别的理由想起这句话："当成功和理智联袂出场，当远航遇到了惠风，当行动服膺于情操时，这一切如此美妙，正如领航员仰望繁星的运行。"当一个人在他的生活中，笃行中庸之道，没有伪饰暴虐，安详地行在自己的路上，整个世界是如此美妙且值得信赖，当他顺水漂流时，他只需扶着舵，让小舟一直居于水流中央，掌控着小舟绕过瀑布即可。在我们小舟的尾波中，细浪翻腾犹如孩子们的卷发，而此刻我们牢牢地把住航向，在船首，我们看到：

轻柔地摇晃，

> 这由船头劈开的轻浪
> 穿行于这旖旎的风光之中，
> 犹如幻影轻滑过渺无愁思的梦。

美的形体飘然降临于正开辟自己道路的人身旁，如卷曲的刨花从刨刀上落下，木屑围绕着铁钻。波动是运动中最轻柔、最微妙的一类，由一泓液体跌入到一泓液体上形成；一串涟漪乃是一种更优美的鸟儿的飞翔。从一座小山顶上俯瞰，你会在涟漪中察觉鸟儿的羽翼在连续闪现。两根摇曳不定的曲线描绘着鸟儿的飞翔，表明飞鸟是从涟漪中临摹而来的。

树木为山水美景构筑了令人倾慕的篱笆，将四周的视野围绕其中。挺立在洼地上的独片树林和被忽略的小树丛，显然受到了大自然的关照，尽管农夫只为自己的便利着想，但他也落入了大自然规划的掌心。艺术未曾与大自然的奢华媲美。存在于艺术中的所有事物都显而易见；艺术不可能提供藏匿起来的财富，而且较为吝啬；然而，大自然甚至在它外表显得匮乏薄弱时，仍以她实实在在的某种慷慨的担保来满足我们的需求。在沼泽地上，唯有一棵常青树独木挺立，它周遭围绕着一堆堆颤动的苔藓和越橘，但这种赤裸的空旷并不暗示着贫乏。白云杉，我以往在花园中几乎不屑一顾，而在此类沼泽之地，它却吸引了我的目光，此刻我初次明白了人们设法在自己的房屋四周种植白云杉的真正缘由。可尽管在前院的一小块地上可能种有美不胜收的植物品种，但在大多情形下它们的婀娜多姿形同虚设，因为在它们身下和周边没有对同类财富的如此担保，无法使它们一树独秀，恰如我们曾说过的那样，大自然是更宏伟、更完美的艺术，上帝的艺术；虽然论及大自然自身，人们认为她是上天赋予的，但即便在细枝末节上她的作为和人类的艺术之间亦存在某种相似之处。受阳光和水的影响，当悬垂的松树落入河水中，风儿吹动它摩挲着河岸，松枝便被磨成了奇形怪状，净白且光滑，仿佛是车床加工出来的部件。人类的艺术已精明地模仿出事物最热衷显露的形态，比如树叶和水果。一副吊床悬在小树林中，形状与独木舟没什么两样，它比独木舟宽点或窄点，首尾高点或低点，则视躺在上面的人数多寡来定，吊床也随着人身体的晃动而在空中摇摆，好像独木舟在水上划动。我们人类的艺术遗留的刨花和灰尘无处不在，自然界的艺术甚至在我们制造的刨花和灰尘里尽情地展现着自己。她凭着永无止境的演变已令自身尽善尽美。这世界被悉心地保存下来，废弃物不曾堆积如山；即便今日的早晨仍旧天朗气清，草地一尘不染。瞧瞧这暮色此刻如何悄然笼罩了田野，婆娑的树影越来越远地蔓延至草地的尽头，没过多久繁星将沐浴着幽静的河水。大自然的事业是稳操胜券的。假如我从酣睡中苏醒，凭着大自然的景致和蟋蟀的幽鸣声便可推断太阳此时会位于子午线的哪一边，可是哪位画家都难以描绘出这个差异。大地的山山水水包含着千百个日晷，它显示着时间的自然划分，千姿百态的投影指示着时辰。

> 不仅在这日晷的晷面，
>
> 这孤寂的幽影日复一日，
>
> 迈着迟缓、隐秘、不息的步伐，
>
> 将分分秒秒、月月岁岁窃走；
>
> 从灰白的岩石和苍劲的古木，
>
> 从引以为傲的帕尔米拉的破败城墙，
>
> 从屹立于汪洋之上的特内里费岛，
>
> 从飘零的一片片草叶。

当作晷针来指示时辰，这几乎是林木唯一能做的游戏，真是立竿见影，树影一会儿投在阳光的这边，一会儿投在阳光的那边，这是一出只在白天上演的戏剧。在悬崖东侧下面的深壑中，即便烈日当空，黑夜也会冒失地踏入脚步，而当白昼撤离时，黑夜便占据了他的战壕，鬼鬼祟祟地从一棵树溜到另一棵树，从一道篱笆溜到另一道篱笆，直到最终，黑夜她端坐于他的要塞，将她的人马全部开拔到平原。一天中，上午可能会比下午明亮，不单是因为上午的空气透明度更高，还因为随着白天时光的推移，我们大都自然而然地望向西边，因而在上午看见的都是阳光投射到物体上的那一面，而在下午看见的则是每棵树木的树荫。

此刻，下午已度过大半时光，一阵清风悠然地吹过河面，长长的河道上顿时波光粼粼。该河已完成一整天的工作定额，此时河水似乎滞流了，在阳光的辉映下躺直了身躯，而弥漫在林梢的薄雾，与其说像安歇的大自然不闻其声的喘息，倒不如说更像她冒出的轻柔汗气，从不计其数的毛孔升腾扩散到了空气中。

复仇传奇

142 年前的 3 月 31 日，大概也在下午的此时，两个白人妇女带着一个男孩，急急忙忙地划着小舟经过这一松林夹岸的河段，她们是在破晓前从康图库克河河口的一座小岛逃离的。按季节而言她们衣着单薄，全身英式装扮，看样子划桨的技艺不太娴熟，但动作十分果断有力，在她们的独木舟里放置着十个土著居民鲜血淋淋的头皮。她们是汉娜·达斯顿和她的保姆玛丽·耐夫，两人都来自距该河河口 8 英里之遥的黑弗里尔，另一个英国男孩名叫塞缪尔·列纳德森，他被印第安人逮住后趁机逃了出来。早在 3 月 15 日，当时汉娜·达斯顿刚分娩不久，便被迫从床上起身，衣不蔽体，光着一只脚，由她的保姆陪伴着，被抓捕者押着懵懵懂懂地上了路，一路上天寒地冻，一行人穿越了白雪皑皑的荒野。她看到自己 7 个年龄大点的孩子随他们的父亲一起逃掉，可是不知他们究竟命运如何。她眼看着自己的婴儿被印第安人摔在苹果树上，脑浆迸裂，她和街坊四邻的房屋则被付之一炬，化为灰烬。当她来到她的抓捕者的棚屋时,那地方就位于距我们此时所处位置有 20 英里之遥的梅里马克河上的一座小岛上,她被告知,她和自己的保姆很快将被带到一处遥远的印第安人定居点,在那儿赤身裸体地遭受夹道鞭挞。这一家子印第安人有两男三女和七个孩子,另外还有一个英国男孩,她发现这男孩也是被抓来的。她决心想方设法逃掉,便让那个男孩向其中一个印第安男人打听,如何一击致命来干掉一个敌人然后再剥下他的头皮。"猛击这里",那人一边说着一边将手指按在自己的太阳穴上,他还教这男孩剥头皮的技巧。31 日这天,她于破晓前起身,唤醒了她的保姆和那个男孩,紧握印第安人的战斧将睡梦中的印第安人全都砍死,除了一个最受宠爱的男孩,还有一个印第安女人带伤跟他一块逃向了森林。英国男孩按那个印第安人传授的一击致命诀窍猛击他的太阳穴。紧接着她们收集了能够发现的所有口粮,带上了她们主人的战斧和枪支,留下一条独木舟,弄沉了其他所有船只,由河上开始逃往约 60 英里之遥的黑弗里尔。但划行了短短一段距离后,她唯恐人们不相信自己讲述的逃跑经历,便又返回那死寂的棚屋,剥下死人的头皮,将它们装入袋中,作为她们经历的证据,然后在晨曦中沿着原路返回河岸,重新开始启航。

在那个大清早干完这些事情后,此时此刻,可能这两位身心疲惫的妇女和这个男孩,衣服上血迹斑斑,内心经受着又想逃掉又害怕被抓的双重煎熬,慌忙用烤玉米和驼鹿肉做了一顿饭,与此同时她们的独木舟从河岸边的松树根下划过,这些松树桩仍挺立在河岸上。她们想到那些死尸还被抛弃在远处河流上游的孤岛上,想着循踪追击的冷酷无情的勇士。冬日零落的每一片残叶似乎都知晓她们的故事,那树叶的沙沙声好像在复述着这个故事,在出卖着她们。印第安人似乎在沿途的每一块岩石和每一棵松树背后都设下了埋伏,而她们的神经绷紧到无法忍受啄木鸟轻叩的地步。或许,她们已将自己的险境置之度外,正猜想着亲人们的命运,如果有幸逃过印第安人的追捕,不知是否还能找寻到依然活着的亲人。除了拖着独木舟绕过瀑布之外,他们途中没有停泊下来在河堤或陆地上煮饭。这偷来的桦木忘掉了原来的主人，为她们做着周到的服务；上涨的河水承载着她们飞速地航行，几乎用不着她们划桨，除了偶尔她们得掌握方向和暖暖身子才会划上几下。因为浮冰正漂游在河上，春天到来了；麝鼠与河狸被泛滥的洪水逐出洞穴；鹿在岸上朝她们瞪大了眼睛；或许，几只浅唱低吟的林鸟掠过河面飞往最北面的河岸；鱼鹰尖叫着在她们头顶盘旋，大雁发出惊奇的铿锵声一飞而过；然而她们无心观看这些景象，或许她们过目就会将它们忘掉。她们一整天紧绷着脸又沉默寡言。有时，她们途经堤岸上一座木栅栏圈起的印第安人坟茔，或途经一个印第安人棚屋的框架，有些煤块堆在屋后；或途经洼地中印第安人荒僻的玉米地，枯萎的玉米秆仍在地里飒飒作响。剥去树皮的桦树，或一棵树被烧断用来做成独木舟，它的树桩被烧得焦黑，这些属于"人类"的踪迹——对他们而言就是传说中的野蛮人。在河岸的两旁，原始森林绵延不绝地延伸至加拿大，或者"南海"；对于白人而言，这是一片阴郁而呼啸的荒原，而对印第安人而言，这便是他的家园，与他的天性融为一体，有如圣灵的微笑般令人愉悦。

这个秋夜，当我们游荡于此处寻觅一处足够幽闭的地点，好让我们今夜睡个安稳觉时，她们就这样，在142年前那严寒的3月傍晚，乘风顺流直下悄然逃出了我们现在的视野之外，途中没有宿营，不似我们夜间这般，而是当两人睡着时，另一个人仍掌控着独木舟，而湍流将载着她们向着殖民地赶去，甚至会在当晚抵达坐落于萨蒙溪边的老约翰·拉夫韦尔的宅院。

依照那位历史学家的记述，他们奇迹般地逃脱了一帮又一帮印第安人的四处追捕，携带着战利品平安地抵达家乡，州议会特地为这些战利品奖赏给她们50英镑。除了那个脑袋摔碎在苹果树上的婴儿，汉娜·达斯顿全家再次团聚了。在以后的日子里，有许多在世的人说，他们吃过那株苹果树上结的果实。

这似乎是很久以前的事情，而它却发生在弥尔顿写就他的《失乐园》（*Paradise Lost*）之后。可它并不因年代的久远而有损其光芒，我们不用按照英国标准来调准自己的历史时间,英国人也没按照罗马标准来调准自己的历史时间,而罗马人同样没按希腊人的标准调准自己的历史时间。"我们必须追溯到久远的年代",雷利说,"才能去找寻将古罗马法律的条条框框强加于其他民族的古罗马人,去找寻将它国的君王和王子戴上枷锁押回罗马的凯旋的古罗马执政官,才能看到世人去往希腊的国度寻求智慧,或者去往盛产黄金宝石之地俄斐寻觅金子;而如今,除了记载他们当时情况的粗劣文件,其他的什么都没遗留下来。"然而,就某种意义而言,为了在梅里马克河岸寻觅使用弓箭和短柄小石斧的佩纳库克人和波塔基特人,我们无须追溯到很久以前。自这 9 月的午后,从如今已耕作过的两岸之间回望,那个年代仿佛比中世纪还要遥不可及。当我凝视着一幅古旧的康科德画面,它好像展现的是 75 年前的模样,那时的景色秀丽且空阔,阳光普照着森林和河流,好像是在正午时分,我感到自己不曾联想到当时光耀人间的太阳,或联想到那时生活在朗朗晴空下的人们。我们更不会想象在菲利普王战争期间,晴朗的盛夏阳光辉映着山冈与河谷,辉映着教堂或菲利普王的征途,随后又辉映着勇士洛夫威尔或帕格斯的征途,但他们必定是在熹微的晨光或暗夜里生活与鏖战。

这世界的年龄已够大了,足以令我们浮想联翩,甚至依照摩西的描述即可,无须借助地质学家的任何年代划分。从亚当和夏娃的时代陡然跳跃到史前大洪水时代,而后穿越诸多古代的君主国,穿越巴比伦和底比斯,梵天和亚伯拉罕,一跃而到古希腊和阿尔戈英雄那里;我们也许由此伊始,从俄尔甫斯和特洛伊战争,从金字塔和奥林匹克运动会,一直到荷马和雅典,再度将其划分为我们的各个历史阶段;然后在罗马城建成后稍作喘息,便又继续我们的旅程,穿过奥丁神和基督直达——美国。这是一段令人厌倦的漫长岁月。然而,只要有 60 位老母亲,比如说她们在小山脚下生活,每人标志着一个世纪,将其生命串联起来,便足以覆盖人类历史发展的整个进程。她们手牵着手便可贯穿从夏娃到我母亲之间的时间距离。仅仅是一场体面的茶话会,宾客间的闲言碎语都将载入史册。从我的母亲往回数起,第四位母亲哺育过哥伦布,第九位母亲是诺曼征服者的保姆,第十九位母亲是圣母玛利亚,第二十四位母亲是女巫西比尔,第三十位母亲参加了特洛伊战争,她芳名海伦,第三十八位母亲是塞米拉米斯女王,第六十位母亲即是人类的母亲夏娃。就此打住,

生活在那小山脚下的老妪,
若是她没辞世,她仍旧会在那儿居住。

当时间的老妪死亡之时,她的曾孙女无须陪伴她。

在我们的叙述中,我们绝对不能枉顾事实真相而假装若无其事。比如某些人猜想的那种纯粹发明,世上从无先例。甚至着手去创作一部纯粹的小说,也仅仅是休闲时随心所欲地去描写某些事物,还其本来面目。举世罕见的诗歌即是对现实的纯真描绘,因为常识总是抱着轻率而肤浅的观点。

论述歌德

尽管我对歌德的作品并不十分熟悉,但我应当说,他对事物在他眼前呈现的形象以及事物对他所产生的影响进行了精确地描述,他以此为满足,这是他作为一位作家的一个主要长处。大多数的旅行家不具备足够的自尊来做到这一点,从而让万事万物环绕在以他们为中心的周围,他们反倒是仍想象着将实景叙述得更引人入胜,故此我们从旅行家那儿完全得不到有任何价值的游记。在歌德的《意大利游记》中,他如蜗牛般缓慢前行,但始终牢记着足踏尘世,头顶天堂。他诉诸笔端的意大利,不单单是乞丐和古玩鉴赏家的祖国,以及壮丽遗迹的场景之所在,而且茵茵碧草覆盖着坚实的土地,白天

阳光普照，夜晚月光皎洁。甚至旅途中落下的几场阵雨都如实地记录在案。他以一个不动声色的旁观者在陈述着，他的目的是忠实地描述自己的所见所闻，而且在大多情形下，按他所目睹的先后顺序依次加以描述。甚至他的沉思也没扰乱他的描述。在游记中他记叙了自己的一段旅途经历，在某处景点他向一帮围在自己身旁的农夫讲解着当地的一座古塔，讲解得绘声绘色，结果那些土生土长的人都非要转头去重新打量那座古塔，用他自己的话说，"致使他们迫不及待地瞪大双眼，注视着我在他们耳边所赞颂的事物"——"而且我丝毫没有言过其实，甚至对几个世纪以来一直装饰古塔墙壁的常春藤也未置一词"。倘若这种情感适度的叙述不能证明其卓尔不群，那么心智低下者也可能创作出宝贵的著作；因为如果一个智者自以为才高八斗，那么智者并不比他人智慧多少。有些缺乏灵魂的人只是伤感地记录下自己身上所发生的事情；而其他的人则记录着他们经历的世间变迁，以及他们对种种情形的所思所想。尤其是，歌德对所有人都抱着由衷的善意，绝不会写下一个乖戾或轻率的词语。有一次，一位邮差啜泣道："先生们，请原谅，这是我的祖国。"他坦承："我这个可怜的北方佬顿时热泪盈眶。"

歌德的教养和人生纯粹是属于艺术家之类的。他所缺乏的正是诗人的无意识。在他的自传中，他精确无误地描述了《威廉·迈斯特》一书作者的生平事迹。只因在那本书中，对某种琐碎或鸡毛蒜皮之类事情的夸张与一种罕见而祥和的智慧相交相融，这种智慧适合造就出一个行事拘谨、心怀偏见的人，这种人仅仅是具有良好的教养而已。剧场被不断放大，直到生活自身变作了舞台，为此悉心揣摩我们各自的角色，得体而严谨地表演成了我们所担当的责任，因此可以这么说，在那本自传中，他教养的缺憾恰好成就了他艺术上的完美。大自然仍受到了骚扰，尽管她终于成功地在这男孩身上刻下了异乎寻常的天主教烙印。这是一个都市男孩的生活，他的玩具是图画和艺术品，他一心向往的奇观是喧闹的剧场、君王的仪仗队列和加冕仪式。因为这年轻人细心地研究着皇家仪仗队列中的等级顺序，期望自己多少能受到它的影响，此人的目的在于谋取一个社会地位，这样就能满足他过上受人尊敬的舒适生活的愿望。这个天真无邪的男孩就这样被自己所欣赏的许多东西蒙骗了。其实，当他最终逃进不设大门的森林时，他本人便有机会在这本自传中声称："因此这些是确信无疑的：唯有青年人和蛮族捉摸不定的奔放情感方可适应这种崇高，一旦这种情感借助外物的力量在我们心头唤起，由于它要么飘忽不定，要么被铸就成不可思议的形态，那么它必定以一种超越一切的恢宏气势围绕着我们。"他更深入地谈到他自己："我从孩提时代起就与画家为伍，和他们一样，习惯于从艺术视角去看待物体。"而这便是他一生受用的行为方式。他甚至教养好得过分，以致未受到全面的培养。他说，他从未与同镇最低贱阶层的男孩打过交道。这孩子应该既具有学识的优势，也具有天真的优势，若是他能尝到那种受人怠慢受人伤害的滋味，那么他将三生有幸。

大自然的法则打破了艺术的规则。

的确，在通常情形下，天才可能同时也是一个艺术家，但这两者不容混为一谈。天才，对人类而言他是一个造物者，一个充满灵感或魔力的人，他遵从尚未探索出来的法则创造出完美的作品。而艺术家则是这样的人物，他从对人类或大自然的天才之作的观察中，觉察和应用法则。工匠则是另一种人物，他只是对别人已发现了的规则的运用者。世间未曾有纯粹的天才，世间也未曾有全然缺乏天赋之人。

诗歌是人类的神秘之作。

诗人的表达方式是不能被条分缕析的；他的一行诗句可以是一个单词，他诗句的音节可由多个单词组成。事实上没有什么词语能与他诗句的韵律相匹配。可即便我们始终听不到词语，只听见诗句的韵律，那又何妨？

诸多韵文不能称其为诗歌，因为它们并非恰好在那神奇的一刻写下，尽管它们可能会难以置信地接近那一刻。只是凭着奇迹的发生诗歌方能写就。它并非是可以重现的心绪，而是从一个更深广的渐行渐远的心绪中刹那间捕捉到的一种色彩。

一首诗是一种专心且畅达的表述，它瓜熟蒂落后形成了文学作品，还专一无碍地被那些它为之而变得成熟的人们所接受。

若是你能讲出你未曾听过的话语，若是你能写下你未曾读过的文字，那么你便做出了罕见之举。

我们选择的工作应当属于我们自己，
上帝任我们独行。

人的无意识就是上帝的意识。

深渊应当是诚挚的基石。甚至冰霜覆盖之下的石墙也有其根基。随手画出的线条魅惑着我们，它宛如青苔和树叶的模样。某种完美存在于我们从未蓄意招致的偶遇中。用一支饱蘸墨水的钝鹅毛笔在一张纸上随意挥毫，趁墨迹未干便将纸对折起来横截这条墨线，于是一个精美而匀称的图案便跃然纸上了，在某些方面它比一幅精心绘制的图画更令人惬意。

写作的才能是极具危险性的，它能一语中的，如同印第安人剥掉一张头皮。我深深地感到，当我能表述自己的人生时，我的生活似乎变得更加宽广了。

有关从布伦纳到维罗纳的旅途见闻，歌德是这样描述的："此刻蒂斯河更加温顺地流淌着，在很多的地方造就出宽阔的沙滩。登上陆地，看那邻水的山坡上，葡萄藤、玉米、桑树、苹果树、梨树、楹椁树以及坚果树，各种植株生长得如此茂密，让你以为它们必定拥挤得几乎窒息。低矮的接骨木贴在墙上生机盎然。强壮的常春藤树干向着岩石上方攀缘，藤蔓铺满了岩石，蜥蜴则悄然溜过藤蔓的间隙，这里处处迂回游荡的动植物都令人脑海里浮现出一幅最令人爱恋的艺术图景。女子们一束束扎起的秀发，男子汉们赤裸的

榅桲
quince

胸膛和浅色的夹克衫,人们从集市赶回家的良种公牛,驮着货物的小毛驴——千姿百态的事物构成一幅活灵活现的风景画。既然到了傍晚时分,亲和的大气中便有了几片晚霞悬浮于群峰之上,云霞与其说在游移,不如说它们是在天际立定着,待到落日西沉,蟋蟀便叫得更欢了;此刻,茕茕孑立的人就此感到自己身处旷野如同待在家里一样舒适,一点都不像隐匿萍踪或浪迹天涯的浪子。我感到怡然自得,好像自己生于斯,长于斯,此时正从格陵兰岛或乘捕鲸船远航归来一样。甚至我久违的故国的尘土,它经常围绕着马车飞扬,也受到了归人的致敬。蟋蟀的鸣叫声恰似钟铃般叮当作响,婉转悠扬,在夜

美洲接骨木
American black elderberry

空久久回荡。当顽童们吹起口哨,模仿着旷野中这般嘹亮的女高音时,那口哨声颇具十分的勇气。你会想象着,这两种声音宛如琴萧相合,汇成了一曲悦耳的强音。而这傍晚也如白昼一样柔肠百转。"

歌德在《意大利游记》中感叹道:

若是有人居住在南方,且他从南方来到这儿,就该听说我因此而兴高采烈,他会认为我太幼稚可笑了。唉!我在此所表达出的,只是我在一片不祥的青空下经受磨难时曾有过的深切感受,而此时但愿我将这种欢乐当作一次例外而欢喜地体味，我们应永享这份乐趣，把它当作我们天性的永恒需求。

因此，诚如乔叟所言，我们"靠着思绪和游乐的推进航行"，大千万象看来在与我们一同漂流；堤岸本身和峭拔的远山，则被酽酽的空气消融，最刚劲的材质和天下至柔的材料好像服从于同一法则，真的，对流逝的漫长时光而言，确实如此。树木只是树液和木质纤维的河流，从大气中奔腾而来，由树干泻入土地，恰如树根传输着树液，又奔流上地面一样。在夜空有星群的漩流和银河，它们现已开始在头顶隐隐闪动，泛起涟漪。在大地之上，有岩石的河流，在大地深处则有矿石的河流，而我们的种种思绪在奔腾着、循环着，而这川流不息的时刻只是时光的一个片段而已。让我们兴之所至地遨游，天地万物围绕着我们去创造，我们依然成为宇宙的中心。倘若我们仰望苍穹，它会是凹形的；倘若我们俯视深不可测的海湾，它同样是凹形的。天空之所以弯曲下来，与大地在地平线相交接，那是因为我们昂首挺立在旷野之上。我一把拽下天空的裙裾，晚星似这般低垂，仿佛不甘滴落，但经过九曲回肠的旅途它们会追忆起我，并且重返自身的星座。

趁着白昼，我们通过库斯瀑布，这旁边曾是我们的野营地，最终我们在梅里马克北部的西岸安营扎寨，差不多正对着一个大岛，在我们溯流而上时，我们曾在这岛上度过了正午时光。

那个夏夜，我们从距小舟两杆远的河滨石坡将小舟拖上沙滩，放在靠河边的一排稀疏的栎树后面；我们没有惊扰任何已归巢穴的动物，但不能算上住在草丛中的蜘蛛，它们迎着我们的灯光爬出来，翻过我们的野牛皮。从帐篷下我向外望去，透出淡淡的雾气只看到依稀的树影，而草地承负着一片冰凉的露珠，那片草地在夜色里看起来仿佛浸润在一片欣悦之情中。伴随潮湿的空气，我们大口吸进馥郁的清香。吃罢热可可、面包和西瓜凑合的晚餐，我们畅快地聊天，但不久就腻味了，于是记下一番日记，之后吹灭挂在帐篷顶梁柱上的灯，酣然入梦。

糟糕的是，许多事情都疏忽过去了，本来那些事情都应该记入日记中的；因为我们定下一条规矩，要在日记中记下我们全部的体验，但这种规矩要贯彻始终不太容易，因为重要的体验极少令我们想起这种义务，当这一点疏漏过去后，那些无关紧要的东西倒通常被写在日记中。在一本日记中写下随时都会让我们兴致盎然的事可不容易，因为我们的志趣并不在于记日记。

每逢午夜梦回，半醒的思绪在迷蒙的梦境中挣扎，停了一会儿，风突然吹刮得凶狠起来，拍击着帐篷的门帘，拉扯得帐篷的绳索抖动不已，我们这才想起自己是睡在梅里马克河岸上，并非在家中的卧室里高枕无忧。我们的脑袋贴在草地上，听得见梅里马克河回旋着，吮吸着，向下游流泻着，河水一边前进一边亲吻河岸，偶尔荡起的细浪之声比平时更响亮，但它的中流仅仅传来清静的流淌之声，好像我们的水桶有个漏洞，而清水从我们身边泻入草中。这风，沙沙地吹过栎树和榛树林，让我们感觉好像一个失眠而又不顾他人的家伙在午夜起身，走来走去，折腾他的什物，时而激动着抛洒满抽屉的片片树叶，时而嘴里啧啧有声。整个大自然看起来正忙乱地做着准备，似乎有贵客要临门了，她所有的廊道一千个婢女一定要在夜晚打扫干净，一千个汤罐美味沸腾，为了第二天的宴饮——这样交头接耳，嘈嘈杂杂，好像有一万个仙女在飞针走线，悄悄为覆盖大地赶制新绒毯，为使树林活色生香而赶制新的衣衫。接着风儿消逝了，止息了，我们也像风儿一样，再次归入梦乡里。

Chapter 8
星期五

大蓝鹭
great blue heron

那船夫在海上闯荡，
紧紧把握住自己的航向，
决不退缩，决不半途而废，
他的双臂何尝敢片刻松懈，
划动双桨，飞掠过荒凉的水域。

——斯宾塞

夏日的长袍渐渐变得微黑，就像再三染色的外套。

——多恩

迎秋别夏

破晓之前，我们已醒了良久，倾听着河中的细浪声和树叶的簌簌声，为河上是顺风还是逆风而心神不宁，不知风向是否有利于我们的航行。我们已从这些新近的萧瑟秋声中隐然感受到天气的变化。秋风在林间呼啸，犹如无尽的瀑泉在礁石间冲泻、喘鸣，连我们也为这自然之力的生龙活虎而振奋。在这万物飘零的日子里，听到奔流不息的波涛声，就不会全然丢弃希望。昨夜是季节的拐点。我们在夏夜入眠，在秋晨醒来；夏天在流逝的时光中某一意想不到的时刻转入秋天，好似书翻动了新的一页。

天亮时分，我们找到小船，那船同我们离开时别无二致，仿佛在这秋天的堤岸上，等待我们归来。船儿周身冰凉，湿漉漉地往下滴着露珠。小船周围潮湿的沙地上，仍鲜明地印满我们昨夜的足迹，仙女们都已飘然远去或者隐匿起来了。不到 5 点，我们把船驶进浓雾中，然后跳进船舱，用篙子把船撑离河岸，堤岸很快就不见踪影了。我们一边随湍急的河水飞驰行船，一边用敏锐的目光注意周遭的礁石。我们只能看见浑黄的滚滚流水；一股浓雾把我们团团包住，在我们周围形成一个小小的围栏。没多久我们就驶过索希根河河口和梅里马克村。当浓雾慢慢地翻卷离去，我们不必再注意礁石，便从提心吊胆中缓过神来。我们头顶流云，途经最早染上金红曙光的一排山丘，在奔腾蜿蜒的河流上行船，只见河岸上的村舍和河岸自身，都挂满冷冽闪亮的露珠。而后天大亮了，色彩艳丽的葡萄藤与柳枝上的金翅雀相映生辉，北

美洲金翅雀
American goldfinch

扑翅鸳群集旋舞滑翔。当我们贴岸而过时，和我们想象的一样，从岸上人们的脸庞看到，秋确已降临了。农舍看起来更为暖意融融和惬意自适，里面的栖居者出来了一小会儿，便默默地走回屋子，关上门，退进夏天的栖居处。

而眼下那颗颗冷冽的秋露
挂在茵茵草丛中结满的蛛网上；
刈割得只剩短茬的再生草，
表明时光已迅急地进入岁末。

我们听到秋风的初次叹息，就连秋水也因此变成黯淡的灰色。漆树、葡萄藤和槭树染上秋色，马利筋转为浓烈的深黄。在树林里，秋叶迅急地成熟是为了叶落归根；那饱满的叶脉和明艳的色泽表明了秋叶的成熟，而不是诗人的才思枯竭；我们清楚最早飘落的是槭树的叶子，槭叶落尽后，不久便像一缕缕轻烟环绕在牧场的边缘。牧场和公路上，能听到牛儿在执拗地低鸣，它们焦躁不安，左右乱奔，好像担忧青草枯黄，寒冬逼近。我们也不禁思绪纷飞。

一年一度的牛展那天，我从康科德村的街道走过，10月天秋风乍起，榆树叶和美国梧桐叶开始遍地飘零，它们树液中的盎然生机，似乎像任何农家孩子那天焕发的蓬勃朝气一样饱满，它们将我的思绪引向秋风中沙沙作响的林间，那儿树木正在为过冬做着储备。在秋天的节日里，人们犹如路边沙沙作响的簇簇树叶，成群结队，自发有序地聚集在街上，这自然使我联想到秋季。街道上，牛群哞哞低鸣，似一曲沙哑的交响乐，或是为树叶的沙沙声伴奏的流畅低音。秋风匆匆拂过乡间，俯拾起留在田间地头的每一根稻草，与此同时，每个农家少年郎——已身着自己最好的厚呢上衣和黑白相间的马甲，以及鸭绒、克什米尔毛料或灯芯绒的笔挺的裤子，还戴着皮帽——迎风飞奔，去往乡村集市和牛展，前往汇集了当年珍品的村中罗马城。一路上，农家少年郎用他们从来不会垂在身体两侧的、结实懒惰的手掌撑着跳过一道道栅栏，小牛哞哞，绵羊咩咩，阿摩司（Amos）、押尼珥（Abner）、以利拿单（Elnathan）、埃尔布里奇（Elbridge）。

从松树遍野的崇山峻岭直到这片平原。

我热爱这些大地之子，每位母亲的儿子，他们怀着充沛的精力，吵吵嚷嚷、成群结队地从一个展位冲向另一个展位，仿佛担心日出和日落之间没有足够的时间欣赏完所有的展位，也担心当下太阳等待的时间不比翻晒干草的季节长。

冰雪聪明的大自然宝贝，他们生活在这尘世间，
从不让自己对世间万象感到迷惘。

农家少年郎兴高采烈，为当天种种粗俗的消遣跑来跑去，时而闹哄哄地跟在一个很棒的黑人歌手后面，整个刚果和几内亚海岸的曲调从他的歌喉中喷薄而出，在大街小巷绵延不绝；时而去观看一百头牛组成的队伍，它们同俄赛里斯一样庄重威严，或是观看一群洁净的公牛和乳牛，它们同伊西斯或伊俄一样清白无瑕。它们对大自然毫无眷恋。

终究，情侣们会离开这盛大的节庆活动回到家中。

农家少年郎或许会把自己最肥壮的牛和最丰美的水果带到集市上，不过这些牛和水果都在一片人声鼎沸中显得相形见绌。这便是激荡人心的秋日，人们似迁徙的雀类，在树叶的沙沙声中结伴而行。这是一年中真正收获的季节，空气中充满了人的气息，风吹树叶沙沙作响，颇似人群匆匆走过的脚步声。我们如今读到希腊人和伊特鲁利亚人古老的节日、运动会及游行队伍时，都

带着几分怀疑，至少不敢苟同，然而每个民族对大自然热忱而真切的问候是多么顺其自然，多么情不自禁啊！库瑞忒斯、迈那得斯和拙劣的原始悲剧演员的队伍和山羊之歌，以及显得相当过时古怪的泛雅典娜节的繁文缛节，如今皆有其翻版。比起学者欣赏的希腊人，农夫总是更为出色；古老的习俗尚存，文物工作者和学者纪念它们的同时，自己也渐渐头发花白。今日，农民们涌到集市上，同样遵循古老的法则，虽然那并不是梭伦和来库古颁布的，但这与群蜂飞舞追随蜂后一样毋庸置疑。

　　乡民涌入市镇的场景很值得一看。这些头脑清醒的农夫此刻满心期待，他们把衬衫和外套的衣领都竖了起来——他们的衣领相当宽大，仿佛衬衫倒过来穿了，因为时尚常常是奢侈品——他们的步履格外轻快，彼此真诚地交流着。就连随遇而安的流浪汉，也必定会出现在这种谣言最少的场合，第二天他就会杳无消息，像只十七年蝉（seventeen-year locust）①钻回自己的洞里。流浪汉衣衫褴褛，虽然他有比农夫最好的衣服还要光鲜的衣服，却从不穿在身上。他来集市观看娱乐活动，如果有人吵架的话，他也会插一脚——打听"吵什么架"；哪里有乡民喝醉、马儿赛跑、公鸡打架，哪里便可见到他的身影；他很想躲在桌下摇晃桌腿，最重要的是能看见"有条纹的猪"。在这类场合，流浪汉表现得像个怪咖。他将囊中之物和自身个性全部倾注于这股社会潮流，在节日里尽情享受。他嗜好这社会的无病呻吟，全然玩世不恭。

　　我喜欢看人们沉醉于庸俗不堪而又饶有趣味的娱乐之中，好似牛群津津有味地咀嚼着米糠和麦秸。虽然在他们之中有许多家伙心术不正，脾气乖戾，不修边幅，面对逆境不堪忍受，就像芒刺上的第三颗栗子，你甚至会惊讶地发现几个人合戴一顶帽子，不过不必担心人种会在他们身上衰退或动摇；就如生长在树篱中

① 即北美的周期蝉，其生命周期为十三年或十七年，也称为十三年蝉。

的野苹果树，依旧会产出优质美味的硕果。大自然的物种便是如此不断地更新换代，但那些色味俱全的品种却逐渐消亡，最终走向灭绝。人类即是如此。有多少人准是粗制滥造而成的呀！

　　风始终平稳地朝下游吹刮，使得我们能够一直扬帆而行，上午丝毫没有延误，我们从清早到正午不停地向下游航行。我们双手握着船舵，船舵深深地插进河流之中，偶尔我们转身划动桨叶——真的，我们几乎没有歇一口气，感受着坐骑的心脏的每一次跳动，还有把我们带向空中的那对飞翼的每一次展翅。我们的意识之流与河流一样常常突然转弯，不停顿地向东或向南拓展出新的景象，但我们觉察到河流在转弯处流速最快，水流最浅。最坚定的堤岸从不为我们让到一边，一直坚守着最初的趋向，为何都是从来我们为它们让到一边去呢？

诗思游吟

　　一个人的天赋，既不能以甜言蜜语来哄骗利用，也不能以震慑的手段加以抹杀。它所需要得到的抚慰，比这世界所苛求或能赏识的行为更为高洁。这些生有双翼的思想宛如飞鸟，不甘愿受了他人的操控；即便母鸡也不情愿你将它们当作四足动物来骚扰。令他感到如此陌生和惊讶的事物莫过于他自己的思想了。

　　对于不世出的天才而言，对寻常世道卑躬屈膝是要付出最昂贵的代价的。倘若诗人欲随波逐流，那么他的天赋则是毫无用处的废物。极乐鸟经常被迫逆风飞翔，唯恐它艳丽的羽饰紧贴躯体，妨碍了它自由地翱翔。

　　最出色的水手能凭着最小的风力稳稳地掌控航向，面对最大的障碍能顺势索取航行的动力。一遇上从船尾吹来的风风向有变，绝大多数水手便会立即转向，见风使舵，行驶到热带地区，由于罗盘指示的每个方向都不会有风

红极乐鸟
red bird-of-paradise

吹来，某些港口这些水手便永不会抵达。

诗人并非婀娜多姿的枝干上纤柔的嫩枝，需要别具一格的制度和法令来捍卫他；相反，诗人是最坚韧不拔的地之骄子和天之骄子，而凭借着他更强大的力量和忍耐力，他每况愈下的同伴们将会辨识出他是神灵附体。最终，正是诸多美的崇拜者完成了这尘间真正具有开拓性的工作。

无论他有着何种瑕疵，也无论他有着何等妙趣，诗人都会受人追捧。诗人将钉子锤进冥顽不化的脑袋，而我们却不知道他用的铁锤的样子。他使我们从他的炉边和心房里获得了心灵的自由，这比向一个人献上一座城市的自由更值得敬仰。

诸多伟人，在这一代人中籍籍无名，却在他们前人的那些伟人中声誉卓著，而世间所有真正的名望，从它们高过星辰的桂冠上渐渐沉落。

俄尔甫斯听不见他自己的七弦竖琴拨动的琴声，只能听到被吹向竖琴的如泣如诉的乐音；因为最初的乐音先于这琴声，伴随着尽可能多的回声。琴声之外便是岩石、树林和野兽发出的回响。

当我置身于一座图书馆内，那儿用文字记载着全世界的聪明才智，而全然没有录音的资料，馆内的图书纯粹是一种知识的积淀，而非真正财富的积累，那儿不朽的著作同存活期不超过一月的选集并排摆放在一起，蜘蛛网和霉菌已从这几本书蔓延到另几本书的装帧，我不由得思考起诗歌存在的真正意义，我感到莎士比亚和弥尔顿未曾预见自己会沦落到与此等人为伍。唉！一个真正诗人的作品很快会被扫进这种垃圾箱内！

诗人只会为自己的知音写作。他将谨记：他从自己的角度看见了真理和美，而且憧憬着那一刻，远眺同一片原野，广阔的视野会带来同样自在的天地。

我们经常迫不及待地向我们的街坊四邻，或是向我们路上偶遇的孤身旅行者倾诉自己的所思所想，然而诗歌是从我们离群索居的家园向所有的智慧传达的一种交流信息。它未曾单独对某个人窃窃私语。厘清了这一点，我们便能读懂那些十四行诗，据说它们是特地献给某某人或"某位红颜知己的娥眉"的。人们千万别被这些诗歌迷得神魂颠倒。因为这些情诗，它们对每位情人都是那么款款情深。

毋庸置疑，在拥有天赋之人或诗人与不具有天赋之人之间存在云泥之别，后者无法抓住和领悟在自己头脑中灵光乍现的思想。只因那些思想过于模糊且难以言表，甚至难以在头脑中形成清晰的印象。那些思想仅仅加快或减缓了诗人血液的流淌，使他们午后的时间充盈着不知源于何方的欣悦，向诗人更精良的机体传送着明显的允诺。

我们谈到天才时，似乎认为他们的才能只是个熟练的技艺而已，而诗人只能表达他人的构想。然而，与各自肩负的职责相对照，诗人似乎最欠缺才能，而散文作家倒是更显得技艺娴熟。请瞧瞧铁匠具有何等的才能。坚硬的钢铁在他的手中化成了绕指柔。当诗人突发灵感，甚至被某种绝非为常人的一个个下午增光添彩的氛围所刺激时，他的才能便全然消失，而他不再是位诗人。众神不会赋予他较其他人更多的本领。他们绝不会将自己的天赋传授于他，但会用自己的气息环绕着他并供养着他。

如果说上帝赐予了一个人诸多非凡的才能，那常常意味着上帝将自己的天堂降临到那人触手可及的地方。

当我们诗兴勃发，便赶紧信笔涂鸦，像一只公鸡专注于虫子，将伙伴叫唤到自己身边，在自己扬起的尘土中嬉戏，却没觉察到宝石就落在尘土之中，或许，我们那时无意中已将它抛到了远处，让它再次被尘土掩埋。

诗人甚至不像其他人一样进食，但有时他畅饮着众神的玉液琼浆，品尝着众神的珍馐美味，过着神明一般的生活。他凭着灵感触发的有益身心健康的慷慨激昂，得以延年益寿，安享晚年。

有些诗歌只为了闲适的假日而作。它们优美而甜腻，可那是食糖的甜味，而非劳作的艰辛赋予酸面包的甜美，诗人吟咏自己诗句时呼吸的气息，必定是他赖以生存的空气。

卓越的散文也同样崇高，较之卓越的诗歌更值得我们满怀敬意，因为它隐含着更永久、更平稳的高度，意味着充盈更庄严思想的生命。诗人时常只是像帕提亚人那样，贸然侵入他国领土然后匆匆撤离，而且一边撤退一边射击；但是，散文作家则像罗马人那样，征服他国然后建立殖民地。

真正的诗歌并非是供大众阅读的。自始至终存在着一种诗歌，它并非印在纸上，在它写就的同时，它被印刻在了诗人的生命里。它是诗人作品的内在转化。问题的根本并不在于怎样在岩石上、画布上或纸张上表达思想，而是在于这些思想从艺术家的生命中所获取的形式和言辞达到了怎样的表现程度。他真正的作品不会在任何王公贵族的画廊里列展。

我的生活是我一直愿写就的诗篇，
而我不可能在度日的同时又四处张扬。

诗人的迟疑

我徒劳地看着东升的晨曦，
又徒劳地观察西沉的晚霞，
我散漫地注视异域的天空，
期盼走上别样的人生之路。

投身于这外在的无穷财富之中，
我的内心仍是贫瘠之地，
鸟雀已唱完了它们的夏曲，
我的春日却姗姗来迟。

我是否该静诗秋风萧索，
然后被迫去追寻更温情的暖日，
且莫将奇形怪状的巢穴抛在脑后，

林间依旧没回荡我的短歌?

这疾风阵阵的阴冷天,岸上栎树和松树也在嘎吱嘎吱作响,这情景使我们不由得联想起比希腊更向北的地方的气候,较爱琴海更寒冷的海域。

传说中的 3 世纪爱尔兰英雄和游吟诗人莪相真诚的遗物,或那些署上他大名的一首首古诗,虽然名声不太远扬,但在诸多方面却同《伊利亚特》一样让人铭记不忘。他在捍卫游吟诗人的尊严上与荷马平分秋色,在他所处的那个时代,除他之外我们没听说过其他的牧师。将他称之为异教徒是毫无益处的,因为他将太阳人格化,并与之对话;即便他诗歌中的英雄好汉确实"崇拜他们先辈的幽灵"——他们虚无缥缈的无所定型的形态,那又何妨?我们崇拜的自己先辈的幽灵只是以更实在的形体出现而已。我们不禁敬重起那些异教徒的坚定信仰,他们坚贞不渝地深信某物,我们想要告诫那些已被他们的迷信仪式惹恼的批评家们——千万别去打扰这些人的祷告。相较异教徒和古人,似乎我们对人生和上帝比他们明白得更多。英国的宗教体系中是否包含这些新近的发现?

莪相令我们不禁想到属于荷马、品达、以赛亚的最文雅的时代,属于美洲印第安人的最野蛮的时代。如同在《荷马史诗》中一样,在莪相的诗篇中人们可见的只有人性最朴实、最坚韧的特征,人的本质形象犹如史前巨石阵那般展示在神殿前,我们望见石头环绕,直杆独立。拨开他诗中的迷雾得以见证,生命的种种迹象几乎形成了一种如梦如幻的庞然大物。就像所有更古老、更壮丽的诗篇一样,莪相的诗歌以它所歌颂的英雄好汉的几段生命历程而著称。那些英雄好汉们屹立于荒野之上,在星辰与大地之间,渐渐被收缩成了活生生的骨肉。大地是为他们建功立业而铺展的一望无际的原野。他们过着如此简朴、单纯和永恒的生活,灵魂几乎无须伴随肉体的死亡而逝去,而是完全世世代代地遗传下去。几乎没什么其他目标能令他们转移视线,他们的生活就像他们所凝视的群星的轨迹一样畅行无阻。

> 怒发冲冠的诸位君王,
> 立于遥遥相望的山顶石冢之上,
> 从各自的盾牌后探首眺望远方,
> 识别着漫游的群星,
> 它们璀璨的光辉缓缓西沉。

这些英雄好汉无须许多的生活花费,他们无须许多的家具,他们的模样像透过薄雾远远望见的人影,既无装束又没有通用语,但他们将舌头自身当作语言,将获得的兽皮和树皮始终披作衣裳。他们凭着自己精壮的体魄终其天年。他们在暴风骤雨与敌人长矛的攻击下得以幸存,创下了诸多英雄伟业,然后

> 在未来的许多年岁,
> 一座座坟冢将解答他们的一个个问题。

当他们双目失明、体弱多病时,聆听着游吟诗人的叙事诗,抚摸着曾击败敌人的刀剑,安然度过风烛残年。当他们最终辞别人世的那刻,游吟诗人凭借着大自然的一阵惊厥,许可我们向他们的来世投去短暂而模糊的一瞥,但可能,那来世的景象与他们生前一样澄明。当麦克·罗伊恩惨遭杀害时,

> 他的灵魂去寻到自己好战的祖先,
> 在暴风骤雨肆虐的荒岛上,
> 追猎着野猪隐隐约约的身形。

这位英雄的石冢纪念碑立了起来,那游吟诗人则吟唱着一段简短而情意

深长的曲调,它足以权当其墓志铭和传记。

软弱者将在这住处找到他的弓,
衰弱者则企图去拉开那张弓。

相较这种简朴、坚韧的生活,我们的文明史倒貌似衰弱而时髦的编年史或奢侈的艺术品。但文明人在读到最荒蛮时代的诗歌时,断然不会错过其中真正的风雅。这份风雅令他警醒到,文明只是给人穿衣打扮。文明能为人制出鞋子,但它并不能使人的脚板变得坚韧。文明能为人织出质地精良的布料,但它并没有真正亲近人的肌肤。在文明人的躯体内,傲立的野蛮人依旧拥有着荣耀的一席之地。我们如今仍归属于那些蓝眼睛、黄头发的撒克逊人,那些身段修长、头发乌黑的诺曼底人。

在那个时期,游吟诗人的职业因其附着的名誉光环而引来世人更多的尊敬。记载英雄们的丰功伟绩是他恪尽的职守。当莪相倾听到低卑的游吟诗人们的传说时,他宣称:

我泾直抓住这些有价值的故事,
用诗篇忠实地将它们传承下去。

在《卡-洛丁》(*Ca-Lodin*)的第三段开头,他这样表述自己的人生哲学:

这些现存的事物从何处萌生?
过注的岁月向何地流逝?
时间去哪儿藏匿始末两端,
在不可穿透的浓浓黑暗里,
它的表面仅闪烁着英雄的伟业?

> 我追溯注昔的世世代代，
> 注昔却显得黯然失色，
> 宛如物体被晦暗的月光
> 倒映在远方的湖面。
> 我千真万确目睹战争的霹雳，
> 而悲怆的凡夫俗子居住在那儿，
> 他们全然没将自己的功绩
> 传至身后的千秋万代。

> 卑贱的武士战死沙场，然后被世人遗忘。

> 陌生人到此搭建一座高塔，
> 将他们的骨灰高举抛撒；
> 尘土中显露锈迹斑斑的宝剑；
> 一个人俯身瞧瞧，说道：
> "这些武器都属于昔日的英雄，
> 我们未曾听过赞美他们的颂歌。"

采用气势恢宏的明喻是伟大诗篇所具有的另一特征。我相似乎讲着一种世间通用的宏大语言。意象和图画甚至占据了景色的许多空间，仿佛只有从山坡上，从广阔的平原上，或是越过海湾方能见到它们。这谋篇布局的体量是如此宏大，以致它不会比自然事物渺小。奥伊瓦娜对着她父亲的雄魂——那在天上现身的"托纳族的白发苍苍的托基尔"诉说：

> 你悄悄溜走就像渐渐远去的航船。

所以当主人翁芬戈尔和斯塔纳即将开战时,

带着如同远方河流的喧响,
托纳族人向这边进发。

而当他被迫后撤时,

身后拖着他自己的长矛,
柯都林隐没在远处的深林,
就像一团火焰即将熄灭。

当芬戈尔讲话时,他无须特定的听众,

千百名雄辩家意欲
聆听芬戈尔的叙事诗。

这种恐吓也可能会令人打消念头。复仇和恐怖是真实存在的。特伦莫尔恐吓与他在异国海滩上狭路相逢的年轻武士:

你母亲将发现你面无血色地倒在海滩上,
同时她眼见着杀害她儿子的凶手
在浪涛中扬帆渐渐远去。

若是莪相歌颂的英雄们在哭泣,那是源于心中的憋屈而非懦弱,好似多愁善感天性的献祭或奠酒祭神仪式,好似盛夏岩石冒出的汗珠。我们几乎情不自禁地流淌热泪,仿佛只有婴儿和英雄才适宜哭泣。他们的喜乐和伤悲是

由同一种原料制成的,如同雨滴和冰雪、彩虹和雾霭一样。当菲伦在战场失利,而且在芬戈尔面前感到羞愧万分时,

他毫不犹豫地大步走开,
悲恸地在小溪前俯下身子,
泪流满面。
他一次又一次用自己倒握的长矛尖,
斩断灰色的蓟草。

失明的老者克罗达接纳了莪相——前来为他助战的芬戈尔的儿子,

"我双眼瞎了,"他说,"我克罗达成了盲人,
你是否跟你父亲一样孔武有力?
莪相,请将你的手臂伸给我这白发苍苍的老人。"
我向这位国王伸出手臂。
老英雄一把抓住了我的手,
发出一声沉沉的叹息;
眼泪止不住地流在脸上。
你很强健,伟人之子,
虽说不像莫尔文的王子那般可怖。
让每位游吟诗人唱起动听的诗篇;
……
让我的庆筵在大厅里摆满,
伟大的人儿他大驾光临了我的城池,
涛声激荡的克罗马的诸位子孙。

其至莪相本人，这位英雄的游吟诗人，也对自己的父亲芬戈尔的磅礴气势不吝赞美之词。

非凡的人啊，您的心灵是多么美好，
为何莪相没有继承它强大的力量？

当我们顺风飞快地行船，在船尾下激起汨汨的水声，秋日的思绪同样沉稳地穿过我们的脑海，比起我们对沿途河岸景物的观察，我们更在意这季节所唤起的无限遐想，憧憬着这一年能在某种程度上取得进步。

我拥有了听觉，我仅有耳朵，
我拥有了视觉，我仅有前面的双眼，
我生命的无数时刻，我的生命仅以年计，
我领悟真理，我仅知晓渊博的学识。

心灵图景

此时我们坐在船上面朝上游，欣赏着逐步迎来的景色，就像有人在我的眼前摊开一幅地图：岩石、树林、房舍、山冈和草地，当风向和水流轮换了场景，它们便处在改变了的新位置上，而且这些最简单的物体变化多端的移步换景，令我们感到其乐无穷。每每经过不同的近旁，它们便向我们展现新的景象。

从一座陌生的小山顶上俯瞰最熟悉的水面，会令人产生一种新奇而出乎意料的欢乐。当我们航行了几英里之后，甚至是俯瞰我们家乡村庄的群山轮廓，我们都难以辨清，或许没有谁极为熟悉在距自家最近的山冈上所看到的地平线，没有谁能在山谷中清晰无误地回想起那地平线的轮廓。我们素来不知，在短短的一段距离之外，将我们的房舍和农场纳入其间的山冈究竟向何方延伸。犹如我们的诞生最初就使万物割裂开来，然后我们像一支楔子般插入大自然的体内，直到她伤口愈合，伤疤消退，我们这才发现自己身在何处，才懂得无论在何处大自然都是一个连续不断的整体。当一个人惯常居住在一座大山的东边，习惯了朝西面看山，有朝一日待他绕到大山的西边，朝东面看山时，那他就像开辟了人生的新纪元。然而宇宙是一个球体，哪里存在智慧哪里便是它的中心。太阳并非如一个人那样，能居于宇宙这般中心的位置。伫立在空旷的乡野中一座孤傲的山顶上，我们感觉自身像是站在一块巨型盾牌的浮雕上，显然离我们最近的景色被更远处的景色压抑着，并渐渐扬升至地平线这巨盾的边缘，乡间别墅、教堂尖塔、茂密森林、连绵群山，一处高过一处，直到它们没入天际。地平线上最遥远的群峰好像从那林中湖的湖岸陡然而升，我们恰巧站在湖岸边，从那山顶上眺望，不仅此湖会观察不到，而且成百上千个更近、更大的湖泊也同样观察不到。

在我们眼中，透过这清新的空气，饱览农夫的杰作，他的耕耘和收获有着一种他从未意识到的美。我们并不占据这些河岸的一英亩土地，却拥有我们观赏整个河畔的权利，这是何等的幸事啊！一个人如果只知道一味地占用这个世界的实用价值，那么他将是人世间最赤贫的人。这个赤贫的富翁！他所拥有的一切财富都是他用金钱购得的东西。而我所看见的景物都是属于我的财富。我才是梅里马克低地上的大财主。

> 人们开荒、捕鱼，但无法耗尽我的财富，
> 他们尚未将一部分贮备占有，
> 尚未派遣战舰进入西印度群岛，
> 去掠夺属于我的东方的财产。

这样的一位富翁，安享着累累硕果，无论寒冬酷暑都能永远在他自己的心境中熙熙而乐。去买一座农场！为获取一座一个农夫欲买下的农场，我得付出怎样的代价？

当我重归自己青春年少时常去嬉游的地方时，我欣喜地发现大自然装扮得竟如此绚丽多彩。那景色的确是真真切切，触手可及的，而我尚未涉足其间。我犹记着在康科德河的河岸上有一大片地带，唤作科南腾，那儿风景怡人——那破旧荒废的农舍，那凄清的光秃秃的巉岩周边的牧场，空旷的林地，那河段与那点缀其间的铺青叠翠的草地，以及布满苔藓的野苹果果园——这些地方只会令人浮想联翩，却不会做出什么回应。它恰是这般的一幅图景，作为我的幻象，不仅能铭记不忘，而且当我亲临故地时，还发觉在这迷人的寂寥中，它是如此无法言喻而又深藏若虚。当我的思绪感知到它的变化时，我喜欢坐在我熟悉的岩石上，探视上面依附的苔藓，领悟这样定格的不变性。我在永远呈灰白色的岩石上尚未变成灰白色，而我在常青树下不再青春年少。即便在时光的流逝中，也有某种事物重现出自己的勃勃生机。

正如上文所述，这沁凉的一天微风吹拂，当我们抵达佩尼丘克河时，迫不得已用斗篷裹紧全身，任由清风流水载我们前行。我们在波澜起伏的河面飞速地跃进，远远地途经许多的耕地以及将无数农田分隔开来的篱笆的尾端，几乎没有想到被它们所隔离的各种各样的生命会是怎样；我们一会途经一排长长的桤树或一片片松林、栎树林，一会经过某处宅地，妇女和孩童站在屋外盯着我们，直到我们驶出她们的视线，超出了她们星期六户外闲逛的最长距离的界限。我们轻悄地驶过纳舒厄河河口，没过多久又驶过萨蒙河河口，花费的时间比阵风的间歇还短。

萨蒙河，

佩尼丘克，

我满脑子尽是你甘甜的淡水，

我何时会再见你的风光，

或是将鱼钩，

再次抛向你的浪波？

银色鳗鲡，

木质鱼篮，

这些鱼饵仍在引诱，

还有蜻蜓，

悬浮河面，

看看它们还能忍耐多久？

    树林与草地上的浮光掠影在竞相追逐，它们的轮替出现渲染着我们和谐的情绪。尽管白云未曾这般高高地挂在天堂，但我们仍可辨认出流云投下的每一片阴影。当一片阴影在心灵的图景上掠过，它源自何方的实体？或许，倘若我们足够明智，我们就该明白自己享受的那更快乐的瞬间是受了何等美德的恩惠。确定无疑的是，我们在某一时刻博得了这美德的欢心，因为天国的礼物绝非无端赐予。我们生命的常态磨耗和腐朽造就了我们未来成长的沃土。当我们时下培育成熟的树林变成了处女地时，注定这林地会再次生长，无论长出的是栎树还是松树。每个人都会在地上投下一片阴影，那阴影不仅源自他的身躯，也源自他与身躯不完美融合的灵魂。这便是他的不幸。任凭他随意转向，他的阴影都会朝着太阳落在地上；正午时分阴影最短，傍晚时分阴影最长。这景象你难道未曾见过吗？提到太阳，它在大地上的阴影是最辽阔的，但并不比它暗淡时的身影大多少。

    神的光漫射四方，几乎将我们完全萦绕，假若我们欲保持自身的光彩，那么请凭借神光的折射，否则就凭着某种自体的光芒，或是某些人特有的透明度，我们便能够光复自己阴暗的一面。至少，我们最阴郁的哀伤透着月食的青铜色。没有什么邪恶是不可以驱散的，就像黑暗一样，假如你让更强的光照进它的深处。说到光源，它的阴影即是一座金字塔，其地基绝不会较投射阴影的实体更为宏大，而光源则是这座金字塔聚集而成的一种球体，其顶端是太阳自身，因而这个体系以持续不断的光芒普照众生。可假如我们使用的光源只是一根小小的蜡烛，那么大多数物体投下的阴影比它们自身更广大。

我们溯河而上时途中驻留或夜宿的那些地方，因为我们而沾染上了微乎其微的历史意味，多天逆流而上的航程在这飞流而下的航程中获得了解脱。当一个人登岸漫步，活动筋骨时，他很快就发觉自己远远落在了同伴的后面，他迫不得已利用河湾的捷径，匆匆忙忙地涉过溪流与山涧，好赶上对方。河岸和远方的草地已身着朴素的色调，因为9月的空气已然掠走了它们夏日的盛景。

> 何为生命？这一派繁茂的景象
> 自傲的夏日草场，今朝
> 身着她绿茵茵的、毛茸茸的盛装，
> 明日沦为一堆堆干草。

这空气真的是诗人们所描述的"精美的元素"。在黄褐色牧场和草地的映衬下，空气较以前具有了更精致、更明晰的纹理，仿佛夏日的杂质得到净化一般。

我们途经新罕布什尔边界线之后，抵达了位于延斯伯勒的霍斯舒低地，那儿有一处高耸而齐整的第二堤岸，我一到那儿就急不可待地爬了上去，以便能更靠近地观赏秋日的花卉：紫菀、一枝黄、蓍草，还有二歧香薷（*Trichostema dichotomum*），路边幽独的小花，此外还有盛开不败的圆叶风铃草和鹿丹（*Rhexia virginica*）。鹿丹生长在草地的边缘，那绽放的一片片绚烂的粉红色花朵，在它们周遭的景色中几乎一花独秀，显得分外妖娆，宛如一位清教徒淑女戴的软帽上的粉红色缎带。眼下，紫菀和一枝黄是大自然身着的时装。单是一枝黄便足以凸显这个季节全部的成熟，将它们柔美的光彩飘洒在整片田野之上，似乎此时正衰退的夏日暖阳已将自己美的光焰遗赠给了它们。恰是仲夏之后不久的花至日，金色光芒的微粒，太阳的尘埃，就好像良种飞播到大地之上，这些鲜花因而得以诞生。在每一面山坡，在每一道溪谷，都亭亭玉立着难以数尽的紫菀、金鸡菊、菊蒿、一枝黄，而这整个黄色花卉的群芳族，它们像就婆罗门教的信徒，从清晨到日暮虔诚地追随着它们的太阳转动。

> 我看见一枝黄金光灿灿，
> 宛如向日葵沐浴着朝霞，
> 黄色光亮的一缕羽状金色，
> 掠走日神辉煌的光焰。
>
> 紫菀的紫罗兰色的光线，
> 为我与群星划分这河岸的界限，
> 而著草染上了色泽，
> 好似月光漂洋过海。
>
> 我看见翠绿的森林，
> 预备再次脱掉它们的衣装，
> 而远方的榆树点缀天空，
> 用黄色的画片轻柔掩饰。
> ……
> 睡莲不再洋洋得意
> 以乳白色圆盖欣然漂浮，
> 一簇簇蓝蓟不再依靠神话
> 并嘲笑传说中的天堂元素。

Chapter 8　星期五　*383*

菊蒿
common tansy

蓝蓟
common viper's bugloss

……
秋日，你的花冠与我的花冠
揉合于同一的色泽，因为赋予我
比一切都富饶的穹苍，
而我如梦的同伴却凋零枯萎。

我们的天际洋溢着紫红，但寒风
却在碧树和草丛间呜咽，
今日美丽的阳光，潜藏在
通向冬季的时节之后。

我们似乎如此之美，如此之冷，
如此急匆匆地腐朽，
而夜空下群星璀璨，
它们仍索求着和煦的白日。

一位康科德诗人曾这般吟唱道。

归途生翼

晚秋绽放的群芳独有着一份属于它们自己的风情，它们与我们一道静候着冬日的来临。金缕梅的外表有点像女巫的魔法棒，它金黄的花朵迟缓至10月和11月方才盛开，其不规则的细条花瓣好似复仇女神的怒发或纤小的流苏。它在这不宜开花的时节怒放，而此时其他的灌木却已秋叶尽落，它的花季仿佛施加了灵验的巫术。它注定不会绽放在凡间的花园里，在那山坡上有一处完美的仙境专供它生长。

某些人寻思着,眼前的阵阵大风并未向远航者吹送这片陆地天然而原始的芬芳,诚如早期的航海家所描述的那样,他们还认为诸多芳香四溢的本土植物、香草和药草,它们原本令空气清香怡人,却由于牛吃草、猪拱地导致了大量的损耗,这种损耗则是当今许多疾病肆虐的根源。他们说道,长期以来人们为了满足自己的食欲,对土地采用了极其有悖自然而肆无忌惮的耕作方式,土地已然变成了猪圈和滋生疾病的温床,土地上的人们为了一己私利而加速了大自然日复一日的衰败。

此时我们正划过一位已故的廷斯伯勒老居民的农场,根据他的记载,这条河于1785年10月发生过一次罕见的大洪灾,他在屋后的一棵苹果树上敲入一根铁钉来标记洪水的最高水位。他的一位后人带我去看了那根钉子,我以此推断当时的水位至少要高过现在的水位十七八英尺。按照历史学家巴伯的说法,在1818年的布雷福德,该河上涨的水位高过通常水位二十一英尺。在洛厄尔通往纳舒厄的铁路建成之前,有位工程师曾沿着河岸向当地居民打探他们所知道的河水曾上涨到多高的水位。当这位工程师来到这处宅院时,他被带到那棵苹果树边,当时铁钉一眼看不见,于是女主人便将手放在树干上,她说自己打小就记得那根钉子一直在这儿。与此同时那位老翁将他的胳臂伸进这棵树里,树干是中空的,他摸到了穿透树干的钉尖,钉尖准确无误地与主妇的手掌相对。如今这一点被树皮上的一处凹痕清晰地标记出来了。但因为其他人都不记得河水曾涨得这么高,那位工程师便对老翁的说法不予采信,而我听说自那以后有一次山洪暴发,比斯基特溪河水涨到距铁轨只有九英寸,而假如遇到1785年的那次洪水,河水将会淹没铁轨达两英尺深。

在该河的沿岸,如同在幼发拉底河或尼罗河的沿岸一样,大自然的沧桑诉说着同样美妙的故事,带来同样富有理趣的启示。这棵苹果树,在离该河仅几杆远处伫立着,它被称为"埃利沙的苹果树(Elisha's apple tree)","埃利沙"本是一个友善的印第安人的名字,他以往为乔纳森·廷效力，然后与另一个人在一次印第安战争中被他自己的族人杀死，就在这个地点我们听人们细说端详。他就葬在附近，无人知晓确切的位置，但在1785年洪水泛滥时，沉沉的河水重压在那坟墓上方，使先前被挖松过的土沉陷下去，当洪水退却后，那凹陷处与坟墓的形状和大小一模一样，这样坟墓的位置就暴露了；不过现在此处迹象全然消失，未来的洪水不可能再探测到它。但毋庸置疑的是，如有必要，大自然懂得怎样在适当的时候以更透彻、更出乎意料的方法指出那坟墓的位置。因而，世人不仅要面对着这般的存亡之际——此时以教堂墓地的一座新坟为标志，心灵不再去激励和扩展身躯，而且也要面对另一种存亡之际——此时以泥土中一处更为模糊不清的洼地为标志，身躯本身不再实质性地占据空间。

在威卡萨克岛前端的上游，我们坐在西岸的陡峭岸边歇息了一会，红色品种的山月桂那光亮的树叶环绕在四周，从那儿我们可以看到几艘敞舱平底驳船正运载着黏土从对岸驶来，还可以眺望上文提及的那个农夫的田地，他曾盛情款待我们过了一夜。他在自己赏心悦目的农场里，除了有大量野生的滨梅树，还培植有加拿大李子树、优良的波特苹果树（Porter apple）、一些桃树，他还栽种了大片大片的甜瓜和西瓜去供应洛厄尔的市场。埃利沙苹果树也结出了本地的硕果，被他一家子视为珍宝。他志得意满地向我们展示自己培育的血桃树（blood peach），它的树皮颜色和枝形与栎树更为相似，而且相比其他品种，它不会那么轻易地被果实或积雪压断。这种树生长缓慢，树枝强壮坚韧。那儿也有他培育的本地苹果树的苗圃，树苗密匝匝地生在河岸上，无须他精心照料，在生长了五六年后便被卖给相邻的农夫们。观赏一颗桃子挂在它的枝头，会令人不禁感慨世外桃源中的丰饶和奢侈。眼前的景致甚至令我们不由得想起一座古罗马农庄，古罗马著名学者瓦罗（Varro）曾描述道："恺撒·沃皮斯克斯·埃迪利西厄斯在监察官们面前申辩时说，罗西亚村的土地宛如意大利珍稀的花园，由于那儿牧草茂盛，若是有人丢下一根木杆，次日便寻不到踪影。"也许此地的土壤并非异常肥沃，这般描述也间隔久远，但我们仍认为此轶事谈论的或许就是这座廷斯伯勒农场。

当我们途经威卡萨克岛时，有一艘游船载着一对青年男女漂浮在该岛的小河上，我们很乐意看见那艘游船，因为它证明了在这附近一带尚有对我们的短期旅行不觉稀奇的人。在此之前，我们曾向一个运河船夫打听有关威卡萨克岛的事情，他告诉我们该岛的所有权还存有争议，猜疑我们是来索求该岛的所有权的；尽管我们向他保证，这里的一切对我们而言都是前所未闻，而且再三解释我们前来该岛的原因，他却压根不信，还郑重其事地提议出 100 美元来补偿我们的所有权。我们遇上的其他小船只是用来收捡河上飘木的。有些较贫穷的人以这种方式沿河收集他们所需的全部燃料。因为我们的口粮现在已经吃光了，我俩有一人在离该岛不远处登岸，到我们远远能望见屋顶的农舍去寻些口粮，另一个人则坐在靠岸的小船上独自沉思。

即便大地之上无新事，旅人们也总会在云天之上找到解闷的东西。云天不断地向人们的视野翻开崭新的一页。流风在这蓝色大地上激荡，追本溯源者总能够在那儿读到新的真理。那儿有用如此精美、敏锐，较酸橙汁更为暗淡的色泽写就的箴言，它们不对白昼的眼睛显露踪迹，唯有夜间的神秘变化过程使它们现出真身。每个人脑海中白昼的苍穹与繁星满天时幻景的光亮遥相呼应。

这些西半球的大陆我们匆匆一掠而过，可总有一片未经探寻、一望无际的地域从脑海的每一边际匆匆逃逸，逃到较落日更辽远的地方，我们不能找到通往那片地域的康庄大道或踏平它的蹊径，但在路途上青草迅即生长，因为我们主要凭借自己的双翼完成旅途。

间或，当我们透过阴霾看到物体之间处于它们永恒的关系中，它们就像帕伦克遗址或金字塔般巍然矗立，而我们惊诧究竟是何等人、出于何种意图建造了它们。若是我们看透了事物的真实面目，那些浅薄、表面的事物更长久地存于世间又有何妨？除了能揭示对地球万千奥秘的深深猜测之外，地球及其万千奥秘究竟是什么？当我坐在这里倾听着淙淙流水和波涛拍岸的声音，我便从对往昔的所有责任中解脱了出来，而各国的国会可能会重新审议它的表决。一块卵石的摩擦声宣告了上述的投票结果无效。而那淙淙的流水，仍偶尔会在我的梦乡流淌。

> 常常，当我辗转反侧夜不能寐，
> 便听到流逝的浪涛拍击着河岸，
> 那涛声真真切切似乎时值正午，
> 而我也似乎从纳舒厄漂流而下。

乘着鼓鼓的风帆，我们飞驶过廷斯伯勒和切姆斯福德，每人一手拿着半块乡村口味的苹果馅饼，那是为庆贺返航而买的，另一只手捏着包裹馅饼的半页报纸，既忙于以风卷残云之势吞下它们，又忙于了解从我们上船航行以来发生的新鲜事。河流到了这里展开长长的、宽广笔直的河段；我们依凭一股快活的清风轻松地驶过这一段河流，脸上流露出一副魔鬼都得赔小心的神气，我们的小舟是它嘴里的一根硬邦邦的白骨，这艘迅疾的小舟让一路上的大船的水手惊愕不已。从天边翻卷而来的风如滚滚洪涛从山谷和平原横扫泛滥而过，引无数树木竞折腰，群山面对它如同学校的顽童慌忙背过脸去。它们迈着宏伟、前趋的步伐，风帆飘起，大河奔流，林海起伏，天风震荡。这北方来的长风乖乖套上我们准备已久的轭具，满怀善意地拽起我们就走。有时我们温和平静地飞行，犹如我们头顶的云朵，赏鉴着节节退远的堤岸、风帆的鼓凸皱缩；风帆的鼓瘪波动真像我们的人生，这般纤弱，却又这般活跃、生机勃勃；此刻它为惠风的潇洒大方而鞠躬尽瘁，鼓翼拍动，展翅欲飞，让人担心它是否会乘风飞去。它是远方大气温度变迁的尺度。风帆和惠风在天地间嬉戏得如此之久，这令我们为之心驰神往，陶醉不已。我们就如此行驶，尽管不能飞在空中，但可退求其次，在梅里马克河面上划出一道悠长的垄沟，朝我们的家园直奔而去，我们展开双翼的同时，我们的脚后跟从未从这道水中沟渠抬起。清风和长河，为我们洒脱地犁开一条归途，它们共同在河流上耕耘，清风是一头狂野难驯的公牛，与它那个较为沉稳的同伴套在一起。这近乎飞翔了，犹如野鸭在腾飞于空中之前，拍打双翅，冲出水面，跃过四溅的水花。要是朝岸上把我们拽上几英尺，我们该是如何的狼狈不堪啊！

我们抵达了大河湾，它正在米德尔塞克斯上方，这河从此处转向东方，奔流35英里汇入大海，尽管我们终于丧失了这股惠风的倾情奉献，毕竟我们逮住了这股顺风的好运气，一路飞奔，差不多就到大船闸了。正午时分，我们的老友，那位高等数学的爱好者让我们进入船闸，他看见我们穿越如此众多的船闸全身返航，显得异常欣慰；但我们并没有停下来去考虑他的各种提问，尽管在这条河上再来一次漫游，我们也会如此快乐地消磨掉整个秋天，而绝不会询问他热衷于什么。在大自然中碰上这样一个人是不容易的，他的双手劳碌操持着，而他的心灵保持着一种高贵的信念。在每个男人的闹腾喧哗的后面应有相当的不受袭扰的沉静与劳作，正如环礁岛的珊瑚暗礁中间总有容纳一泓静水的空阔，那里日积月累的积淀最后会把暗礁提举在水面上。

科学鉴赏

相较被一个道德真理吸引的目光，能赏识一个科学真理的赤裸裸和绝对之美的目光要珍贵得多。几乎没人在科学真理中发现道德，抑或在道德中发现科学。亚里士多德将艺术定义为"没有木头的工作原理"，可大多数人更倾向于木头与原理形影不离，他们要求赋予真理以血肉，以生命的暖色。他们倾向于一面之词的陈述，因为它最符合他们和他们商品的期待，也能给他们及其商品以最佳的评价。但作为度量衡的检验员，真理依然无处不在。

我们已听说了很多关于数学的诗歌的观点，但数学的诗歌被人吟诵的寥寥无几。古人对他们的诗歌的价值比我们对此的见解更为恰当。每一条真理的最清晰、最美好的表述最终必定会采用数学的形式。我们可能会这般简化道德哲学的规则，算术规则也会如此简化，致使一个公式两者皆可表达。一切道德定律都可轻易译作自然哲学，因为我们时常只是需要还原那些词语所表达的初始含义，或是关注它们字面的而非隐喻的观念。它们已然是超自然哲学。如今被称作道德真理或伦理真理的整个体系作为抽象科学存在于黄金时代。或者，假如我们乐意，我们也能够说：大自然的规律是最纯洁的道德。智慧之树即区别善恶之树。若是有人对自己的研究不具有某种感应，不期望从实际应用中学到东西，那么他便不算是一位真正的科学家。依赖纯粹巧合的发现，或者依赖以偏概全以及无关联规律的发现，这是多么幼稚可笑。如果几何学的研究范围不超出星系，那么它就是一种琐碎而无聊的智力练习。数学不仅应当与物理相结合，而且也应当与伦理相结合，那即是混合应用的数学。博物学家的生平事迹最令我们感兴趣，最纯粹的科学依然是传记性的东西。当科学的信徒其精神生活如此完全彻底地与科学一刀两断，除了科学教诲还声称信奉另一种宗教，且在异国神殿做礼拜时，任何事物都无法赋予科学以尊贵的身份，或抬高其地位。在古代，一个哲学家的信仰与他的体系完全相同，或者换句话说，与他的世界观完全相同。

我的诸位友人如此煞费苦心地与我交流实情真是多此一举。他们的故作姿态，甚至他们的夸大其词和高谈阔论，对我同样是不错的事实。除非我要拿真相借题发挥，否则即便对真相我也不会怀有丝毫敬意，而我多半不受那些自己亲耳所闻的真相的约束，还有能够承受它们并不准确的心理准备，换句话说，还有能够承受它们被眼下迫在眉睫的真相所替代的心理准备。

诗人会应用科学和哲学的诸多成果，而且对它们得出的最广泛的结论进行归纳概括。

探索的过程非常简单。那已知的法则孜孜不倦地、按部就班地被应用于大自然，因而未知的法则会自我显露出来。几乎任意一种观察方式都会取得最终的成功，因为人们最需要的就是方法。只要下决心并确定观察的对象，对其进行全方位的观察即可。一把一英尺长的尺子将披露多少新的关系啊，可还有好多东西未曾用上它呢！用一根铅锤线、一台水平仪，一个测量员的指南针、一只温度计，或者一只气压计，已经做出了并且仍能够做出多么绝妙的发现啊！ 哪里若是有一座天文台和一架望远镜，我们就能预料任何人的双眼都会立即瞧见崭新的大千世界。我们应该说，我们国家的或者可能是我们这个时代的最卓越的科学家们，要么正为技艺而非纯粹的科学服务，要么正在许多独特的部门从事着忠贞但居于次要地位的劳作。他们并没有稳扎稳打、循序渐进地接近事实的核心。 一旦做出了某项发现，全部的观察者们会迅即将注意力投向它，由此带来一连串类似的发现，似乎他们的工作并未安排就绪，而他们却一直搁桨停泊。他们缺乏充分的理论依据来指导与训练自己去进行坚持不懈的、准确无误的观察。

但是，首先他们还是缺少天赋。我们的科学书籍，当其在精确性方面有所提高时，便处于这样一种危险境地，即会痛失领悟真正的自然规律所应具备的朝气、活力和敏捷，而这些特质是古人时常信奉的谬论中所具备的一个显著优点。老一辈的博物学家论及大自然的运行之道时的那种自鸣得意、高调甚至带有夸张的格调，倒是深深地吸引了我，虽说他们更有资格去领悟而非去辨别纷繁的实情。他们的论断被证明是虚假时倒不会一文不值。如果这些论断有悖于实际，它们便要求大自然自身依其运行的建议。瑞士博物学家康拉德·格斯纳说："希腊人有一个常用的谚语'一只睡着的野兔'，意指伪君子或伪造品；因为野兔睡着时仍可看东西，这种现象真是大自然珍稀的杰作，野兔身体的其他器官都歇息了，可眼睛却继续站岗放哨。"

人们的观察力是如此警醒，观察到的情况是如此飞快地添加到人们总结的经验教训中，致使理论家们似乎总显出一副办事拖沓的样子，注定永远不会得出完美的结论；但在人世间的各个时代，人们发现一条规律的能力同样罕见，几乎不依赖于观察到的真相多寡。野蛮人的直觉可向他自身提供足够多的实情，使他树立起一个哲学家的形象。迄今为止古人仍可颇具权威地对我们谈天说地,甚至论及地质学和化学,尽管人们认为这些学科诞生于现代。千百年来人们所谈到的科学进步不胜枚举。我应当说,具有裨益的科学成果已得到了积累,但严格来说,并未为子孙后代积累起一星半点的知识;因为知识有待于经由相应的经验来获取。我们怎能懂得仅由他人传授于我们的知识?每个人只能以自己的经验来解释他人的经验。我们从书本中读到,牛顿发现了万有引力定律,但有多少耳闻过牛顿著名发现的人认可他发现的这一个真理!他人对万有引力定律的认知可能与牛顿并不相同,他当时的意外发现迄今未被任何后继者的意外发现所取代。

> 我们看见那行星坠落,
> 仅此而已。

有一篇评论谈到詹姆斯·克拉克·罗斯爵士南极探险的航行,其中有一段文字向我们表明,一个崇高庄严的物体如何给一群人留下了深刻的印象,而这也恰是由崇高庄严迈入荒谬可笑的一个活生生的事例。评论者描述了南极洲如何被发现,人们首先看见了 100 英里之外的冰雪之域,惊人的巨大山脉,山高从 7000 至 8000 英尺到 12000 至 14000 英尺,山峦上覆盖着终年不化的冰雪,显得那么宏伟壮丽而又一片孤寂、难以企及,当时碧空如洗,阳光照耀在这片莽莽冰原之上;这片大陆只有几个岛易于靠近,这些岛上显示出"没有植物生长的一丁点儿痕迹",只是在几个地方岩石从冰盖中突出,以使旁观者确信陆地构成了岛的核心,确信它并非是一座水上冰山;接着这位追求纪实性效果的英国评论家继续这样描述着,他最后这样描述:"1 月 22 日下午,探险队抵达南纬 74°24',到下午 7 时,他们已有根据[①](土地!他们

---

① 原文为 ground,有"土地"的意思,也有"根据"的意思。

在哪登上了土地？）相信，与那位极富冒险精神的水手，已故的詹姆斯·威德尔船长（Capitain James Weddel）所到达的南纬纬度相比，他们那时所处位置的南纬纬度更高，因而比他们的所有前辈到达的南纬纬度更高，为了奖赏船员们凭着百折不挠的勇气所取得的成功，罗斯爵士给他们每人额外分发了一份格罗格酒。"

近几个世纪以来我们所有的水手弟兄们，且莫因我们有了牛顿和居维叶这样的大科学家而洋洋得意；我们只配领一份额外的格罗格酒。

仰慕乔叟

运河在此处径直穿越一片林子，我们竭力让风儿沿运河冗长的航道向下吹刮，但白费功夫。于是我们权且凭借拉纤拖船的老法子。当我们抵达康科德河时，风儿和流水都不再垂青我们，只得老老实实地划起船桨，但此时又湿又冷的天气渐渐隐退了，我们又体验到夏天正午之后那暖洋洋的气息。天空回暖正契合我们悠悠的游思。我们一下一下地划动桨叶，轻轻缓缓地沉潜于更深长的白日梦里，我们在深长的梦幻中随着时间之流漂下，而同时我们随着梅里马克河的河水漂下。比起那帮清早就在一起的豪放派诗人，我们就是午后漂向婉约时代的诗人。在梅里马克和纳舒厄的映衬之下，切姆斯福德和比勒里卡更像老英格兰的乡镇，那些风流蕴藉的诗人许多世代的后裔也许在这里生息和吟咏。

乔叟，甚至莎士比亚和弥尔顿，更遑论德莱顿、蒲柏和格雷了，莪相肃峻而孤绝的诗歌与这些诗人的诗歌之间形成何等鲜明的对照啊。一如先前的希腊和拉丁诗歌那样，我们英国诗歌的盛夏似乎正趋向它的秋日，枝繁叶茂且结满了当季的累累硕果，染上鲜亮的秋色，可不久冬日将遣散其一簇簇色泽渐变的叶子，只剩下几根孤寂而坚韧的枝干承受雨雪风霜，在日复一日的疾风中嘎吱作响。当我们来到文明时代的文学领域,我们便无法挣脱这种影响——缪斯在她的飞翔中有点儿屈尊降贵了。首先我们闻听过各种不同时代的风格各异的诗歌,即田园诗、抒情诗、叙事诗、说理诗;但古代北欧的碑文诗却只有一种风格,而且各个时代风格均未改变。在很大程度上,游吟诗人已然痛失了自己职业的尊严和神圣。从前他被人称作"先见者",可如今人们会认为一个人见到的事物与另一个人见到的一样多。他不再拥有游吟诗人的激情,只是构想自己从前准备去创下的丰功伟绩。众多骁勇善战的武士不可能曲解或忽略古代的游吟诗人,在战斗的间歇他的叙事诗被人大声吟唱。那时不存在游吟诗人被同时代人忽视的危险。可现如今英雄和游吟诗人分属于不同的职业。当我们到达欢愉的英国诗坛,暴风雨过后晴空万里,且不再会有雷鸣电闪。诗人已推门而入,把森林和巉岩换成了壁炉边,把盖尔人的小屋和巨石阵换成了英国人的住宅。没有哪个英雄站在门前,准备迸发出放声吟诵或去英勇战斗的激情,而是有一个平凡的英国男子,他在培育着诗歌艺术。在所有的诗篇中,我们看见舒适的壁炉,还听见燃烧的束薪发出一连串的噼啪声。

虽然乔叟具有宽广的仁爱胸怀,虽然在他的诗篇中我们与许多社会和家庭的安逸邂逅,可我们却不得不缩小几分自己的视野去琢磨他,似乎乔叟在这幅山水画中占据次要的空间,不似莪相那般展臂于山冈与溪谷之上。然而,从子孙后代的角度去审视,乔叟作为英国诗歌之父,回望他之前的历史,那是一段漫长的缄默或困惑的时光,死气沉沉而没有任何纯粹的歌曲旋律,令我们对他徒生敬意。 我们对更早期的欧洲大陆的诗人漠然置之,既然我们必定会驶向英国诗歌那令人欢愉的列岛,乔叟是莪相生活于迷雾境地之后的第一个名字,那种雾气令我们久久徘徊。的确,尽管乔叟代表着如此与众不同的一种文化和社会,但在诸多方面他却可以被视作是英国诗人中的荷马。或许,他是所有英国诗人中最朝气蓬勃的一位。我们回到乔叟的诗歌,恰如回到最纯净的涌流,那离乱世生活之路最远的源泉。相较后世的诗人,乔叟有颗如此快乐的赤子之心，致使我们几乎可以将他当作春天的化身。对于忠实的读者而言，乔叟的缪斯甚至描绘了他所处时代的风貌，当读者新近精读了乔叟的诗歌，他们似乎会将乔叟的时代与黄金时代关联在一起。乔叟的诗仍是青春与生命之诗，而非思想之诗，即便道德的脉络显而易见、连绵不绝，它还是未将其诗篇中的太阳和日光驱除。缪斯最崇高的乐曲多半庄严得悲哀，没有一首颂歌同天籁一般逍遥自在。从清晨到日暮普照的阳光所赞美的快意未被歌颂。缪斯的自我慰藉，并非是自我陶醉，而是抚平沧桑。在我们所有的诗篇中，都隐含着灾祸的意味和一种悲剧的要素，云雀和朝露吟诵较少，而夜莺和黄昏的阴影则吟诵较多。但相较品性端庄的现代诗人，在荷马和乔叟的身上则洋溢着更多青春年少的率真和清朗。《伊利亚特》不宜在安息日朗读，而宜在清晨朗读，人们热衷这首古老的诗歌，因为他们人生中仍有未受洗礼、无拘无束的时刻，这样的人生使他们偏爱更多这样的时刻。对于天

云雀
Eurasian skylark

真无邪的人而言,既没有小天使,亦没有守护神。在千载难逢的间隔,我们超越德行的必然性,沐浴亘古不变的晨光,在晨光中我们只需好好生活,呼吸馥郁的空气。《伊利亚特》表现的既非任何教条也非任何主张,我们怀着一种少有的桀骜不驯的感觉去阅读它,仿佛我们踏上了故土,是本土本乡的居民。

乔叟显然有着文人和学者的风范。未曾有哪个时代能比没法寻到某处清静的案牍的时代更让人心潮激荡。乔叟的周遭尽是烽烟四起的喧嚣。哈利顿山和内维尔十字路口战役,还有更令人难以忘怀的克雷西和普瓦捷战役,就曾发生在他的青少年时代;但这些战事并未对我们的诗人产生多少影响,倒是中世纪英国著名神学家威克利夫及其宗教改革对他触动颇多。乔叟向来将自己看作一个有幸与书卷交流之人。他帮助建立了文人阶级。他是英语的一位鼻祖,仅此角色就足以令他的作品,甚至包括他那些诗意寥寥的作品具有重要地位。乔叟与华兹华斯一样单单偏好朴实、活泼的撒克逊语言,当时此种语言被宫廷怠慢,尚未获得文学的尊崇地位,他对英国文学所做出的贡献堪比但丁对意大利文学所做出的贡献。假如希腊语可满足希腊人的需求,阿拉伯语可满足阿拉伯人的需求,希伯来语可满足犹太人的需求,拉丁语可满足拉丁人的需求,那么英语便可满足乔叟的需求,因为这些语言中的任何一种都足以用来传授真理,"正如不同的道路引导不同的民族通向罗马"。在《爱的证明》中乔叟说:"那么让文书用拉丁语撰写吧,因为他们有着科学的属性,让法国人也用法语撰写他们优雅的措辞吧,因为法语适合他们的口舌,所以让我们运用从母语中学来的词语来表露我们的幻想吧。"

穿越撒克逊和乔叟之前时代贫瘠的诗歌牧场,顺其自然地到达乔叟身边的人,将会懂得怎样去欣赏他;然而,就在我们享受了乔叟的诗歌盛宴之后,他显得如此博爱,如此睿智,致使我们仍会轻易地对他做出误判。在流传至今的用最古老英语写作的撒克逊诗歌和同时代的苏格兰诗歌中,那字里行间令读者甚少回想起青春的冲动和活力,更多的是令他们联想起一个衰落时代的孱弱。那种诗歌多半仅是对仿作的翻译，间或微微染上诗的气息，时常带着寓言的虚假和夸张，毫无弥补缺陷的想象力，而且我们徒劳地指望凭着那时和当今的诗歌之间自然产生的某种共鸣而感受古风的复活，感受其通达的人性和重现的欢颜。然而乔叟依旧是鲜活与现代的，他真挚的诗章纤尘不染。他的诗行处处光耀，令我们回想起在英格兰花儿绽放过，鸟儿鸣唱过，心儿跳动过。在读者真挚的凝视中，时光的尘埃和地衣逐渐消逝，原本的绿色生命显露了出来。乔叟是个平凡的本土人，完全与现代人一样地呼吸。

没有任何才智能代替人性，而我们从乔叟身上发现了这一点。终于，我们可以在他的气息中变得心胸开阔，而且我们以为自己原本能够去做他的老相识。他配得上去作个英格兰公民，而彼特拉克和薄伽丘生活在意大利，退尔和塔默莱恩生活在瑞士和亚洲，还有布鲁斯生活在苏格兰，而威克利夫、高尔、爱德华三世、冈特的约翰、布莱克王子是乔叟的同胞和同时代人，所有这些名字个个如雷贯耳、动人心弦。罗杰·培根的名望从上一个世纪流传至今，而但丁的大名则在活生生的当下依然具有影响力。总体而言，乔叟给我们留下的印象是他自身比他的声誉更伟大，一点都不像荷马和莎士比亚，因为他若是与他们相聚，定会高昂起自己的头。在早期的英格兰诗人之中，他担当着房东与主人的角色，而且同样有着房东与主人的权威。在他以后的早期诗人深情款款地谈到他时，将他与荷马和维吉尔相提并论，我们在评估乔叟的特性和影响时必须考虑这一点。苏格兰国王詹姆斯一世和苏格兰的邓巴论及乔叟时，比任何一个现代作家谈及上个世纪（18世纪）的前辈时更敬重。这样天真无邪的关系如今找不到类似的例子了。我们阅读乔叟作品时多半不带着苛求的眼光，因为他不为自己的事业辩解，而是为他的读者发声，使得大众喜爱他因而对他极其信赖。他向读者吐露真情，与读者交心谈心，坦诚相待。作为回馈，读者对他也报以无比的信任，信任他从不撒谎，沉迷地读着他所描述的故事，似乎那是一个孩子在兜着圈子说话，可读者常常在阅读后察觉，乔叟的陈述较圣贤更言简意赅。乔叟绝不会铁石心肠。

> 因为在任何言辞脱口而出之前,
> 都要先经过一番深思熟虑。

在那个时期,他的主题如此崭新,致使他不必虚构,只需诉说。

我们因乔叟扎实的英国式风趣而仰慕他。在他的《坎特伯雷故事集》的《总引》中,他以自在的口吻娓娓道来,似乎他算得上是这一伙旅人中的一员,这一点与诗中任何精彩之处没什么两样。可尽管它充满着善意和人性,它却不属于出类拔萃的诗歌之列。或许,在活灵活现地描绘人物方面,《坎特伯雷故事集》在英国诗歌中无出其右;然而其本质仍属于幽默诙谐之类的作品,而最高傲的天才何尝幽默过。幽默,无论其视角如何广阔、友善,都会较"热忱"观察得更为细致。在他自己较雅致的风格中,乔叟增添了他那个时代通常所具有的风趣和才智;他对世界的非凡认知,对人物个性的敏锐洞察,他珍贵的常识和格言式的智慧,在他的作品中处处突显。他不似弥尔顿那般天资聪慧,但他的天赋令人感到和蔼可亲。这天赋显得极其体贴与敏锐,但缺乏万丈豪情。它仅是带着自身所有弱点的人性中的较大一部分而已。乔叟既不英勇,如罗利那般;也不虔诚,如赫伯特那般;更不豁达,如莎士比亚那般;但他是英格兰人的缪斯之子,由于带有孩童而非成人的言谈举止,故而他诗歌的魅力往往在于超尘脱俗和至诚至真。

人物个性的温顺与圆滑在乔叟的诗中随处可见。最单纯与最谦逊的词语随时挂在他的嘴边。每个人读到《女修道院院长的故事》这一诗章时,都会理解这故事的内涵,在故事中那个孩子唱着《圣母颂》;或是在《律师的故事》这一诗章中,讲述了康斯坦丝带着她的孩子去海上漂泊,从这两个故事中我们无不感受到作者的天真与雅致。我们不能错误地不尊重他诗中的角色纯洁的本质,也不能忽略了他对当时的社会风俗习惯所表示的歉意。一种纯真的哀婉和女性的温顺,这是乔叟独特的诗歌风格,华兹华斯只是偶尔接近这种诗歌风格，但无法与乔叟相提并论。我们情不自禁地声称：乔叟的天赋是阴柔之风，而非阳刚之气。不管怎样，这般的女性化天赋，即便对其不太欣赏，在女子身上也实属罕见；或许，这般的天赋终究无法在女子身上寻到，它只是男子身上具有的阴柔气息而已。

对大自然如此纯洁、诚挚和有童真之爱，在任何诗人身上都不可多得。

乔叟谈到他的上帝时的那种热忱与纯真、虔敬的神情，体现在他那坦诚相见和情深义重的非凡秉性之中。他想起上帝时没有任何的不敬，没有什么炫耀声比上帝的耳语更嘹亮了。倘若大自然是我们的母亲，那么上帝则是我们的父亲。在莎士比亚和弥尔顿身上，关爱与单纯且务实的信赖更为少见。在我们的英语中，我们是多么难以找到对上帝表达热爱的词语啊！当然，没有什么情感与对上帝的爱同样的珍贵了。几乎仅有赫伯特独自表达过这种情感："啊，我亲爱的上帝！"我们的诗人乔叟得体地使用着类似的词语，每当看见一个可人儿或其他的物体，总会为他的上帝的"神奇"而自豪。他甚至推荐迦太基女王狄多做上帝的新娘，

> 若是那创造天堂与人间的上帝，
> 热爱美与仁慈，
> 以及淑女、贤良和端庄。

然而为了替我们的赞美辩护，我们必须涉及乔叟的著作本身，列举出《坎特伯雷故事集》的《总引》《高贵的品质》《花与叶》、格里塞尔德、沃吉妮亚、阿里亚德纳的故事、《公爵夫人书》，以及更多的不太著名的作品。许多更有品位、更具风度的诗人，他们深谙如何来避免枯燥乏味；但如此消极的天赋无法长久地挽留我们；我们依然会满怀着热爱回到乔叟身边。某些类别的诗人，他们实在是粗暴稚嫩，但较那些文雅和沉稳之士要高出一筹。即便小丑也有品位，虽说他忽视自身的原则，但它们比诸位艺术家们所服膺的原则

更为崇高、更为纯洁。若是我们不得不涉猎乔叟作品中许多乏味无趣的篇章，我们至少称心快意地懂得，那并非矫揉造作的无趣，而是极易与生活中的许多篇章相匹配。我们坦承，通常我们倾向于提炼乐趣与快乐的精华，但人们可能总是推断诗人像个旅人般讲话，他引领我们穿过多姿多彩的景色，从一处风光走到另一处风光，而或许，最终更令人愉快的是，我们在它的自然景观中邂逅了一段精美的思绪。确信的是，命运为达到某种目的而将它珍藏于这样的环境之中。大自然将她的坚果和鲜花撒满大地，而决不将它们成堆地收集起来。这是它们曾扎根生长的土壤，这是那些花朵曾绽放的时光；如果阳光、流风、雨露纷至沓来，抚育花朵并催它怒放，它是否愿君前来采撷呢？

秋日之诗

一首纯真的诗之所以受到尊重，与其说是凭着善于表达的措辞，或任何它所倡议的思想，不如说要归功于萦绕着它的气氛。大多数诗篇徒具轮廓之美，以一个陌生人的形体和举止打动人心；然而纯真的诗篇则隐形地贴近我们，犹如吹来阵阵深情的惠风，将我们包裹在它们的心灵和芬芳之中。我们的许多诗歌拥有最佳的风采，但个性全无。那首诗仅仅是言语精准和灵活得别出心裁而已，仿佛作者咽下了一剂药糖膏，而不是一口令人陶醉的美酒，它有着雕像清晰可辨的轮廓，且是作者早年时光的记事。在心血来潮时所有人显然都能如此雄辩，然而愤怒并非总是神圣的。

所谓诗人可归为两类。一类诗人培育生命，另一类诗人培育艺术，前一类为养份而寻找食物，后一类为滋味而寻找食物；前一类满足饥肠，后一类取悦味觉。伟大而珍贵的文学作品可分为两种：一种属于天才之作或灵感之作，另一种属于灵感间歇期的聪明和品位之作。前一种作品凌驾于批评之上，始终正确，向批评慷慨赠予法则。它永远与生命一道震颤和脉动。它是无比神圣的,阅读时当怀敬畏之心,如研究大自然的造物。此种作品中写作风格持久不变的例子屈指可数,或许每个人都说出了真言,可说话者自身却对记录下的词语毫不在意。这种写作风格使我们与其作者脱离了个人关系;我们并非要将他的言语挂在自己的嘴边,而是让他的意识浇灌我们的心田。这意识是灵感之流,它不断咕咚咕咚地涌出,时而流到这里,时而流向那里,时而在这个人身上奔涌,时而在那个人身上奔涌。透过怎样的冰晶看清它倒无关紧要,它时而是喷泉,时而是海流在地下奔腾。它从诗人莎士比亚、河神阿尔甫斯身上涌出,从诗人彭斯、化身海底之泉的女神阿托瑞萨身上涌出,但永远是同一道水流。另一种作品明智且镇定。它是对天才的虔敬,是对灵感的渴求。它是最大限度上的匠心独运。它符合人对才能的最完美掌控。它居于宛如沙漠般的安宁之中,林林总总的物体在它内部,与绿洲或棕榈树在沙漠的地平线上那般清晰可辨。一连串思绪迈着缓缓丈量大地的脚步,如商队穿过沙漠地带。然而钢笔只是它手中的一件工具,就像加长的手臂,而非与生俱来的本能。它在自己全部的作品表面,涂上了一层薄薄的清漆或釉料。歌德的作品提供了属于后一种的非凡例证。

迄今为止尚无公正且冷静的批评。不要天真地以为任何事物都会拜倒在永恒之美的石榴裙下,然而我们的思想和我们的身躯一样,必须穿上新近最赶时髦的衣裳。我们的品位过于精细、过于挑剔。它对诗人的作品说"不",而决不对他的期望说"是"。它邀请他装饰自己的残缺,而不是凭借扩张抛弃这些残缺,就像树木蜕去树皮那样。我们这个民族,沐浴在明亮的光线之中,居住在摆放珍珠和瓷器的屋子里,只喝低度葡萄酒,一碰上最不天然的酸味我们便立即咧嘴龇牙。假如有谁预先向我们咨询过,那么构成地球脊柱骨的材料,便不会是花岗岩,而是布里斯托尔港的桅杆。在一个更蛮荒的时代,一个现代作家会在襁褓中夭夭。然而一个诗人比一个吟唱诗人更为重要,他是"一个将语言打磨光亮的人";他是文学领域的罗马政治家辛辛纳图斯,但并未占领世界的西端。就像太阳一样,他将毫不在意地选择自己的韵脚,以开明的品位将这行星和留茬田编织进他的诗篇。

在这些古书中，灰墁很久前便碎裂了，而我们所读到的则是镌刻在花岗岩上的图文。它们外观粗粝厚重，而非表面光滑精美。石匠们仅将它们的烟囱装饰物打磨光亮，但它们的金字塔却造得很粗糙。未经切削的花岗石，粗粝的外观中隐含庄严意味，它触动了我们的心灵深处，而精雕细刻的表面只吸引着我们的眼球。真正的修饰取决于时间的运作，以及一个事物被赋予的用途。自然界的风风雨雨依旧在打磨着那些金字塔。艺术能够涂刷清漆，镀上饰金，但仅此而已。一件天才之作当初便是粗凿而成的，因为它预料到时间的流逝，而且有着一种根深蒂固的雅致，即构成它的物质的本质，一旦它表皮破裂掉落后这种雅致便显露出来。造物之美同时也是造物之力。它摒弃了世间的浮华。

一首伟大的诗一如其本质一样，有着伟大的标志。读者在当代诗歌的最浅滩内轻松漫步，给当代诗歌注入当代生命和诺言的所有讯息，恰似朝圣者在神殿之内迈步，听到礼拜者最微弱的吟唱，但当代诗歌不得不跋涉过这片沙漠，穿过围墙崩塌的废墟，以自己壮丽的身形向子孙后代言说。

然而就在这康科德河的水流之上，我们始终投身其中的大自然，她高于所有的风尚、高于所有的时代，就在此刻，正满脸沉郁地写着她的秋日之诗，人类的任何杰作都无法与之媲美。

夏季我们生活于户外，只有赞成行动的冲动和情感，通常在所有思绪平息下来之前，我们得等待秋季和冬季的寂静长夜的降临。我们意识到，在沙沙作响的树叶、一堆堆的粮食、一串串显眼的葡萄背后，有着全新的生活领域，无人曾居住在那儿；甚至这个地球曾经也是为比人类更神秘、更高贵的居民而定制的。在10月落日的余晖中，我们看见一扇扇进入其他宅院的大门，就地理位置而言这些宅院距我们居住的宅院不远，

越过夕阳似火的山冈，

> 天边的群星隐隐闪亮，
> 在那超越尘世的他乡，从未
> 窝藏邪念或肮脏的思想。

有时，一个凡人感受到内心的大自然，这大自然不是他的圣父，而是他的圣母，激发了他内心的情感，而他随着她的不朽声名而获得永生。有时，她宣称与我们血脉相连，一些血液从她的静脉中暗自流入了我们自己的血管。

> 我是秋日的艳阳，
> 我与秋风一道竞跑；
> 榛树何时花儿绽放，
> 葡萄何时在我的荫庇下成熟？
> 何时那收割的季节或者猎月，
> 将我的午夜变成午时？
> 我全身枯萎、金黄，
> 且芬醇直达我的心房。
> 栎树果实在我的林间坠落，
> 冬日在我的心境中悄然潜藏，
> 而枯叶在沙沙作响，
> 它那恒久的乐音诉说着我的忧伤。

缪斯以散文的形式对一个打油诗人如此说：月亮再也不映照出白昼，而是按她的绝对法则升起，农夫和猎人认她作自己的女主人。紫菀和一枝黄沿途盛开，永不凋谢。收割后的田野被剥夺了自豪，然而一种内在的青翠依然为田野加冕。蓟草将其绒毛飘撒在池塘的水面，发黄的叶子覆盖在葡萄藤上，此虚乌有的事物才会打扰人类庄重的生活。然而在那一捆秸秆背后的草皮下面，隐藏着一颗成熟的果实，收割者未曾将其捡拾起来，这恰是全年真正的收获，它永远标志着丰收，人们每年浇灌、培育它成熟，决不割断这种结满美味果实的茎秆。

无论身在东方或西方，任何地方的人们尚未过上一种自然生活，这样的生活有葡萄藤缠绕着，有榆树欣然荫庇着。人类通过自己的接触亵渎这自然生活，这世间之美对他依然蒙上神秘的面纱。人类不仅需要六根清净，而且需要融入自然，方能立足于大地之上。有谁会想到天堂可能将何种的屋顶在他的头顶上方延展开来，让怎样的季节去侍奉他，做什么职业方显出他生活的尊贵！唯有康复期的病人能掀起大自然的盖头，他生命中的不朽声名将授予他的居处以不朽。流风应是他的气息，四季应是他的情绪，而且他该将自己的祥和宁静回传给大自然本身。然而就像我们对他了如指掌那般，他就像自己周遭的景色一样朝生暮死，并不渴望永生永世。当我们下山，走进那座从山顶上遥遥相望的村庄时，我们想象出的高贵村民已然辞世，只剩下害虫在村甲荒野的街道上横行。恰是诗人们借助想象让他们的主人翁说出了那些豪迈的誓言。他们可以杜撰出古罗马政治家老加图的临终遗言：

大地、空气和海洋我了然于心，
还有它们和平与战争的全部欢欣和恐惧；
而此刻我将仰望众神的国度和繁星。

然而这既非普通人的思想，亦非普通人的天命。若是这天堂与他们所向往的几乎一样美好，那么他们所向往的是怎样的天堂？他们是否准备去往一个比自己眼下所能想象的更美好的天堂？死在一家剧院舞台上的人啊，他的天堂究竟在何方？我们的天堂要么在此处，要么无处寻觅。

尽管我们目睹天体运行于大地之上，
但我们依旧在大地上耕种并热爱着它。

激荡人生

我们想象不出有何种事物能比我们所经历的更加美好。"追忆青春年华只会留下一声叹息。"我们在成年期踟蹰不前是为了追寻自己童年的梦想，那些梦想有一半在我们牙牙学语之前已被淡忘。我们必须既要活在尘世，也要活在天堂，正如古代传说中的泰坦巨神，或者比他们更优秀的种族那样。总有一些英雄人物，这世界似乎是特地为他们而准备的，仿佛创世因有了他们而终于获得了成功；这些英雄的日常生活构成我们梦境的要素，他们的风范增添了大自然自身的美丽和丰饶。在他们行走的大地上，

这儿有一种更富饶的气息以紫光笼罩着田野和衣裳；
他们认识自己的星辰和太阳。

我们乐意听某些人讲话，尽管我们听不见他们说的是什么；他们呼吸的空气浓郁芬芳，他们的声音就像树叶的沙沙声、柴焰的噼啪声传入我们的耳中。他们巍然屹立着深深地扎根于大地。如同那些未曾从他们的脚下站立起来的人一样，他们为鼓舞自己的人备好了天堂，而且以回应的目光凝望繁星。他们的眼眸像萤火虫般晶光闪烁，他们的姿势优雅流畅，似乎已然为他们寻到一片乐土，犹如河流潺潺地穿过山谷。与这些纯洁的原始天性相比，道德的优与劣、观念的是与非、见识的智与蠢，它们全都显得微不足道，并且皆失去了自身的意义。当我凝望天空中那遮天蔽日的巨大云团，它们一会因黑暗而愁眉不展，一会因柔光而喜形于色，或被落日的余晖镶上了金边，就像

天堂的城垛口，它们的宏伟壮丽显然扔到了我职业的贵贱上；对于它们如此可怜的举动而言，那晚霞打褶的帐幔实在过于富丽堂皇了。我几乎犯不着去那城墙之外做一个郊区的居民。

唯有超越自我才能自立，
否则人类该有多么可怜！

我们乐意以自己的音乐去激荡起另一种瞬间的交流，这种交流比我们日常辛劳所应允的交流更令人开心。我们的乐曲在回声中经过了修饰，回到我们耳边，宛如一位朋友诵读着我们的诗篇。他们为什么如此涂抹水果，使它们芬芳四溢以满足超过动物的口味？

我向那位繁琐哲学家讨教，他的忠告直截了当，
但对我作出评价时却过了拐弯抹角。

或许，这些事物意味着，我们生活于另一个更纯洁王国的边缘地带，这些气味和声音从那个王国飘荡到我们身边。我们的一小块田地被鲜花环绕，花种被从毗连的极乐世界吹送过来。它们是诸神的调味香草，还有一些更精美的水果、更甜蜜的芬芳也给我们飘送过来，揭示出另一个王国就在我们附近。那儿也居住着回声女神艾科，还有彩虹桥的桥墩。

更优良的种族，更优良的养育，
在我们的头顶尽情欢宴，
而我们这些小矮人却只能够
从他们的餐桌上讨取残羹冷炙。
他们享用的是水果的芬芳，

而我们吞咽着果肉和根茎。

那是何等时刻啊，当我们惊讶万分

站立于奥林匹斯山上！

我们需要为这样的天堂而祈祷，它和纯粹感官所能感知的天堂一样世俗，那天堂里人们过着一种感官纯粹愉悦的生活。我们当下的种种感官只处于它们注定要演变成那样的感官的雏形状态。相比之下，我们是又聋又哑又盲的，也不具有嗅觉、味觉或触觉。每一代人都会惊觉，他们神圣的活力被损耗、每一种感官和机能被滥用，变得堕落放纵。人们的耳朵当初之所以被创造出来，并非如人们所料想的那样是为了如此琐细的用途，而是为了谛听天国的福音。人们的眼睛当初之所以被创造出来，并非是出于这般卑贱的目的而将其使用得疲惫不堪，而是为了目睹现实中的无形之美。难道我们见不到上帝吗？是否我们在这种生活中将望而却步并自娱自乐，似乎它只是一则寓言？如果恰当地解读，难道大自然她不是通常只被当作一个象征吗？当一个凡人仰望他尚未严重亵渎的苍天时，他认为苍天不似大地那般粗俗，于是将其尊称为"天堂"，但先知会在同样的意义上谈到"尘世"，谈到他那在尘世间的上帝。"他岂不是创造出了这内在之物，也创造出了那外在之物？"那么，为了让称之为感官的神圣胚芽茁壮成长，究竟需要怎样的教育呢？为了个人和国家的成长，需要宽容大度地对待新兴的这一代人，引导他们不受到诱惑，教导他们目不斜视，耳朵别去习惯听到不敬的言语。然而，这种训练有方的教师现在何方？这种正规的学校现在在何方？

一位印度教的圣贤说过："正如一位舞者，在向观众展现自己的舞姿之后会停止舞蹈，所以大自然在向灵魂显现她自己之后亦会停息下来。在我看来，没什么事物比大自然更温文尔雅的了；一旦意识到已被灵魂觉察，她便不再在灵魂的凝望下显露真身。"

相较我们行走在似乎对其了若指掌的这片大陆的一道山坳中，去探寻与哥伦布的发现相类似的另一片新大陆则更轻而易举；大地消失在视线之外，指南针偏离了指向，人类开始哗变，而历史却依旧像垃圾一般堆放在大自然的入口。但必然存在一个唯一的契机，头脑清醒、官能健全地教导我们：在寻常的大自然身后还存在着一个大自然，我们至今在其中仍只是拥有不太明确的优先购买权和西部保留地。我们生活在那个地区的城郊。雕刻过的木头、河上漂浮的树枝、晚霞映红的天际，这些就是我们对那儿的全部了解。我们不会受到持续最长时间的气象的影响。我的朋友们，我们千万别受甜言蜜语的哄骗，变得循规蹈矩以便去赚自己永恒之粥里的盐，无论企图哄骗我们的人是谁。我们且稍候，别急着购买这儿的任何空地，相信更肥沃的洼地很快会被拍卖。我们站立之处只是贫瘠的土地；在此之前我觉得自己的根深深地扎在了一处更为富饶的土地中。我看见了玻璃花瓶里的一束堇菜，用稻草宽松地捆扎在一起，它令我不由自主地联想到了自己。

> 我是一捆枉然的拼搏，
> 被机遇的纽带捆扎，
> 悬挂着摇摇摆摆，捆扎得
> 这般的宽宽松松，
> 我想到，
> 这是由于更温和的天气。
>
> 一束剪去根须的堇菜，
> 与酸模混为一团，
> 环绕着它们的是一小捆草
> 曾经的一卷嫩苗，
> 这法则，
> 我依据它而确定。

光阴从那片美丽的乐土
猛然采下这一束花，
夹杂着野草和折断的茎梗，匆忙间
留下一片狼藉，
荒废了
他收获的日子。

这儿我悄然地昙花一现，
饮干我的果汁，
没有根须在土地中生长
以便让我枝条持久翠绿，
而倚立
于赤裸的杯中。

我的茎梗上留有一些嫩芽，
模拟鲜活的生命，
可是啊！孩童们将不会懂得，
直到时光令他们枯萎，
怅愁
充斥着他们的生活。

但此时我深知我并未被粗暴扯断，
然后插入生命的玻璃花瓶
我会得以幸存，
而是有一只仁慈之手带我
一息尚存，

移居陌生之地。

枯瘦的枝干立刻重现生机，
等到来年，
恰如上帝所知，气候更适宜，
会开出更鲜艳的花朵，
结出更丰硕的果实。
而我却在此处凋萎。

这个世界萦绕着许多光环，就像土星一样，我们如今居住在这些光环的最外一圈。没人会故意地说，他与自己亲手采撷的这花朵居于同一方天地之中，或与他同属一个时代，而尽管他的脚看起来会踩坏那花朵，但不可思议的空间和寿命将他们分离，或许不存在他会损毁它的任何危险。植物学家知晓什么？我们的生命应该居于青苔与树皮之间。双目看见事物，或许是为了双手而非为了头脑。时至今日，我们依然在刚出生时对大海、陆地、太阳、月亮和星星仅有一种模糊的视觉，至少要到九天之后才会看清。诸多旅行家和地理学家对古特洛伊城方位的探寻，该是多么的令人感伤啊！这方位不在他们断定的地点附近。当某个东西腐朽、消逝之后，它曾经占据的地方该会变得多么模糊难辨啊！

恰似一次又一次，或更精确地说是从永恒到永恒，赐予人类的那些现实中的含糊其辞的启示对我产生着影响，现代天文学的奇闻轶事也以同样的方式影响着我。在我每每受到其影响时，我记得自古以来那天空中的一个微明光斑，我们称之为金星，古人和大多数现代人也这么称呼它，认为这个光点依附于一个环绕我们地球旋转的中空天体，但我们已然发觉它本是另一个世界，哥白尼经过长期而耐心的观察推断，在望远镜尚未发明之前便胸有成竹地预言，假如人们有机会比当时能将它看得更为分明，便会发现它有着像我们月球一样的周相。在他去世后的一个世纪之内望远镜被发明出来,他的预言便被伽利略所证实,我无不希望,我们甚至能够在此时此地获取与那"另一个世界"相关的一些精准信息,好久以前人类的直觉就对此作出了预言。的的确确,所有我们称之为科学的东西,和所有我们称之为诗歌的东西一样,都是属于此类信息的一颗微粒,就其本身而言它是精准的,纵然它只是受到了真相的制约。若是我们能如此精确地推断,对自己的推断作出精彩的证实,尊重无限超出我们自然视力范围的所谓物质对象与事件,致使头脑对自己的运算结果还存在迟疑,即便那些运算结果为观测所证实,那么我们的思索为何不能洞察遥远虚空的星系呢?金星只是星系中显而易见的类型而已。当然,我们所拥有的感官同样适于洞察实际的、实质的、永恒的空间,恰似这些肉眼可见的星体会穿过这物质的宇宙。维伊阿斯、摩奴、琐罗亚斯德、苏格拉底、基督、莎士比亚、斯威登堡——这些人都是我们天文学家中的一员。

在我们地球的运行轨道上存在的摄动是受偏远天体的影响而产生的,然而天文学家从未计算过产生这种摄动的未知世界的诸多因素。在我惯常的一连串思绪中,我觉察到一个自然而连续的序列,序列中的前项都意味着后项,或者,即使序列发生了中断,它也是由一个呈现在我面前的新对象所引起的。然而,之所以会发生这样一种以突如其来的方式而导致的观念不可思议的逆转,是由于人们先前以较为狭隘和偏激的方式去看待事物,即以所谓常识性的观念去看待事物,后来转变为以无比开阔、坦荡洒脱的胸襟去看待事物;从领悟人们所描绘的事物,转变为领悟人们难以言状的事物。这种转变意味着一种判断力,这判断力非比寻常,在最聪明者的体验中亦实属罕见,它是感觉或知觉到非比寻常的事物。

天文学家徜徉在怎样的围场中啊!他的天际是沙洲,而他的想象力好似一个干渴的旅人,大口喘息着要穿过那片沙漠。他踯躅的头脑急不可耐地去挣脱天文轨道的束缚,这轨道就像在其宇宙一隅的蛛网,然后将自己发射到遥不可及的地方,而科学已然发现的诸多规律则变得无能为力。人们心中所知晓的一段距离或一段间隔——事物显露的外表与其本来面目之间的这段差距，即便将所有那些星辰与我们之间的遥远距离加在一起都难以衡量。我明白那些星星，它们离我们极其遥远、极其明亮，在它们的轨道上运行得极其稳定，可是它们都价值几何？或许，假若我们将它们开拓为殖民地，它们只是西部更多的荒地，这星辰上的领地，将被建设成蓄奴州。我仅对星星的六角有兴趣，而此种兴趣也是转瞬即逝的。然后我便向尔等星体告辞，好像我跟尔等星体是老相识一样。

每个人，若是他有着明智的头脑，都会站立在像这样支撑着他的根基之上；假如一个人比另一个人受到更强的地心引力，他不会贸然踏上后者平安行走的草地上，宁可让越橘仍在原地生长而不去耙拢它们。或许，某个春季洪水泛滥，会让那些越橘浮起漂流到他的身旁，尽管那时它们湿漉漉的，还受了霜冻。这样皱缩的浆果，我在许多穷人的阁楼上见过，唉！也在许多教堂的垃圾箱和国家的保险箱中见过，稍许加点儿水，加点热，它们便又能胀大，复原到当初的大小和鲜美的模样，再加上足够的糖，便可盛于世人的碟盘中作调味酱了。

所谓常识在它的体系内具有杰出的作用，它和陆军、海军保持步调一致的品性一样珍贵，它越是显得珍贵，也同样会越显得出色，因为必定存在下级服从上级这种从属关系，然而不同寻常的见地，对智者而言只是寻常见地。有些人渴望在下属部门发挥杰出作用，愿上帝保佑他们。英国学者富勒对大学教师的评论是广泛适用的："一个大学教师身上掺杂的一点儿迟钝使他更胜任管理世俗事务。"

> 缺乏信仰而忧心忡忡的人，
> 因为他需要它，因而拥有真挚的信仰；
> 而因为自己没什么悲痛而忧伤的人，
> 他心怀真挚的悲痛，拥有最美的信仰。

或者被另一位诗人的曲调所激励，

陆军元帅菲多走过他们身旁，
他母亲生下他时身体虚弱；
而当初他是个体弱多病的孩子，
见到阳光就双眼落泪；
但他随着岁月成长而更强健，
他成了勇士，无畏的骑士，
征战沙场，盔甲锃亮。

他挥动巨手将群山峻岭抛入海洋，
制止和扭转太阳冲动的行程；
在他号令下大自然打破了大自然的规律，
地狱或天堂皆无力抵挡他的力量；
他让未来的事件呈现，
凭着奇妙的预言；
以感觉的盲目证明盲目的感觉。

"昨日，拂晓，"波斯诗人哈菲兹说，"真主将我从所有尘世的苦恼中拯救出来，在沉沉夜幕中他馈赠我永生之水。"

道拉特·沙（Dowlat Shah）在其所著的波斯诗人萨迪（Sadi）的传记中写下这样一句话："谢赫·萨迪无形的魂魄之鹰从他的羽翼上抖落躯体的凡尘。"

午夜蛰音

就这样我们带着万千思绪,划着船桨朝家园前行,寻求秋天的劳作,以加速四季的兴亡更替,也许大自然在我们懵懂的时候已施惠于我们了。借我们漫游四方之机帮她传布种子,那些挂在衣衫的刺果和麦仙翁被我们从这一片田野携带到那一片田野。

今世的大千万象源于
　　大地的尘土,

麦仙翁
common corncockle

灵魂和自然
有着各自的渊源。

昼夜轮转，岁月更替，
高低起伏，远近变幻，
昭示着我们的境况，
昭示着我们自己的忏悔。

没等河岸的守护神啊，
始终驻留于此地，
我看见你们遥远的海岬
正向两岸延展。

我聆听到这甜美的夜曲，
自你从未衰败的沃野传来，
别再与时光一道来蒙骗我，
将我带进你那乐园。

  天已向晚，我们悠然地划桨沿缓缓流动的溪流上行，穿行于暗香浮动和绚丽明艳的花岸之中——这里是我们第一次安营扎寨的地方——靠近那片我们已度过多年的乡野，仿佛听见西南地平线上我们家园天空的那声呼唤。太阳正巧衔在一座林木葱茏的小山边上，这日落如此辉煌，决不愿意自己谢幕，只有人无法明白的原因才能了结这一切。这夕照表明比起时间那漫长的平淡纹饰，它是一抹更为炫亮的艳色。尽管重峦叠嶂的阴影开始偷偷窃走河上的光明，整条溪涧随柔辉一同潋滟闪动，这轻柔的光芒比正午的阳光更澄明、更过目难忘。这样的白昼甚至穿透人心向荒凉幽僻的山谷依依告退。两只大蓝鹭（*Ardea herodias*）纤纤的长腿在夕阳的映衬下很是显眼，在我们的上空远远地滑过——它们大方而优雅地飞翔，在向晚时分，开始了旅程，它们不会降落到大地之上的任何沼泽之中，而大概会降临到天空的另一边！它们，不管是在天空中塑出的形象，还是镌刻在埃及的象形文字中间，都是人们世代仿效的楷模。它们奔向北方的某一片河湖多草的低地，它们以威严、宁静的姿势飞翔，犹如画中的鹳鸟一样，最终隐灭在云层之后。群集的黑鹂沿着河流扇着翅膀飞行，好像朝着它们的神灶进行一次小小的傍晚朝圣，也许是为这般辉煌的夕阳作一次礼赞。

对诗那位漫游者，黑压压的夜晚
咄咄地拦住了他的旅途，
在你的家园中沉思吧，我的灵魂，
好好地想想人生荒废的时日给你留下了什么：
你的太阳已西下，你的曙光早已逝去
不会有再生的机缘。

日暮时分，可以说所有人都停下了手中的活计，陷入冥思；但大地之子只是带着更多的思绪吹起口哨，从芳草地赶着他的牛群返回家园。那牧人不再抽响鞭子，而是柔声细气地使唤着牲畜。白昼最后一抹印痕终于湮灭，我们静静地划船，穿越暮色，不停地奔向家园，只有几颗晚星闪烁，我们一声不语，沉浸于冥思之中，静静地听着那单一的桨声，一种质朴的乐音，于夜晚大自然灯火朦胧的大厅中奏响，此刻只有黑夜之耳在倾听。

时光的脉动构筑出繁星的层峦叠嶂。

而山谷的蛰音回荡于群星之间。

在静默中我们仰望那些遥远的星光,被触发的罕见想象力初次教导我们,无数的星星就是无数个世界,它们授赠予人类伟大的恩惠。在伯纳尔德斯的年代里记录着:在哥伦布的处女远航中,土著人"直指天国,作起手势,表明他们相信那里拥有所有的力量和圣洁。"我们有理由为繁星闪耀的夜空而感激涕零,因为它们首先回应了人类的终极关怀。繁星是遥远的、谦逊的,但作为我们最美好、最难忘的体验却是光耀千秋的。"让你深远永恒的灵魂引领着你,但请用真挚的双眼仰望星空。"

最真实的社会总是渐渐临近寂寥,所以最精彩的演讲终归陷入沉默。对所有人而言,沉默随时随地都可听见。沉默是我们倾听的心声,心声则是我们在外部倾听的沉默。整个宇宙并未将沉默置换,置换的只是她显见的架构和陪衬物。所有的声音全是沉默的仆从和伙食供应商,宣告她不仅是它们的女主人,而且是个难能可贵的女主人,被它们诚心诚意地追随其后。迄今为止声音与沉默尚同属一类,声音只是沉默外表冒出的气泡,浮出水面后会随即破裂,这是暗流的丰沛力量的明证;声音是沉默的一种喃喃自语,当各种声音此起彼伏、相互交织,令沉默不再单一时,它们只会令我们的听觉神经感到舒坦。声音越是这么做,沉默就会得到更大限度地提高和增强,它们便成了和声,成了最纯正美妙的乐音。

沉默是全世界的避难所,是所有无趣的谈话和所有愚行的必然结局,是我们每一次懊丧的慰藉,无论在心满意足之后还是垂头丧气之余它皆欣然而至;无论是绘画大师或是画技低下者,沉默的背景或许是他们无法描摹的;无论我们在沉默的前景中将自己置于多么令人尴尬的境地,那背景依然是我们永远不可侵犯的庇护所,那里没有什么侮辱举动能够伤害我们,没有什么人身攻击能够困扰我们。

演说家不张扬自己的个性,于是他最沉默之时即是他最擅长雄辩之际。他一边演说一边倾听,与他的听众一道做个旁听者。谁未曾谛听过沉默的无尽教诲?她是真理的扩音器,是唯一的神谕宣示所——真正的德尔斐神庙和多多纳神庙，君王和侍臣都会请她赐教，他们不会得到一个模棱两可的答案而手足无措。因为人们凭借她已然给予的所有启示，在心中向她的神谕请教得越多，人们获取的洞察力就越是明晰，他们的时代则已打上了"一个开明的时代"的印记。然而，每当他们游荡到陌生的德尔斐神庙和她那发疯的女祭司那里时，他们的时代就是一片愁云惨雾，死气沉沉。这些原本喋喋不休、沸反盈天的时代便不再发出任何声音，但希腊式的、那静好而优美的时代旋律，则永不停息地反复回荡在人们的耳边。

一本好书即是一个琴拨，它可以奏响我们别样沉默的七弦竖琴。我们常常认为已写就的正文比较无趣，自己未写就的续篇必定有趣。在所有的书籍中，续篇都是绝对必要的部分。作者旨在再着重强调一次 "他说"，这是著作家所能达到的最大目的。假如他将自己的书册垒成缄默的波涛可以冲垮的堤坝，我也就心安了。

倘若我竭力去打断这沉默，那注定是枉费心机的。沉默她无法被译成英语。六千年以来，人们尽责地翻译着她，但她依旧是一本大书。一个人一时间可以满怀信心地口若悬河，以为将她置于了自己的股掌之中，总有一天会将她的生机耗尽，不过他最终也得归于沉默，而人们仅仅评论道，他率先逞了一次匹夫之勇；因为当他最终沦陷于沉默之中的时候，已然的诉说与未然的诉说造成了如此巨大的失衡，致使前者看起来像是他没顶处水面冒出的气泡。即便如此，我们仍将继续吐出口沫黏合羽毛来筑起自己的巢，犹如那些中国的石燕一样，总有一天，那鸟巢可能会成了栖居在海岸边的人们的食粮。

这天，借助风帆和船桨，我们行进了 50 英里，而此刻，已近午夜了，我们的小舟在本乡本土的港湾里与灯心草沙沙地摩挲着，而它的龙骨也辨识出康科德的淤泥，那儿的鸢尾自我们出航后就无精打采、不曾直立了，一直保持着与我们的小舟几分相似的轮廓。我们欢喜地跳上岸，将小舟拖上来，把它系在那棵野苹果树下，春洪泛滥、激荡河岸时，系舟的铁链在树干上磨出的那道旧伤痕，依旧鲜明。